KiWi

1799

## Das Buch

Der ehemalige Sternekoch Xavier Kieffer lässt von einem Imker speziellen Honig aus der Luxemburger Unterstadt für sein Restaurant produzieren. Als der Mann plötzlich stirbt und seine Bienenstöcke nicht mehr aufzufinden sind, geht Kieffer der Sache nach. Gemeinsam mit seiner Freundin, der Gastrokritikerin Valérie Gabin, findet er sich schnell im Mittelpunkt eines gigantischen Skandals wieder, der um den halben Globus reicht und sowohl die Reinheit des Honigs als auch das Überleben der Bienen gefährdet. Können sie verhindern, dass der Weltmarkt mit gepanschtem Honig geflutet wird? Können sie ihren Widersachern das Handwerk legen, bevor es zu spät ist?

## Der Autor

Tom Hillenbrand, studierte Europapolitik, volontierte an der Holtzbrinck-Journalistenschule und war Ressortleiter bei SPIEGEL ONLINE. Seine Bücher stehen regelmäßig auf der SPIEGEL-Bestsellerliste, sie wurden vielfach übersetzt und ausgezeichnet, unter anderem mit dem Radio-Bremen-Krimipreis und dem Glauser-Preis.

www.tomhillenbrand.de

Tom
Hillenbrand

# Goldenes Gift

Ein
kulinarischer
Krimi

Xavier Kieffer ermittelt

Kiepenheuer
& Witsch

Aus Verantwortung für die Umwelt hat sich der
*Verlag Kiepenheuer & Witsch* zu einer nachhaltigen
Buchproduktion verpflichtet. Der bewusste Umgang mit
unseren Ressourcen, der Schutz unseres Klimas und der Natur
gehören zu unseren obersten Unternehmenszielen.
Gemeinsam mit unseren Partnern und Lieferanten setzen wir
uns für eine klimaneutrale Buchproduktion ein, die
den Erwerb von Klimazertifikaten zur Kompensation
des $CO_2$-Ausstoßes einschließt.

Weitere Informationen finden Sie unter
www.klimaneutralerverlag.de

FSC® www.fsc.org
MIX
Papier aus verantwortungsvollen Quellen
FSC® C083411

Verlag Kiepenheuer & Witsch, FSC® N001512

1. Auflage 2021


Covergestaltung: Barbara Thoben, Köln
Covermotive: © Andreas von Einsiedel /
Alamy Stock Foto (Küche)
© Ashraful Arefin photography / Getty Images
(Honigglas mit Löffel)
Emojis unverändert von googlefonts/noto-emoji
(https://github.com/googlefonts/noto-emoji/),
© 2019 Google Inc. Licensed under the Apache License,
Version 2.0 (http://www.apache.org/licenses/LICENSE-2.0)
Gesetzt aus der Apollo und der Birch
Satz: Buch-Werkstatt GmbH, Bad Aibling
Druck und Bindung: CPI books GmbH, Leck
ISBN 978-3-462-05464-4

# 1

Genervt beäugte Pol Schneider das Display seines summenden Handys. Das war bereits der dritte Versuch binnen fünf Minuten. Die Nummer sagte ihm nichts, und auch sonst verspürte er wenig Lust, den Anruf anzunehmen. Pol saß gerade vor einem großen Teller Kartoffelsuppe, und die Mittagspause war ihm heilig.

Das Telefon hörte auf zu summen. Schneider nahm noch einen Löffel Suppe, brummte voller Genugtuung. Sollte der Typ ihm doch die Box vollquatschen. Er würde sich irgendwann später melden.

Erneut begann das Handy zu vibrieren. Einen Fluch murmelnd legte Pol den Löffel beiseite und nahm das Gespräch an.

»Beienbourg, moien. Pol Schneider.«

»Bonjour, Monsieur Schneider«, sagte eine Frau am anderen Ende.

»Mein Name ist Jessica Rawley. Ich möchte … es geht um den, die …«

Man hörte, dass ihr das Französische nicht leicht von den Lippen ging.

»Lieber Englisch?«

»Ja, bitte.«

»Kein Problem. Was kann ich für Sie tun, Mrs Rawley?«

»Es geht um die Bienen. Bei uns auf dem Dach. Mit denen stimmt was nicht.«

Nach einer kurzen Pause fügte sie hinzu: »Silverstein Green.«

Schneider wusste, von welchem Gebäude die Rede war. Die US-Investmentbank Silverstein Green saß auf dem Kirchberg, in einem großen gläsernen Klotz mitten im Luxemburger Finanzdistrikt. Auf dem Dach des Gebäudes lebten einige seiner Bienenvölker.

»Was ist denn mit ihnen?«, fragte Schneider.

»Ich glaube, sie sterben. Da liegen überall tote Bienen herum.«

»Die liegen vor den Beuten?«

»Den was?«

»Den Bienenstöcken.«

»Ja, genau«, erwiderte Rawley, »Dutzende, alle verendet.«

»Das ist ganz normal.«

»Sind Sie sicher? Es wäre uns lieber, wenn Sie mal nachschauen.«

Schneider seufzte leise. Seit über 25 Jahren imkerte er. Als er damit begonnen hatte, waren Bienen noch ein exzentrisches Hobby für Landeier gewesen. Inzwischen lag Imkern jedoch im Trend, auch und gerade in den Städten. Nicht nur Privatleute hielten sich inzwischen Bienenvölker, auch Unternehmen wie Silverstein hatten das Thema für sich entdeckt. Bienen waren Sympathieträger. Wer ihnen auf dem Dach seines Bürohauses oder seiner Fabrik ein Zuhause bot, den sah die Öffentlichkeit in einem freundlicheren Licht. Aber natürlich wollte sich keiner dieser Investmentbanker die Finger klebrig machen. Und da kam er ins Spiel. Schneider stellte Beuten auf, sah regelmäßig nach dem Rechten, schleuderte am Ende die Waben und füllte einen mit speziellem Etikett versehenen Haushonig ab, den der Kunde an Mitarbeiter oder Geschäftspartner verschenken konnte. Für Schneider war das ein einträgliches Geschäft.

Der Nachteil an der Sache war, dass er sich mit der Unbedarftheit von Klienten herumschlagen musste, die kaum Bienen und Wespen auseinanderhalten konnten.

»Mrs Rawley, wir haben Februar. Das heißt, dass die Bienen noch Winterpause machen.«

»Und?«

»Ihnen ist zu kalt, sie bleiben schön im Stock, schließen sich zu einer Wintertraube zusammen, in deren Innerem die Königin gewärmt wird. Sie fliegen nicht viel aus. Und dass Sie vor den Kästen tote Bienen finden, ist ein gutes Zeichen.«

»Wie können tote Tiere ein gutes Zeichen sein?«

»In jedem Stock befinden sich über fünfzigtausend Bienen. Da sterben ständig welche. Die Arbeiterinnen bringen sie zum Einflugloch, werfen sie raus.«

»Das ist ja schrecklich!«

»Das ist das Leben. Sorgen müssen Sie sich machen, wenn keine toten Bienen vor dem Stock liegen. Das würde nämlich bedeuten, dass der Selbstreinigungsmechanismus der Kolonie nicht funktioniert.«

»Ich verstehe. Könnten Sie vielleicht trotzdem mal schauen?«

Erneut seufzte er, diesmal laut genug, dass seine Gesprächspartnerin es hören konnte.

»Hören Sie, ich sage Ihnen doch, Sie machen sich unnötig Sorgen. Es ist auch gar nicht gut, die Bienen im Winter zu stören. Sie verlieren zu viel Wärme und …«

»Es ist nur so«, unterbrach sie ihn, »dass unser Chef persönlich darum gebeten hat. Mr Wright geht immer zum Rauchen rauf aufs Dach, und da ist ihm das aufgefallen.«

Allmählich verstand Schneider. Es handelte sich nicht um ein Bienen-, sondern um ein Bossproblem. Diese Rawley hatte Druck von oben bekommen, deswegen war sie so hartnäckig. Und Schneider hatte allen Ernstes gedacht, die Frau sorge sich um das Wohl der Bienen.

Er überlegte kurz. Am Nachmittag hatte er etwas in der Innenstadt zu erledigen. Vorher im Finanzviertel vorbeizufahren, stellte keinen großen Umweg dar.

»Ich werde Ihnen aber zusätzlich die Anfahrt berechnen müssen«, hörte er sich sagen. »Das liegt nicht auf meiner Route, ich komme derzeit nur selten in die Stadt.«

»Das wäre kein Problem. Wichtig ist nur, dass jemand kommt.«

Wichtig ist, dass du deinem Chef sagen kannst, dass jemand kommt, dachte Schneider.

»Alles klar, Mrs Rawley. Dann schaue ich heute Nachmittag vorbei.«

»Gut, ich melde Sie am Empfang an.«

»Nicht nötig, die kennen mich ja. Ich fahre einfach hoch.«

»Und Sie geben mir danach eine Rückmeldung?«

Schneider bejahte es, notierte sich Rawleys E-Mail-Adresse. Er legte auf und machte sich über den Rest der Suppe her, die leider nur noch lauwarm war. Dennoch löffelte er sie tapfer aus.

Dann stand er auf, griff sich Jacke und Autoschlüssel. Als er aus dem Haus trat, zog er reflexartig die Schultern hoch. Der Himmel war bleigrau. Es war einer dieser Februartage, an denen es selbst mittags noch nicht richtig hell war. Besser, er erledigte die Silverstein-Sache, bevor das Tageslicht ganz verschwand. Im Dunkeln auf einem nassen, eiskalten Hochhausdach herumzuturnen, war etwas, worauf er gerne verzichten konnte.

Schneider ging zu einem Lieferwagen, der vor dem Gebäude stand. Das alte Bauernhaus, in dem er wohnte, lag im Norden Luxemburgs, in einer dünn besiedelten Region namens Ösling. Die umliegenden Felder, die seinem Vater und davor dessen Vater gehört hatten, hatte Schneider bereits vor Jahren an die Nachbarn verkauft. Übrig geblieben waren nur das Haus und eine Scheune.

Er stieg ein und ließ den Motor an. Eine knappe Stunde später erreichte Schneider den Kirchberg. Er parkte in einer Seitenstraße der Kennedy, jener breiten Avenue, die das Finanzzentrum wie mit dem Lineal gezogen durchschnitt. Dem Kofferraum entnahm er seine Ausrüstung: Handschuhe, Besen, Schleierhaube. Schneider verzichtete darauf, einen kompletten Schutzanzug mitzunehmen. Honigbienen waren weitaus weniger aggressiv, als die meisten Menschen glaubten. Ein erfahrener Imker konnte viele kleinere Verrichtungen durchführen, ohne gestochen zu werden.

Am Empfang von Silverstein ließ sich Schneider eine Keycard aushändigen. Er stieg in den Lift und hielt die Karte gegen einen Sensor, bevor er die Taste mit der »8« drückte. In der obersten Etage befanden sich mehrere Konferenzräume sowie eine Treppe, über die man auf das Flachdach des Gebäudes gelangte.

Wenige Minuten später war er dort oben und sah sich um. Neuere Bürohäuser besaßen meist umfänglich begrünte

Terrassen. Dieses hingegen stammte aus den Neunzigern, das Dach war eine Steinwüste. Kies bedeckte den Boden, es gab weder Pflanzen noch Sitzgelegenheiten. Das einzig Auffällige waren die hellgrünen Holzkisten, die am Rande standen.

Schneider zog seine Imkerhaube über und hielt einen Moment inne. Der Himmel schien ihm noch grauer als zuvor, feiner Nieselregen hatte eingesetzt. Bei gutem Wetter hatte man von hier oben einen hervorragenden Ausblick, konnte die Avenue Kennedy entlangschauen bis zu den Gebäuden des Europaviertels. Heute erahnte man die markanten Türme des Europäischen Gerichtshofs höchstens.

Er streifte seine Handschuhe über und ging auf die Holzkisten am anderen Ende des Dachs zu. Insgesamt waren es zwölf Stück, säuberlich aufgereiht und auf hölzernen Sockeln stehend, damit sich die Einfluglöcher nicht zu nah am Boden befanden. Es waren keine Bienen in der Luft, was ihn nicht wunderte. Die Ladys machten Winterpause, und bei Regen kamen sie ohnehin ungern hervor. Ansonsten schien alles in bester Ordnung. Alle Kisten standen, wo sie stehen sollten. Als Schneider die Beuten erreichte, kniete er sich nieder, untersuchte den Boden vor den Ausfluglöchern. Wie Rawley gesagt hatte, lagen dort zahlreiche tote Bienen. Angesichts der Dutzenden Völker, die auf dem Dach von Silverstein nisteten, war die Anzahl jedoch keineswegs besorgniserregend.

Schneider las ein paar Insektenleichen auf. Es waren Arbeiterinnen darunter, aber auch Drohnen, zu erkennen an ihren größeren Augenpartien. Er holte eine Juwelierlupe aus der Jackentasche, klemmte sie sich vors rechte Auge. Nun konnte er jede Einzelheit erkennen – den braunen, pelzartigen Flaum, der Körper und Kopf bedeckte, die geäderten Flügel, die Antennen. Schneider untersuchte einige Tiere, hielt Ausschau nach Anzeichen für Pilzinfektionen oder Milbenbefall. Aber diesen Bienen fehlte nichts. Sie waren im biblischen Alter von sechs oder sieben Monaten sanft entschlafen.

Nicht zum ersten Mal fragte Schneider sich, ob es wohl einen Himmel für Bienen gab und wie dieser wohl aussah. Vermutlich handelte es sich um eine endlose, auf immerdar in goldenes Licht getauchte Blumenwiese.

Der Regen nahm zu. Schneider steckte die Lupe weg, richtete sich wieder auf. Er würde Rawley eine Mail schreiben, ihr versichern, dass alles tipptopp sei und dafür eine fette Rechnung stellen. Schon wollte er sich von den Stöcken abwenden, als ihm an einem davon etwas auffiel. Unterhalb der Fluglöcher war ein kleiner Steg angebracht, quasi eine Landeplattform. Auf einem davon lag eine tote Biene. Sie war etwas größer und länger als die Arbeiterinnen.

Schneider runzelte die Stirn. Er schaute sich die Biene genauer an. Die Falten auf seiner Stirn wurden tiefer. Er linste in das Flugloch der fraglichen Beute, leuchtete mit der Taschenlampe hinein.

»Das kann doch nicht wahr sein!«

Möglicherweise würde er doch die ganze Ausrüstung brauchen. Er musste alle Bienenstöcke kontrollieren – nicht nur die von Silverstein, auch die anderen.

Er wandte sich von den Stöcken ab, um seinen Imkeranzug sowie einen Stockmeißel zu holen. Letzteren benötigte er, um die mit Wachs verklebte Beute zu öffnen. Schneider lief auf die Tür zu, zückte währenddessen sein Handy, wählte und stieß auf eine Mailbox:

»Hier spricht Xavier Kieffer. Bitte hinterlassen Sie eine Nachricht.«

»Xavier, hier ist Pol, Pol Schneider. Ich müsste mal vorbeikommen, Vorbereitungen für die … die Honigsaison. Liegt der Schlüssel an der üblichen Stelle oder hast du den? Kann ich mir den gleich holen? Ruf mich zurück, okay?«

Schneider legte auf, drückte die Klinke der Treppenhaustür hinunter. Verdutzt nahm er zur Kenntnis, dass sie verschlossen war. Er probierte es erneut, kramte dann die Keycard hervor, die der Pförtner ihm ausgehändigt hatte. Doch obwohl er sie mehrfach vor den Sensor hielt, blieb das erhoffte ›Klack‹ aus.

»So ein Scheißdreck.«

In seiner Anrufliste suchte er die Nummer dieser Silverstein-Tante heraus. Es klingelte vier, fünf Mal, bevor eine Mailbox ansprang. Entnervt legte Schneider auf. Gerade wollte er die Nummer der Silverstein-Telefonzentrale heraussuchen, als ein stechender Schmerz seinen Arm durchfuhr. Schneider kannte das Gefühl nur zu gut, es gehörte zu seinem Job. Eine Biene musste ihn gestochen haben. Dennoch war er derart überrascht, dass er sein Telefon fallen ließ. Da er einen Pullover und eine Jacke trug, musste sie in den Ärmel gekrochen sein, das war die einzige Erklärung. Schneider schüttelte den Arm, zog das Jackenbündchen auseinander.

»Wie bist du da reingekommen? Und bei dem Wetter?«

Schneider beugte sich nach vorn, um das Handy aufzuheben. Als er wieder hochkam, war ihm ein wenig schwindlig. Der Imker presste eine Hand gegen die Brandschutztür, atmete ein paarmal durch. In den Ohren rauschte und summte es, so als ob Hunderte Bienen seinen Kopf umschwirrten.

Mit einiger Mühe entsperrte er das Handy. Gerade wollte er Rawling erneut anrufen, als er aus dem Augenwinkel eine Bewegung wahrnahm. Schneider drehte sich um. Höchstens drei Meter von ihm entfernt stand eine Gestalt. Sie trug einen Imkeranzug – Overall, Handschuhe und Mütze. Wegen des Schleiers konnte Schneider das Gesicht nicht ausmachen.

»Was zum Teufel ist hier los? Was wollen Sie?«

Die Gestalt bewegte sich auf ihn zu. Schneider presste den Rücken gegen die Metalltür. Er fühlte, wie seine Knie nachgaben. Das Handy glitt ihm aus der Hand.

Die Person im Imkeroutfit war höchstens noch einen Meter von ihm entfernt. Schneider konzentrierte sich auf den Schleier. Nun konnte er durch das hauchdünne Material hindurchblicken. Das Gesicht dahinter war dennoch nicht auszumachen – er sah lediglich eine Schutzbrille und eine Atemmaske.

Schneider rutschte mit dem Rücken an der Tür entlang, fiel zu Boden. Das Letzte, was er sah, war die verschleierte Gestalt, die sich über ihn beugte.

# 2

Pekka Vatanen schnäuzte vernehmlich in ein Papiertaschentuch. Xavier Kieffer, der auf der anderen Seite der Theke stand, wandte den Blick ab, damit ihm der zweite Akt erspart blieb. Der Finne besaß die Angewohnheit, nach dem Naseputzen stets in sein Taschentuch zu schauen. Der Koch fragte sich, was Vatanen dort wohl vorzufinden erwartete. Eine geheime Botschaft? Eine Marienerscheinung?

Kieffer polierte Gläser. Als er wieder aufsah, schenkte sich Vatanen gerade Rivaner aus der Flasche ein, die in einem Kühler neben ihm stand.

»Soll ich dir vielleicht lieber einen Tee machen, Pekka? Bei der Erkältung.«

Der Finne schüttelte den Kopf, rieb sich die rötliche Nase. Die Färbung mochte mit dem Schnupfen zusammenhängen oder aber mit dem Wein. Vatanen war bereits bei der zweiten Flasche.

»Wein ist gut gegen Schnupfen.«

»Tee mit Honig wäre besser.«

»Glaube ich nicht. Mein Geschniefe ist ja allergisch.«

Kieffer nickte abwesend, ließ den Blick durch den gut

gefüllten Schankraum schweifen. Das »Deux Eglises«, dessen Koch und Besitzer er war, servierte vor allem Luxemburger Spezialitäten. Diese waren in der Regel deftig: Schweinenacken mit Saubohnen, Eintöpfe, Kartoffeln in jeder erdenklichen Zubereitungsform. Das nasskalte Februarwetter kam ihm entgegen. Bei zwei Grad und Nieselregen wollten die Leute keinen Salat und kein Sushi, sondern etwas, das sie warm hielt.

»Vielleicht eine heiße Suppe, Pekka?«

»Das schon eher.«

»Ich habe Bouneschlupp, Ënnenzopp und Gehäck.«

»Bohne, Zwiebel und das Letzte ist was?«

»Eine Fleischsuppe mit Lunge, Leber und Herz.«

»Uh, nein, danke. Dann nehme ich die Zwiebelsuppe.«

Kieffer nickte, ging zum Küchentelefon neben dem Speiseaufzug und gab die Bestellung durch. Das »Deux Eglises« befand sich in einem alten Garnisonsgebäude, das nicht sehr groß war. Der Schankraum lag im Erdgeschoss, die Küche im ersten Stock.

Kieffer ging zurück zur Bar, goss sich ebenfalls einen Schluck Wein ein.

»Prost, Pekka.«

»Kippis!«

»Meinetwegen auch das. Aber sag mal«, Kieffer deutete auf die halb leere Packung Papiertaschentücher neben Vatanens Weinglas, »das ist doch nie im Leben eine Allergie. Jetzt blüht doch nichts.«

»Du bist wohl kein Allergiker, was?«

»Nie einer gewesen.«

»Seit es keine richtigen Jahreszeiten mehr gibt, plagt einen der Mist das ganze Jahr, Hasel und Erle früher, Gräser später. Außerdem Staubmilben – die blühen im Winter richtig auf, sozusagen. Die Klimaanlage im Büro ist uralt, die verteilt es im ganzen Gebäude.«

Vatanen arbeitete auf dem Kirchberg, in der Forschungsabteilung des Europäischen Parlaments. Sein Gebäude gehörte zu den ältesten im Europaviertel. Dennoch hielt der Koch die Allergiegeschichte für Unsinn. Sein Freund wollte sich einfach nicht eingestehen, dass er ins Bett gehörte, anstatt sich an Kieffers Tresen zu betrinken.

Dem Finnen entfuhr ein Nieser. Ein weiteres Taschentuch kam zum Einsatz.

»Du kriegst jetzt einen Tee«, murmelte Kieffer kopfschüttelnd.

»Ich sage dir doch, es ist allergisch. Sieht man am Auswurf.«

Vatanen machte Anstalten, Kieffer das geöffnete Taschentuch hinzuhalten. Der Koch zog eine Grimasse, winkte ab. Einem der Schränke entnahm er einen gläsernen Becher, stellte ihn unter den Heißwasserhahn der Espressomaschine.

»Kamille oder Verbene?«, fragte er.

»Pest oder Cholera?«, erwiderte Vatanen.

Kieffer ignorierte den Einwurf, tat einen Beutel in das heiße Wasser. Er stellte die Tasse vor Vatanen auf die Theke. Daneben platzierte er ein Glas Honig. Auf dem Etikett war ein Logo mit zwei blauen Kirchturmspitzen zu sehen.

»Was ist das jetzt wieder?«

»Honig, Pekka?«

»Schon klar. Sieht aber nicht nach Langnese aus. Was steht da? ›Ënnerstad-Hunneg. Vun Lëtzebuerger Beien‹.«

Kritisch musterte der Finne das Honigglas.

»Was ist los, Pekka?«

»Und der stammt aus der Unterstadt?«

»Die Bienenstöcke stehen die Straße runter, in einem Garten am Hang. Sie gehören mir.«

»Du imkerst?«

Kieffer schüttelte den Kopf.

»Ich habe einen Deal mit einem Stadtimker.«

»Er kümmert sich um die Bienen?«

»Um alles, eigentlich. Ich habe die Stöcke finanziert, er schleudert die Waben aus, füllt das Zeug ab, produziert mir meinen eigenen Honig.«

»Und damit kann man Geld verdienen?«

»Es geht. Ich habe den«, Kieffer zeigte auf eine Vitrine neben der Theke, »bei den örtlichen Spezialitäten stehen. Die Touristen mögen so was.«

Dem Koch fiel ein, dass er Schneider demnächst anrufen musste. Der Imker schuldete ihm noch Honig. Das, was er bisher geliefert hatte, entsprach nicht der vereinbarten Menge. Sechs Kisten war ihm Pol Schneider noch schuldig.

»Stehen die Bienenstöcke«, Vatanen deutete mit dem Daumen in Richtung Kirchberg, »da hinten? Sind mir nämlich bisher nicht aufgefallen.«

»Da ist kaum Platz, ist mir außerdem zu nah an der Gästeterrasse. Die stehen oben, an der Einbiegung zur Rue Malakoff.«

»Das große Grundstück an der Ecke?«

»Genau. Gehört einem Bekannten von mir. Wir haben …«

»… einen Deal gemacht, schon klar.«

»Drüben in Grund, nahe der Abbaye de Neumünster hat Pol auch noch welche, aber die gehören nicht mir.«

Vatanen nickte. »Da am Flusslauf wächst einiges. Gute Stelle. Wenn's denn stimmt.«

»Wie meinst du das?«, fragte Kieffer.

Anstatt zu antworten, schraubte Vatanen das Glas auf, fuhr mit dem Teelöffel hinein. Er träufelte reichlich Honig in den dampfenden Becher. Danach führte er den Löffel zum Mund und schleckte ihn ab.

»Und? Kannst du die Hanglage herausschmecken, Pekka?«

Der Finne verzog keine Miene.

»Bei Honig vermag ich das nicht.«

Vatanen trank einige Schlucke Tee. Dann schob er den Becher weg und griff wieder nach seinem Weinglas. Kieffer zuckte mit den Achseln und verabschiedete sich. Er musste in die Küche. Zunächst ging er jedoch hinaus auf die Terrasse des Restaurants, um eine Zigarette zu rauchen. Das »Deux Eglises« befand sich in Clausen, einem der Luxemburger Unterstadtviertel. Hinter dem alten Steingebäude erhob sich der Hang des Kirchbergs. Zur Straße hin fiel das Gelände weiter ab, sodass man auf die Dächer und Türmchen der *ville basse* hinabschauen konnte. Der Regen hatte inzwischen nachgelassen, und so konnte man auch die beiden Kirchen ausmachen, nach denen das »Deux Eglises« benannt war: die nur wenige Schritte entfernt liegende Sainte Cunégonde und die auf dem Bockfelsen thronende Notre Dame.

Kieffer rauchte eine Ducal und stieg danach die Treppe zur Küche hinauf. Als Erstes nahm er die Magnettafel neben dem Speiseaufzug in Augenschein, auf der die Tische und die Gangfolgen mit farbigen Magneten gekennzeichnet waren. Unter fast jedem davon klebte ein Zettel. Der Koch hörte jemand etwas auf Französisch rufen – seine Souschefin Claudine. Sie klang unzufrieden. Vielleicht ging ihr etwas nicht schnell genug, vielleicht war ein Teller nicht zu ihrer Zufriedenheit. Er ging zum Pass, jener Stelle, wo die servierfertigen Teller unter Wärmelampen standen. Claudine war gerade dabei, zwei Teller Kanéngchen mat Moschterzooss zu inspizieren. Mit einem Tuch wischte sie Soßenspritzer fort und rief »Sauberer arbeiten!« in Richtung eines Postenkochs.

»Wie sehen wir aus?«, fragte er.

»Wie ein Restaurant, das seine Gäste zu lange auf ihr Essen warten lässt, so sehen wir aus.«

Kieffer murmelte etwas Unverständliches und ließ Claudine ihre Arbeit machen. Er lief einmal durch die Küche, schaute Postenköchen über die Schulter, guckte in Töpfe und Öfen. Als er wieder den Pass erreichte, sah er eine mit Käse gratinierte Suppenterrine, die auf den Abtransport wartete.

»Die mache ich selbst«, sagte er zu Claudine gewandt, »danach übernehme ich am Pass.«

Seine Souschefin antwortete nicht. Ihre ganze Aufmerksamkeit galt vier Tellern Judd mat Gaardebounen, an denen ihr irgendetwas missfiel.

Kieffer nahm die Zwiebelsuppe und trug sie hinunter zur Bar. Er stellte sie vor Vatanen ab, der gerade durch sein Handy scrollte. Der Koch konnte nicht umhin zu bemerken, dass der Tee ungetrunken auf der Theke stand.

»Deine Suppe, Pekka.«

»Ah, danke.«

»Was Interessantes?«, fragte Kieffer und deutete auf Vatanens Handy. Darauf war eine US-Nachrichtenseite geöffnet.

»Bei den Amis brennt's.«

»Politisch?«

»Nein, in Kalifornien. Waldbrände, alles fackelt ab.«

»Ich weiß. Valérie hat mir Fotos geschickt.«

Kieffers Freundin Valérie Gabin war Französin. Sie wohnte nicht in Luxemburg, sondern in Paris. Das war zwar nicht allzu weit weg, dennoch sah er sie in letzter Zeit nicht oft. Valérie war andauernd auf Achse, zuletzt hatte sie Japan besucht, nun befand sie sich in Kalifornien, falls sie nicht schon weitergereist war. Kieffer hatte mitunter Schwierigkeiten, den Überblick über ihre Reisepläne zu behalten.

»Valérie ist in Kalifornien? Und was macht sie da?«

»Dasselbe wie immer, denke ich. Restaurants testen.«

»Aber ich dachte, das mit dem Gabin hat sich erledigt?«

Vatanen hatte den gratinierten Toast von der Terrine gekratzt und war dabei, die Suppe auszulöffeln. Genauer gesagt inhalierte er sie. Kieffer fand, dass seine Ënnenzopp mehr Aufmerksamkeit verdient hätte, sagte aber nichts. Stattdessen wandte er den Blick einem Regal hinter der Theke zu, in dem mehrere Restaurantführer standen – einige Ausgaben des Levoir-Brillet, ferner etliche Bücher in kobaltblauem Einband. Jeder Freund guten Essens kannte sie, es handelte sich um Ausgaben des Guide Gabin, jenes legendären Pariser Gastroführers, der seit beinahe hundert Jahren Sterne an die besten Restaurants der Welt vergab oder genauer gesagt: vergeben hatte.

»Erledigt würde ich nicht sagen, Pekka.«

»Aber ist Valérie denn immer noch die Chefin? Ich dachte, der Guide ist pleite.«

Der Guide Gabin war von Valéries Großvater Auguste gegründet worden. Lange hatte er als die Bibel der *haute cuisine* gegolten, doch am Ende war das Geschäftsmodell, bei Drucklegung bereits veraltete Restaurantkritiken in ledergebundenen Büchern zu veröffentlichen, völlig überholt gewesen. Valérie hatte jahrelang versucht, das Erbe ihrer Familie zu bewahren, aber am Ende machten Internet und Smartphones ihrem Verlag den Garaus.

»Ist er auch. Aber es gibt eine US-Bewertungsplattform, die den Guide gekauft hat, Delish heißen die.«

»Nie gehört«, sagte Vatanen.

»Genau deshalb haben sie's gemacht. Die wollten den Markennamen. Delish heißt jetzt gabin.com. Aber der Guide Bleu, also die Bücher, die sind Geschichte.«

»Und Valérie?«

»Besitzt noch eine Minderheitsbeteiligung und ist dort … Moment, ich hab's hier irgendwo.«

Kieffer wühlte hinter der Bar in einem Stapel aus Notizblöcken, Postkarten und Quittungsbelegen. Nach einigem Suchen platzierte er eine kobaltblaue Visitenkarte auf der Theke. In weißen Lettern stand darauf »Gabin.com«, und darunter: »Valérie Gabin, Editor-at-Large«.

»Aha. Und was bedeutet das?«

»Ich glaube, es bedeutet, dass sie Narrenfreiheit hat. Sie reist auf deren Kosten herum, testet Restaurants oder schreibt Artikel für Delish, ich meine den Gabin. Die veröffentlichen nämlich auch Reportagen, Produkttests, was weiß ich.«

»Ministerin ohne Portfolio, quasi? Macht mich ein bisschen neidisch.«

Vatanen war Beamter mit dem Schwerpunkt EU-Agrarpolitik. Kieffer hatte oft den Eindruck, dies sei ein ziemlich geruhsamer Job.

»Du tust gerade so, als würdest du andauernd von deinem Chef terrorisiert«, sagte er.

»Werde ich auch. Du machst dir keine Vorstellung. Da hat es deine Freundin besser.«

Valérie war Mehrheitseigentümerin und Chefredakteurin des Guide Gabin gewesen. Inzwischen hatte man die Pariser Zentrale abgewickelt, alle Restaurantinspektoren entlassen. Kieffers Freundin war nun Angestellte eines Silicon-Valley-Unternehmens. Es stand außer Frage, dass sie aufgrund ihres Nachnamens keine gewöhnliche Mitarbeiterin war. Ein Abstieg war es trotzdem.

»Stimmt schon, keiner sagt ihr, was sie zu tun hat. Aber sie hat auch nichts mehr zu sagen. Ich bin mir nicht sicher, ob sie glücklich damit ist.«

»Was sagt sie denn selbst?«

»Nicht viel. Sie arbeitet sehr verbissen.«

Vatanen schob die leere Terrine beiseite.

»Also wie eh und je. Und ich hätte gedacht, die Sache hätte sie vielleicht verändert.«

Kieffer starrte die kobaltblaue Visitenkarte an. Wenn einem das väterliche Firmenimperium und damit die bisherige raison d'être abhandenkam, war man vermutlich nicht mehr dieselbe. Zwar konnte er an Valérie bisher keine gravierenden Veränderungen erkennen. Aber sein Gefühl sagte Kieffer, dass in ihr etwas in Bewegung war. Fragen dazu verkniff er sich inzwischen allerdings, da Valérie diese stets mit einem passiv-aggressiven »Nein, wieso? Alles prima« beantwortete.

Vatanen musterte ihn.

»Du weißt es nicht?«

»Nicht so richtig. Sie stand ja immer im Rampenlicht, als Chefredakteurin, Gabin-Erbin. Und ich hätte gedacht, jetzt, wo sie das von der Backe hat, geht sie es ruhiger an. Nutzt die Chance, mal etwas im Hintergrund zu bleiben.«

Pekka Vatanen lachte leise.

»Was?«

»Dass die mal lockerlässt, würde mich wundern.«

Kieffer holte sein Handy hervor, entsperrte es und navigierte zu einer Social-Media-App. Vatanen runzelte die Stirn.

»Mister Retro hat jetzt Instagram?«

Kieffer öffnete die App, tippte etwas und hielt sie Vatanen hin.

»Ach so, Valérie hat da einen Account.«

Der Finne wischte mit dem Finger durch die Fotos.

»Die postet ja einiges. Tokio, Osaka, Los Angeles, Sacramento …«

Vatanen gluckste vergnügt. »Sieht so aus, als wärst du neuerdings mit einer Influencerin zusammen, Xavier.«

»Sehr witzig, Pekka.«

»Es ist witzig.«

Kieffer war sich nicht sicher, ob er dem Finnen zustimmte. Seine Freundin und er waren schon immer grundverschieden gewesen: die weltgewandte französische Gastrokritikerin aus gutem Hause und der etwas einsiedlerische Koch, der sein Unterstadtquartier nur ungern verließ. Aber nun schien es ihm manchmal, als wären sie unterschiedlicher denn je.

Kieffer verabschiedete sich von Vatanen, ging zurück in die Küche. Währenddessen scrollte er durch Valéries Einträge. Der letzte zeigte ein endloses Feld. Darauf waren Bäume mit weißen Blüten zu sehen. Und inmitten dieser Pracht stand Valérie, strahlte in die Kamera. Der Beschreibung zufolge war das Bild nahe Yuba City aufgenommen worden – wo auch immer das war.

»Ich bin mir nicht mal ganz sicher, auf welchem Kontinent du gerade bist«, murmelte er.

Auf der Mitte der Treppe blieb er stehen. Sein Zeigefinger schwebte über dem Display. Kurz überlegte er, ob er das Like-Herzchen drücken sollte. Dann steckte er das Handy in die Hosentasche und machte sich an die Arbeit.

# 3

Valérie Gabin nippte an ihrem Weißwein und beobachtete die anderen Gäste. Schätzungsweise die Hälfte der Anwesenden waren Amerikaner, dazu kamen Europäer, Japaner sowie einige wenige Südamerikaner. Bevor sie mit jemandem redete, wettete Valérie jedes Mal mit sich selbst, woher ihr Gesprächspartner wohl stammte. Meist war es einfach zu erraten. Die amerikanischen Frauen erkannte man an ihren üppigen Mähnen, die Männer an ihren zu weit geschnittenen Anzügen. Bei den Europäern war es etwas schwieriger, vor allem, wenn sie schon länger in Kalifornien lebten.

Lag Valérie richtig, durfte sie eine Zigarette rauchen – das Ratespiel war ein Versuch, ihren Tabakkonsum etwas einzuschränken. Bislang ohne Erfolg, ihre Erfolgsrate war zu hoch. Vermutlich musste sie sich etwas Schwierigeres ausdenken.

Ein Kellner hielt ihr ein Tablett mit Horsd'oeuvres hin. Es handelte sich um blassgrüne Keramiktellerchen, auf denen jeweils eine buttergelbe Blüte lag, die wie eine Sonnenblume aussah, jedoch deutlich kleiner war. Valérie trat näher heran. Bei genauerer Betrachtung entpuppten sich die Blumen als kulinarische Kunstwerke. Die gelben Blütenblätter waren echt, bei dem braunen Stempel in der Mitte handelte es sich um ein Häuflein gekochter Dupuy-Linsen. Bei dem dunkelgrünen Etwas am Rand, das sie zunächst für ein Blatt gehalten hatte, handelte es sich um einen kunstvoll geformten Keks.

Sie nahm einen der Teller. Blumen oder Blätter aus Lebensmitteln nachzubilden, war in den Achtzigern der letzte Schrei gewesen. Aber heute? Valérie probierte die Linsen. Sie waren in Balsamico gekocht worden oder vielleicht in einer süßlichen Sojasoße. Das Keksblatt enthielt Matcha, zerstoßenen grünen Tee. Widerwillig musste sie eingestehen, dass die säuerlichen Linsen und der süßliche Matcha eine interessante Geschmackskombination bildeten.

Überraschend war das eigentlich nicht. Für das Dinner zeichnete ein japanischstämmiger Däne namens Aksel Akutagawa verantwortlich, der im Guide vor einigen Jahren zwei Sterne erhalten hatte. Inzwischen betrieb er das »Milas« in Red Bluff, einem kleinen Ort an der Westküste. Willinon hatte sie darauf hingewiesen, dass Akutagawas neuer Laden einen Besuch wert sei. Ihm zufolge war die dort servierte Fusion aus skandinavischer und japanischer Küche einzigartig. Deshalb waren sie an diesem Abend hier.

Sie wandte den Blick in Richtung der großen Terrasse. Durch deren Glaspaneele konnte sie Cesar Lee Willinon sehen. Angeregt unterhielt er sich mit einem asiatisch aussehenden Mittdreißiger. Willinon hatte mit Software Milliarden gescheffelt, aber seine Passion galt gutem Essen. Als der Guide Gabin pleiteging, rettete der Amerikaner ihn – oder »schändete dessen Leiche«, wie »Le Monde«

nach der Übernahme geschrieben hatte. Beide Deutungen hatten etwas für sich. Valérie Gabin war sich selbst nicht ganz sicher, welcher sie zuneigte.

Unbestreitbar schien, dass der Gabin ohne Willinons Millionen sang- und klanglos untergegangen wäre. Die Banker hatten am Ende nicht einmal mehr abgenommen, wenn Valérie wegen neuer Kredite anrief. Klar war allerdings auch, dass unter Willinons Führung kein Stein auf dem anderen blieb. Diese Soiree war das beste Beispiel dafür. Nach dem Dinner würden sie die Blue List enthüllen, eine Rangliste der hundert besten Lokale der Welt.

Valérie war dagegen gewesen. Seit seiner Gründung anno 1921 vergab der Gabin Sterne. Einen für gute Küche, zwei für herausragende und drei für Restaurants, die eine ganze Reise wert waren. Nie hatte der Guide Köche oder Lokale gegeneinander aufgewogen, was bei einer Liste zwangsläufig der Fall sein würde. Es konnte nur eine Nummer eins geben, aber war der Italian Laundromat im Napa Valley wirklich besser als La Nave Bianca in Alba? Oder servierten beide einfach unterschiedliche, jedoch gleichsam geniale Interpretationen italienischer Klassiker?

Sie hatte dies ihrem Geschäftspartner (ihn als ihren Vorgesetzten zu betrachten, kam Valérie nicht in den Sinn) auseinandergesetzt. Am Ende war Willinon einen Augenblick lang nachdenklich erschienen. Dann jedoch hatte er geantwortet: »Aber die Leute lieben Listen!«

Damit hatte er vermutlich sogar recht. Eine Liste verkaufte sich besser als achthundert unsortierte Einzelbewertungen. Pressevertreter mochten so etwas, sie konnten daraus eine Bildergalerie für ihre Internetseite basteln. Trotzdem fühlte es sich falsch an.

Ein unbekannter Mann kam auf sie zu. Valérie erwiderte seinen Blick, unterdrückte den Impuls, ihm zuzulächeln. Man musste die Typen nicht auch noch ermuntern, schon gar nicht solche wie den Mittvierziger, der sich da heranpirschte. Bereits bevor der Kerl den Mund aufmachte, war ihr klar, dass er gerne eine Frau kennenlernen wollte, die nur für die Party hier war. Eine, die später mit ins Hotel kam. Anscheinend glaubte er, dass sie diese Frau sei. Da hatte er sich allerdings geschnitten.

Er sah nicht einmal übel aus. Schmal geschnittener schwarzer Anzug, tiefbraune, intelligent dreinblickende Augen, glattrasiert. Vor allem Letzteres war ja inzwischen eine Rarität. Valérie musste immer wieder feststellen, dass es viele Bärte gab, aber wenig Männer.

Noch wäre genug Zeit geblieben, die Flucht zu ergreifen, doch sie blieb, wo sie war. Sie würde den schönen Mann benutzen, allerdings nicht so, wie er sich das vorstellte. Aufgrund seines gut geschnittenen Anzugs tippte sie auf Europäer. Er war nicht sehr groß. Spanier vielleicht, oder gar Franzose?

»Guten Abend, Mrs Gabin«, sagte er. Sein Akzent war eindeutig amerikanisch. Keine Zigarette, dachte sie.

»Guten Abend, Mister …«

»Joe Coltelli, angenehm.«

Unter seinem Hemd, dessen beide obere Knöpfe geöffnet waren, lugte ein Tattoo hervor. Außerdem fiel ihr auf, dass er eine ziemlich teure Schweizer Uhr trug.

»Sie sind das erste Mal in Red Bluff, nehme ich an?«

»Das stimmt.«

»Dachte ich mir. Hierhin kommt man nicht, wenn man keinen guten Grund hat.«

»Und Sie?«, fragte Valérie.

»Ich komme tatsächlich von hier, aus der Nähe.«

Coltelli deutete auf Valéries leeres Glas.

»Kann ich Ihnen was bringen?«

»Vielleicht noch einen Weißwein, danke.«

Er lächelte, nickte ihr zu und verschwand in der Menge.

Valérie blickte sich um. Das »Milas« lag am Rande von Red Bluff, nahe dem Sacramento River, in einem zweistöckigen, rechteckigen Gebäude. Die Einrichtung war warm und schlicht, helle Hölzer und Erdfarben, kaum Glas oder Metall. Im oberen Stockwerk befand sich das Restaurant, darunter eine Weinbar. In einem kleinen Park, der das Anwesen umgab, standen mehrere Pavillons, die man für Veranstaltungen mieten konnte.

In einem davon waren provisorische Büros für die Mitarbeiter von gabin.com sowie die Presse eingerichtet worden. Kurz erwog Valérie, das Restaurant zu verlassen und dorthin zu gehen. Zwar hatte sie im Pressezentrum nichts zu erledigen, aber die Aussicht, den vielen Menschen und dem Trubel zu entkommen, und sei es nur für zehn Minuten, erschien ihr verlockend.

Eine Männerhand hielt ihr ein Glas Wein vor die Nase.

»Danke«, sagte sie, »sehr freundlich.«

»Sie sind die Gabin-Erbin, oder?«

»Die Letzte meiner Art.«

»Ich mag Ihren Humor. Ich besitze übrigens mehrere der blauen Bücher, ich war immer ein großer Fan.«

Valérie versuchte, das Thema zu wechseln. Am besten, sie fragte ihn nach seinem Job. Männer redeten gerne über ihre Arbeit.

»Das freut mich. Und was machen Sie so, Joe?«

»Ich bin Farmer.«

»Sie sehen nicht wie einer aus.«

Er schaute amüsiert.

»Wie sehen die denn aus?«

»Burschikoser.«

»Ich habe auch Gummistiefel, wenn Sie das meinen. Aber ehrlich gesagt bin ich selten draußen auf dem Feld, zumindest nicht, um mit den Händen zu arbeiten. Ich bin eher ein Manager.«

Coltelli reichte ihr eine Visitenkarte. Darauf stand: »Golden Acres. Joe Coltelli, CEO.«

»Was bauen Sie denn an?«

»Äpfel.«

»Nur Äpfel?«

»Hundertzwanzig Hektar, das meiste davon Granny Smith.«

Valérie war bewusst, dass sie sich im Central Valley befand, einer der weltweit größten Anbauregionen für Obst und Früchte. Auf dem Weg hierher war sie an Feldern vorbeigefahren, auf denen Bäume und Sträucher in Reih und Glied standen, bis zum Horizont.

»Vermutlich alles automatisiert?«

»So ist es, Valérie.« Er sprach es ›Wällärie‹. »Es gibt natürlich noch ein paar Leute, die die Fahrzeuge fahren. Aber nicht mehr lange.«

»Sie meinen, die fahren bald von selbst?«

»Fahren von selbst, sprühen von selbst, ernten von selbst, ja.«

»Ich habe auf der Fahrt hierher ziemlich viele Bäume gesehen.«

Coltelli nickte.

»Das sind Mandelbäume. Mandeln sind das große Ding. Die Nachfrage ist riesig.«

Coltelli nippte an seinem Wein, lächelte. Er schien sich

auf etwas vorzubereiten. Nahm er etwa jetzt schon seinen Mut zusammen? Valérie hatte erwartet, dass er zunächst versuchen würde, ihr noch ein paar Gläser Weißwein zu verabreichen.

»Ich wollte fragen, ob Sie mit rauskommen.«

Es war halb neun. Die Sonne war bereits vor mehreren Stunden untergegangen. Rund um das »Milas« gab es außer dem kleinen Park so gut wie nichts. Schlug er ihr gerade vor, irgendwo ins Gebüsch zu gehen?

An ihrem Gesichtsausdruck schien Coltelli zu erkennen, dass er sich missverständlich ausgedrückt hatte.

»Raus auf die Terrasse. Ich habe gesehen, dass Sie rauchen.«

So wie es aussah, kam sie doch noch zu ihrer Zigarette. Eine Stimme in ihrem Kopf schalt sie. Dies verstieß gegen die Regeln, die sie selbst aufgestellt hatte. Eine andere Stimme wies sie darauf hin, dass es unhöflich wäre, den Mann allein rauchen zu lassen.

Sie traten hinaus auf die Terrasse. In einiger Entfernung wand sich der Sacramento River durch die Landschaft; über ihnen waren Sterne zu sehen. Coltelli holte eine Schachtel Lucky Strike hervor, bot ihr eine an.

»Ich habe selbst, danke.«

Coltelli gab ihr Feuer. Valérie sah sich um. Sie waren keineswegs allein auf der großen Terrasse, schienen jedoch die einzigen Raucher zu sein.

»Die Letzten unserer Art«, sagte Coltelli.

»Wie meinen Sie das?«

»Das haben Sie vorhin gesagt, bezogen auf die Gabin-Familie. Aber ich meinte wegen der Zigaretten.«

»Ja, das stimmt wohl. Hier raucht wirklich keiner mehr.«

»Ich habe gehört, in Frankreich ist das noch anders?«

»Ein wenig. Aber es geht in die gleiche Richtung.«

Aus dem Innenbereich des Restaurants vernahm Valérie einen Glockenton. Das Dinner begann in wenigen Minuten. Sie war nicht unglücklich über die Unterbrechung. Coltelli hatte sich zwar als weniger aufdringlich erwiesen als befürchtet, doch eigentlich wollte sie mit niemandem reden. Daraus würde an solch einem Abend nichts werden, später standen Gespräche mit Köchen, Honoratioren und Pressevertretern an. Aber gerade deshalb galt es, sich die Kräfte einzuteilen. Anders als ihr bisweilen sehr mundfauler Freund hatte Valérie normalerweise kein Problem damit, stundenlang mit Leuten zu plaudern. An diesem Abend fühlte sie sich jedoch wie ein Zuschauer auf ihrer eigenen Veranstaltung. Nicht zum ersten Mal in den vergangenen Monaten rätselte Valérie, warum sie sich all das antat. Ihr Vertrag mit der Delish Group sah vor, dass sie Willinon und seinen Leuten als »strategische Beraterin« zur Verfügung stand und einmal im Monat eine Kolumne schrieb. Alles andere war streng genommen optional. Sie konnte die meisten Aufgaben von ihrem Apartment in Paris aus erledigen oder von Xaviers Küchentisch. Es gab keinen Grund, sich dermaßen ins Zeug zu legen. Sie hatte genug Geld. Aber wenn man seit zwanzig Jahren hochtourig fuhr, war umschalten nicht so einfach.

»Vielleicht nach der Veranstaltung?«

»Wie bitte? Entschuldigung, ich habe das gerade akustisch nicht verstanden, Mr Coltelli.«

»Ich sagte, ich sitze auf einem der billigen Plätze. Aber vielleicht sehen wir uns nach dem Essen auf eine weitere Zigarette?«

»Gerne«, sagte sie.

Valérie drückte ihre Gauloises aus, begab sich zu ihrem Platz. Im Hauptraum des »Milas« standen etwa zwanzig große runde Tische. An ihrem saßen bereits Willinon, sein Assistent Brad, die Moderatorin sowie einige handverlesene Journalisten. Valérie atmete tief durch, setzte sich und lächelte ihren Tischnachbarn zu, fügte sich in das Unvermeidliche.

# 4

Es war fast zwei, als Kieffer das »Deux Eglises« zusperrte und sich auf den Heimweg machte. Einige Gäste hatten Sitzfleisch bewiesen und immer wieder Wein nachgeordert. Kurz überlegte er, mit dem Auto zu fahren, entschied sich jedoch dagegen. Besser, er ging zu Fuß, schließlich war das der einzige Sport, den er trieb. Kieffer lief über den Parkplatz, vorbei an dem Schild mit den beiden stilisierten Kirchtürmen. Er wandte sich nach links und nahm die den Hang hinabführende Rue Jules Wilhelm. Nach einigen Minuten erreichte er die Allée Mansfeld. Ab hier führte sein Weg an der Alzette entlang, dem Flüsschen, das sich durch die gesamte Luxemburger Unterstadt schlängelte. Über Jahrmillionen hatte sich die Uelzecht, wie sie auf Luxemburgisch hieß, durch den Felsen gefressen. Das Resultat war eine Art Canyon, in dem die Quartiere der ville basse lagen.

Kieffer lief weiter. Aus einiger Entfernung vernahm er Musik. Das früher recht verschlafene Clausen war in den vergangenen Jahren zu einem Hotspot des Nachtlebens geworden. Als Kieffer das ehemalige Gelände der Mousel-Brauerei erreichte, sah er einige junge Männer rauchend vor dem Eingang stehen. Sie trugen noch immer ihre Büroklamotten, minus der Schlipse.

Durch das Tor konnte er in den Innenhof der sogenannten Rives de Clausen sehen. Die meisten Läden hatten bereits zu oder schlossen gerade. Einige Partypeople schien das nicht zu kümmern. Gut zwei Dutzend junge Frauen und Männer in unterschiedlichen Zuständen der Trunkenheit standen in dem lang gezogenen Innenhof oder saßen an dessen Wände gelehnt auf dem Boden. Kieffer ging weiter und gelangte zu einer Brücke, die über die Alzette führte. Davor gab es eine kleine Treppe, die er hinabstieg. Der Koch lief rechts des Flusses einen Fußgängerweg entlang. Nach einigen Minuten passierte er ein Eisenbahnviadukt, das gut vierzig Meter über der Alzette aufragte.

Früher, bevor das Faubourg Clausen ein In-Viertel geworden war, hatten dort bettelarme Leute gewohnt. Die besseren Stände Luxemburgs hatten seinerzeit alles, was für die feine Oberstadt zu schmutzig oder unansehnlich war, in den Talkessel der Unterstadt verbannt – Brauereien, Gerbereien, Manufakturen. Dass den Bewohnern zusätzlich die Eisenbahn über die Köpfe ratterte, war da kaum noch ins Gewicht gefallen.

Der Uferpfad bog nach rechts ab, endete vor der alten Stadtmauer. Über eine Treppe gelangte Kieffer auf einen Wehrgang, dann querte er die Alzette. Nun befand er sich in Grund, einem weiteren Unterstadtquartier. Dort kam er an der alten Neumünsterabtei vorbei.

Kurz vor der Ulrichsbrücke blieb Kieffer stehen, suchte nach Zigaretten. Er musste alle Taschen seiner Lederjacke abklopfen, bis er sie fand. Als er sich eine angesteckt hatte und gerade weitergehen wollte, fiel ihm etwas auf. Erneut durchsuchte er die Taschen. Sein Handy fehlte. Vermutlich hatte er es im Restaurant liegen lassen. Kurz erwog der Koch, zurückzulaufen, entschied sich aber dagegen. Er wurde allmählich wie Valérie, die sich nicht einmal im Bett von ihrem Telefon trennte – mit der fadenscheinigen Ausrede, sie benutze es als Wecker.

Kieffer überquerte den Fluss erneut und bog in die Rue Saint Ulric ein, im Volksmund Tilleschgaass genannt. Hier lag das Haus, das er von seinen Eltern geerbt hatte. Der Garten grenzte direkt an die Alzette. Als seine nicht sonderlich begüterte Familie das Anwesen erwarb, war diese Wohnlage nicht sonderlich beliebt gewesen. In Grund hatte sich das Luxemburger Gefängnis befunden, und die Redewendung »am Gronn sinn« bedeutete, dass man hinter schwedischen Gardinen saß. Inzwischen war der Knast verschwunden und der Quadratmeterpreis explodiert. Ständig steckten ihm irgendwelche Makler Flyer in den Briefkasten. Der Koch warf sie stets ungelesen in den Müll.

Er sperrte auf, ging durch den Flur in die Küche. Dort holte er sich ein Bier aus dem Kühlschrank und suchte nach etwas Essbarem. Für gewöhnlich war kaum etwas da, schließlich gab es an seinem Arbeitsplatz genug Verpflegung. Heute hatte er im »Deux Eglises« einen Rest lauwarmes Biwwelamoud mit Brot gegessen. Nun verspürte er allerdings schon wieder Hunger.

Da er nichts anderes fand, behalf Kieffer sich mit einer Packung Erdnüsse. Während er auf der Küchenbank saß, sein Bier trank und eine weitere Ducal rauchte, vermisste er sein Telefon. Gerne hätte er nachgeschaut, ob Valérie neue Bilder gepostet oder ihm eine Nachricht geschrieben hatte.

Nach einer Weile erhob er sich und ging zu der Tür, die in den Garten führte. Es hatte angefangen, zu schneien, keine dicken Flocken, sondern feiner Graupel. Es war, als schüttete jemand Puderzucker über der Unterstadt aus. Aus irgendeinem Grund machte ihn der Anblick schläfrig. Kieffer beschloss, ins Bett zu gehen. Nach wenigen Minuten schlief er ein.

# 5

Valérie wollte nur noch ins Bett. Das Dinner und die Präsentation der Blue List hatten bis ein Uhr gedauert. Colelli war nicht mehr aufgetaucht – vielleicht hatte er ihr Desinteresse richtig gedeutet und war andererseits fündig geworden.

Valérie ging zu ihrem Mietwagen und stieg ein. Ihr Hotel befand sich eine halbe Stunde weiter südlich, nahe der Interstate. Kurz überlegte Valérie, ob sie das Navi benötigte, beschloss dann aber, dass sie die Autobahn auch so finden würde. Wenige Minuten später hatte sie Red Bluff hinter sich gelassen. Zu beiden Seiten der Straße standen jene Bäume mit den weißen Blüten, die sie bereits auf dem Hinweg gesehen hatte. Seit ihrem Gespräch mit Colelli wusste sie, dass es sich um Mandelbäume handelte. Die Straße war unbeleuchtet, nur das Mondlicht fiel auf die ausgedehnten Plantagen. Als Valérie nach einiger Zeit noch immer an Baumreihen vorbeifuhr, erkannte sie, dass sie sich verfranst hatte. Die Abzweigung zur Interstate hätte längst kommen müssen.

Einen Fluch unterdrückend, bog sie in einen schmalen Versorgungsweg ein und aktivierte das Navi. Als sie die Adresse ihres Hotels eingegeben hatte, fiel Valéries Blick auf einige seltsam aussehende Kästen. Sie standen jenseits der Hauptstraße zwischen den Bäumen. Die Neugier siegte über ihre Müdigkeit. Valérie stieg aus, um sie sich näher anzusehen. Als sie die Straße überquert hatte, war ihr mulmig zumute. Sie war mutterseelenallein hier draußen. Was, wenn jemand vorbeifuhr und sie sah? Man konnte nicht wissen, was für Leute sich nachts in dieser Gegend herumtrieben.

Rasch erreichte sie die ersten Bäume. Diese waren an die fünf Meter hoch und besaßen einen kurzen Stamm, der sich nach oben rasch in viele schlanke Äste auffächerte. Aus der Ferne wirkte es, als wären Letztere von Raureif bedeckt. Erst als sie sich näherte, wurden aus den grauweißen Tupfern Mandelblüten. Die Bäume waren voll davon. Valérie lief weiter, bis sie die Kästen erreichte. Es handelte sich ganz offensichtlich um hölzerne Boxen, jede davon in etwa so groß wie ein Umzugskarton. Jeweils acht davon waren auf einer Palette gestapelt, weswegen sie aus der Ferne größer gewirkt hatten. Insgesamt sah sie ein halbes Dutzend Paletten. Valérie wollte gerade näher herantreten, da vernahm sie das Summen.

Jemand hatte Bienenstöcke hier abgeladen, um die Mandelbäume zu bestäuben. Valérie hatte zuvor nicht darüber nachgedacht, aber natürlich war es logisch, dass all diese Blüten bestäubt werden mussten. Das Gleiche galt für Coltellis Apfelbäume und vieles andere, was im Central Valley angebaut wurde – Birnen, Kirschen, Melonen, Brokkoli.

Bisher war sie davon ausgegangen, dass die Bienen irgendwie von selbst zu den Blüten fanden. Nun, da sie darüber nachdachte, erschien ihr das unrealistisch. Diese Plantage war eine Monokultur, nur Bäume, sonst nichts. Jemand hatte die Bienenvölker hier abgeladen, damit sie die umliegenden Blüten anflogen. Valerie leuchtete mit dem Handy auf die Seite einer der Kisten. Darauf stand: »D. W.«.

Valérie löschte das Licht, blickte nach oben. Es war unglaublich, wie viele Sterne man hier draußen sah. Der wolkenlose Himmel, dazu die im Mondlicht silbrig schimmernden Mandelbäume – das alles war atemberaubend. Es war außerdem ein hervorragendes Fotomotiv für ihren Instagram-Account.

Valérie probierte verschiedene Einstellungen aus. Der Winkel passte nicht. Wenn sie von einer erhöhten Position aus fotografierte, wäre das Ergebnis zweifelsohne besser. Kurz überlegte sie, auf die Kisten zu steigen. Aber möglicherweise würden ihr deren Bewohnerinnen das übel nehmen. Stattdessen ging sie zurück zu ihrem Auto, kletterte auf dessen Dach. Rasch schoss sie einige Fotos.

Als sie danach eine Zigarette rauchend durch ihre Bilder wischte und überlegte, welche sie hochladen sollte, vernahm Valérie ein Motorengeräusch. Es war still hier draußen, deshalb konnte sie den Wagen hören, obwohl er noch ein ganzes Stück entfernt sein musste. Valérie steckte ihr Handy weg und vergewisserte sich, dass die Beleuchtung ihres Autos aus war. Dann wartete sie.

Ein Truck kam die Straße hoch. Auf seiner Ladefläche war schweres Gerät festgezurrt, es sah aus wie ein kleiner Bagger. Valérie fiel auf, dass der Laster die Scheinwerfer abgeblendet hatte und recht langsam fuhr. Er bog auf einen der kleinen Wege ab, die in regelmäßigen Abständen von der asphaltierten Straße in die Plantage hineinführten. Mit einem Quietschen hielt der Truck, in etwa dort, wo sich die Bienenstöcke befanden.

Valérie löste sich aus dem Schatten des Mandelbaums, hinter dessen Stamm sie gestanden hatte, und bewegte sich vorsichtig in Richtung Straße, um besser sehen zu können. Als Scheinwerfer auf dem Dach der Kabine des Trucks aufflammten, erstarrte sie. Erst nach einer Schrecksekunde begriff Valérie, dass der Lichtkegel sie nicht erfasst hatte. Dennoch suchte sie erneut Deckung hinter einem der Bäume.

Zwei Männer waren ausgestiegen und machten sich an der Ladeklappe zu schaffen. Sie fuhren eine Rampe aus, damit das kleine Fahrzeug von der Ladefläche hinabrollen konnte. Valérie sah, dass es sich um einen Gabelstapler handelte.

Vielleicht kamen Bienentransporteure immer nachts, damit der am Tag stattfindende Plantagenbetrieb nicht gestört wurde. Doch je länger sie darüber nachdachte, desto unwahrscheinlicher erschien ihr dies. Die Arbeit früh morgens oder spät abends zu erledigen, ergab möglicherweise Sinn, aber um halb zwei in der Nacht?

Der Gabelstapler fuhr zu den Kisten und hob eine der Paletten hoch. Nach höchstens fünfzehn Minuten war die Sache gelaufen. Alle Bienenstöcke waren auf der Ladefläche verstaut, der Gabelstapler fuhr die Rampe hinauf. Zum Schluss breiteten die Männer eine Plane über den Bienenstöcken aus. Dann kletterten sie ins Fahrerhäuschen und starteten den Motor.

Valérie eilte zurück zu ihrem Auto. Sie wartete, bis der Laster sich ein Stück entfernt hatte. Erst dann startete sie den Wagen, fuhr zurück zur Straße. In einiger Entfernung konnte sie die Rückleuchten des Bienentrucks ausmachen.

Mit der Zündung war auch Valéries Navi angesprungen und wies sie an, links abzubiegen. Sie fuhr stattdessen rechts, dem Laster hinterher.

Nach kurzer Zeit wechselte der Truck auf eine größere Straße, die der Beschilderung zufolge Richtung Yuba City führte. Nach etwa einer halben Stunde bog der Laster ab. Immer noch sah Valérie überall Mandelbäume. Vermutlich hatte sie sich geirrt, und die Männer brachten die Bienen schlichtweg an eine andere Stelle. Vielleicht musste es nachts passieren, weil die Bienen dann schliefen?

Der Laster blinkte. In der Dunkelheit konnte Valérie nicht viel erkennen, es gab keine Schilder, die eine Abzweigung anzeigten. Als der Laster abbog, huschten seine Scheinwerfer über eine schmale Staubpiste und ein Gebäude. Dem Umriss nach zu urteilen, handelte es sich um ein Gehöft. Valérie fuhr weiter, vorbei an Laster und Gebäude und hielt erst nach gut hundert Metern am Straßenrand.

Sie holte ihr Handy hervor, überlegte. Sollte sie die Polizei rufen? Sie überschlug den Zeitunterschied zwischen Kalifornien und Luxemburg, wählte Xaviers Nummer. Es klingelte ein paarmal, dann sprang die Mailbox an. Bei ihrem Freund war es kurz vor elf Uhr morgens. Wenn seine Restaurantschicht am Vorabend lang gewesen war, lag er vielleicht noch im Bett. Oder, und das schien ihr wahrscheinlicher, sein Handy befand sich wieder einmal im Kühlschrank.

Früher, als Xavier noch ein uraltes finnisches Tastentelefon besessen hatte, war er besser erreichbar gewesen. Seit er mit einem Smartphone ausgerüstet war, gestaltete sich die Sache schwieriger. Auf Whatsapps oder Sprachnachrichten antwortete er bestenfalls sporadisch. Zudem beschwerte er sich, weil »das Scheißteil dauernd piept«. Valérie hatte versucht, ihm zu erklären, wie man ungewünschte Benachrichtigungen abstellte, aber Xavier hatte das nicht verstanden – genauer gesagt war er nicht willens, sich mit dem Gerät auseinanderzusetzen. Seine Lösung bestand stattdessen darin, das Handy in den Kühlschrank zu legen. Dessen Isolierung sorgte dafür, dass kein Ton an Xaviers empfindliches Ohr drang.

Valérie versuchte es ein zweites Mal. Wieder bekam sie nur die Mailbox.

»Hallo Süßer, ruf mich bitte mal zurück. Ich bin hier in Kalifornien und habe was beobachtet, ich glaube, ich brauche deine Hilfe.«

Sie legte auf, stieg aus. Auf dem Gehöft brannte inzwischen Licht. Der Gabelstapler war wieder im Einsatz. Valérie sah sich um. Rechts der Straße erstreckten sich Felder, allerdings keine mit Mandelbäumen. Sie tippte auf Äpfel oder Birnen, war sich aber nicht sicher.

Schon war sie zwischen den Obstbäumen und lief auf das Gehöft zu. Es bestand, wie sie nun sehen konnte, aus einem Haupthaus, einem kleineren Nebengebäude sowie einer großen Scheune. Über das Dach des Haupthauses spannte sich eine rissige Plastikplane, die mit Sandsäcken beschwert war. Der Hof stand voller Gerümpel und Müll.

Sie war noch gut dreißig Meter von dem rostigen Maschendrahtzaun entfernt, der das Gehöft umfriedete. Hinter einem der Bäume ging sie in Deckung. Die Bienenstöcke waren abgeladen und in die Scheune gebracht worden, deren Tore offen standen. Im Inneren brannte Licht. Valérie konnte die beiden Männer sehen. Einer der beiden verteilte mit einer Art Sprühflasche Rauch über den Kisten, vermutlich um die Bienen abzuschrecken. Der andere machte sich mit einem Stemmeisen an einer der Boxen zu schaffen. Weiter hinten in der Scheune konnte sie im Halbdunkel weitere Behälter in verschiedenen Farben ausmachen, vermutlich ebenfalls Bienenstöcke. Außerdem standen an der Rückwand Fässer aus Metall.

Valérie erwog, die seltsame Szene zu filmen, entschied sich jedoch dagegen. Die Gesichter der beiden würde sie ohnehin nicht auf die Kamera bannen können, sie trugen Imkerschleier. Deshalb blieb sie, wo sie war, und schaute weiter zu.

Einer der beiden hatte die Kiste inzwischen aufgestemmt und begann, die senkrecht im Stock hängenden Wabenrahmen herauszuziehen. Er begutachtete einen nach dem anderen. Unzählige Bienen umschwirrten die Männer.

Der Mann mit dem Stemmeisen rief seinem Kompagnon etwas zu. Der nickte, produzierte mithilfe seiner Räucherbüchse eine weitere Schwade und machte sich dann daran, die Torflügel der Scheune zu schließen.

Valérie atmete tief durch. Um mehr mitzubekommen, musste sie näher heran. Aber das schien ihr gefährlich. Wer wusste schon, wozu diese Kerle imstande waren? Sie wartete einige Minuten, doch das Tor blieb geschlossen. Valérie lief vorsichtig um die Farm herum. Doch außer ein paar verlassenen Hühnerställen war nichts zu sehen.

Sie gähnte. Auf einmal konnte sie sich vor Müdigkeit kaum noch auf den Beinen halten. Valérie lief zurück zu ihrem Wagen, programmierte das Navigationssystem neu. Als es die Route berechnete, stöhnte sie leise auf. Sie hatte sich weiter von ihrem ursprünglichen Ziel entfernt als angenommen. Das Navi gab die Fahrzeit mit fast anderthalb Stunden an. Vor vier Uhr würde sie nicht im Bett sein.

Während sie fuhr, überlegte Valérie, was ihr dieser Abstecher eingebracht hatte. Vermutlich überhaupt nichts – weder taugte die Sache als Thema für ihre Kolumne, noch gab es etwas, womit sie zur Polizei gehen konnte.

Während der Fahrt versuchte Valérie erneut, Xavier zu erreichen. Bei ihrer Entscheidung vermochte er ihr zwar nicht mehr zu helfen, aber vielleicht konnte er sie ein bisschen wach halten, damit sie nicht im Straßengraben landete. Wieder erreichte sie nur seine Mailbox. Verstimmt legte sie auf.

# 6

Als Kieffer am nächsten Morgen aus dem Schlafzimmerfenster blickte, waren sein Garten und die Dächer der umliegenden Häuser weiß überpudert. Er zog sich an und ging hinunter in die Küche. Da sich die Vorratssituation über Nacht nicht verbessert hatte, beschloss er, im »Deux Eglises« zu frühstücken. Zu Fuß lief er zum Restaurant, entlang der Alzette, an deren Ufer sich stellenweise ein Eisfilm gebildet hatte.

Als er das »Deux Eglises« erreichte, war er durchgefroren. Kieffer warf die Kaffeemaschine an. Kurz darauf saß er, die Hände an der Milchkaffeeschale wärmend, an der Theke. Sein Handy fiel ihm wieder ein, doch weder hinter der Bar noch im Büro fand er das Gerät. Erst nach einigem Suchen tauchte es in einer Ablage des Barkühlschranks auf, zwischen zwei Tafeln Schokolade. Er konnte sich beim besten Willen nicht daran erinnern, es dort hingetan zu haben.

Valérie hatte angerufen und ihm auf die Box gesprochen. Dort waren auch noch andere Nachrichten, aber die interessierten ihn zunächst nicht. Während er seinen Milchkaffee trank, hörte er Valéries Nachricht ab, sprang zurück zum Anfang, hörte sie erneut. Es tat gut, ihre Stimme zu hören. Valérie klang müde und gleichzeitig aufgeregt. Kieffer fragte sich, worum es ging. Er versuchte, die Zeitverschiebung auszurechnen. In Kalifornien musste es bereits Abend sein. Betrug die Differenz acht Stunden? Oder waren es sogar zehn?

Gerade wollte der Koch sie anrufen, als es schellte. Er legte das Telefon beiseite und ging zum Haupteingang. Durch die Bleiglasscheibe neben der Tür konnte er verschwommen zwei Personen ausmachen. Sie trugen Uniformen.

»Machen Sie bitte auf«, rief jemand. »Polizei.«

Kieffer öffnete die Tür. Davor standen zwei Streifenpolizisten, ein Mann und eine Frau.

»Monsieur Kieffer?«, fragte die Frau.

»Ja. Moien. Was ist los?«

»Unsere Kollegin hat versucht, Sie zu erreichen, Kommissarin Lobato.«

Commissaire-en-chef Joana Galhardo Lobato arbeitete bei der Luxemburger Mordkommission. Kieffer hatte in der Vergangenheit bereits mit ihr zu tun gehabt.

»Hat sie? Habe ich gar nicht gesehen, Handy verlegt. Was gibt es denn?«

»Es geht um eine aktuelle Ermittlung.«

»Genauer geht's nicht?«, fragte er.

»Ein Todesfall«, warf der männliche Beamte ein. Dabei deutete er mit dem Kopf Richtung Hang. »Auf dem Kirchberg.«

»Okay. Was habe ich damit zu tun?«

»Die Frau Kommissarin würde Ihnen dazu gerne ein paar Fragen stellen. Können Sie gleich mitkommen?«

»Aufs Revier?«

»Nein, ins Bankenviertel. Sie ist noch vor Ort.«

Kieffer hatte keine Lust. Andererseits lag das Bankenviertel nur fünf Minuten entfernt. Falls man ihn später ins Hauptquartier der Police Judiciaire nach Hamm zitierte, würde es ihn mehr Zeit kosten.

»Fahren Sie mich danach zurück?«

Der Beamte nickte.

»Okay, dann mal los. Ich hole nur schnell meine Jacke.«

Sie stiegen auf dem Parkplatz in einen Streifenwagen und fuhren den Hang hinauf, um nach einigen Hundert Metern den Malakoff-Turm zu passieren, einen der Überreste der alten Stadtmauer. Kaum fünf Minuten später befanden sie sich im Finanzviertel. Der Streifenwagen hielt und Kieffer sah eine Straßensperre, Einsatzfahrzeuge, verfroren dreinschauende Polizisten. Bei dem Gebäude, das sie bewachten, handelte es sich um einen Glasklotz. Mit etwas Wohlwollen konnte man seine Architektur funktional nennen. Kieffer fand ihn speihässlich. Über dem Eingang stand in großen silbernen Lettern »Silverstein Green«.

Kieffer stieg aus, sah sich um. Schaulustige aus den umliegenden Gebäuden beobachteten die Szenerie. Ihm fiel eine Person in einem weißen Overall auf. Sie befand sich auf dem Dach des direkt angrenzenden Nachbarhauses. Während das Silverstein-Aquarium acht Stockwerke besaß, hatte das daneben liegende Bürogebäude nur vier. Der Mann in dem Overall stand am Rande des Flachdachs, schaute hinab zur Straße. War er von der Spurensicherung?

»Hier entlang, Monsieur«, sagte der Beamte.

Kieffer folgte dem Polizisten in die Empfangshalle von Silverstein Green. In den Ecken und vor einer Kaffeebar tuschelten Angestellte und schauten besorgt.

»Sie kommt gleich«, sagte der Wachtmeister.

Kurz darauf öffnete sich die Tür des Fahrstuhls, und *commissaire-en-chef* Joana Galhardo Lobato trat heraus. Mürrisch schaute die junge Frau sich um. Ihr Blick blieb an Kieffer hängen. Falls dies ihre Laune hob, verbarg sie es gut. Der Koch hatte nichts anderes erwartet. Er konnte sich nicht erinnern, Lobato jemals lächeln gesehen zu haben.

Die Kommissarin trug Jeans und Winterstiefel, dazu einen schwarzen Daunenparka. Sie wirkte ein wenig durchgefroren, ihre ansonsten olivfarbene Haut schien bleich.

»Moien, Kommissärin«, sagte Kieffer.

»Moien, Haer Kieffer. Schön, dass Sie es einrichten konnten.«

Während der Koch noch überlegte, ob der Satz sarkastisch gemeint war, sagte Lobato: »Kommen Sie, wir gehen in den Konferenzraum, den die Bank uns zur Verfügung gestellt hat. Hier unten sind zu viele Leute.«

Die Kommissarin deutete in Richtung Fahrstuhl. Kieffer kannte Lobato inzwischen gut genug, um nicht zu fragen, worum es ging. Sie würde es ihm erklären, wenn und wann sie wollte.

Kurz darauf betraten sie einen Konferenzraum im obersten Stock. Soweit Kieffer wusste, war Silverstein eine traditionsreiche Wall-Street-Bank. Entsprechend edel war die Einrichtung – dunkles Holz, Designermöbel. Er ließ sich in einen Ledersessel fallen. Lobato ging zu einem Kaffeeautomaten in der Ecke des Raums.

»Sie auch?«, fragte sie.

»Gerne.«

Während sie an der Maschine zugange war, schaute Kieffer aus dem Fenster. In der Ferne sah man die Türme des Gerichtshofs, in der Nähe die Avenue Kennedy, auf der sich der Verkehr staute. Dank der bodentiefen Glaspaneele konnte er zudem das Dach des Nebengebäudes betrachten. Dort waren Männer dabei, eine sargähnliche Kiste über das Dach zu tragen. Zwei weitere Personen, beide in weißen Overalls, sahen ihnen zu.

Die Kommissarin kam zum Tisch, stellte ihm einen Cappuccino hin, setzte sich in den Sessel gegenüber. Fest umschlossen ihre Hände die Tasse.

»Sie sind ja ganz blaugefroren.«

»Zieht da oben«, erwiderte sie.

Fragend deutete Kieffer auf das Dach des Nachbargebäudes.

»Auf diesem.«

Der Koch erwiderte nichts, sondern nippte stattdessen an seinem Kaffee.

»Haer Kieffer, kennen Sie einen Pol Schneider?«

»Ja. Was ist mit ihm?«

»Er ist tot.«

Kieffer kam halb aus dem Sitz hoch, starrte in Richtung des benachbarten Dachs. Die Männer mit der Bahre waren inzwischen verschwunden.

»Das war er?«

»Ja. Er lag da schon eine Weile.«

»Und wie ist er gestorben?«

»Der Mann war hier«, sie zeigte gen Decke, »auf dem Dach. Er ist gefallen und drüben auf dem anderen Haus gelandet.«

»Und das ist vorher niemand aufgefallen?«

»Nein. Es war schon fast dunkel, und es hat geregnet. Erst am nächsten Tag ist jemand die Gestalt auf dem Dach aufgefallen.«

»Verstehe. Und was habe ich damit zu tun?«

»Sie kannten ihn.«

»Nicht besonders gut.«

»Wie würden Sie Ihr Verhältnis beschreiben?«

»Kein Freund, nicht mal ein Bekannter. Na ja, das vielleicht schon. Pol managte für mich ein paar Bienenstöcke in der Unterstadt.«

»Verstehe. Und warum hat er Sie gestern angerufen?«

»Hat er?«

Kieffer holte sein Handy hervor, entsperrte es. Hatte Pol Schneider ihn zu erreichen versucht? Diese modernen Telefone machten ihn wahnsinnig. Dauernd fiepte und summte irgendetwas, wegen jedem Kokolores erhielt man eine Mitteilung. Er hatte bereits einmal versucht, es abzustellen, bekam es aber irgendwie nicht hin. Nachdem er eine Weile hin- und hergewischt hatte, sagte Lobato: »Mitteilungszentrale?«

»Hm?«

»Die Übersicht, wo alle Ihre Meldungen reinlaufen.«

»So was gibt's?«

Eigentlich widerstrebte es dem Koch, der Polizistin das entsperrte Telefon auszuhändigen, doch seine Neugier überwog. Er gab Lobato das Gerät. Sie wischte mit dem Finger vom oberen Rand nach unten.

»Da ist es. Gestern, gegen halb sechs. Anruf und Nachricht auf der Box.«

Ohne ihn zu fragen, drückte sie auf Wiedergabe und aktivierte den Lautsprecher.

»Xavier, hier ist Pol, Pol Schneider. Ich müsste mal aufs Grundstück, Vorbereitungen für die Honigsaison. Liegt der Schlüssel an der üblichen Stelle? Oder kann ich mir den gleich holen? Ruf mich zurück, okay?«

Kieffer hörte zu, nahm einen Schluck Cappuccino.

»Pol«, sagte er nach einer Weile, »bewirtschaftet wie gesagt ein paar Bienenstöcke für mich. Es klingt so, als hätte er sich die mal wieder anschauen wollen.«

»Und das mit dem Schlüssel?«

»Die Wiese, auf der sie stehen, ist umzäunt. Der Schlüssel für das Tor liegt im Sommer unter einem Stein, jetzt im Winter aber nicht.«

»Weil er im Sommer oft kommt, im Winter nicht?«

»Korrekt, Kommissärin. Aber sagen Sie, was hat Pol denn hier gemacht?«

»Ermittlungsgeheimnis.«

»Kommen Sie schon. Hat er mich von hier angerufen? Ansonsten hätten Sie mich doch nicht hergeholt.«

»Aus dem Silverstein-Gebäude, ja. Vermutlich vom Dach.«

»Und was hat er da gemacht? Sind da etwa Bienen?«

»Ja. Offenbar war man hier in Sorge, dass es den Tieren nicht gut geht und hat Schneider gebeten, nach dem Rechten zu sehen.«

»Jetzt verstehe ich.«

»Warum er Sie angerufen hat?«

»Warum er hier war. Ich weiß, dass er sich in den vergangenen Jahren zunehmend auf Stadtimkerei verlegt hat.«

»Bienenstöcke auf Gebäuden?«

»Ja, auf Bürogebäuden, auf Dächern von Museen. Aber wie ist er gestorben?«

»Wissen wir noch nicht. Ein Arbeitsunfall wäre denkbar.«

»Dann wären Sie doch nicht hier, oder, Madame Commissaire-en-chef?«

Lobatos schmale Lippen wurden noch etwas schmaler.

»Wann haben Sie Schneider zuletzt gesehen?«

Kieffer kratzte sich am Kopf.

»Muss länger her sein, Spätherbst?«

»Hm. Gut. Dann habe ich derzeit keine weiteren Fragen. Danke, dass Sie gekommen sind.«

»Immer gerne, Kommissärin.«

Sie erhoben sich und verließen den Konferenzraum. Kieffer drückte den Fahrstuhlknopf. Als die Türen aufgingen, wollte er Lobato den Vortritt lassen, doch sie schüttelte den Kopf.

»Fahren Sie. Ich muss noch mal da rauf. Äddi.«

»Äddi, Kommissärin.«

Kieffer sah, wie sie um die Ecke verschwand. Dann schlossen sich die Türen des Lifts.

# 7

Am Tag nach dem Dinner im »Milas« hatte Valérie ausschlafen wollen, doch bereits um halb sieben war sie hellwach. Nachdem sie eine Dreiviertelstunde diszipliniert, aber lustlos auf dem Crosstrainer des hoteleigenen Fitnesscenters verbracht hatte, ging sie frühstücken. Während Valérie die Karte studierte, rätselte sie, wie Amerikaner es schafften, zu früher Stunde all diese Dinge in sich hineinzustopfen: Eier mit Speck, Omeletts in Chilitomatensoße, dazu Würstchen und Steak. Sie bestellte Obstsalat und Kaffee.

Während Valérie aß, plante sie im Kopf den Tag. Am Abend ging ihr Rückflug von San Francisco nach Paris. Eigentlich hatte sie davor ein wenig die Stadt erkunden wollen. Aber die Geschichte von gestern Nacht ging ihr nicht aus dem Kopf. Sollte sie vielleicht doch die Polizei verständigen?

Während sie einen weiteren Kaffee trank, kramte Valérie in ihrer Tasche. Sie legte alle Visitenkarten, die sie bei dem Dinner eingesammelt hatte, auf den Frühstückstisch und überlegte, welche davon sie einscannen sollte. Ihr Blick fiel auf die Karte von Joe Coltelli.

Als sie den Kaffee getrunken hatte, ging sie in die Lobby, setzte sich auf eine Couch und wählte Coltellis Nummer.

»Guten Morgen. Hier spricht Valérie Gabin.«

»Valérie, hallo. Ich habe Sie gestern Abend wohl verpasst.«

»Ja, es war ein ziemlicher Trubel. Ich hoffe, ich rufe nicht zu früh an?«

»Nein, kein Problem. Farmer stehen früh auf.«

Es entstand eine kurze Pause. Valérie fragte sich, ob sie nicht besser gleich wieder auflegen sollte.

»Joe, Sie kennen sich doch hier in der Gegend aus.«

»Im Central Valley? Klar.«

»Ich hätte da eine Frage. Mir ist gestern etwas Komisches passiert, auf dem Rückweg.«

Sie erzählte Coltelli von dem Laster und den Bienenstöcken.

Als sie geendet hatte, sagte er: »Hive heist. Beutenraub.«

»Dafür gibt es einen stehenden Begriff?«

»Oh ja. Das kommt öfters vor.«

»Dass jemand Bienenstöcke klaut, um an den Honig zu kommen?«

»Der Honig ist denen egal.«

»Verstehe ich nicht.«

»Honig schön und gut, aber im Valley geht es ums Bestäuben. Im Februar beginnt bei uns die Blüte. Dann kommen Imker aus den gesamten Staaten von überall her nach Kalifornien, um ihre Bienen zu vermieten – aus Wyoming, Illinois, einfach von überall.«

»Wie viel kriegen die dafür, wenn ich fragen darf?«

»Sie dürfen, ist kein großes Geheimnis. Pro Bienenstock zahlen wir Farmer etwa zweihundert Dollar.«

»Das heißt, die Bienen sind wertvoll.«

»Ja, intakte Völker schlagen Sie jederzeit los. Keine Ahnung, zu welchem Preis die gehandelt werden, aber ein paar Tausend sind's bestimmt. Und Sie haben die Typen gesehen? Sie sollten das der Polizei melden.«

»Wenn es denn wirklich Diebe waren. Vielleicht gehörten denen die Bienen ja, und sie haben sie auf eine Farm gebracht.«

»Moment mal: Sie sind hinterhergefahren?«

»Ja.«

»Klingt ziemlich gefährlich.«

»Mich hat ja keiner gesehen.«

»Und was haben Sie jetzt vor, Valérie?«

»Ich weiß nicht genau. Ich fliege heute Abend zurück. Deshalb bin ich mit der Polizei etwas zurückhaltend. Bis eben war ich mir erstens nicht sicher, dass ich wirklich etwas Verbotenes gesehen habe. Zweitens habe ich keine Lust, ewig auf einer Polizeiwache zu hocken.«

Coltelli schien kurz zu überlegen.

»Ich hätte da einen Vorschlag.«

»Ja?«

»Ich kenne jemand vom Büro des Sheriffs in Red Bluff, wir waren zusammen auf der Schule. Wenn Sie wollen, rede ich mit ihm. Und erkläre, dass Sie nur wenig Zeit haben.«

»Okay. Rufen Sie ihn an.«

»Gut. Ich melde mich danach zurück. Bis später, Valérie.«

»Bis später.«

Nachdem sie aufgelegt hatte, ging Valérie auf ihr Zimmer und packte. Kaum hatte sie ihren Koffer im Wagen verstaut, rief Coltelli zurück.

»Ich habe mit Jeff gesprochen, meinem Kumpel. Er war ziemlich interessiert an der Sache.«

»Er meint, es könne so ein hive heist gewesen sein?«

»Ja. Jeff sagt, es habe hier in der Gegend bereits mehrere solcher Fälle gegeben. Aber man hat noch nie jemanden erwischt.«

»Okay. Und jetzt?«

»Würden Sie ihm zeigen, wo die Bienen abhandengekommen sind?«

»Wenn ich danach nicht stundenlang auf die Wache muss.«

»Er hat mir versichert, Sie müssten zunächst keine umfängliche Aussage machen. Wenn das nötig wäre, ginge es später auch per Video.«

»Okay. Wann?«

»In einer Stunde. Geht das?«

»Einverstanden. Allerdings bin ich mir gar nicht sicher, ob ich die Stelle wiederfinde.«

»Ich denke, ich weiß, wo es ist«, erwiderte Coltelli.

»Wie das?«

»Ihr Instagram-Profil.«

Valérie ahnte etwas.

»Sie haben mich gestalkt, Joe.«

»Ein bisschen. Gestern Nacht haben Sie ein Foto hochgeladen, Mandelbäume im Mondschein. Sehr hübsch. Und die Location haben Sie auch hinzugefügt.«

»Ich verstehe. Okay, dann bis gleich.«

Sie legte auf und schaute den Standort ihres Moonlight-selfies auf Instagram nach. Dann programmierte sie das Navi und fuhr los.

Als sie ihr Ziel erreichte, sah Valérie einen schwarzen Pick-up-Truck und einen Streifenwagen am Wegesrand stehen. Die Sonne stand inzwischen hoch am Himmel, weswegen die beiden Fahrer Schutz unter einem der

Mandelbäume gesucht hatten. Als sie Valéries Wagen gewahr wurden, traten sie aus dem Schatten. Coltelli hatte seinen Anzug gegen eine Jeans und ein schwarzes T-Shirt eingetauscht. Sein Bekannter Jeff trug eine olivgrüne Hose und ein kurzärmliges kakifarbenes Hemd, an dem ein goldener Stern befestigt war. Er wog bestimmt anderthalbmal so viel wie der gertenschlanke Coltelli.

Sie hielt und stieg aus. Die beiden musterten sie auf eine Art und Weise, die ihr nicht gefiel. Irgendetwas stimmte nicht.

»Guten Morgen«, sagte sie.

»Guten Morgen«, erwiderte Coltelli. »Darf ich vorstellen: Sergeant Jeff Hernandez.«

Sie gaben einander die Hand. Hernandez zeigte auf das gegenüberliegende Feld.

»Dann erzählen Sie doch mal, Missus. Hier soll es also passiert sein.«

»Ja. Es sieht alles gleich aus, aber ich erkenne die Stelle wieder. Da drüben«, sie zeigte auf den schmalen Weg, der in die Plantage hineinführte, »habe ich gehalten. So gegen halb zwei.«

»Warum?«, fragte der Sergeant.

»Ich hatte mich verfranst. Dann bin ich ausgestiegen, weil mir die Bienenstöcke aufgefallen sind.«

»Und dann?«

Jeff Hernandez schien kein Mann der vielen Worte zu sein. Oder aber er war wegen irgendetwas eingeschnappt. Aber weswegen?

»Dann habe ich gehört, dass ein Auto kommt. Da ich ganz allein hier draußen war, habe ich mich hinter einem Baum versteckt.«

Hernandez nickte.

»Und dann habe ich den Laster gesehen.«

Valérie begann zu erzählen, wie die beiden Männer den Gabelstapler von der Ladefläche gefahren und die Bienenstöcke aufgeladen hatten. Während sie sprach, wandte sie sich in Richtung der Felder auf der anderen Straßenseite, um Hernandez zu zeigen, wo die Kisten gestanden hatten.

Ihre Stimme erstarb.

An der Stelle, die eigentlich hätte leer sein müssen, standen mehrere Paletten voller Kisten.

»Mrs Gabin?«, sagte Hernandez.

»Das ist nicht möglich. Die sind ja alle wieder da.«

Hernandez schaute in Richtung der Kisten.

»Ist uns auch aufgefallen.«

»Aber warum haben Sie mich dann …«

»… Ihre Geschichte erzählen lassen?«

Der Polizist lächelte. »Ich wollte Ihnen nicht vorgreifen. Aber diese Bienenstöcke hat eindeutig niemand gestohlen. Sind wir vielleicht an der falschen Stelle?«

Valérie ignorierte Hernandez und ging auf die Kisten zu. In einigen Metern Entfernung davon blieb sie stehen. Es bestand kaum ein Zweifel, dass es sich um dieselben Kisten handelte. Die Farbe war identisch, die Initialen an der Seite auch. Insgesamt sah sie sechs Paletten. Auf jeder waren acht Kisten gestapelt. Keine einzige schien zu fehlen. Sie konnte hören, wie jemand sich näherte. Hernandez ging an ihr vorbei, kniete sich vor einer der Kisten nieder. Um sie herum summte und brummte es. Die Luft war voller Bienen, und sie kamen eindeutig aus diesen Stöcken oder waren auf dem Weg zurück dorthin, schwer beladen mit Mandelpollen.

Hernandez schien keine Angst vor Bienenstichen zu

haben. Er brachte seinen Kopf nahe an die Kisten und inspizierte einige von ihnen, bevor er sich wieder erhob.

»Die sehen okay aus.«

Er schaute Valérie herausfordernd an.

»Ich schwöre Ihnen, ich habe gesehen, wie die abtransportiert wurden.«

»Nun sind sie aber wieder da, oder?«

»Ja. Ja, sieht so aus.«

»Ein Foto haben Sie nicht zufällig gemacht?«

»Von dem Abtransport? Nein, ich hatte ja Angst, dass mich jemand sieht.«

Gerade wollte der Beamte etwas erwidern, als sie Motorengeräusche vernahmen. Ein Pick-up kam auf sie zu. Er war gelb lackiert, auf dem Kühlergrill prangte eine Cartoonfigur, die Valérie an die Biene Maja erinnerte. Darunter stand: »Deborah's Bees. Rubicon, WI«.

Der Wagen hielt hinter Valéries Leihwagen. Eine kräftig wirkende Frau kletterte aus der Fahrerkabine. Sie trug Cargopants und Fleecejacke. Ihre roten, von ersten grauen Strähnen durchzogenen Haare waren zu einem Pferdeschwanz zusammengebunden. Die Frau lächelte ihnen zu, kam herüber. Valérie sah, dass sie einen Imkerschleier in der Hand hielt.

»Morgen zusammen!«, rief die Frau.

»Guten Morgen«, sagte Hernandez, »danke, dass Sie so schnell kommen konnten. Mrs Gabin, das ist Debbie Wittmer, ihr gehören die Bienenstöcke.«

»Sagten Sie nicht, es sei etwas weggekommen?«, sagte Wittmer, an den Polizisten gewandt.

Der legte den Kopf schief.

»Könnten Sie mal schauen, ob die Stöcke vollzählig sind? Und unbeschädigt?«

Anstatt zu antworten, streifte die Imkerin den Schleier über und begann, die Kisten zu inspizieren. Bei einigen hob sie die Deckel an, schaute hinein. Als sie zurückkam, sagte sie:

»Sehen okay aus.«

»Tut mir leid, dass ich Sie aufgescheucht habe«, erwiderte Hernandez, »aber diese französische Lady hier …«

So wie er es betonte und Wittmer dabei ansah, klang es für Valérie wie: »aber dieses durchgeknallte Huhn aus Europa …«

»… hat angeblich Leute gesehen, die Ihre Stöcke abtransportiert haben, mitten in der Nacht.«

Die Imkerin musterte Valérie und überlegte anscheinend, ob sie es mit einer Hysterikerin zu tun hatte oder ob an der Sache etwas dran war.

»Und das haben Sie gesehen, Schätzchen?«

»Ja. Die haben alles auf einen Laster geladen. Ich bin ihnen gefolgt.«

»Von Ihren Angestellten war das keiner?«, fragte Hernandez.

Die Imkerin schüttelte energisch den Kopf.

»Nein. Unsere Bienen sind vierundzwanzig Stunden am Tag hier, um die Mandeln zu bestäuben. Nach einer Woche bringen wir sie zum nächsten Einsatzort – tagsüber.«

Wittmer wandte sich Valérie zu.

»Die haben also die Beuten mitgenommen. Und dann haben sie sie gleich wieder zurückgebracht?«

»Scheint so, Mrs Wittmer. Ich weiß, dass es ziemlich verrückt klingt.«

»Das tut es in der Tat«, erwiderte die Imkerin. An Hernandez gewandt sagte sie: »Und nun?«

Der Beamte seufzte.

»Nun? Nichts.«

Valérie starrte ihn ungläubig an.

»Mrs Gabin – ich kann nur aktiv werden, wenn eine Straftat vorliegt. Die sehe ich hier nicht. Oder wenn Mrs Wittmer Anzeige erstattet.«

»Wegen was denn?«, sagte die Imkerin.

Der Polizist nickte zustimmend. An Valérie gewandt sagte er: »Dann sind wir hier wohl fertig.«

Ohne ein weiteres Wort ging Hernandez zu seinem Streifenwagen. Er war augenscheinlich sauer, dass Valérie ihm seine Zeit gestohlen hatte.

»Tut mir leid«, sagte Valérie zu der Imkerin.

»Warum? Weil Sie was Verdächtiges gemeldet haben? Vermutlich haben Sie sich einfach in der Plantage geirrt, und es sind anderswo Beuten abhandengekommen. Der Sheriff wird Ihnen noch dankbar sein, wenn der nächste Imker anruft.«

»Passiert so was öfter?«, fragte Valérie.

»Leider ja. Bienen sind wertvoll. Und weil immer mehr Völker eingehen, werden sie noch wertvoller. Das weckt natürlich Begehrlichkeiten.«

Coltelli, der sich bisher im Hintergrund gehalten hatte, gesellte sich zu ihnen.

»Es tut mir leid«, sagte Valérie. »Ich glaube, Ihr Freund war angefressen.«

»Tja, er hatte wohl gehofft, er könnte diese Bienenbandidos auf frischer Tat ertappen.«

»Joe, ich schwöre, dass ich mir den Laster nicht eingebildet habe.«

Er machte eine beschwichtigende Geste.

»Das wollte ich damit auch nicht gesagt haben. Vielleicht haben Sie sich im Feld geirrt.«

Valérie nickte, obwohl sie wusste, dass dem nicht so war. Dies war der Ort, wo es passiert war.

»Vielen Dank, dass Sie das beide so verständnisvoll aufnehmen. Jetzt muss ich los, in wenigen Stunden geht mein Flug, und ich muss noch ein ganzes Stück fahren.«

In Wahrheit blieb ihr noch reichlich Zeit, aber auf einmal wollte sie so schnell wie möglich hier weg. Ansonsten kam Coltelli vielleicht noch auf die Idee, sie zum Lunch einzuladen.

Sie verabschiedete sich von den beiden, ging zurück zu ihrem Auto. Dabei kam sie an der Stelle vorbei, wo in der Nacht der Truck geparkt hatte. Reifenspuren waren keine zu erkennen, wohl aber einige rechteckige Abdrücke, in etwa so groß wie jene Holzpaletten, auf denen die Bienenstöcke standen.

Sie ging weiter, stieg in ihren Wagen und fuhr los.

# 8

Statt am »Deux Eglises« ließ Kieffer sich von der Polizei in der Oberstadt absetzen, nahe der Notre Dame. Da er beim Frühstücken unterbrochen worden war, wollte er dies nachholen. Irgendwie erschien es ihm makaber, dass er ausgerechnet jetzt Hunger verspürte. Immerhin hatte er Pol Schneider gekannt. Sollte ihm dessen Tod nicht mehr auf den Magen schlagen?

Von der Rue Notre Dame stieg Kieffer eine Treppe hinauf und fand sich auf der Place Guillaume II. wieder, die die Einheimischen nur Knuedler nannten. Der Platz wurde von Cafés und Restaurants gesäumt, doch Kieffer lief weiter, hielt auf einen Torbogen in einer Hauswand zu. Durch eine Passage gelangte er auf die Place d'Armes. Dort blieb er stehen, schaute auf die große Uhr über dem Portal des Barockgebäudes zu seiner Rechten. Es war bereits zu spät fürs Frühstück, gleichzeitig aber zu früh fürs Mittagessen.

Der Koch entschied sich für das »Paräis«, ein alteingesessenes Café. Beim Kellner bestellte er Milchkaffee, Brötchen und ein Pilzomelett. Während er wartete, dachte Kieffer über die Geschichte mit Schneider nach. Der Imker hatte seine Bienenstöcke inspizieren wollen. War es dafür nicht noch etwas früh?

Kieffer schaute durch die Scheibe hinaus. Der Himmel sah aus, als wäre er mit Zement verputzt. Gerne hätte der Koch gewusst, was genau Schneider auf dem Dach von Silverstein Investments zugestoßen war. Lobato hatte sich diesbezüglich bedeckt gehalten, wie immer.

Nachdenklich saß er da, ließ den Blick über die umliegenden Gebäude schweifen. Erneut blieb er an dem Barockgebäude mit der Uhr hängen, dem Cercle Cité, auch Zerkel genannt. Schneider hatte seine Bienenstöcke an den unwahrscheinlichsten Orten aufgestellt, überall in Luxemburg. Befanden sich auf dem Dach des Zerkel vielleicht ebenfalls welche? Oder auf einem der anderen Gebäude an der Place d'Armes?

Schneider hatte ihm einst dargelegt, dass viele Stadtimker schwer zugängliche Orte bevorzugten. Je abgelegener, desto weniger Mensch und Getier, desto besser für die Bienen. Auf hohe Dächer zu steigen oder steile Felshänge hinaufzukraxeln, war folglich Pol Schneiders täglich Brot gewesen. Kieffer erschien es unwahrscheinlich, dass der Imker dabei aus Unachtsamkeit von einem Bürogebäude gefallen war. Hatte ihn jemand hinuntergestoßen?

Der Kellner brachte die Bestellung. Kieffer aß sein Omelett. Als er gesättigt war, holte er sein Telefon hervor. Er wollte Valérie zurückrufen, ansonsten war sie möglicherweise verstimmt.

Irgendwo auf dem Telefon gab es eine Weltzeituhr. Der Koch benötigte eine Weile, bis er sie fand. In Luxemburg war es kurz nach zwölf, in Kalifornien erst drei Uhr morgens – zu früh selbst für Valérie. Er zahlte und stand auf. In Gedanken versunken verließ er die Place d'Armes, querte den Knuedler. Kieffer lief ein Stück durch die Altstadt, bis zum Plateau du Saint-Esprit, einem Platz am Rande der

Oberstadt, an dem sich die Gerichtsgebäude befanden. In den Neunzigern hatte man sie runderneuert, neoklassizistischer Stil, garniert mit moderner Kunst. Kieffer fand das Ergebnis misslungen, wenn er auch nicht genau hätte sagen können, warum.

Am östlichen Rand des Plateaus endete die Oberstadt. Hinter der Brüstung ging es steil bergab, unten im Tal lag Kieffers Wohnviertel. Er schaute jedoch nicht hinab, sondern hielt stattdessen auf ein gedrungenes Gebäude am Rande des St. Esprit zu. Dieses erinnerte den Koch stets an den Eingang zu einem unterirdischen Mausoleum. Wuchtige Säulen umrahmten einen düster wirkenden Zugang, neben dem Häuschen ragten Obelisken in die Höhe.

Kieffer ging hinein, drückte den Knopf des Fahrstuhls und wartete. Der Lift führte nicht in die Unterwelt, sondern lediglich in die Unterstadt. Er stieg ein. Es ging abwärts.

Unten angekommen, lief Kieffer einen Gang entlang, der sich nach zwanzig Metern zur Montée du Grund hin öffnete. Kaum zwei Minuten später erreichte er sein Haus. Der Koch fischte die Zeitung aus dem Briefkasten und öffnete die Tür und ging in die Küche, um seinen Autoschlüssel zu holen, der dort an einem Brett hing. Kieffer wollte bereits zum Wagen gehen, um zu seinem Restaurant zu fahren, als sein Blick auf die Rosenstöcke im Garten fiel. Blüten trugen diese zu dieser Jahreszeit keine, nicht einmal Knospen gab es. Dennoch erinnerten ihn die Rosen an die Bienen. Und die wiederum ließen ihn an Pol Schneiders Stöcke denken.

Er verließ das Haus und ging, eine Ducal rauchend, zur Brücke, schaute den Fluss hinauf. Die Alzette machte jenseits der Überführung einen Schlenker und floss danach zwischen der alten Neumünsterabtei und den Kasematten hindurch, einem in den Sandstein des Bockfelsens gehauenen Gangsystem. Unterhalb des steinernen Hangs lag ein terrassenförmig angelegter Garten, der zum Kloster gehörte.

Anstatt die Brücke zu überqueren, nahm er eine schmale mittelalterliche Gasse, die Rue Plaetis. Diese ging nach einer Weile in einen Uferweg über, der an der Alzette entlangführte. Linker Hand erhob sich der Hang. Der Koch lief an einigen Obstbäumen vorbei. Er war sich nicht ganz sicher, ob seine Erinnerung ihn getäuscht hatte. Doch als er den jenseits der Bäume gelegenen Teil des Klouschtergaart erreichte, sah er, dass er sich nicht getäuscht hatte.

Der Klostergarten bestand aus drei Ebenen. Auf den oberen beiden befanden sich Weinreben – eine bunte Mischung aus Rivaner, Elbling, Auxerrois, Riesling und anderen Trauben. Die untere beherbergte ein klassisches Kräuterbeet aus vier mit kleinen Buchsbaumhecken eingefriedeten Rabatten, mit Wegen in der Mitte, die ein Kreuz formten.

An der rückwärtigen Wand des Kräutergartens standen insgesamt zehn Kisten. Der Koch verließ den Uferweg, ging durch ein kleines Tor, an den Kräuterbeeten vorbei, um die Bienenstöcke genauer zu betrachten. Sie sahen aus wie jene, die Pol unweit des »Deux Eglises« aufgestellt hatte – Kiefernholz-Kisten, vielleicht achtzig Zentimeter hoch, in einem hellen Grünton lasiert. Bienen sah er keine.

In der Ferne hörte er eine Turmuhr schlagen. Der Koch schaute auf seine Uhr. Allmählich musste er ins Restaurant. Im Büro wartete noch Papierkram auf ihn. Kieffer fischte sich eine Zigarette aus dem Päckchen in seiner Jackentasche und fragte sich, was genau er im Klostergarten zu finden erwartet hatte. Dass hier Bienenstöcke standen, hatte er gewusst. Was sollte daran besonders sein?

Während er rauchte, fragte er sich, wer sich um die überall in der Stadt verstreuten Stöcke kümmern würde, nun da Pol Schneider nicht mehr war. Hatte er Mitarbeiter gehabt?

Kieffer drückte seine Zigarette an der Mauer aus. Da er nirgendwo einen Mülleimer sah, behielt er den Stummel zwischen Daumen und Zeigefinger. Der kleine Garten war eine Zier, er wollte ihn nicht verschmutzen. Ein Blick auf den Boden verriet ihm, dass nicht alle Besucher so dachten. Kippen und Verpackungen lagen herum. Vielleicht kamen diese auch von oben: Die Touristen, die von den Brüstungen in der Oberstadt auf Grund hinabschauten, ließen vermutlich einiges fallen.

Kieffer schaute sich die Bienenstöcke erneut an. Nun fiel ihm auf, dass jemand einen rosafarbenen Kaugummi direkt über das Einflugloch einer der Kisten geklebt hatte.

»Überall Vandalen«, murmelte er kopfschüttelnd, während er zur Treppe ging. An der Brücke warf er seine Kippe in eine Mülltonne, bevor er sich auf den Weg zum »Deux Eglises« machte. Dort verbrachte er anderthalb Stunden damit, Rechnungen abzuheften und Vorräte zu kontrollieren. Sie brauchten Gemüse, Rindfleisch, diverse Kräuter, außerdem … Honig? Der Koch runzelte die Stirn. In der Vorratskammer hing ein Klemmbrett, auf das jeder Mitarbeiter notieren konnte, was sie seiner Ansicht nach benötigten. Grundsätzlich war Vorratshaltung zwar Kieffers Aufgabe, aber die Postenköche hatten mitunter besser im Blick, was sie für ein Gericht brauchten. Wer den Honig aufgeschrieben hatte, wusste Kieffer nicht. Er tippte jedoch auf Qaïd, den Patissier. Vielleicht würde er mit dem

Mann reden müssen. Wenn sie ihren eigenen Honig herstellten, brauchten sie wohl kaum welchen aus dem Supermarkt.

Gegen fünfzehn Uhr machte er sich einen Kaffee, schrieb eine Nachricht an Valérie.

»Schon wach?«

Er erhielt keine Antwort. Kieffer hoffte, dass sie bald zurückkam. Schon ihre französisch-luxemburgische Fernbeziehung fand er schwierig, doch mit neun Stunden Zeitverschiebung konnte man es auch gleich lassen. Seit Tagen verkehrten sie nur per Chat, ein Kommunikationsweg, der ihm überhaupt nicht lag.

An seinem Bürorechner rief Kieffer die Internetseite von Schneider auf. Sie trug den Namen Beienbourg.lu. »Willkommen bei Ihrem Luxemburger Stadtimker« stand da. Es folgte eine kurze Beschreibung, die sich in etwa mit dem deckte, was er bereits wusste. Beienbourg platzierte im Auftrag von Unternehmen Bienenstöcke auf Dächern, kümmerte sich um den dort produzierten Honig. Die Firma füllte diesen ab und versah ihn auf Wunsch mit einem individuellen Etikett. Privatpersonen, die nur ein paar Gläser wollten, konnten diese in Pols Internetshop kaufen.

Kieffer klickte auf das Impressum. Pol Schneider war als Geschäftsführer eingetragen. Firmensitz war Urspelt. Der Koch runzelte die Stirn. Der Ort lag im Norden Luxemburgs, beinahe schon in den Ardennen. Zwar war das Großherzogtum derart klein, dass man es mit dem Auto in anderthalb Stunden von der Nord- bis zur Südgrenze schaffen konnte. Für jemand, der vornehmlich in Luxemburg-Stadt tätig war, erschien ihm der Standort dennoch unpraktisch.

Kieffer überlegte einen Moment. Dann suchte er in seinem arg zerfledderten, mit Post-its und Visitenkarten gespickten Telefonbuch nach der Nummer von Remy Schuessler, einem alteingesessenen Clausener. Auf dem Grundstück des Pensionärs standen jene Bienenstöcke, die Schneider für Kieffer bewirtschaftet hatte. Nach dem vierten Klingeln nahm Schuessler ab.

»Moien, Remy. Hier ist Xavier. Aus dem ›Zwou Kierchen‹.«

»Moien. Mit dir habe ich nicht gerechnet. Was verschafft mir die Ehre?«

»Es geht um Pol Schneider.«

»Das habe ich gehört. Schrecklich, oder?«

Kieffer war nicht überrascht, dass Schuessler bereits von der Geschichte wusste. Luxemburg-Stadt besaß rund 125.000 Einwohner. Die Alteingesessenen machten davon nicht einmal ein Drittel aus. Entsprechend bildeten diese Ureinwohner ein enges Netzwerk. Jeder kannte jeden, Neuigkeiten verbreiteten sich in Windeseile.

»Wirklich ganz schlimm«, pflichtete Kieffer ihm bei und fügte hinzu: »Ich habe mich gefragt, was jetzt aus den Bienen wird.«

»Gute Frage, Xavier.«

»Hast du außer Pol eigentlich auch mal andere Imker in deinem Garten arbeiten sehen? Ich weiß nicht mal, ob er Mitarbeiter hatte, ob man irgendwen informieren sollte.«

»Ich hatte immer nur mit ihm zu tun, keine Ahnung, ob er Kompagnons hatte. Vielleicht solltest du den Verband anrufen.«

»Welchen Verband?«

»Es gibt eine Association d'Apiculteurs, kurz ADA.«

»Der Bienenzüchterverband? Und die kümmern sich um herrenlose Bienen? Wie bei entlaufenen Hunden?«

»Vielleicht. Bestimmt war er da ja Mitglied, oder?«

»Ja, okay. Guter Tipp auf jeden Fall. Aber sag mal, noch was anderes. Du hast Pol ja bestimmt öfter gesehen, oder?«

»Zuletzt nicht, aber im Sommer, ja«, erwiderte Schuessler.

»Weißt du, ob er ein Büro in der Stadt hatte? Oder war das im Ösling?«

»Also, da oben wohnte er. Aber er hat hier ein Lager, glaube ich.«

»Weißt du, wo?«

»Irgendwo in dem Gewerbegebiet an der Rue d'Alsace.«

»Ist das da am Gleisdreieck?«

»Ja, genau«, sagte Schuessler.

»Okay, danke.«

»Wieso willst du das eigentlich wissen, Xavier?«

»Es sind da noch ein paar Dinge offen.«

Schuessler sog hörbar Luft ein.

»Bei dir also auch?«

»Hm?«

»Na ja, Außenstände. Es hieß, er sei ziemlich klamm gewesen.«

»Sagt wer?«

»Die Leute. Das Land, das er von seinem Vater geerbt hat, hatte er schon lange verkauft, er brauchte immer Geld.«

»Verstehe.«

»Ich finde das mit dem Sturz vom Dach übrigens seltsam.«

»Woher weißt du das?«

»Die Schwester meiner Frau arbeitet bei Schwartz, dieser Konditorei. Und die liefern regelmäßig an die Bank auf dem Kirchberg, wo es passiert ist.«

»Silverstein Green.«

»Ja, genau. Und ihr Kollege, also der von Jeanny, meiner Schwägerin, der war gerade dort, als die Police kam.«

Kieffer ermunterte Schuessler, weiterzusprechen.

»Pol muss vom Dach gefallen sein und ist auf dem niedrigeren Haus daneben gelandet. Laurent, das ist der vom Catering, hat ihn da liegen gesehen. Und Pol sah wohl total verschwollen aus. Wie zerstochen, verstehst du?«

»Und du meinst, das waren die Bienen?«

»Scheint mir die logische Erklärung zu sein.«

Kieffer konnte sich kaum vorstellen, dass diese Räuberpistole stimmte. Schließlich war er wenige Stunden zuvor selbst in dem Silverstein-Gebäude gewesen, hatte hinüber aufs Nachbardach geschaut. Aus der fraglichen Entfernung konnte man eine Leiche wohl erkennen – aber ließen sich auch Details wie Bienenstiche oder Schwellungen ausmachen?

Kieffer widersprach dennoch nicht. Ansonsten hätte Schuessler ihm vermutlich allerlei Fragen gestellt. Ein paar Stunden später würden sich entfernte Bekannte dann telefonisch bei ihm erkundigen, ob es tatsächlich zutreffe, dass er live dabei gewesen sei, als Pol Schneider vom Dach gefallen war.

Er bedankte sich und lud Schuessler ein, doch bald einmal wieder im »Deux Eglises« vorbeizuschauen. Der Koch lockte den Pensionär damit, dass derzeit Kuddelfleck auf der Karte stand, ein deftiges, klassisches Gericht, das viele Jüngere nicht mochten, Schuessler jedoch liebte. Dann legte er auf.

# 9

Immer wieder nippte Valérie an ihrem überdimensionierten To-go-Kaffee und schaute hinüber zu dem Gehöft. Seit gut zehn Minuten beobachtete sie das Gebäude von ihrem Wagen aus. Es schien niemand zu Hause zu sein. Der Laster von gestern Nacht war verschwunden.

Nicht nur das Gehöft schien verlassen, die ganze Gegend war so gut wie tot. In den vergangenen zehn Minuten war lediglich ein Auto vorbeigekommen. Niemand würde sie sehen, wenn sie … Wenn sie was tat? Hausfriedensbruch beging?

Wäre Xavier hier gewesen, hätte er ihr davon abgeraten. Wobei ihr Freund sich selbst derart häufig in Schwierigkeiten brachte, dass er anderen kaum Ratschläge geben konnte.

›Aber das ist nicht der Punkt‹, hörte Valérie ihn in seinem leicht akzentuierten Französisch sagen. ›Der Punkt ist, dass du in den USA bist, wo jeder eine Flinte neben dem Kühlschrank stehen hat. Du willst dir nur was beweisen. Ist es nicht so?‹

Valérie nickte unmerklich. Diesem arroganten Lieutenant Hernandez hätte sie schon gerne bewiesen, dass sie nicht halluzinierte – dass an der Sache mit den Beuten tatsächlich etwas faul war.

Sie setzte Sonnenbrille und Baseballkappe auf, stieg aus und lief auf das Gehöft zu. Die Sonne brannte vom Himmel. Valérie blieb einen Augenblick stehen und lauschte, ob von der Farm Geräusche zu vernehmen waren. Doch es war ganz still. Als sie am Tor ankam, hielt sie nach einer Klingel Ausschau. Sie fand diese an einem der Zaunpfosten. Wie das gesamte Anwesen wirkte auch die Klingel stark verwittert. Ein stümperhaft befestigter Draht lief den Pfosten hinab. Sie schellte zweimal. Falls jemand auftauchte, würde sie auf verwirrte Touristin machen, die sich verfahren hatte. Sie behielt die Tür des Haupthauses und die Fenster im Blick, aber es tat sich nichts. Valérie klingelte erneut, zählte im Geiste bis zwanzig. Nichts passierte.

Das Tor war nicht abgesperrt. Valérie schob es ein Stück auf, schlüpfte hindurch. Vor ihr lag das Hauptgebäude, links ein Hühnerstall. Beides interessierte sie nicht. Stattdessen hielt sie direkt auf die Scheune zu, in welche die Männer gestern die Bienenstöcke gebracht hatten. Anders als die Pforte war das Scheunentor verschlossen. Eine rostige Kette hing davor, gesichert mit einem vierstelligen Zahlenschloss. Valérie sah sich erneut um. Dann lief sie einmal um die Scheune herum. Sie besaß keine weiteren Türen, aber in gut drei Metern Höhe einige Fenster, die meisten davon mit gesprungenen Scheiben. Falls sie etwas fand, auf das sie steigen konnte, war es vermutlich nicht allzu schwierig, hinaufzugelangen. Die Frage war allerdings, wie sie auf der Innenseite hinuntersteigen sollte.

Sie hielt nach etwas Ausschau, das sich als Kletterhilfe verwenden ließ – eine Kiste oder ein Fass. Erneut fiel ihr auf, wie vergammelt alles wirkte. Die Kerle, die hier hausten, taten keinen Schlag mehr als nötig, das war offensichtlich.

Dieser Gedanke brachte sie auf eine Idee. Valérie ging zurück zu dem Scheunentor, griff nach dem Zahlenschloss und stellte 0–0–0–0 ein. Mit einem Klacken öffnete sich das Schloss.

»Sogar dafür zu faul«, murmelte sie.

Einen Augenblick starrte sie ungläubig auf die beiden Torgriffe und die darum geschlungene Kette, bevor sie diese hastig abwickelte und die Flügel einen Spalt weit öffnete. Rasch schlüpfte sie durch die Öffnung.

Augenblicklich brach ihr der Schweiß aus. Die Sonne hatte die Scheune in einen Backofen verwandelt. Zwar sah sie an einer Wand den Metallkasten einer Klimaanlage, diese schien aber nicht zu funktionieren. Valérie zog ihr Sweatshirt aus, sah sich um. Die Scheune war voller Gerümpel. Allerlei landwirtschaftliches Gerät stand in den Ecken, mit Staubweben überzogen. In der Mitte der vielleicht fünfzehn Mal dreißig Meter großen Bodenfläche befand sich ein großer Stahlbottich mit senkrechter, zentraler Achse. Wenn Valérie sich nicht täuschte, handelte es sich um eine Honigschleuder. Die Wabenrahmen ließen sich in von der Achse zum Rand verlaufende Metallspeichen einspannen. Schaltete man die Zentrifuge ein, wurde der Honig aus den Waben geschleudert. Es gab ferner eine Maschine, die stark mit Wachs verkrustet war. Sie nahm an, dass diese dazu diente, vor dem Schleudern die dünne Wachsschicht, welche die Waben verschloss, von den Rahmen zu kratzen. Da war ein Stapel Bienenstöcke in verschiedenen Farben – bunt zusammengeklaut, vermutlich. Sie sah außerdem eine Anlage, mit der Honig abgefüllt werden konnte. Darunter standen mehrere Kisten. Valérie öffnete eine. Sie war voller Behälter aus milchigem Plastik. Diese besaßen die Form aufrechtstehender Bären, aus deren Köpfen Ausgüsse hervorragten.

Sie sah sich weiter um. Am anderen Ende der Scheune waren Ölfässer gestapelt. Zumindest hielt Valérie sie im ersten Moment dafür. Bei genauerer Betrachtung stellte sie fest, dass von ihnen ein süßlicher Geruch ausging.

Valérie trat näher, suchte nach einer Beschriftung. An manchen Fässern fand sie Reste von Kleber und Papier, ein Hinweis darauf, dass jemand Etiketten entfernt hatte. Nach einigem Suchen fand sie ein Fass, bei dem das Label nicht vollständig abgelöst worden war.

Es handelte sich um ein Versandetikett. Von den Barcodes und den Zollinfos war nichts mehr übrig, aber sie konnte eine Buchstabenfolge ausmachen: FRA-ORD-S. Die Abrisskante des Etiketts legte nahe, dass am Ende etwas fehlte. Valérie war sich recht sicher, dass die fehlenden Lettern »F« und »O« lauteten. Dieses Fass war per Luftfracht von Frankfurt via Chicago O'Hare nach San Francisco versandt worden. Der Adressat war unleserlich, der Absender hingegen noch zu entziffern: Golden .. Gm…, Heiligenwies 9, …g, Ger …

Valérie holte ihr Handy hervor, öffnete eine Kartensoftware. Sie tippte »Germany Heiligenwies Golden« ein, landete in einem Ort namens Merzig. Sie hatte noch nie von dem Ort gehört. Anscheinend residierte dort eine Firma namens Golden Nectar GmbH. Das klang definitiv nach Honig. Aber wieso bestellten Kalifornier Honig aus Deutschland?

Ihr fiel auf, dass es außer den Fässern noch große Plastikkanister gab, so schwer, dass Valérie sie kaum anheben konnte. Sie waren mit einer hellgelben Flüssigkeit gefüllt. Einige standen auf dem Boden, aber die meisten befanden sich noch in Kisten. Der Beschriftung auf den Kartons zufolge handelte es sich um Reissirup. Nun wurde die Sache etwas klarer. Die Kerle, denen das Gehöft gehörte, verschnitten Honig mit Reissirup.

Sie ging zu zwei hölzernen Böcken, auf denen eine abgewetzte Resopalplatte lag. Darauf lagen allerlei Werkzeuge. Neben Hämmern und Schraubenziehern waren auch einige dabei, die sie noch nie gesehen hatte – vielleicht Imkerutensilien. Valérie wollte sich bereits abwenden, da fiel ihr ein Mülleimer unter dem Tisch auf. Sie drückte mit dem Fuß auf ein Pedal, woraufhin sich der Deckel hob. Als sie hineinlugte, erblickte sie eine leere Dose Coors light sowie ein halb aufgegessenes Sandwich – Pastrami, wenn sie sich nicht irrte. Der Eimer enthielt außerdem zusammengeknülltes Papier, leere Kaffeebecher, Zigarettenschachteln. Dem Geruch nach zu urteilen, musste es länger her sein, dass ihn jemand geleert hatte.

Es kostete Valérie einiges an Überwindung, den Eimer umzukippen. Mit einem der Schraubenzieher stocherte sie in dem Müll herum. Ein Plastikfläschchen erregte ihre Aufmerksamkeit. Es besaß kein Etikett und sah aus, als stammte es nicht aus einem Supermarkt, sondern aus einem Labor oder einer Apotheke. Jemand hatte mit schwarzem Stift »ALL PAS VIA FOO« darauf geschrieben. Falls es sich um weitere Airportcodes handelte, dann um sehr exotische. Sie schaute nach. Albenga, Italien. Paros, Griechenland. Numfoor, Indonesien.

Die Flasche war beinahe leer, aber am Boden klebte noch etwas zähe Flüssigkeit, die Valérie für Honig hielt. Sie steckte das Fläschchen ein, wühlte weiter und stieß auf einen Holzklotz, in etwa so lang wie ihr Daumen. Eine der Längsseiten war offen, das Innere ausgehöhlt. Über der Aussparung befand sich ein feinmaschiges Drahtgeflecht, das mit Tackerklammern am Holz befestigt war. Auf einer der kurzen Seiten gab es ein Loch. Nach einer weiteren Müllinspektion fand Valérie einen schwarzen Gummizylinder. Er passte genau auf die Öffnung.

Sie betrachtete das Objekt eine Weile. War es, was sie glaubte? Eine Art Bienenkäfig? Sie machte ein Foto und begann, den Müll mit spitzen Fingern zurück in den Eimer zu bugsieren. Als sie damit fertig war, ging sie zum Tor. Es war Zeit, sich aus dem Staub zu machen, bevor doch noch jemand auftauchte.

# 10

Kieffers Handy fiepte. Obwohl es in seiner Gesäßtasche steckte, konnte er nicht nachschauen, wer ihm geschrieben hatte. Erst musste er mit der Sauerei fertig werden. Er war gerade dabei, frische Leber durch den Fleischwolf zu drehen, eine nur mittelmäßig erfreuliche Arbeit. Egal wie man es anstellte, am Ende landete Innereienbrei auf Kochjacke und Boden – immer. Aber auf der Tageskarte standen Liewerkniddelen, folglich musste die Arbeit gemacht werden.

Der Koch jagte die restliche Leber durch den Wolf, außerdem Schweinefleisch und Speck. Erst als er fertig war, ging er sich die Hände waschen und holte sein Handy hervor. Die Nachricht stammte von Valérie.

»Bin müde, aber wach. 😍«

Er ging hinunter in den Schankraum. Es war schon nach sechs, doch Vatanen saß noch nicht an seinem Stammplatz an der Bar. Normalerweise machte der Finne stets pünktlich Schluss, heute jedoch schien er spät dran zu sein. Kieffer ging hinaus auf die Terrasse und zündete sich eine Zigarette an, wählte Valéries Nummer.

»Hallo, Süßer.«

»Guten Morgen, Val. Ist es noch Morgen?«

»Mittag. Ich bin auf dem Weg nach San Francisco.«

»Du solltest beim Autofahren nicht simsen.«

»Und du solltest während des Telefonierens nicht rauchen.«

»Ich rauche in jeder Lebenslage. Und du?«

»Ich was?«

»Dein Neujahrsvorsatz.«

»Es geht so. In Kalifornien ist es nicht so schwierig, weil fast keiner raucht und alle wahnsinnig fit und braun gebrannt sind. Letzte Woche, in China …«

»… konntest du nicht anders.«

»Genau. Gruppendruck.«

»Ausreden.«

»Das auch.«

Nach kurzem Schweigen sagte sie:

»Ich vermisse dich.«

»Ich dich auch. Kommst du bald? Oder fliegst du erst noch woanders hin?«

»Nein. Von Frisco nach Paris, über London.«

»Und dann?«

»Brauche ich einen Tag, um mich zu sortieren. Aber Montag komme ich zu dir, wenn du magst.«

»Das wäre schön. Wir könnten irgendwohin fahren.«

»Also ich würde lieber faul rumhängen, vielleicht mal in dieses Museum auf dem Kirchberg gehen. Oder Abendessen. Bei diesem berühmten Unterstadt-Koch.«

»Auch gut. Ich koche dir, was du willst.«

»Super. Du, ich habe noch eine Frage. Mir ist was Seltsames passiert.«

»Und zwar?«

»Zunächst mal: Kennst du eine Stadt namens Merzig?«

Aufgrund ihres Akzents klang es wie ›Märsisch‹. Kieffer verzichtete darauf, sie zu korrigieren.

»Klar. Die in Luxemburg oder die in Deutschland?«

»Letzteres. Ist die Stadt groß?«

»Eher ein Kaff – also, für deutsche Verhältnisse, zumindest. Wieso?«

»Ich bin da einer Sache auf der Spur. Lebensmittelpanscherei.«

»Ich dachte, du wärst Restaurantkritikerin.«

Augenblicklich ärgerte Kieffer sich, dass er das gesagt hatte. Valéries Arbeit war derzeit ein wunder Punkt.

»Bin ich. Aber ich bin auch Journalistin. Ich war sogar mal Chefredakteurin, weißt du noch?«

»Sorry.«

»Schon okay. Willinons Ideen sind ja oft nur so mittel. Aber eine, die ich ganz gut finde, ist, dass wir nicht nur Restaurants oder Produkte testen, sondern ab und zu auch Sachen aufdecken, die ganz und gar nicht sterneverdächtig sind.«

Sie ahmte die tiefe, dröhnende Stimme Willinons nach: »Investigativer *food journalism,* Xävy. Wir machen das *huge.«*

Kieffer musste grinsen. Er hatte den Mann vor Jahren einmal kennengelernt. Willinon klang tatsächlich so.

»Bravo. Genau so ist er.«

»Danke. Auf jeden Fall will ich was rausfinden über eine Firma aus diesem Kaff, wie du sagst, Golden Nectar GmbH. Im Internet findet sich nichts, keine Website, keine Produkte.«

»Vermutlich ein Großhändler.«

»Könnte sein. Vielleicht muss ich da mal vorbei.«

»Wie gesagt, ist nicht weit von hier. Aber komm erst mal her.«

»Ich gebe mir Mühe. Momentan bin ich noch irgendwo vor San Francisco im Stau.«

»Verpass bloß nicht deinen Flug.«

»Auf keinen Fall. Ich melde mich, wenn ich gelandet bin, Süßer.«

Sie verabschiedeten sich voneinander. Kieffer legte sein Telefon weg und ging zurück ins Restaurant. Inzwischen war Pekka Vatanen eingetroffen und saß an der Bar. Jacques, der Kellner, hatte dem Finnen bereits sein präferiertes Getränk serviert. Kieffer trat hinter die Theke.

»Abend, Pekka.«

»Hallo, Xavier. Na, du machst aber ein Gesicht.«

»Mache ich? Hm. Vielleicht. Bisschen die Flemm, gerade.«

Vatanen schaute fragend.

»Die was?«

»Flemm. Ich glaube nicht, dass man das übersetzen kann.«

»Im Französischen gibt es das ebenfalls, oder?«, sagte Vatanen. »Avoir la flemme.«

»Ist nicht ganz dasselbe. Es ist was anderes. Weißt du, wenn du schlapp bist und bluesig? Der Dinge irgendwie überdrüssig?«

»Du hast keine Lust, zu arbeiten? Passiert mir ständig.«

»Nein, das ist es nicht. Valérie weg, seit Wochen Scheißwetter und dann der tote Pol. Alles zusammen.«

»Pol? Ich kann dir nicht folgen.«

Der Koch erzählte Vatanen von seinem Besuch bei Silverstein und von Pol Schneiders tödlichem Sturz.

»Und der war ein Freund von dir?«

»Eher ein Bekannter. Ist nicht so, dass es mich wirklich hart trifft. Aber trotzdem – wenn jemand stirbt, den man kennt …«

»… wird einem die eigene Vergänglichkeit auf einmal allzu bewusst«, sagte der Finne und legte in dramatischer Pose den Handrücken an die Stirn.

»Du kannst echt gar nichts ernst nehmen, oder? Gestern noch hast du seinen Honig gelöffelt.«

Vatanen versuchte, betroffen dreinzuschauen. Es wirkte nicht sehr glaubwürdig.

»Ich hatte seinen Honig auf dem Löffel, und nun hat er seinen abgegeben. Das gibt einem schon zu denken.«

Als Vatanen Kieffers bösen Blick sah, machte er eine beschwichtigende Geste.

»Lass uns von was anderem reden. Was macht das Frauchen?«

»Fliegt heute Nacht zurück. Und bleibt dann hoffentlich eine Weile auf diesem Kontinent.«

»Noch besser gefiele dir in diesem Großherzogtum.«

»Ja, aber man soll nicht zu vermessen sein. Paris wäre mir auch schon recht.«

Der Küchenaufzug schellte. Kurz darauf lief Jacques mit zwei reichhaltig gefüllten Tellern an ihnen vorbei. Vatanen musterte diese mit Interesse.

»Was war das?«, fragte er.

»Rëndsrouladen. Gefüllt.«

»Mit Hack?«

»Nein mit Ei.«

»Und das andere? Sah ein bisschen aus wie was, wo jemand raufgetreten ist.«

»Du willst schon weiter herkommen, oder?«

»Tschuldigung. Ich meine ja nur.«

»Das war Tierteg. Sauerkraut, Kartoffelbrei, Pökelfleisch.«

»Okay. Wirkte auf mich ein bisschen, als hätte euer Koch das alles zusammengematscht und dann Buletten draus gemacht.«

Kieffer hätte es wohl anders beschrieben, aber im Prinzip hatte sein schnoddriger Freund recht. Alle Tierteg-Zutaten wurden vermischt und in der Pfanne angebraten. Haute cuisine war das nicht, aber seine Gäste waren ganz heiß darauf.

»Willst du eine Portion? Bei deinem Weinkonsum vielleicht ganz gut. Gibt Satz.«

Anstatt zu antworten, schaute Vatanen gebannt Richtung Eingang. Wenn dem Finnen derart die Augen aus dem Kopf fielen, konnte dafür eigentlich nur eine Frau verantwortlich sein, in der Regel eines südländischen Typs. Als Kieffer dem Blick des Finnen folgte, sah er, dass es sich um Joana Lobato handelte. Die Kommissarin strubbelte sich durch ihre kurzen rabenschwarzen Haare, in denen einige Schneeflocken hingen. Sie sah sich um, kam auf die Theke zu.

»Ein Wahnsinnsgerät«, raunte Vatanen.

Kieffer war nicht seiner Meinung. Erstens, weil er fand, dass man Frauen nicht als Gerätschaften bezeichnen sollte. Zweitens, weil ihm Lobato zu herb war. Ihre schnippische, nachgerade pampige Art ging ihm auf den Zeiger, und ihre burschikose, beinahe knabenhafte Erscheinung war auch nicht unbedingt nach seinem Geschmack. Dennoch setzte Kieffer sein bestes Chefkochlächeln auf, als Lobato auf sie zukam.

»Gudden Owend, Kommissärin«, sagte Kieffer. Dann wechselte er ins Französische, damit der des Luxemburgischen nicht mächtige Vatanen folgen konnte.

»Was kann ich für Sie tun?«

Lobato setzte sich auf den Barhocker neben Vatanen. Der Finne lächelte die Kommissarin von der Seite an. Sie tat, als wäre er nicht da.

»Was zu trinken?«

»Eine heiße Schokolade, bitte.«

Kieffer ging hinter die Theke und machte sich an der Kaffeemaschine zu schaffen. Er konnte hören, wie Vatanen der Kommissarin ein Glas Rivaner anbot.

»Danke. Ich trinke nicht.«

Kieffer stellte sich den schockierten Gesichtsausdruck des Finnen vor. Er musste lächeln. Aus Vatanens Sicht hatte seine vermeintliche Traumfrau gerade erhebliche Defizite offenbart.

Er stellte die Schokolade vor Lobato ab und sah sie fragend an.

»Was?«, sagte sie.

»So sehr ich mich freuen würde, wenn Sie einfach vorbeikämen, um was zu trinken …«

»Ja?«

»… So wenig glaub ich's.«

Lobato legte den Kopf schief. »Ich werde sogar etwas essen, Monsieur.«

»Der Sauerkraut-Kartoffelstampf-Mampf soll heute ganz formidabel sein«, sagte Vatanen.

»Ist der immer so?«, fragte Lobato auf Luxemburgisch.

»Nüchtern ist er noch schlimmer«, antwortete Kieffer.

»Hey, das habe ich verstanden«, behauptete Vatanen.

Lobato ignorierte ihn, sagte zu Kieffer gewandt:

»Tierteg eher nicht. Andere Empfehlungen?«

»Fleisch okay?«

»Völlig okay.«

»Bei dem Sauwetter – Biwwelamoud? Kanengchen mat Moschterzooss?«

»Das Erste.«

Kieffer nickte und ging zum Telefon. Er musste allmählich nach oben und sich um die Küche kümmern. Eigentlich wäre er lieber im Schankraum geblieben, um herauszufinden, was Lobato wollte – denn dass sie etwas wollte, stand für ihn außer Frage. Aber sie hatte ihre Chance gehabt. Sobald sie bereit war, würde sie es ihn schon wissen lassen.

»Bin kurz oben«, sagte Kieffer. Er stieg die Treppe zur Küche hinauf, löste dort Claudine am Pass ab. Dankbar verschwand seine Souschefin im hinteren Teil der Küche.

Hochkonzentriert arbeitete er Bestellungen ab. Die Zeit schien stillzustehen, seine Welt schrumpfte auf die Größe eines Tellers, sechshundert Quadratzentimeter Porzellan, darauf Hähnchenkeulen oder Lammkoteletts, auf den Punkt gegart, ansprechend garniert, im richtigen Verhältnis zu Kartoffeln, Speckböhnchen, Mirepoix – oder auch nicht. Teller um Teller kontrollierte er, wischte Soßenspritzer ab, positionierte Röstkartöffelchen um, schob Garnituren zurecht. War ein Teller missraten, gab Kieffer ihn zurück, meist begleitet von einer mit Flüchen garnierten Aufforderung, weniger schlampig zu arbeiten.

Irgendwann ließ der Strom der Teller allmählich nach. Kieffer streckte sich, schloss kurz die Augen. Die Küche verschwand, die Teller blieben. Er musste einige Male blinzeln, dann ging es wieder. Claudine kam an den Pass.

»Das war viel«, sagte er.

»Nicht mehr als sonst. Ein bisschen mehr vielleicht.«

Kieffer war es wie ein riesiger Ansturm vorgekommen. Aber möglicherweise wurde er einfach alt.

Das Küchentelefon klingelte. Er nahm ab.

»Zweimal Gefällte Streisel«, sagte Jacques, der Kellner, »für die Theke.«

»Ist recht«, brummte Kieffer. Er notierte sich die Bestellung und legte auf.

»Streuselkuchen zweimal«, rief er in Richtung des Patissiers und klemmte einen Bestellzettel an das Magnetboard neben dem Aufzug.

»Jetzt essen die schon Kuchen zusammen«, brummte er.

»Was meinst du?«, fragte Claudine.

»Nichts«, erwiderte Kieffer, »bin kurz unten.«

Zunächst schlich er sich hinaus auf die Terrasse, um eine Zigarette zu rauchen. Als er danach den Schankraum betrat, saßen Lobato und Vatanen immer noch an der Bar. Beide aßen schweigend Streuselkuchen – geradezu einträchtig, zumindest schien es Kieffer so.

»Schmeckt's?«, fragte er.

»Prima«, erwiderte Vatanen mit vollem Mund und zeigte mit seiner Kuchengabel auf den Teller.

»Die Vanillecreme unter den Streuseln? Sehr gut.«

Kieffer nahm das Kompliment schweigend entgegen, musterte Lobato. Sie sagte nichts, aber auch ihr schien es zu munden.

Als sie fertig gegessen hatte, zeigte sie auf die Vitrine mit den regionalen Produkten.

»Der Honig. Von Ihrem Freund?«

»Von Schneider, ja. Wieso?«

Anstatt zu antworten, tupfte Lobato sich mit ihrer Serviette den Mund ab und erhob sich. Sie bedeutete Kieffer, ihr zu folgen. Die beiden gingen Richtung Hinterausgang.

Offenbar wollte die Kommissarin vermeiden, dass Vatanen ihnen zuhörte.

»Woher stammt der Honig?«, fragte sie.

»Von Unterstadt-Bienen.«

Kieffer erzählte Lobato, dass es in der *ville basse* verschiedene Orte gab, an denen Pol Schneiders Stöcke standen – im Klostergarten, in Clausen.

»Und im Rest der Stadt? Dort müssten ja noch mehr sein«, erwiderte Lobato.

»Vermutlich. Aber wo die anderen stehen – sorry, keine Ahnung.«

»Letztes Jahr fünfzehntausend Kilo.«

»So viel hat er produziert? Woher wissen Sie das so genau?«

»Service d'imposition.«

»Fiskus, okay. Also, wie gesagt, in der Stadt stehen ja bestimmt auch noch anderswo welche.«

Kieffer deutete auf die Vitrine.

»Falls Sie übrigens noch welche davon finden, bin ich interessiert.«

»Sie wollen sie kaufen?«

»Eigentlich gehören sie mir schon. Von der letzten Saison stehen mir noch ein paar Hundert Gläser zu.«

»Verstehe. Apropos, ich brauchte eines von denen da in der Vitrine.«

»Warum?«

»Beweismittel.«

»Ist mit dem Honig etwas nicht in Ordnung? Ist er verunreinigt?«

»Vertraulich, Haer Kieffer. Verstehen Sie sicher.«

Kieffer ging zu der Vitrine, nahm eines der Gläser heraus. Er gab es ihr.

»Weiß man denn schon Näheres zur Todesursache? Hat der Sturz ihn umgebracht?«

»Der Sturz hat noch niemanden umgebracht.«

Kieffer verdrehte die Augen.

»Der Aufprall, schon gut. Sie wissen doch, was ich meine.«

»Natürlich. Aber auch das sind Ermittlungsgeheimnisse. Und jetzt muss ich los. Machen Sie mir bitte die Rechnung?«

Kieffer ging zur Bar, zog einen Kassenbon und legte ihn auf die Theke. Lobato zahlte bar.

»Stimmt so.«

»Danke.«

»Ich habe zu danken. Und, Här Kieffer?«

»Hm?«

»Bleiben Sie bei Biwwelamoud und Streiseltaart. Das können Sie. Äddi.«

Ohne eine Antwort abzuwarten, wandte Lobato sich ab und verschwand Richtung Ausgang. Vatanen sah ihr nach, kicherte albern.

»Schuster bleib bei deinem Leisten«, sagte er.

»Tu ich meistens, Pekka.«

»Das will ich hoffen. Mit der ist nicht zu spaßen.«

»Ich dachte, ihr habt gemeinsam Kuchen gegessen. Das sah so einträchtig aus.«

Vatanen nippte an seinem Weißwein, verzog das bereits stark gerötete Gesicht.

»Was, Pekka?«

»Sie hat mir gesagt, wenn ich mein versoffenes Maul halte, kämen wir prächtig miteinander aus.«

»Das hat sie aber nicht wörtlich gesagt?«

»Doch, genau so.«

Tief betroffen schaute der Finne in sein Glas. Vielleicht bekümmerte es ihn, dass er bei der Kommissarin nicht hatte landen können. Vielleicht war er aber auch nur traurig, dass seine Flasche beinahe leer war.

# 11

Am folgenden Morgen ging Kieffer einkaufen. Das meiste wurde dem »Deux Eglises« geliefert, aber mindestens einmal pro Woche fuhr er zum Florus, einem großen Supermarkt im Süden der Stadt. Als er schon fast alles auf seinem Zettel abgehakt hatte, fiel ihm wieder ein, dass sein Patissier um Honig gebeten hatte. Er holte sein Handy hervor, schrieb Qaïd eine Nachricht.

»Wieso Honig. Haben wir doch?«

Während er auf eine Antwort wartete, inspizierte Kieffer das Angebot. Auf einigen Gläsern stand schlichtweg »Honig«, es gab aber auch »Waldhonig«, »Lavendelhonig«, »Akazienhonig«, sogar »Kastanienhonig«. Letzteren hatte er noch nie probiert. Kieffer stellte ein Glas davon in den Einkaufswagen.

Der Koch nahm eines mit der Aufschrift »Blütenpracht« aus dem Regal. Mit zusammengekniffenen Augen las er das Kleingedruckte: »Mischung aus EU- und nicht EU-Honigen« stand da.

Sein Handy fiepte. Qaïd schrieb:

»Orangenblüte. Ein Glas reicht, will was ausprobieren.«

Kieffer legte ein Glas Orangenblütenhonig in seinen Wagen und rollte gen Kasse.

Kurz darauf saß er wieder im Auto. Nach ein paar Minuten erreichte er eine Bahnbrücke. Linker Hand erstreckten sich Gleise – Luxemburgs Haupt- und Güterbahnhof lagen um die Ecke. Remy Schuessler zufolge hatte Schneider in der Nähe einen Schuppen oder ein Lager besessen. Der Koch fragte sich, ob der Imker dort vielleicht auch Honig gelagert hatte. Schließlich hatte er immer noch Ware zu bekommen.

Kieffer setzte den Blinker und bog in die Rue d'Alsace ab, eine freudlose Straße, die zwischen Eisenbahnbrachen und Lagerhallen hindurchführte. Während er fuhr, kamen ihm Zweifel. Vermutlich war Pols Lager bereits von der Polizei versiegelt worden. Und selbst wenn nicht, früher oder später würde Lobato es untersuchen. Brachte er dort alles durcheinander, wäre sie nicht sonderlich erfreut. Andererseits hatte er in diese Honiggeschichte eine Stange Geld investiert, das ihm niemand ersetzen würde. Wenn sich in Schneiders Lager noch Ware befand, war dies vielleicht seine letzte Chance.

Rechter Hand erblickte Kieffer zwischen der Straße und den Gleisen ein paar Baracken. Einige davon wurden von Gebrauchtwagenhändlern okkupiert, vor den heruntergekommenen Gebäuden parkten alte BMWs und Peugeots. Hier musste es sein.

Er parkte neben einer froschgrün-metallic lackierten E-Klasse, die laut einem Schild an der Windschutzscheibe eine »GELEGENHEIT !!!« darstellte. Er sah sich um. Vor einer der Baracken saß ein südländisch aussehender Mann auf einem Klappstuhl und las. Der Koch ging zu ihm. Der Mann bemerkte ihn zunächst nicht, er schien völlig in seine Lektüre vertieft zu sein. Kieffer konnte erkennen, dass es sich um eine portugiesische Sportzeitung handelte.

»Guten Morgen«, sagte er auf Französisch.

Der Mann ließ das Blatt sinken. Er war Mitte fünfzig und trug einen preiswerten, aber frisch gebügelten Anzug nebst weißem Popelinhemd.

»Monsieur. Was kann ich für Sie tun? Suchen Sie«, er kniff die Augen zusammen und schaute hoffnungsvoll in Richtung von Kieffers altersschwachem Jaguar, »ein neues Fahrzeug?«

»Leider nein«, erwiderte der Koch, »ich suche das Büro von Pol Schneider.«

Da sich im Gesicht des Gebrauchtwagenhändlers nichts regte, fügte er hinzu: »Handelt mit Honig. Imker.«

»Ach der«, der Mann nickte, »auf der Rückseite, die Baracke mit der hellblauen Tür.«

Kieffer bedankte sich und überließ den Mann seinen Fußballergebnissen. Er ging um die Hallen herum. Insgesamt waren es an die zehn, jede davon auf der Rückseite mit einer normalen Eingangstür sowie einem Rolltor nebst Verladerampe. Nur eine besaß eine hellblaue Tür, genauer gesagt mochte diese irgendwann einmal hellblau gewesen sein. Das Gros der Farbe war abgeblättert, darunter waren dunkle Rostflecken zu erkennen.

Kieffer trat näher. Die Tür war nicht nur rostig, sondern auch voller abgewetzter Aufkleber – Fan-Spuckis von Jeunesse Esch, Gewerkschaftsparolen aus den Achtzigern, Anti-Atomkraft-Sticker. Viele waren kaum noch zu entziffern. Auf Augenhöhe prangte ein relativ neuer Aufkleber mit dem Schriftzug: »Mind your own beeswax!«

Der Koch schaute sich um. Außer ihm war keine Menschenseele zu sehen. Kieffer probierte die Tür. Sie war verschlossen. Er stieg die Stufen zur Laderampe empor und machte sich an dem Rolltor zu schaffen. Als er an den Griffen zog, bewegte es sich nach oben, allerdings nur ein Stück weit. Anscheinend war es seit Längerem nicht mehr bewegt worden.

Er ging zurück zu seinem Auto, öffnete den Kofferraum. Mit einer Flasche Motorenöl ging er kurz darauf zurück zu dem Rolltor und goss etwas davon in die Ritzen zwischen Lamellen und Mauerwerk. Dann rauchte er eine Ducal. Nach zehn Minuten versuchte er es erneut. Diesmal gelang es ihm, das Tor etwas weiter hochzuhieven, bevor es erneut blockierte. Kieffer stützte es mit einigen herumliegenden Ziegelsteinen ab und kroch unter dem Tor hindurch ins Innere.

Dort sah es etwa so aus, wie er es sich vorgestellt hatte: unverputzte Wände, verstaubtes Gerümpel. Insgesamt war die Baracke kaum mehr als fünfzig Quadratmeter groß. Kieffer tastete an der Wand entlang, bis er den Lichtschalter fand. Eine Glühbirne flackerte auf.

Es gab Regale mit Imkerausrüstung: Schutzanzüge, Schleier, Rauchbläser. An einer Wand waren Beuten gestapelt, alle in hellem Grün lasiert. In einer Ecke erblickte er an die zwanzig Pappkartons. Kieffer öffnete einen und stellte befriedigt fest, dass er voller Honiggläser war. Die Etiketten glichen farblich denen, die er aus dem »Deux Eglises« kannte, doch der Schriftzug war ein anderer. Statt »Ënnerstad-Hunneg« stand »Beienbourg. Hunneg vun Lëtzebuerger Beien« darauf.

Eigentlich hatte er Unterstadthonig gewollt. Aber immerhin stammte das Zeug dem Etikett zufolge aus Luxemburg, und das musste reichen. Kieffer nahm vier der Kisten und stellte sie neben den Eingang. Er überlegte gerade, wie er das Rolltor weiter hochbekommen sollte, als ihm eine Karte an der Wand auffiel. Sie hing über einem kleinen Schreibtisch und war an ein Korkboard gepinnt. Kieffer trat näher. Es handelte sich um eine Straßenkarte von Luxemburg-Stadt, in die Stecknadeln mit gelben Köpfen gesteckt worden waren. Die meisten Nadeln befanden sich auf dem Kirchberg, aber auch in Clausen, Pfaffenthal und Verlorenkost steckten einige. Mehrere gelbe Punkte gab es außerdem rund um den Parc municipal, einen sichelförmigen Grünstreifen westlich der Oberstadt.

Kieffer betrachtete die Karte eine Weile. Insgesamt steckten darin gut zwanzig Nadeln. Er war sich ziemlich sicher, dass sie die Orte markierten, an denen Pols Bienenstöcke standen, denn auch an jener Stelle, wo sich das Silverstein-Gebäude befand, steckte eine. Das Gleiche galt für den Klostergarten und für Schuesslers Grundstück.

Kieffer machte ein Foto von der Karte. Als Nächstes nahm er den Schreibtisch in Augenschein. Abgesehen von einem Haufen ungeöffneter Fensterkuverts und einem Stapel Zeitschriften, war er leer. Viele der Briefumschläge waren gelb oder hellblau und sahen wie Mahnschreiben aus.

Bei den Zeitschriften handelte es sich um eine wilde Mischung aus französischen Sexheftchen und Katalogen für Imkerbedarf. Er blätterte durch den obersten. Man konnte jede erdenkliche Form von Imkerbekleidung ordern, ferner Bienenstöcke in unterschiedlichsten Formen. Auch lebende Bienen wurden angeboten. Er legte den Katalog zurück.

Unter Einsatz eines Stemmeisens, das er in einem der Regale fand, gelang es ihm, das Rolltor zur Hälfte zu öffnen. Er schob die Kisten auf die Laderampe, schlüpfte hinaus. Ein paar Minuten später war er wieder auf dem Weg zum Restaurant.

Der Verkehr war dicht und zäh, Kieffer stand im Stau. Auf dem Weg durch die Oberstadt blieb Kieffer deshalb reichlich Zeit, die umliegenden Gebäude zu betrachten. Hausten auf einigen davon Bienenvölker? Wenn er es genau wissen wollte, würde Pols Karte ihm Auskunft darüber geben.

Die Autos vor ihm bewegten sich. Als Kieffer anfuhr, hörte er die Honiggläser in seinem Kofferraum leise klirren. Er fragte sich, ob ihm jemand einen Strick daraus drehen würde, dass er sich einfach bedient hatte. Dazu musste vermutlich erst einmal jemand da sein, der Anspruch auf die Ware erhob.

Er dachte an den Stapel unbezahlter Rechnungen auf dem Schreibtisch der Baracke. Pol Schneider wäre nicht der Erste seiner Geschäftspartner, der pleiteging. Er erinnerte sich an einen Weingroßhändler aus Saarbrücken. Kieffer und ein anderer Kollege hatten bei dessen Weinfest das Catering übernommen, und »Saar-Weindepot« schuldete ihnen dafür fünftausend Euro. Dann steckte ihnen jemand, der Händler habe Konkurs angemeldet. Natürlich hätten sie ihre Ansprüche beim Insolvenzverwalter geltend machen können. Stattdessen waren sie mitten in der Nacht zu dem Weinhändler gefahren. Dieser hatte Kieffer für den Catering-Einsatz einen Schlüssel ausgehändigt. Er und sein Kollege bedienten sich bei den Weinvorräten, vor allem beim Bordeaux, nahmen Kisten im Wert von fünftausend Euro mit. Ganz sauber war das nicht gewesen. Aber so lief es eben.

Als er das Restaurant erreichte, fuhr er auf den Parkplatz und manövrierte das Heck des Autos möglichst nahe an eine metallene Klappe neben der Außenwand. Darunter befand sich ein Laufband, das in den Keller führte. Kieffer wuchtete die Honigkisten aus dem Kofferraum und platzierte sie vor der Klappe. Als er diese gerade aufschließen wollte, klingelte sein Handy. Es war sein Nachbar, Remy Schuessler. Vermutlich wollte er Kieffer erzählen, dass die Polizei da gewesen war.

»Moien, Remy.«

»Hör mal, ich muss dir was erzählen.«

Schuessler klang sehr aufgeregt.

»Was denn?«

»Die sind weg.«

»Wer ist weg?«

»Na, die Bienenstöcke.«

»Du meinst, die Police hat sie mitgenommen, zur Beweissicherung?«

»Wieso Police? Davon weiß ich nichts. Ich bin nur gerade zum Garten, nach dem Rechten sehen.«

»Und da ist dir aufgefallen, dass die Bienen weg sind?«

»Ja, alle weg. Und du meinst, die Police hat die konfisziert?«

Kieffer konnte es sich kaum vorstellen. Die Police Grand-Ducale hätte die Stöcke wohl kaum in einer Nacht- und Nebelaktion mitgenommen, sondern den Grundstückseigentümer zumindest vorab informiert.

»Bist du daheim?«

»Ja«, erwiderte Schuessler.

»Wir treffen uns im Garten, okay? In funf Minuten.«

»Alles klar, Xavier.«

Kieffer legte auf. Er öffnete die Klappe, stellte die Kisten auf das Laufband und sah zu, wie sie unter leisem Klirren hinab in den Keller fuhren. Dann machte er sich auf den Weg. Er lief die Rue Wilhelm aufwärts. Vor ihm erhob sich der bewaldete Hang des Kirchbergs, an einigen Stellen lugten Felsen oder Mauerreste aus dem Grün hervor. Nach vielleicht zweihundert Metern ging rechter Hand eine Straße ab, die Rue Malakoff. Direkt an der Ecke befand sich ein Grundstück. Es handelte sich um eine Wiese mit einigen verkrüppelten Obstbäumchen sowie ein paar Beeten. Dahinter erhob sich der Hang. Das kleine Grundstück grenzte nicht direkt an Remy Schuesslers Haus, sondern lag ein Stück davon entfernt – es war quasi sein Schrebergarten.

Der Pensionär wartete bereits am Gartentor auf ihn. Schuessler war Ende sechzig und ging immer mehr aus dem Leim. Er war inzwischen derart birnenförmig, dass er Kieffer an einen Barbapapa erinnerte.

Sie begrüßten einander. Schuessler zeigte auf das Tor.

»Das war auf, und das Schloss fehlt.«

In der Tat fehlte der Schließzylinder. Der umliegende Lack war verkratzt, auf Kieffer wirkte es, als hätte jemand das Schloss mit einer Bohrmaschine bearbeitet. Gemeinsam betraten sie den Garten. Er maß kaum mehr als zweihundert Quadratmeter und wurde auf der gegenüberliegenden Seite von einem Felshang begrenzt. Vor den efeuüberwucherten Brocken standen drei niedrige Tischchen. Auf jedem davon war ein heller, rechteckiger Abdruck zu sehen.

»Da standen sie«, bemerkte Schuessler unnötigerweise. »Drei pro Tisch, übereinandergestapelt.«

»Ich weiß, Remy. Einfach weg?«

»Einfach weg. Gestern Abend waren sie definitiv noch da. In der Nacht muss sie jemand geklaut haben.«

Schuessler schüttelte den Kopf.

»Alles Schlechte von da kommt irgendwann hier rüber.«

Kieffer runzelte die Stirn.

»Von wo? Wie meinst du das?«

»Aus Amerika, natürlich. Da passiert so was andauernd.«

»Dass Leute Bienen klauen?«

Schuessler bemerkte Kieffers zweifelnden Blick, richtete sich zu seiner vollen Größe von hundertsechzig Zentimetern auf.

»Ich hab's gegoogelt. Hive heist nennt man das. Bienenstöcke sind nämlich wertvoll.«

Dass im Großherzogtum Bienenbanditen unterwegs waren, die bei Nacht und Nebel Insektenvölker stahlen, erschien dem Koch nicht sonderlich wahrscheinlich. Kieffer trat an die Tischchen heran, suchte den Boden ab. Der Untergrund war feucht vom Regen und Schnee der vergangenen Tage. Ein geübter Fährtenleser hätte sicherlich etwas finden können. Ihm verriet der Boden rein gar nichts.

»Die Nachbarn haben nichts bemerkt?«, fragte er.

Schuessler schüttelte den Kopf.

»Cristiano Pereira ist verreist. Die Schoentgens haben nichts gesehen. Und Guy Hausemer sagt, er sei nachts kurz wach geworden, habe ein Auto gehört, aber nicht geschaut.«

»Wieso auch.«

»Ja, wieso. Viel Verkehr ist hier abends nicht, aber kann natürlich mal sein, dass sich einer verfranst.«

Kieffer lief im Zickzack den Garten ab. Das nasse Gras ließ seine Chucks feucht werden. Er überlegte. Neun Kisten, jede etwa fünfundzwanzig Kilo schwer. Zwei kräftige

Männer könnten sie binnen weniger Minuten weggeschafft haben.

Abrupt blieb er stehen. Vor ihm lag etwas im Gras.

»Was ist, Xavier?«

»Moment.«

Er kniete sich nieder. Remy schaute interessiert zu.

»Ist es, was ich denke, das es ist?«, sagte er.

»Hm?«, erwiderte Kieffer.

»Chubba-Wubba.«

Der Koch nickte. Im Gras lag etwas, das wie ein alter Kaugummi aussah. Er war etwas größer als die normalen Streifen und von knallpinker Farbe. Vielleicht handelte es sich um eines jener speziell zum Produzieren möglichst großer Blasen gedachten Kaugummis – um *Bubblegum*.

»Meinst du, das stammt von den Dieben?«

»Wenn du keins kaust«, erwiderte Kieffer.

»Ich? Pfui, nein.«

»Dachte ich mir.«

»Und jetzt?«

Der Koch nahm eine Packung Papiertaschentücher aus der Jackentasche, entfaltete eines davon und wickelte den Kaugummi darin ein.

»Was machen wir denn bloß?«, fragte Schuessler.

Kieffer zuckte mit den Achseln.

»Es zur Anzeige bringen?«

»Aber es waren ja gar nicht meine Bienen.«

»Ich kann das auch machen, aber«, Kieffer deutete auf das Gartentor, »eingebrochen haben sie letztlich bei dir, oder?«

Schuessler nickte.

»Ich rufe mal bei der Wache an«, sagte er.

»Mach das. Remy, ich muss jetzt mal. Die Arbeit ruft.«

Kieffer verabschiedete sich und begann, zurück zum »Deux Eglises« zu laufen. Nach einigen Schritten hörte er hinter sich Schuesslers Stimme.

»Xavier, noch was.«

Der Koch drehte sich um.

»Hm?«

»Nach unserem letzten Gespräch habe ich mir die Kisten noch mal angeschaut.«

»Woraufhin angeschaut?«

»Wir haben uns doch gefragt, wer Schneiders Kompagnon war, also, ob er welche hatte. Ich dachte, vielleicht klebt irgendwo ein Schild dran. Mit Telefonnummer vielleicht.«

»Und?«

»Keine Nummer. Aber an einer war unten ein kleines Zeichen, eine Vertiefung im Holz. Man konnte die fast nicht erkennen, weil da jemand mehrfach drübergepinselt hatte.«

»Und was war das? Initialen?«

»Nein, eine Eule.«

»Eine Eule? Und was soll das bedeuten?«

»Keine Ahnung.«

»Hast du zufällig ein Foto davon gemacht, Remy?«

Der Rentner schüttelte den Kopf.

»Nein. Aber es war eine Eule. Bisschen stilisiert, aber gut erkennbar.«

»War die nur auf einer der Kisten?«

»Ja. Wobei – ich habe mir daraufhin natürlich alle Kisten angeschaut. Das Zeichen war nirgendwo sonst drauf. Bei einer Kiste war die Stelle allerdings ein bisschen abgeschrappt.«

»So als ob jemand etwas entfernt oder weggeschliffen hätte?«

»Möglich. Aber vielleicht habe ich es mir auch nur eingebildet. Also, nicht das mit der Eule, aber das mit der …«

»Ich versteh schon. Danke dir.«

Kieffer verabschiedete sich und ging zurück zum Restaurant.

# 12

Montag war im »Deux Eglises« Ruhetag. Dennoch fuhr Kieffer ins Restaurant, um etwas Bürokram zu erledigen und einige Sachen aus der Speisekammer zu stibitzen, damit er seiner Freundin etwas kochen konnte.

Als er gegen halb zehn das Restaurant betrat, bemerkte er sofort, dass er nicht allein war. Kieffer hätte nicht genau sagen können, woran er dies festmachte – der Schankraum war verlassen, Licht brannte auch keines –, er wusste es einfach. Irgendjemand war hier. Nur wer? Vielleicht fiel der arbeitswütigen Claudine an ihrem freien Tag zu Hause wieder einmal die Decke auf den Kopf. Dann brütete sie oben in der Küche mitunter über alle möglichen Menüveränderungen, während sie die Vorräte an Bitterschokolade dezimierte. Er stieg die Treppe zur Küche hinauf, um nachzusehen.

Anders als erwartet fand er dort nicht Claudine vor, sondern Qaïd, den Patissier.

»Moien«, brummte Kieffer.

Qaïd fiel fast der Löffel aus der Hand. Offenbar hatte er seinen Chef nicht bemerkt.

»Hallo, Xavier.«

»Was machst du denn hier?«

»Oh, ich probiere ein paar Sachen aus. Man hat ja sonst nie die Ruhe.«

Er beobachtete, wie der Patissier in einer Schüssel karamellfarbene Creme rührte. Als Qaïd Kieffers Blick bemerkte, hielt er seinem Chef den Löffel hin.

Der Koch probierte. Die Creme war sehr süß und sehr fett. Sie erinnerte ihn an die Masse, mit der Paris-Brest-Kränze gefüllt wurden.

»Crème mousseline?«, fragte Kieffer.

»Ja, das ist die Grundlage. Aber in dieser hier sind statt dem Lebkuchengewürz Zimt, etwas Orangenzeste und Honig. Ich bin mit der Konsistenz aber noch nicht ganz zufrieden.«

Kieffer schätzte, dass der Patissier bereits beim fünften oder sechsten Versuch war. Überall standen Schüsselchen voll hellbrauner Creme herum, außerdem allerlei Zutaten, darunter auch zwei Honiggläser. Eines stammte aus dem Supermarkt. Bei dem anderen handelte es sich um sein Eigenprodukt, den Schneider'schen Unterstadtnektar. Der Koch griff nach dem Glas. Qaïds Mundwinkel zuckten.

»Spuck's schon aus«, sagte Kieffer.

»Also, dieser Honig.«

»Der hier, meiner?«

»Ja. Der ist Mist.«

»Was ist damit?«, fragte Kieffer.

Anstatt zu antworten, nahm Qaïd einen frischen Löffel aus der Schublade.

»Erst den aus dem Supermarkt«, sagte er.

Kieffer seufzte. »Ich weiß nicht, ob das nötig ist. Wenn du sagst, dass er …«

Der Patissier hielt ihm noch immer den Löffel hin und

schob ihn mehrmals ruckartig nach vorne, so als wolle er seinen Chef damit erdolchen.

»Na gut, gib.«

Der Koch tunkte den Löffel in den Supermarkthonig. Er schmeckte, wie Honig eben schmeckte. Natürlich war Kieffer bewusst, dass es feine und weniger feine Unterschiede gab. Aber dieser war süß, flüssig, besaß kaum Bitterkeit, dafür aber eine florale Note.

»Und jetzt den anderen«, sagte Qaïd und hielt ihm das Glas mit dem »Deux Eglises«-Logo hin. Wieder probierte Kieffer. Augenblicklich verstand er, was sein Patissier meinte. Dieser Honig schmeckte süß. Aber das war es dann auch schon.

Kieffer ließ das Glas sinken. Hatte Schneider ihm Mist angedreht? Und falls ja, warum war es ihm dann bisher nicht aufgefallen? Eigentlich gab es nur zwei Erklärungen für diesen frappierenden Qualitätsunterschied. Entweder war sein Gaumen bei der letzten Verkostung im Tiefschlaf gewesen. Oder es handelte sich nicht um den gleichen Honig. Kieffer überlegte. Nach der ersten Ernte im vergangenen Jahr hatte Pol Schneider ihm zunächst ein relativ kleines Kontingent an Gläsern geliefert, danach ein größeres. Die erste Charge hatte er zweifelsohne probiert. Die zweite vermutlich nicht. Warum auch?

»Schon, oder?«, sagte der Patissier.

Kieffer nickte.

»Du hast leider recht.«

Der Koch starrte das Glas mit dem blauen Logo an. Dann wandte er sich abrupt ab, ging in Richtung Treppe.

»Bin gleich wieder da!«, rief er.

Kurz darauf kam er schnaufend zurück, in der Hand eines der Honiggläser, die er in Schneiders Lager hatte mitgehen lassen. Der Koch und sein Patissier tauchten ihre Löffel hinein, probierten.

»Auch der ist nicht besonders. Ich würde sagen, genau wie der andere. Oder was meinst du?«, sagte Kieffer. »Und recht flüssig, wie Lindenblüte oder Akazie?«

Qaïd schüttelte den Kopf.

»Schmeckt nicht nach Lindenblüte oder Akazie. Ist bestimmt gestreckt.«

»Sicher?«

Qaïd schaute ein wenig pikiert. Er wollte etwas erwidern, aber Kieffer kam ihm zuvor.

»Du bist der Experte. Gut, dass dir das aufgefallen ist. Ich bestell uns eine Kiste von etwas Besserem. Und deinen Orangenhonig habe ich in die Speisekammer gestellt.«

»Danke.«

Qaïd hielt die beiden Gläser gegen das Licht, ließ Honig über den Löffel zurück ins Glas träufeln.

»Sind beide gleich schlecht oder zumindest sehr ähnlich. Dem Lieferanten, von dem du das Zeug hast, solltest du echt mal die Hammelbeine lang ziehen.«

»Äh, ja. Ich muss dann mal runter ins Büro. Viel Erfolg mit der Creme.«

Kieffer stieg die Treppe hinab. Nachdem er sich einen Kaffee gemacht hatte, ging er in sein Arbeitszimmer. Wie immer sah es dort aus, als hätte die Steuerfahndung kürzlich eine Razzia durchgeführt. Er setzte sich, schob Papierstapel zur Seite.

Was für einen Mist hatte Schneider ihm angedreht? Und wieso war das Lager des Imkers voll von gepanschtem Honig? Kieffer musste an die Rechnungsstapel denken. War Pol Schneider derart klamm gewesen, dass er zu solchen Mitteln hatte greifen müssen?

Kieffer schob den Gedanken beiseite. Bevor er Valérie vom Bahnhof abholte, musste er ein paar Bestellungen fertig machen, Rechnungen begleichen und Papiere sortieren. Wobei für Letzteres möglicherweise keine Zeit mehr bleiben würde.

Zwei Stunden später fuhr er zum Hauptbahnhof. Er war etwas spät dran, aber anscheinend war der Zug auch nicht ganz pünktlich. Und so fuhr er just in dem Moment am Haupteingang vor, als Valérie, einen Rollkoffer hinter sich herziehend, auf die Straße hinaustrat.

Kieffer stieg aus, ging auf sie zu. Als er Valérie erreichte, umarmte er sie und hob sie kurz hoch. Sie gab ihm einen Kuss und lachte.

»Wow, was ist los? Ist schon Frühling?«

Kieffer blickte in den wolkenverhangenen Himmel.

»Ich glaube nicht. Muss wohl an dir liegen.«

Er nahm ihr den Koffer ab und verstaute ihn im Kofferraum. Dabei fiel Valéries Blick auf die Proviantkiste, die er zuvor im Restaurant gepackt hatte.

»Hast du etwa vor, zu kochen?«

»Mal schauen. Ich weiß ja nicht, ob du noch mal rauswillst.«

»Morgen wieder.«

Kieffer nickte, hielt ihr die Tür auf. Valérie lächelte, schien von derart viel Galanterie überrascht. Kieffer fragte sich, ob er sonst ein Stoffel war.

Sie fuhren nach Grund. Eine halbe Stunde später saßen sie aneinandergekuschelt auf dem alten Ledersofa in Kieffers Wohnzimmer, jeder ein Glas Riesling in der Hand. Der Koch hätte dazu gerne eine Ducal geraucht, wusste allerdings nicht, wie seine Freundin es derzeit mit dem Rauchen hielt.

»Zigarette, Val?«

»Erst nach dem Essen.«

»Neue Regel?«

»Ja. Aber du kannst ruhig.«

Kieffer winkte ab.

»Erzähl mir von deiner Reise. Wie war Kalifornien?«

»Schön. Etwas unwirklich. Vor allem der letzte Tag.«

Valérie erzählte ihm von den Mandelplantagen des Central Valley, von den herumreisenden Imkern und dem vermeintlichen Diebstahl der Bienenstöcke.

»Ist nicht dein Ernst.«

»Was?«

»Na, das mit dem hive heist«, erwiderte er.

»Hey, du kennst sogar den Fachausdruck.«

»Ja, aber nur, weil sie meine Bienenstöcke oben auf der Rue Malakoff vorgestern Nacht ebenfalls geklaut haben.«

Valérie richtete sich auf und schaute ihn verwundert an.

»Ich wusste nicht, dass das ein globales Phänomen ist.«

»Ich auch nicht«, erwiderte Kieffer.

Valérie griff nach ihrer Jacke, die über der Armlehne des Sofas lag und holte eine Schachtel Gauloises hervor. Als hätte sie nie ein Wort über ihre Rauchregeln verloren, zog sie eine heraus und zündete sie an.

Kieffer spürte, wie sich ihm ein spöttisches Grinsen auf die Lippen schlich. Er musste sich konzentrieren, um es zu unterdrücken. Mit ernster Miene fuhr er fort:

»In Kalifornien mag es sein, dass die Stöcke wegen dieser Leihbienen-Nummer viel wert sind. Aber hier? Davon habe ich noch nie gehört.«

»Wovon genau?«

»Na, dass Imker ihre Bienen durch halb Europa karren, um irgendwas zu bestäuben.«

Er berichtete seiner Freundin von Pol Schneiders mysteriösem Tod, von dessen Arbeit als Stadtimker, von dem gepanschten Honig.

»Der war echt mies. Kann natürlich sein, dass Stadthonig qualitativ schlechter ist als Landhonig, aber ich gaub's nicht.«

Valérie schüttelte den Kopf.

»Eher im Gegenteil.«

»Tatsächlich?«

»Ja. Dieser *miel béton,* wie er bei uns heißt, ist super. In der Stadt gibt es weniger Pestizide als auf dem Land. Die Auswahl an Blüten in Parks, auf Wiesen und Balkonen ist groß: Linde, Akazie, Rosskastanie, Zierpflanzen, Gartenkräuter. Stadtbienen produzieren sogar mehr Honig als Landbienen.«

»Verstehe. Du scheinst dich eingelesen zu haben.«

»Ich hatte Zeit. Der Flug von L.A. nach Paris dauert fünfzehn Stunden. Kann ich was von deinem Honig haben?«

»Ja, aber was willst du damit? Ihn untersuchen lassen?«

Sie nickte.

»Ich habe auf dieser Farm, wo sie die Bienenstöcke hingebracht haben, ebenfalls etwas Honig mitgehen lassen. Dann habe ich mich schlau gemacht, wie man herausfinden kann, ob ein Honig in Ordnung ist.«

Valérie griff in ihre Tasche und holte eine kleine Plastikflasche hervor. Darin befand sich etwas, das wie Honig aussah, allerdings kaum mehr als einige Teelöffel. Auf die Seite hatte jemand mit einem Edding mehrere Großbuchstaben gekritzelt.

»Was ist das?«, fragte er.

»Der Honig aus Cali«, erwiderte Valérie. »Was die Buchstaben bedeuten, habe ich allerdings noch nicht rausgefunden.«

»IATA-Codes?«

»Das war auch meine Idee. Aber die fraglichen Flughäfen sind alle klein und abgelegen. Und ja, ich habe überprüft, ob es sich vielleicht um irgendwelche Logistik-Drehschreiben handelt, die man nicht kennt. Aber Fehlanzeige. FOO beispielsweise liegt auf einer gottverlassenen Insel im Indischen Ozean. Abkürzungen habe ich auch überprüft.«

»Mir fielen noch die Foo Fighters ein.«

Sie versetzte ihm einen Knuff.

»Sehr hilfreich.«

»Yeah, I'm lookin ›to the sky to save me, lookin‹ for a sign of life.«

»Quatschkopf. Ich finde, man sollte die beiden Proben einschicken. Die größte Expertise auf diesem Gebiet hat ein Labor namens Hoffmann Research Group.«

»In Amerika?«

»In Bremen.«

Kieffer erhob sich, verschwand in der Küche. Kurz darauf kam er mit einer kleinen Tupperdose zurück.

»Bitteschön, für dein Labor. Aber meinetwegen musst du es nicht untersuchen lassen.«

»Interessiert dich nicht, was da drin ist?«, fragte sie.

»Mehr interessieren täte mich, warum Pol mir Scheiß angedreht hat. Und wo meine Bienenstöcke sind.«

»Die, die Schneider für dich gemanagt hat?«

Er nickte. Valérie drückte ihre Zigarette aus, kuschelte sich wieder an ihn. Kieffer vernahm ein knurrendes Geräusch.

»War das dein Magen?«

»Schätze schon. Im Zug gab es nur ganz schreckliche Baguettes, alles andere war aus.«

»Okay. Dann mach ich uns gleich was.«

»Und ich gehe in der Zwischenzeit duschen. Was gibt es denn?«

»Wie wäre es mit Huhn? In Rieslingsoße?«

»Klingt gut«, sagte Valérie. Sie gab ihm einen Kuss und erhob sich. Kieffer sah ihr nach, als sie die Treppe hinaufstieg und in Richtung Badezimmer verschwand. Der Koch ging unterdessen in die Küche und machte sich an die Arbeit. Coq au Riesling war kein besonders ausgefeiltes Gericht. Aber er hatte die Erfahrung gemacht, dass er Valérie nicht unbedingt mit ausgefallenen oder extravaganten Speisen kommen musste. Aufgrund ihres Jobs bekam die Gabin-Erbin tagtäglich das Feinste vom Feinsten kredenzt. Deshalb bevorzugte sie privat Brot mit Käse, Salate, poulet au pot. Kieffer war das nur recht.

Er briet die Hähnchenteile mit Speckwürfeln an, fügte Schalotten, Wein und ein Bouquet garni hinzu. Während das Huhn vor sich hin köchelte, schnitt er Weißbrot und stellte weiteren Riesling kalt.

Sein Handy fiepte. Es war eine Nachricht von Pekka Vatanen. An jenen Tagen, an denen das »Deux Eglises« geschlossen hatte, kam der Finne mitunter in der Tilleschgass vorbei, um mit Kieffer zu Abend zu essen. Für heute hatte der Koch ihn allerdings ausgeladen. Wahrscheinlich war Vatanen nun einsam.

Kieffer öffnete die Nachricht. Sie enthielt lediglich einen Link zu einem Artikel in L'Essentiel, einer Luxemburger Zeitung. Die Überschrift lautete »Verwaiste Bienen auf Luxemburgs Dächern«. Kieffer klickte darauf und überflog den Text. Die Medien hatten Wind von Pol Schneiders Tod bekommen. In dem Artikel war zwar nur von einem »ortsansässigen Imker« die Rede, der »bei einem Arbeitsunfall ums Leben gekommen« sei. Aber wer sollte es sonst sein? Die Autorin des Artikels hatte sich anscheinend die gleiche Frage gestellt wie er: Was passierte mit den Bienenstöcken, die Schneider auf Dächern in der ganzen Stadt aufgestellt hatte? Bald wurde es Frühling. Wer kümmerte sich dann um die verwaisten Völker? Ein Sprecher des Gemeinderats wurde mit der Aussage zitiert, man prüfe dies noch.

Er hörte Valérie die Treppe herunterkommen. Ihre Haare waren noch nass, und sie trug seinen ihr viel zu großen Bademantel.

»Handy beim Kochen? Sieht dir gar nicht ähnlich.«

»Pekka hat geschrieben.«

Er legte das Gerät weg und zeigte auf den großen Le-Creuset-Topf, in dem das Hähnchen vor sich hin köchelte.

»Was gibt's dazu?«, fragte sie.

»Salat. Und vielleicht ein bisschen Brot.«

»Perfekt.«

Sie ließ sich auf der Küchenbank nieder und schaute zu, wie Kieffer *beurre manié* in die Soße bröselte und den Salat zubereitete.

»Was hast du morgen vor, Val?«

»Ausschlafen. Joggen. Danach vielleicht ins Mudam. Die haben eine neue Ausstellung, die interessant klang.«

Kieffer nickte. Das Mudam war Luxemburgs Museum für moderne Kunst. Er war vor Jahren einmal dort gewesen, seitdem nicht mehr. Dabei lag es kaum mehr als zehn Minuten vom »Deux Eglises« entfernt.

Der Koch stellte das Brot auf den Tisch.

»Kann ich mit?«, fragte er.

»Klar, gerne.«

Valérie griff nach einer Scheibe Baguette. Dabei rutschte ihr der Bademantel von der Schulter. Sie zog ihn wieder hoch, biss von dem Brot ab.

»Abends muss ich ins Restaurant, aber du kannst gerne vorbeikommen. Wie lange bleibst du eigentlich?«

»Auf jeden Fall bis übermorgen. Ich will ja auch noch nach Merzig.«

»Wegen dieser Firma?«

»Genau. Ich will mir das zumindest anschauen. Vielleicht ist ja doch eine Geschichte drin.«

Kieffer holte die Weinflasche aus dem Kühlschrank und füllte ihre Gläser auf. Er reichte ihr eines davon. Valérie prostete ihm zu.

»Wie lange dauert es wohl noch?«

»Zehn Minuten, dann ist es fertig.«

»Gut«, sie zog den Bademantel zurecht, »dann gehe ich mich mal umziehen.«

»Du kannst auch gerne so bleiben.«

»Ist mir zu kalt«, erwiderte sie und warf ihm einen vielsagenden Blick zu. »Musst du nachher halt alles wieder auspacken.«

Sie erhob sich und verschwand nach oben. Kieffer hob den Deckel des Topfes. Der Geruch war betörend. So wie es aussah, würde es ein sehr angenehmer Abend werden.

# 13

Kieffer schaute zur Decke des kathedralenartigen Raums hinauf. Das Dach des Mudam-Museums bestand vollständig aus Glaspaneelen. Einige Meter darunter waren mehrere Stahlrahmen befestigt, von denen Seile herabhingen – dicke und dünne, verworrene und kerzengerade. Manche waren mit Gewichten beschwert, andere baumelten frei. Es mussten Hunderte sein. Er wandte sich Valérie zu.

»Und?«

»Und was, Süßer?«

»Was sagen dir die Seile?«

»Weiß nicht genau. Aber ist interessant, oder?«

Kieffer war sich nicht sicher. Was ihn mehr interessierte als die eigentliche Kunstinstallation, war die Frage, wie sie den Stahlrahmen da hochbekommen hatten. Er musste mehrere Hundert Kilo wiegen. Außerdem fragte er sich, ob der Künstler das alles selbst installierte. Stand er auf einer Hebebühne und knotete Seil um Seil am Rahmen fest? Oder war er eher so eine Art Regisseur, der anderen Leuten das Handwerkliche überließ? So wie ein Sternekoch?

Sie gingen weiter, in einen Raum voller Gemälde, die an Jackson Pollock erinnerten.

»Als wir das letzte Mal hier waren«, sagte Valérie, »hing da nicht auch was von der Decke?«

»Vögel aus Verpackungsmaterial.«

»Ja, genau. Der Raum eignet sich aber auch dafür.«

»Nur dafür.«

»Wie meinst du das?«

»Ich weiß nicht, ob's stimmt, aber die Geschichte geht folgendermaßen: Der Stararchitekt, der dieses Museum gebaut hat, galt als sehr eigen. Hat angeblich mehrfach neuen Marmor kommen lassen, weil ihm der Farbton nicht zusagte. Und er hat diesen gläsernen Turm in die Mitte gesetzt, damit er mit den Dräi Eecheln, wie sagt man, korrespondiert?«

»Du meinst dieses alte Festungsgebäude hinter dem Museum?«

»Von der Stadt aus gesehen ist es davor und liegt niedriger als das Mudam. Dieser Kirchturm aus Glas ragt dahinter auf, genau in der Mitte. Der Punkt ist: das Museum besteht eigentlich nur aus Glas und Marmor.«

»Und?«

»Als es fertig war, sollen die Kuratoren ziemlich ratlos gewesen sein, weil es in der Haupthalle keine Wände gibt, an denen man etwas aufhängen könnte.«

»Also kein *form follows function.*«

»Nein. Na, und jetzt müssen sie das Zeug halt von der Decke baumeln lassen.«

»Aber das Zeug, wie du es nennst, ist ziemlich großartig. Und das Gebäude auch.«

Sie gingen weiter. Als sie wieder in der Eingangshalle angekommen waren, deutete Kieffer auf das dahinterliegende Café.

»Willst du was?«

»Eine Zigarette.«

»Dann müssen wir raus, da drinnen darf man nicht.«

»Draußen darf ich auch nicht.«

»Und wenn du vorher etwas isst? Dann wäre es nicht gegen die Regel.«

Kieffer lachte. Valérie musterte ihn ungehalten.

»Was jetzt? Du könntest mich wenigstens ein bisschen unterstützen. Das ist sauschwer mit dem Nichtrauchen, also, dem Nicht-so-viel-Rauchen.«

»Und ich bewundere dich dafür. Allerdings frage ich mich, ob es der richtige Ansatz ist?«

»Was genau?«

»Wenn man nur rauchen darf, wenn man vorher was isst – also, da würde ich in kürzester Zeit …«

Er brach ab, ihm wurde bewusst, dass er sich auf dünnem Eis bewegte. Wenn er nicht aufpasste, interpretierte sie seine Worte als Hinweis, dass sie zugelegt habe. Das stimmte zwar nicht, aber Valérie war diesbezüglich empfindlich.

»… an dir bleibt ja nichts hängen«, fügte er rasch hinzu, »aber ich müsste es anders machen.«

»Du? Trägst du dich etwa mit dem Gedanken?«

»Nein.«

»Das Nein klingt nicht mehr so energisch wie früher.«

»Bisschen weniger wäre gut. Eine Schachtel pro Tag würde vermutlich auch reichen.«

Sie verließen das Museum, traten hinaus auf den Vorplatz. Das Mudam lag im oberen Teil des Parc des Trois Glands, in dem sich auch das alte Fort Thüngen befand. Gemeinsam liefen sie den abschüssigen Hang hinab und erreichten nach kurzer Zeit eine große Wiese. Hinter ihnen erhoben sich die Festung und das Museum. Vor ihnen lagen Reste weiterer alter Befestigungsanlagen.

Sie liefen weiter. Valérie deutete fragend auf eine Parkbank, auf der sie in der Vergangenheit bereits gesessen hatten. Kieffer schüttelte den Kopf.

»Ich will dir was zeigen. Habe ich neulich erst entdeckt.«

Sie liefen weiter den Hang hinab. Der Koch führte seine Freundin an Festungsresten vorbei, dann durch einen kurzen Tunnel. Als sie auf der anderen Seite wieder ans Tageslicht kamen, standen sie unterhalb einer hohen Mauer. Dahinter lag eine abfallende Wiese, dann kam das Tal der Alzette. Auf dessen anderer Seite thronte auf dem Bockfelsen die Oberstadt.

Kieffer zeigte auf eine Mauer links von ihnen, in der es einen kleinen Durchgang gab. Auf der anderen Seite befand sich ein zylindrisches Türmchen. Irgendwann hatte es vermutlich ein verziertes Dach besessen, aber davon war nichts mehr übrig.

»Was ist das?«, fragte Valérie.

»Die korrekte Bezeichnung lautet Échauguette, glaube ich. Allerdings ist Militärarchitektur nicht gerade mein Spezialgebiet.«

Sie betraten das Türmchen. Im Inneren gab es ein steinernes Bänkchen, außerdem zwei schießschartenartige Fenster, durch die man ins Tal schauen konnte. Das Dachgebälk fehlte, überall wucherte Efeu. Sie setzten sich auf die Bank. Kieffer legte einen Arm um Valérie, sie legte den Kopf auf seine Schulter.

»Ganz schön verwunschen, das Türmchen«, sagte sie.

»Nicht wahr? Es gibt da vorne außerdem eine Stiege, über die man runter nach Pfaffenthal gelangt.«

Einen Moment lang schwiegen sie beide, dann sagte Valérie:

»Ich nehme jetzt doch eine.«

Kieffer fischte Zigaretten aus den beiden Schachteln in seiner Jackentasche, reichte ihr eine. Während er Valérie Feuer gab, sagte er:

»Hast du es schon mit Zählen versucht?«

»Du meinst zehn pro Tag oder fünf?«

»Scheint mir die einfachste Methode zu sein.«

»Auch das müsste jemand kontrollieren. Meine Disziplin reicht dafür nicht.«

»Ich könnte das übernehmen.«

»Ist das wieder eine deiner verklausulierten Aufforderungen, ich solle nach Luxemburg ziehen?«

»Nein. Wobei ich mich darüber natürlich freuen würde.«

Dabei wusste Kieffer, dass dies nicht passieren würde. Er gehörte hierher und nirgendwo anders hin. Und Valérie war mit Herz und Seele Pariserin. Auch wenn sie um die ganze Welt reiste, war dies der Ort, an den sie stets zurückkehrte.

»Ich muss mir vielleicht doch was anderes einfallen lassen. Ich weiß nicht, ob es so hinhaut.«

In ihrer Stimme lag ein Hauch von Bitterkeit. Auf einmal war er sich nicht sicher, ob sie noch von ihrem Tabakkonsum sprach oder von der Arbeit.

»Wie läuft es denn so, beim Gabin?«, fragte er.

»Gibt es den noch?«

»Sag du es mir.«

»Publizistisch läuft es ganz gut. Die Zugriffszahlen steigen. Die neue App ist großartig. Willinon hat mindestens fünfzig Leute eingestellt. Programmierung und Marketing, vor allem, aber auch Redakteure. Ich habe ihm ein paar Tipps gegeben.«

»Hat er sie beherzigt?«

Sie blies Rauch aus und nickte.

»Er hat bei der New York Times einen Restaurantkritiker rausgekauft, zwei bei Bon Appétit, außerdem diesen Youtuber, Pete Mazzucato.«

»Muss man den kennen?«

»Italoamerikaner, dreht Kochvideos in seinem Apartment in Brooklyn.«

»Solche Typen gibt es haufenweise, oder?«

»Ja, aber Petes »Not About Cooking« hat sechs Millionen Abonnenten.«

»Das ist viel?«

»Na ja, ungefähr so viel wie ›À la Recherche de la Nouvelle Star‹.«

»Diese Superstar-Talentshow? Läuft die noch?«

Sie lächelte.

»Manchmal frage ich mich, ob du die Welt da draußen überhaupt wahrnimmst.«

Er küsste sie auf die Nasenspitze.

»Nur die interessanten Dinge. Talentshows gehören nicht dazu. Aber okay, der Typ ist also berühmt. Und jetzt arbeitet er für euch?«

»Er macht uns ein exklusives Videoformat, Küchenbasics, Rezepte, die jeder kennen sollte, so etwas in der Art.«

»Klingt doch gut.«

»Ja«, erwiderte sie tonlos. »Sicherlich.«

»Klingt nicht überzeugt.«

»Ich bin gestern mit dem Auto zufällig die Avenue de Breteuil entlanggefahren«, sagte sie.

Kieffer nickte. Auf der Breteuil hatte sich früher das Hauptquartier des Guide Gabin befunden. Von hier aus waren die inkognito operierenden Inspektoren der Gourmetbibel ausgeschwärmt, um die besten Restaurants der Welt ausfindig zu machen. Kieffer war des Öfteren in dem prächtigen Palais aus dem siebzehnten Jahrhundert zu Gast gewesen.

Valérie behauptete, sie sei zufällig dort vorbeigekommen. Kieffer glaubte das nicht. Wahrscheinlicher schien ihm, dass ihr Unterbewusstsein sie zu dem langjährigen Gabin-Sitz geführt hatte.

»Da sitzt jetzt die Hauptverwaltung eines Industrieversicherers.«

»Aber ein Gabin-Büro in Paris gibt es schon noch, oder?«

»Nein.«

»Aber ihr habt da Leute. Die brauchen doch einen Arbeitsplatz.«

»Nur Freelancer. Und Cesar sagt, dass Büros ein Überbleibsel des Industriezeitalters sind.«

»Was soll das heißen?«

»Dass jeder Mitarbeiter einen Laptop bekommt und sich bei Bedarf irgendwo auf Tagesbasis einen Schreibtisch mieten kann. Das einzige richtige Gabin-Büro befindet sich in San Francisco. Aber da sitzen nur Programmierer, keine Redakteure.«

»Na ja, du bist ja selbst auch meistens unterwegs.«

»Stimmt. Aber ich weiß noch nicht, was meine zukünftige Rolle in dem Laden ist, und ohne Büro fühle ich mich heimatlos. Klar, ich könnte mir in Paris irgendwo etwas mieten. Aber ist nicht dasselbe.«

Kieffer nahm ihre Hand. Sie schauten hinüber auf die andere Seite der Schlucht. Eine Weile sagte keiner etwas.

»Kann ich irgendwie helfen?«

Sie verzog den Mund zu einem Lächeln.

»Du meinst bei meinem Selbstfindungstrip?«

»Wobei auch immer.«

Sie stippte ihre Zigarette am Rand der Parkbank aus.

»Mein kurzfristiges Ziel ist, ein paar gute Inhalte für diese Kolumne aufzutreiben. Ich habe das mit dem Honig auf dem Zettel, außerdem eine Geschichte zu illegalem Fischfang und noch eine zu Champagner.«

»Ja, aber was ist der Plan?«

»Langfristig? Ich weiß nicht, Süßer. Vielleicht so viele Follower zu haben, dass mich Willinon und der Gabin kreuzweise können. Und ich mein eigenes Ding aufziehen kann.«

»Soll ich dich mit Esteban verkuppeln? Was Publicity angeht, hat der bestimmt ein paar tolle Tipps auf Lager.«

Leonardo Gutierrez Esteban war ein ehemaliger Kollege von Kieffer. Der extrovertierte Argentinier war zwar nur ein mittelmäßiger Koch, dafür aber ein Genie, was Vermarktung und Medien anging. Seine Kochshow lief in mehreren Ländern im Fernsehen. Seine neue Bistrokette hingegen war schon nach drei Jahren pleitegegangen.

»Oh Gott, lieber nicht. Verkuppel mich lieber mit Pekka. Der kennt doch bestimmt ein paar Leute bei OLAF, oder?«

»Bei wem?«

»Das ist eine EU-Behörde, Europäisches Amt für Betrugsbekämpfung. Die beschäftigen sich unter anderem mit Agrarbetrügereien. Vielleicht kann er mir da einen Ansprechpartner zu Honigpanscherei nennen.«

»Ich frage ihn mal.«

Valérie erhob sich. Der Koch stand ebenfalls auf, sie verließen den Park und gingen zu seinem alten Jaguar. Er musste demnächst ins Restaurant, und Valérie wollte dieser

Firma in Merzig einen Besuch abstatten. Kieffer hatte ihr angeboten, seinen Wagen zu nehmen. Seine Freundin hatte jedoch erklärt, sie wolle sich lieber am Hauptbahnhof einen Mietwagen besorgen.

Sie erreichten den Parkplatz, stiegen ein. Kieffer vermutete, dass seine Freundin seinen fahrbaren Untersatz nicht sonderlich mochte. Während er den Motor anließ, schweifte sein Blick über das alte Kassettenradio, den überquellenden Aschenbecher, das mit Panzertape fixierte Handschuhfach, dessen Klappe nicht mehr richtig schloss. Waren es diese Kleinigkeiten, die sie an dem Wagen störten?

Eine Viertelstunde später setzte er sie an der Gare ab. Valérie gab ihm noch einen Kuss, dann verschwand sie im Bahnhofsgebäude.

# 14

Skeptisch musterte Valérie die Karte. Der Laden wirkte heruntergekommen, die Speisen in der Auslage nicht allzu vertrauenerweckend. Das »Lotusblüte Schnell Restaurant«, ein aufgebockter Imbisswagen im Merziger Gewerbegebiet, mochte wenig einladend sein, besaß aber den Vorteil, sich direkt gegenüber der Golden Nectar GmbH zu befinden. Von ihrem Stehtisch aus konnte sie das Firmengelände im Auge behalten, ohne dass es auffiel.

Nachdem Valérie eine Weile überlegt hatte, bestellte sie eine Portion Frühlingsrollen. Während sie wartete, schaute sie über die Straße. Jenseits eines Zauns lag dort ein Rangierplatz für Lkw, dahinter befand sich eine schmucklose Lagerhalle. Etwas abseits standen zwei Bürocontainer. Valérie hatte bereits einen Lastwagenfahrer mit Lieferschein dort hingehen sehen.

Der Imbissbesitzer rief ihr etwas zu. Valérie wandte sich um. Gerade stellte der Mann eine Pappschale auf die Theke, fragte sie etwas. Valérie sprach kein Deutsch und der Besitzer offensichtlich weder Englisch noch Französisch, weswegen sie erst nach einigem Hin und Her verstand, was er meinte. Ob sie Chilisoße wolle. Sie nickte.

»Drink?«, der Mann vollführte dazu eine entsprechende Geste.

»Cola light.«

Valérie zahlte, brachte ihr Mahl zu dem Stehtisch. Die Chilisoße entpuppte sich als eine Art Curryketchup, die Cola war lauwarm. Zumindest die Rollen waren erträglich. Während sie einige davon aß, behielt sie den Haupteingang im Auge. Bislang waren zwei Lkw vorgefahren. Beide hatten mithilfe von Golden-Nectar-Mitarbeitern Fässer abgeladen, ähnlich jenen, die sie in den USA auf dem Gehöft gesehen hatte. Die Laster waren aus Osteuropa gewesen – einer aus Bulgarien, der andere aus Belarus. Waren das Länder, die große Mengen Honig produzierten? Sie hatte keine Ahnung.

Während sie lustlos Frühlingsrollen aß, scrollte Valérie durch ihr Telefon und suchte nach Statistiken. Europa produzierte demnach 280.000 Tonnen Honig. Die größten Produzenten der EU waren Rumänien, Spanien und Deutschland. Weil es nicht genug gab, wurde zudem welcher aus Übersee importiert. Sie überflog gerade einen Artikel über globale Honigproduzenten, als sie wahrnahm, wie sich das Werkstor öffnete.

Ein Fahrzeug rollte auf den Hof. Diesmal handelte es sich nicht um einen osteuropäischen Laster, sondern um einen Mercedes – ein Sportmodell mit Flügeltüren.

Eine Frau stieg aus. Sie mochte Mitte vierzig sein, hatte asiatische Gesichtszüge, trug ein Businesskostüm und Lackpumps. Einen Moment schien sie sich suchend umzuschauen. Die Tür eines der Bürocontainer schwang auf. Ein Mann in grauem Werkskittel trat hinaus, winkte ihr zu. Die Mercedesfahrerin nickte. Kurz darauf waren beide in dem Container verschwunden.

Valérie nahm einen Schluck warme Cola, wartete. Irgendetwas an der Besucherin machte sie stutzig, doch sie wusste nicht genau, was. Vielleicht war es schlichtweg der Umstand, dass die Frau und ihr fahrbarer Untersatz nicht in das schäbige Gewerbegebiet zu passen schienen. Die Dame sah aus, als arbeitete sie als Managerin oder Anwältin. Was hatte sie hier draußen verloren? Valérie betrachtete den Sportwagen gegenüber. Er war in Smaragdgrün-Metallic lackiert, zweifelsohne eine Sonderfarbe. Nun fiel ihr die Bezeichnung auch wieder ein: SLS.

Sie ging zur Theke, warf die noch halb volle Pappschale dort in einen Mülleimer. Dabei fiel ihr Blick auf ein an der Wand hängendes Filmposter. Ein muskulöser Chinese in Kung-Fu-Outfit posierte darauf, Fäuste im Anschlag. Wie der Film hieß, konnte sie nicht sagen, die Schriftzeichen waren chinesisch.

Der Imbissbesitzer lächelte ihr zu und reckte einen Daumen in die Höhe, »Bruce Lee«.

Valérie nickte lächelnd und verließ die »Lotusblüte«. Sie lief ein Stück die Straße hinauf. Der Mercedes SLS stand so, dass sie das Nummernschild nicht sehen konnte, und sie hoffte, es aus einem anderen Winkel besser erkennen zu können.

Unten rechts auf dem Kennzeichen war eine Fünfundsiebzig zu erkennen, der Departmentscode von Paris. Kam die Frau aus ihrer Heimatstadt?

Sie konnte sehen, dass Mister Lotusblüte aus seinem Imbiss herausgetreten war und am Straßenrand stehend eine Zigarette rauchte.

»Bruce Lee.« In ihrem Kopf formte sich ein Gedanke. Was, wenn »via FOO« nicht auf einen Flughafen hindeutete und auch keine Abkürzung für Front Office Operation,

Forward Observation Officer oder sonst irgendetwas war? Was, wenn es sich stattdessen um die anglisierte Form eines chinesischen Namens handelte – Lee statt Li, Foo statt Fu. ALL PAS VIA FOO. Was, wenn damit eine Person gemeint war, von der die kalifornischen Honigpanscher ihre Ware bekommen hatten?

Die Frau tauchte wieder auf. Der Mann im Werkskittel begleitete sie, redete lächelnd auf sie ein. In den Armen hielt er einen Pappkarton. Als sie die Türen entriegelte, blitzten die Lichter des SLS kurz auf. Die Heckklappe öffnete sich, der Mann verstaute die Kiste im Kofferraum. Dann gab er der Frau die Hand, sie stieg ein und fuhr los.

War dies vielleicht Madame Fu?

Valérie lief los. Sie hatte in einer Querstraße geparkt. Sobald die Lagerhalle außer Sicht war, begann sie zu rennen. Sie stieg in den Wagen. Glücklicherweise war sie nicht in Xaviers gammliger alter Möhre unterwegs, sondern in einem Leih-BMW. Damit hatte sie eine gewisse Chance, an der Frau Asiatin dranzubleiben.

Als sie die Kreuzung erreichte, konnte Valérie gerade noch sehen, wie der grüne Mercedes in eine Seitenstraße abbog. Sie trat aufs Gas. Nun konnte sie ihn wieder vor sich sehen. Valérie folgte dem SLS.

Erneut bog der Mercedes ab. Die Frau fuhr Richtung Autobahn, nahm die A8 gen Westen. Glücklicherweise war der Verkehr relativ dicht, und es gab eine Geschwindigkeitsbegrenzung, sodass ihr der SLS nicht entfleuchen konnte. Nach etwa einer halben Stunde wurde Valérie klar, wohin die Reise ging. Sie befanden sich inzwischen auf der französischen A4. Und die führte direkt nach Paris.

Valérie erwog, Xavier anzurufen. Aber was sollte sie ihm sagen? Dass sie einen verdächtigen Wagen verfolgte, aber nicht erklären konnte, warum er ihr verdächtig erschien? Sie wusste ohnehin, was er ihr raten würde: lieber ins »Deux Eglises« zu kommen und sich einen weinseligen Abend zu machen. Wenn sie den SLS bis nach Paris verfolgte, würde sich ihr Freund wundern. Genauer gesagt würde er stinksauer sein, dass sie früher als angekündigt heimgefahren war, noch dazu ohne Vorwarnung.

Ein Schild kündigte die nächste Ausfahrt an – Verdun. Sie musste einfach nur abfahren und umdrehen. In einer Stunde wäre sie wieder in Luxemburg.

Sie raste an der Ausfahrt vorbei, seufzte. Es würde eine lange Fahrt werden.

# 15

Pekka Vatanen goss sich Rivaner nach. Er nahm einen Schluck, schmatzte vernehmlich, nahm einen weiteren. Dabei klopfte er mit den Fingern seiner Rechten auf die Theke.

»Der ist aber vortrefflich heute.«

»Es ist der Gleiche wie gestern, Pekka.«

»Zum Glück. Ich hoffe, es sind noch ein paar Flaschen übrig.«

Sein finnischer Freund verkonsumierte jeden Abend eine Flasche – mindestens. Weil es Luxemburger Moselweine nur in begrenzten Mengen gab und Vatanen zudem auf ganz bestimmte Lagen versessen war, musste man sich frühzeitig eindecken. Diese ehrenvolle Aufgabe fiel Kieffer zu, der für seinen Freund alljährlich vierzig Kisten Côtes de Remich orderte und in der Cave des Restaurants einlagerte. Anfangs hatte der Koch sich gefragt, ob er nicht zu viel Wein bunkerte. Wie er inzwischen wusste, war diese Sorge gänzlich unbegründet.

»Genug, um durch den Winter zu kommen«, sagte Kieffer.

Vatanen nahm einen weiteren Schluck, schaute den Koch fragend an.

»Was?«

»Wo ist sie?«, fragte der Finne.

»Wer?«

»Valérie, wer denn sonst?«

»Anscheinend noch unterwegs. Sie wollte rüber ins Saarland, etwas recherchieren.«

»Du meinst, essen gehen. In irgendeinem Sternetempel.«

»Nein, sie wollte eine Firma unter die Lupe nehmen.«

Vatanen blinzelte.

»Muss ich das verstehen? Ist sie jetzt Investigativjournalistin oder so etwas?«

Kieffer zuckte mit den Achseln.

»Du bist heute wieder ausgesprochen mundfaul, Leibkoch.«

»Und du ausgesprochen neugierig. Ich weiß es einfach nicht genau, Pekka. Wenn ich es richtig verstanden habe, geht es um Honig.«

»Schon wieder? Hat es mit deinem toten Imker zu tun?«

»Nein, es geht um eine deutsche Firma.«

»Die was macht?«

Kieffer seufzte. »Weiß ich nicht genau.«

»Aber ihr redet schon miteinander? Oder ist es rein körperlich?«

»Pekka?«

»Ist ja gut, sollte ein Witz sein.«

»Schenkelklopfer. Die Firma heißt Golden Nectar, was irgendwie auf Honig hindeutet, oder? Schon mal gehört?«

»Nein.«

»Auf jeden Fall hat Valérie über Umwege Honig von denen bekommen, der gepanscht ist. Vermutet sie zumindest. Sie hat Proben an ein Testlabor geschickt.«

»Und nun macht sie einen Hausbesuch in Saarbrücken.«

»Merzig.«

»Und wieso bist du nicht dabei?«

»Weil sie auf sich selbst aufpassen kann. Und ich arbeiten muss.«

Vatanen machte ein Gesicht, als hielte er das für eine faule Ausrede.

»Ich soll dich übrigens um Amtshilfe bitten. Das hat sie mir aufgetragen.«

»Inwiefern?«

»Valérie wollte wissen, ob du jemand bei OLAF kennst. Jemand, der sich mit Lebensmittelpanscherei auskennt.«

Vatanen blickte in sein Glas, so als hoffte er, die Antwort auf dessen Boden zu finden.

»Ich kenne den einen oder anderen dort, der sich mit Betrug bei Agrarsubventionen beschäftigt – also mit Italien.«

»Passiert das meiste in Italien?«

»Über neunzig Prozent. Aber Panscherei – hm, Moment.«

Vatanen holte sein Handy hervor, tippte eine Nachricht. Es dauerte nur ein paar Sekunden, bis eine Antwort eintrudelte.

»Und?«, fragte Kieffer.

»Eure Frau heißt Magda Pikus. Die ist für so etwas zuständig, Referat B2.«

»Was auch immer das ist.«

Vatanen scrollte auf seinem Handy herum.

»Direktion B, Eigenmittel und internationale Verfahren. Referat B2, Illegaler Handel, Gesundheit und Umwelt. Ich habe hier ihre Nummer, die kannst du Valérie geben, mit Gruß von mir.«

Kieffers Handy fiepte, als Pekka ihm die Nummer weiterleitete.

»Danke. Ich gebe sie ihr.«

Kieffer leitete Valérie die Nummer der OLAF-Referatsleiterin weiter. Gerade wollte er in der Küche nach dem Rechten schauen, als er Vatanen vernehmlich seufzen hörte. Der Koch blickte auf. Der Finne war gerade dabei, seine Weinflasche mit der Öffnung nach unten in den Kühler zu stellen.

»Jetzt schon?«

»Du hast dich schließlich auch bedient.«

»Zwei Finger Pekka, mehr nicht. Die geht auf dein Konto.«

»Nachschub?«

Der Koch brummte etwas und ging zur Kellertreppe, stieg hinab.

Einstmals war das »Deux Eglises« ein Garnisonsgebäude gewesen. Die Franzosen hatten es errichtet, vielleicht auch die Spanischen Habsburger, so genau wusste man das nicht. Sicher war hingegen, dass die Sappeure der Besatzungsmacht hinter dem Gebäude lange Stollen in den Berg getrieben hatten. Die Kellergewölbe waren folglich sehr weitläufig. Kieffer ging einen schmalen Gang entlang. Dieser mündete in einen großen Raum, dessen Wände aus Sandstein bestanden. Hier und da rann Wasser hinab, es handelte sich im wahrsten Sinne des Wortes um eine Cave. Er schritt die Regale mit den Flaschen ab, ging vorbei an französischen Rotweinen und Luxemburger Crémants, bis er Vatanens Reserve erreichte. Mit zwei Flaschen Rivaner machte er sich auf den Rückweg.

»Gott sei Dank, ich wäre fast verdurstet«, hieß Vatanen ihn willkommen zurück.

»Das bezweifle ich. So oder so musst du dich ein paar Minuten gedulden. Der ist noch zu warm.«

Kieffer platzierte einen Weinkühler mit Eiswürfeln auf der Theke, stellte den Rivaner hinein. Doch anstatt dem Wein etwas Zeit zu geben, schenkte Vatanen sich umgehend ein. Kieffer schüttelte missbilligend den Kopf.

»In der Not trinkt der Teufel schlecht temperierten Weißwein«, erwiderte der Finne, »wobei der gar nicht so warm ist. Ziemlich kalt, dein Verlies da unten.«

Kieffer schaute auf die Uhr.

»Ich muss jetzt hoch, was arbeiten. Falls sie auftaucht – sagst du ihr dann, dass sie kurz hochkommen soll?«

»Mache ich.«

Kieffer verabschiedete sich von seinem Freund und ging in Richtung Treppe. Auf dem Weg dorthin fiel ihm auf, dass eines der Poster an der Wand lose war. Es handelte sich um ein Plakat des Luxemburger Tourismusverbands, das neben einem Ständer mit Gratispostkarten hing. Das Poster zeigte eine Nachtansicht von Vianden, Luxemburgs Märchenschloss. Die linke obere Ecke hing herunter. Kieffer befestigte den Klebestreifen wieder an der Wand und fragte sich, wie lange das Poster dort bereits hing. Ein Jahr? Oder gar schon zwei?

Er wandte sich ab und stieg die Treppe zur Küche hinauf.

# 16

Valérie hätte gemordet für eine Gauloises. Doch selbst wenn sie bereit gewesen wäre, ihre eigenen Regeln zu brechen, hätte ihr das nichts genutzt – die Schachtel lag auf Xaviers Küchentisch. Madame Mercedes hatte ihr außerdem nicht den Gefallen getan, zwischendurch einen Stopp einzulegen. Stattdessen war sie bis Paris durchgefahren. Dort hatte sie die Autobahn an der im Norden gelegenen Porte de la Chapelle verlassen. Valérie war dem SLS in eine graue Nachbarschaft zwischen Gare du Nord und Gare de l'Est gefolgt. Dort hatte er in der Tiefgarage eines großen Gebäudes geparkt, einer umgebauten Fabrik- oder Bahnhofshalle, wie es schien.

Nun saß Valérie in ihrem Wagen und wartete. Sie hatte nahe dem Aufzug geparkt, in der Hoffnung, dass die Frau dort vorbeikommen würde. Nervös schaute sie in den Rückspiegel. Sie spürte, dass sie ein wenig zitterte. Wenn das hier erledigt war, hatte sie sich ihre Gauloises verdient, Regeln hin, Regeln her.

Die Mercedesfahrerin tauchte auf. Valérie atmete tief durch und stieg aus. In den Händen hielt die Frau die Kiste aus Merzig. Sie hielt auf den Fahrstuhl zu, Valérie folgte ihr. Aus der Nähe wirkte die Frau etwas jünger als zunächst angenommen. Sie war eher Ende dreißig als Mitte vierzig, sportlich, hielt sich kerzengerade. Als sie den Lift erreichte, warf sie Valérie einen kurzen Blick zu, bevor sie ihr Handy hervorzog und durch dessen Mitteilungen scrollte. Man konnte chinesische Schriftzeichen erkennen.

Die Türen glitten auf, sie stiegen ein. Die Frau wählte ihr Stockwerk. Mit einer gewissen Erleichterung registrierte Valérie, dass es sich um die Lobby handelte. Ihr dorthin zu folgen, würde keinen Verdacht erregen.

Die Türen öffneten sich. Sie verließen den Lift und betraten ein gigantisches Atrium, dessen Decke sich gut fünfzehn Meter über ihnen wölbte. Nun wusste Valérie, wo sie war – sie hatte dieses Gebäude schon einmal im Fernsehen gesehen. Es nannte sich Gare d'Avenir und war ein umgebauter Lokalbahnhof, der bereits vor Urzeiten außer Betrieb gegangen war. Ein französischer Internetmilliardär hatte das Gebäude renovieren lassen und in einen sogenannten Inkubator verwandelt. Im Zukunftsbahnhof saßen vor allem Start-ups. Die Idee war, dass sie dort alle Infrastruktur vorfanden, die sie benötigten – Labors, Werkstätten, aber auch juristische Expertise oder Kontakt zu Wagniskapitalgebern. Die jungen Entrepreneure sollten sich auf die Verwirklichung ihrer Geschäftsidee konzentrieren können.

Das zumindest hatten sie im Fernsehen erzählt. Vielleicht handelte es sich auch einfach um besonders hippe Mietbüros mit gutem Marketing. Das Innere wirkte auf jeden Fall beeindruckend. Teile der Front und der Decke waren durch Glaspaneele ersetzt worden. Design und Ausstattung wirkten eher nüchtern, und viele ursprüngliche Elemente der alten Bahnhofshalle waren noch erkennbar.

Der Architekt hatte wohl den Eindruck vermitteln wollen, dass in dieser Ideenschmiede handfeste Arbeit stattfand.

In der riesigen Kubatur befanden sich gläserne Büros, von der Decke baumelten Töpfe mit Schlingpflanzen. Zwischen den Büroboxen gab es Sitzgelegenheiten, Restaurants und Cafés.

Zügigen Schrittes durchquerte die Frau das Atrium. Währenddessen stöpselte sie sich drahtlose Kopfhörer in die Ohren und begann zu telefonieren. Valérie folgte ihr, hielt jedoch Abstand. Abrupt blieb die Mercedesfahrerin vor einer Glastür stehen. Valérie stoppte ebenfalls und ging hinter einer Säule in Deckung.

Die Frau stellte die Kiste ab, holte aus ihrer Jackentasche eine Plastikkarte und hielt sie neben einen Sensor. Als ein Summen ertönte und die Tür aufschwang, nahm sie die Kiste an sich und trat hindurch. Valérie ging hinterher.

Sie fand sich in einer kleinen Lobby wieder, die an jene eines schicken Designhotels erinnerte. Knallbunte Sitzgelegenheiten standen herum, an den Wänden hingen große Flachbildschirme, auf denen eine Art Bildschirmschoner lief. Große zähe Tropfen bewegten sich über die Screens, Lavalampen nicht unähnlich. Die Frau hatte bereits den Aufzug betreten, drückte eine Taste. Als sie Valérie bemerkte, warf sie ihr einen fragenden Blick zu. War die Frau misstrauisch oder wollte sie lediglich wissen, ob Valérie ebenfalls nach oben wollte? Sie beschloss, es nicht darauf ankommen zu lassen, schüttelte den Kopf. Die Frau nickte stumm, die Lifttüren schlossen sich.

Valérie ließ sich in einen der bunten Sessel fallen, legte den Kopf zurück. Was genau tat sie hier? Wohin führte all das? Sie rieb sich die Augen, sah sich um. Auf einem hohen Tisch stand ein Computer, auf dessen Bildschirm eine Startseite voreingestellt war. Valérie schaute ihn sich genauer an. »Nächster Halt: Zukunft«, stand da.

Sie wandte sich ab, ging zum Aufzug, rief diesen. Die Türen öffneten sich. Die Asiatin hatte den untersten Knopf gedrückt. War sie in den Keller gefahren? Neben dem Knopf mit der Aufschrift »-1« stand »Maker Space«. Als sie auf den Knopf drückte, ertönte ein hässliches Fiepgeräusch. Nun bemerkte sie das Keycardfeld neben den Tasten. Hier ging es für sie nicht weiter.

Sie verließ die Lobby. Auf der anderen Seite des Atriums gab es mehrere Läden. Dort besorgte Valérie sich ein Sandwich. An einem Kiosk kaufte sie außerdem eine Schachtel Gauloises. Sie nahm in einem Rondell Platz mit Blick auf die Tür, in der die Dame verschwunden war, und aß ihr Sandwich.

Mehrfach überlegte sie, aufzugeben. Inzwischen war die Deckenbeleuchtung des Atriums angegangen. Valérie musste an Xavier denken, der sich möglicherweise bereits fragte, wo sie abblieb. Sie zog ihr Telefon hervor, diktierte eine Sprachnachricht.

»Süßer, hallo. Ich wollte eigentlich schon wieder zurück sein, aber … ich bin in Paris gelandet.«

Sie erklärte ihm, dass sie keineswegs abgereist sei, ohne sich zu verabschieden – dass sie vielmehr gar nicht abgereist sei, sondern alsbald möglich zurück nach Luxemburg führe, zuvor jedoch eine Spur verfolgen müsse, genauer gesagt: eine Frau mit Sportwagen.

»Auf jeden Fall bin ich jetzt in einem Bürokomplex in La Chapelle und warte, dass sie wieder rauskommt. Klingt schräg, aber ich habe so ein Gefühl. Und wenn sie einmal weg ist, finde ich sie nie wieder.«

Die Tür der Lobby öffnete sich. Die mutmaßliche Madame Foo trat heraus, in den Händen eine Kiste.

»Ich muss jetzt Schluss machen, ich ruf dich nachher an. Sorry. Warte nicht auf mich, ich krieche irgendwann heute Nacht ganz leise in dein Bett.«

Die Frau ging in Richtung Parkgarage. Valérie folgte ihr. Sie konnte sehen, dass die Kiste nicht dieselbe war wie zuvor. Diese bestand aus blauem Plastik und schien Akten zu enthalten. Nein, keine Akten – es handelte sich um Briefumschläge. Auf der Seite der Kiste stand: Crystalcast.

Die Frau ging zu dem Fahrstuhl zum Parkhaus. Schon stieg sie ein. Die Türen schlossen sich. Valérie erreichte den Lift, drückte den Knopf. Es schien eine Ewigkeit zu dauern, bis er kam. Als sie in der Tiefgarage aus dem Aufzug stürzte, konnte sie gerade noch sehen, wie der Mercedes davonfuhr. Sie rannte zu ihrem Auto, setzte zurück. Es gab ein hässliches Knirschen, als die Beifahrertür an einem Betonpfeiler vorbeischrammte.

Immerhin kam sie rechtzeitig an der Ausfahrt an. Sie sah den SLS auf der Straße vor dem Parkhaus abbiegen. Valérie hielt neben dem Parkwächterhäuschen, wedelte mit ihrer Kreditkarte. Der Pförtner sah, dass sie es eilig hatte. Wie jeder französische Servicemitarbeiter, der etwas auf sich hielt, beschloss er folglich, die Bezahlprozedur so langsam wie möglich durchzuführen.

Als sie endlich aus dem Parkhaus fuhr, war Valérie sich sicher, den Mercedes verloren zu haben. Sie verspürte Enttäuschung, gleichzeitig aber auch Erleichterung. Diese ganze Aktion hatte von Anfang an etwas Quichottehaftes gehabt. Sie wusste ja nicht einmal, wer die Dame war. Wenn sie ihr entwischt war, würde Valérie eben zurück nach Luxemburg fahren, im »Deux Eglises« eine Flasche

Wein trinken und sich danach von ihrem Lieblingskoch ins Bett bringen lassen.

Angesichts dieser Vorstellung war Valérie fast ein wenig enttäuscht, als sie den SLS an der nächsten Ampel erblickte, auf der Linksabbiegerspur. Als es grün wurde, wechselte sie abrupt die Fahrbahn. Wütend hupte ein Fahrer hinter ihr. Valérie ignorierte ihn und gab Gas, um noch über die Ampel zu kommen, bevor diese umsprang.

Der Mercedes fuhr in Richtung Seine. Nach einigen Minuten hielt er auf der rechten Spur, schaltete seinen Warnblinker an. Valérie sah, wie sich die Kofferraumklappe öffnete.

Rasch fuhr sie vielleicht dreißig Meter hinter dem Mercedes rechts ran, stieg aus. Sie sah zu, wie die Fahrerin die Kiste aus dem Kofferraum holte.

Sie befanden sich irgendwo im Zehnten, in einer belebten Gegend. Die Grands Boulevards und die Opéra Garnier waren nicht weit entfernt, eine bunte Mischung aus asiatischen Touristen und französischen Angestellten schob sich den Bürgersteig entlang und verschaffte Valérie eine gewisse Deckung.

Die Frau, die sie verfolgte, stand vor dem Eingang einer Filiale von Mail, Boxes Etc. Die blaue Kiste befand sich zu ihren Füßen. Als sie näher kam, konnte Valérie darin gut zwei Dutzend gepolsterte Versandkuverts erkennen.

Die Filiale schien bereits geschlossen zu sein. Valérie sah, wie die Frau auf dem Handy eine Nummer wählte. Vielleicht hatte sie den Besitzer des Ladens überzeugt, ihre Pakete noch anzunehmen, und wartete darauf, dass er ihr aufsperrte. Valérie stand gut zehn Meter entfernt. Die Frau war nun direkt an der Tür, lugte durch deren Glasscheibe in den Laden. Die Kiste stand ein Stück hinter ihr.

Valérie lief los. Einen Moment lang wusste sie nicht, wie sie es anstellen sollte, dann flammte auf einmal das Deckenlicht des Paketshops auf. Ein Mann näherte sich der Tür, die Frau winkte ihm zu. Während diese abgelenkt war, schlug Valérie zu. Im Vorbeilaufen ging sie in die Knie, griff in die Kiste. Sie bekam einen der Umschläge zu fassen, ließ ihn in ihrer Manteltasche verschwinden. Hinter sich hörte sie die Stimme einer Passantin.

»Hat die Frau da gerade einen Umschlag geklaut?«

»Wo denn?«, sagte jemand anders.

Valérie drehte sich nicht um, sondern lief weiter, bog in eine Seitenstraße ein. Einen Moment meinte sie, hinter sich schnelle Schritte zu hören. Doch als sie sich umwandte, war niemand zu sehen. Sie drückte sich in einen Hauseingang. Ihre Hand tastete nach dem Umschlag, zog ihn hervor.

Es schien keinen Absender zu geben, nur einen Adressaten: die Hoffmann Research Group in Bremen, jene Firma, die ihren Recherchen nach weltweit führend war, wenn es um Honiganalysen ging. Valérie befühlte das Kuvert. Darin befand sich ein länglicher Gegenstand. Sie riss den Umschlag auf, schaute hinein. Ein Röhrchen aus milchigem Plastik kam zum Vorschein, sonst nichts – kein Begleitschreiben, kein Lieferschein. An der Seite war ein Etikett mit 2D-Barcode aufgeklebt. Im Inneren befand sich eine zähe gelbliche Substanz.

Wenige Minuten später war sie wieder auf der Straße, auf der sie geparkt hatte. Erwartungsgemäß war der Mercedes inzwischen verschwunden, das Licht in dem Paketshop erloschen. Valérie lief zu ihrem Wagen. Einen Moment war sie verwirrt. Die lange Fahrt und die Anspannung forderten wohl allmählich ihren Tribut. Hatte sie weiter hinten geparkt? Sie lief ein Stück die Straße hinauf, dann wieder zurück. Doch ihr Auto war nirgends zu sehen.

Sie ging zurück zu der Stelle, wo sie geparkt hatte, und schaute sich um. Dort, wo ihr Leihwagen gestanden hatte, war auf dem Asphalt eine Markierung zu sehen. Sie hatte erstens direkt vor der Einfahrt eines Gebäudes geparkt und zweitens auf der Busspur. Man hatte sie abgeschleppt, und sie trug nichts bei sich. Sogar ihr Handy lag noch in der Ablage des BMW.

Valérie lehnte sich gegen eine Häuserwand und holte die Gauloises aus der Jackentasche.

# 17

Als Kieffer später am Abend hinunter in den Schankraum kam, war Pekka verschwunden. Valérie hingegen schien immer noch nicht aufgetaucht zu sein. Der Koch holte sein Telefon aus dem Büro. Mit Stirnrunzeln nahm er zur Kenntnis, dass ihm seine Freundin eine Sprachnachricht geschickt hatte. So etwas hatte er noch nie bekommen, und es war seiner Meinung nach auch eher etwas für lesefaule Teenager. Da es im Schankraum recht laut war, ging Kieffer vor die Tür. Während er eine Ducal rauchte, hörte er sich Valéries Nachricht an.

Danach war er ziemlich wütend. Sie hatten sich ein paar nette Tage machen wollen. Keinen Urlaub, aber gemeinsam verbrachte Abende, Zweisamkeit am Frühstückstisch. Und nach nicht einmal einem Tag war Valérie bereits wieder entschwunden. Und nur der liebe Gott wusste, ob und wann sie wieder auftauchte.

Ärgerlich zog er an seiner Zigarette, hörte sich die Nachricht erneut an. Seine Wut legte sich ein wenig, als ihm klar wurde, dass sie ziemlich durch den Wind zu sein schien. Kieffer wählte ihre Nummer. Es klingelte fünf-, sechsmal, dann sprang Valéries Mobilbox an.

»Val, ich bin's. Wo bist du jetzt? Ich habe das alles nicht ganz verstanden. Kommst du jetzt wieder? Oder nicht? Ruf mich an.«

Er legte auf, begab sich zurück in den Schankraum. Der Service war so gut wie vorbei, ein paar Gäste löffelten noch ihre Desserts. Kieffer räumte ein wenig auf, etwas Besseres fiel ihm gerade nicht ein. Eigentlich hatte er zeitig Feierabend machen und mit Valérie heim nach Grund fahren wollen.

»Wer kriegt schon, was er will«, murmelte er.

»Was sagst du, Chef?«, erwiderte Jacques, der Kellner, der gerade mit einem Tablett leerer Gläser an die Bar gekommen war.

Kieffer machte eine abwiegelnde Handbewegung. Jacques begann schweigend, die Gläser in den Geschirrspüler zu räumen. Der Koch setzte sich an die Theke und griff nach Vatanens Flasche, die noch im Kühler stand. Zu seinem Erstaunen stellte er fest, dass sie noch nicht ganz leer war.

Er bat Jacques, ihm ein Weißweinglas zu geben. Der Koch schenkte den restlichen Rivaner ein, nahm einen großen Schluck, dann noch einen.

»Bin jetzt weg«, verkündete er.

Jacques nickte.

»Ich sperre nachher zu, Chef.«

»Danke«, brummte Kieffer. Er nahm seine Jacke vom Garderobenhaken und verließ das »Deux Eglises«. Normalerweise wäre er nach Hause gelaufen, aber es war unerfreulich kalt. Zudem kam etwas vom Himmel herab, auch wenn er nicht zu sagen vermochte, was es war. Der wankelmütige Wettergott hatte sich offenbar weder für Regen noch für Schnee entscheiden können. Mit hochgezogenen

Schultern lief er zu seinem Auto, stieg ein. Dreimal musste Kieffer die Zündung betätigen, bevor der alte Kater sich rührte – er mochte die Feuchtigkeit nicht.

Kieffer rollte hinab ins Clausener Zentrum, dann die Rue de Tour Jacob hinauf. Er fuhr langsam, denn die Scheiben waren beschlagen. Was den Zustand seiner Reifen anging, plagten ihn ebenfalls gewisse Zweifel.

Dass Kieffer vorsichtig fuhr, rettete dem Mann möglicherweise das Leben. Als der Koch eine Bewegung auf der Straße wahrnahm, riss er das Lenkrad herum. Der Wagen reagierte zunächst zögerlich, vollführte dann einen Schlenker nach links, der Kieffer fast aus dem Sitz warf. Er vernahm ein unangenehmes Kreischen, gefolgt von einem reißenden Geräusch und einem Knacken.

Der Wagen kam zum Stehen. Kieffer brauchte einen Moment, um sich zu orientieren. Anscheinend war er mit einem Vorderrad über den Kantstein gebrettert, möglicherweise hatte die Aufhängung etwas abbekommen. Er löste den Gurt, stieg aus.

Der Koch befand sich kurz vor dem Eisenbahn-Viadukt. Ein suppiger Nebel hüllte das Alzettetal beinahe völlig ein, man konnte nur einige Meter weit sehen. Kieffer ging um den Wagen herum. Sein rechter Rückspiegel fehlte.

»Fuck! Alter!«, brüllte jemand auf Englisch, um dann auf Französisch nachzusetzen: »Du warst viel zu schnell.«

Schon bevor Kieffer den Mann sah, wusste er, dass er es mit einem Betrunkenen zu tun hatte. Was ihn noch mehr aufhorchen ließ als die gelallten Flüche, war die Stimme selbst. Sie kam ihm irgendwie bekannt vor.

Als er sich umdrehte, sah er einen dicken Mann im Trenchcoat. Er saß am Rande der Straße. Genauer gesagt gab er sich Mühe, sitzen zu bleiben, doch seine Muskulatur spielte nicht mit. Er stützte sich auf die Arme, diese knickten jedoch immer wieder ein. Schließlich ließ er sich nach hinten sinken. Der Dicke lag nun auf der Straße, Arme und Beine von sich gestreckt.

Kieffer musterte den Mann. Er trug einen teuer wirkenden Anzug sowie einen Burberry-Trenchcoat, dessen Vorderseite mit grünlich-gelben Flecken übersät war. Unter den Ärmeln ragten Hemdumschläge hervor, von goldenen Manschettenknöpfen zusammengehalten.

Der Mann schien Kieffer bereits vergessen zu haben. Er war nun vollauf damit beschäftigt, sich in eine bequemere Liegeposition zu manövrieren, und versuchte, den Kantstein als Kopfkissen zu verwenden. Er schien empört darüber, wie unbequem das war.

»Sykes? Scheiße, Charles, bist du das?«

»Wer denn sonst«, erwiderte der Mann unwirsch.

Charles Sykes war ein britischer Banker, der auf dem Kirchberg arbeitete. Der Koch hatte ihn und seine Geschäftsfreunde bereits einige Male im »Deux Eglises« bewirtet, den Mann aber seit Längerem nicht mehr gesehen.

Kieffer ging in die Knie.

»Ist dir was passiert? Habe ich dich angefahren?«

»Nur gestreift. Weil *ich* ausgewichen bin! Du bist ja keinen Zentimeter … Du dämlicher …«

Kieffer schaute hinüber zu seinem Wagen, dessen vordere Hälfte auf dem Bürgersteig stand.

»Was hast du denn mitten auf der Straße verloren, Charles? Und noch dazu auf der falschen Seite. Linksverkehr gibt's nur in England.«

Anstatt zu antworten, drehte Sykes sich weg. Er begann, sich geräuschvoll zu übergeben.

»Heilige Scheiße, Charles!«

Der Koch trat einige Schritte zurück. Sykes spie in hohem Bogen, und er war nicht sonderlich erpicht darauf, etwas abzubekommen. Während Kieffer wartete, fiel ihm einer jener Elektroscooter auf, die neuerdings überall herumfuhren. Der Roller lag in einiger Entfernung auf der Straße.

Kieffer hob ihn auf, rollte den Scooter auf den Bürgersteig. Dann gesellte er sich wieder zu Sykes, der inzwischen fertig zu sein schien.

»Fall für die Bullen«, sagte der Banker und rülpste. Sein medizinballartiger Kopf vollführte eine nickende Bewegung. »Yes, Sir«, fuhr Sykes fort, »das wird teuer für dich, Freundchen.«

»Tut dir was weh?«, fragte Kieffer.

»Nein. Alles wundervoll. Aber mein Scooter. Der ist im Arsch, aber so was von«, Sykes begann in der Tasche seines nunmehr völlig ruinierten Trenchcoats zu kramen, »also die Bullen, jetzt.«

Wenn Kieffer die Situation richtig deutete, war Sykes auf dem E-Roller stinkbesoffen die Straße hinabgerauscht, ohne Helm und ohne Licht. Wenn der Brite die Polizei rief, konnte er seinen Führerschein auch gleich in die Alzette schmeißen.

»Charlie. Schau mich an.«

»Niemand nennt mich … bist du meine Mutter oder was?«

»Ich bin's. Xavier.«

Sykes kicherte albern.

»Die Hälfte aller Männer in diesem beschissenen Zwergstaat heißt so.«

»Schau mich halt mal an, Inselaffe!«

Sykes hob den Kopf, blinzelte. Es dauerte einen Moment, bis er den Koch erkannte.

»Teufel, der Xavier aus dem Restaurant? Deux … Deux … äh …«

»Genau der.«

Sykes kam hoch, schaffte es, eine halbwegs stabile Sitzposition einzunehmen. Er musterte Kieffer. Mit gekränktem Gesichtsausdruck sagte er:

»Inselaffe ist nicht sehr nett.«

»Retourkutsche für den ›beschissenen Zwergstaat‹.«

Sykes kratzte sich am Kopf.

»Und jetzt?«

Kieffer war versucht zu fragen, wo und warum sich der Banker derart weggeschossen hatte, an einem Wochentag zumal. Andererseits war er sich nicht sicher, ob er die Geschichte wirklich hören wollte. Wenn man einmal gesehen hatte, wie Charles Sykes eine doppelte Portion Prince Orloff nebst Beilagen in sich hineinschaufelte, war einem klar, dass Selbstdisziplin und Mäßigung nicht zu den charakterlichen Vorzügen des Mannes gehörten.

»Ich würde vorschlagen, ich fahr dich heim, Charles.«

Anstatt ihm zu antworten, ließ Sykes sich vornüber kippen und begann, auf allen vieren über den Asphalt zu kriechen, in Richtung von Kieffers Auto.

»Diese Straße wird übrigens auch nachts befahren.«

»Hm?«

»Vergiss es.«

Kieffer ging zu seinem Fahrzeug, öffnete die Beifahrertür. Danach half er Sykes, auf die Beine zu kommen. Bevor er den Banker auf den Sitz bugsierte, zog er ihm den Trenchcoat aus, auch wenn dies zu lautstarken Protesten führte. Kieffer vergewisserte sich, dass die Manteltaschen leer waren. Dann verstaute er das verschmutzte Kleidungsstück im Kofferraum, ebenso wie den Scooter.

Er stieg ein, setzte vorsichtig zurück. Es schien noch alles zu funktionieren. Er wandte sich Sykes zu.

»Wo wohnst du?«

Sykes machte eine unbestimmte Handbewegung.

»Charles! Adresse!«, brüllte Kieffer.

Sykes zuckte zusammen.

»Val Sainte-Croix«, lallte er, »189c.«

»In Belair?«

»Hmm.«

Kieffer fuhr los. Als sie das Quartier im Westen der Stadt erreichten, schnarchte Sykes bereits vernehmlich. Der Koch parkte vor einem hübschen kleinen Reihenhaus. Hoffentlich bekam er den besoffenen Briten irgendwie wach. Sykes war ein Wal von einem Mann, er wog mindestens hundertzehn Kilo. Er musste es aus eigener Kraft die Treppe hoch schaffen – tragen würde Kieffer ihn sicher nicht.

Ihm wurde bewusst, dass er nichts über Sykes' Familie wusste. Besaß er eine? Spätestens wenn sie das Haus betraten, würde er es erfahren.

Kieffer stieg aus, öffnete die Beifahrertür und rief:

»Aufwachen, Sportsfreund!«

Sykes reagierte nicht. Der Koch rüttelte an seiner Schulter, tätschelte ihm die Wange. Letzteres veranlasste Sykes dazu, unwirsch zu grunzen. Seufzend holte Kieffer den Schlüsselbund hervor, den er Sykes' vollgekotztem Mantel entnommen hatte, und ging den Weg zum Haus hinauf.

Kurz darauf stand er in der Küche. Sie verriet ihm, dass Charles Sykes mit ziemlicher Sicherheit allein wohnte. Die meisten Regale waren leer, im Kühlschrank befand sich nur das Allernotwendigste – eine klassische Yuppie-Küche. Kieffer entnahm ihm eine Anderthalb-Liter-Flasche eiskaltes Vittel und ging zurück zum Wagen. Zunächst benetzte er nur Sykes' Gesicht und Schläfen. Als das nichts half, goss er ihm einen Schwall über den Kopf.

»Verdammt!« Mit weit aufgerissenen Augen starrte ihn der Brite an. »Wo bin ich hier?«

»Home sweet home. Steig aus.«

Wie in Zeitlupe kam Sykes hoch. Mit Kieffers Hilfe schaffte er es bis auf ein Sofa im Wohnzimmer. Der Koch hielt ihm die Wasserflasche hin.

»Trink.«

»Keinen Durst.«

»Trink sie ganz aus. Morgen wirst du mir dankbar sein.«

Sykes nahm einige Schlucke. Er starrte Kieffer an, oder vielleicht auch die Wand hinter ihm.

»Okay, Charlie. Deinen Scooter parke ich im Vorgarten. Dein Zeug«, er zeigte auf Schlüssel, Handy und Geldbeutel, »liegt hier auf dem Tisch.«

»Danke«, sagte Sykes. Er rülpste, versuchte Kieffer zu fokussieren. »Gib mal Kippen.«

»Du rauchst doch überhaupt nicht. Nachher wird dir wieder übel.«

Sykes rollte mit den Augen und machte ein Gesicht wie ein genervter Vierzehnjähriger.

»Ach, Quatsch. Geht schon wieder.«

Kieffer klopfte zwei Ducal aus der Schachtel, steckte sie an und reichte Sykes eine davon. Schweigend rauchten sie. Nach einer Weile sagte der Koch:

»War gut, die Party?«

»Was für eine Party?«

»Na ja, ich hoffe, du hast dich nicht allein so zugezogen.«

»Doch. Jimmy's Pub.«

Jimmy's war ein Gastropub in Grund, nur ein paar Schritte von Kieffers Wohnhaus entfernt. Sykes zog ein Gesicht. Irgendwas machte ihm schlechte Laune, und es schien nicht der heraufziehende Kater zu sein.

»Was ist los, Charles?«

»Gekündigt worden.«

»Was?«

»Hat mit dem Brexit zu tun. Ein Teil der Leute wird abgezogen, die gehen alle nach Paris. Dort wird das Europageschäft gebündelt. Hier bleibt nur ein Briefkasten übrig.«

»Das tut mir leid. Und in Paris haben sie dir nichts angeboten?«

»Doch. Aber mir gefällt's hier.«

Kieffer nickte. Es tat ihm leid, dass Sykes seinen Job los war, aber allzu große Sorgen musste man sich vermutlich nicht machen. Der Brite hatte in den vergangenen zehn Jahren bei mindestens vier verschiedenen Instituten gearbeitet. Kieffer war sich nicht einmal sicher, wo Sykes zuletzt gewesen war. Er fragte ihn danach.

»Silverstein Green. Schon mal gehört?«

»Kürzlich erst.«

»Hm?«

»Ihr habt Bienen auf dem Dach«, sagte Kieffer.

Sykes blinzelte.

»Habe ich einen Teil des Gesprächs verpasst? Würde mich nicht wundern. Mann, bin ich hacke.«

»Hast du nicht. Ist nur … der tote Imker.«

»Ah, jetzt. Stand das schon in der Zeitung?«

»Ich kannte den Mann.«

Sykes trank einen großen Schluck Wasser. Einen Moment lang musterte er die nun beinahe leere Flasche, bevor er seine bis zum Filter gerauchte Zigarette hineinfallen ließ.

»Tut mir leid. Na ja, die Bienen sind auf jeden Fall weg.«

»Wie weg?«

»Jemand war da, um die Kisten abzuholen. So, und jetzt muss ich schlafen gehen.«

Sykes kam ächzend hoch. Kieffer erhob sich ebenfalls. Sie gingen in den Flur. Als Sykes sich anschickte, die Treppe hinaufzusteigen, fragte ihn Kieffer, ob er Hilfe benötige.

»Geht schon. Bin fast wieder nüchtern. Schade eigentlich.«

»Gute Nacht, Charles.«

»Danke noch mal.«

»Gern geschehen. Sag mal, eins noch: Wer war das, der die Bienen abgeholt hat?«

»Keine Ahnung. Irgendwelche Typen in Imkeroutfits. Vermutlich hatte die Stadt sie beauftragt.«

Kieffer nickte stumm. Er wünschte Sykes eine gute Nacht und ging zurück zu seinem Wagen.

# 18

Als Kieffer am folgenden Morgen erwachte, lag er allein im Bett. Missmutig tapste der Koch in die Küche. Noch bevor er sich Kaffee machte, sah er nach, ob er eine Nachricht von Valerie erhalten hatte. Sonst tat er das nie, aber dass seine Freundin sich überhaupt nicht meldete, beunruhigte ihn allmählich.

Geschrieben hatte sie nicht, aber auf die Box gesprochen. Kieffer hörte die Nachricht ab.

»Hi, ich bin in Paris. Es ist alles in Ordnung.«

An der Tonlage ihrer Stimme erkannte er, dass dem überhaupt nicht so war.

»Mein Handy ist weg, das Auto auch. Ich melde mich wieder.«

Dann hatte sie aufgelegt.

Der Koch probierte Valéries Festnetz, dann ihr Mobiltelefon, beides ohne Erfolg. Er tippte eine Nachricht.

»Wo bist du jetzt?«

Wie erwartet, bekam er zunächst keine Antwort.

Kieffer warf die riesige italienische Barista-Maschine von Vibiemme an, die er vor Jahren von einem pleitegegangenen Café gekauft hatte. Sie machte hervorragenden

Espresso, war jedoch äußerst launisch. Nachdem er einen altmodischen Kippschalter umgelegt hatte, hieß es zunächst warten, bis die Maschine ihm durch ein Fauchen signalisierte, dass sie sich nun dazu herablassen werde, ein Heißgetränk auszuspeien.

Der Koch blickte auf die Küchenuhr. Es war kurz nach neun, recht früh für seine Verhältnisse. Während Kieffer des Fauchens der Maschine harrte, schaute er aus dem Fenster. Die Häuser an der anderen Seite des Ufers wirkten auf ihn wie ein verwaschenes Schwarz-Weiß-Foto.

Die Vibiemme röchelte und schepperte. Der Koch machte sich einen großen Milchkaffee, setzte sich mit der Zeitung an den Küchentisch. Er überblätterte Politik sowie Wirtschaft und studierte stattdessen den Regionalteil. Insgeheim hoffte er, eine Meldung über Pol Schneider zu finden, aber die Sache schien aus medialer Sicht bereits abgefrühstückt zu sein.

Das nächtliche Gespräch mit Sykes ging ihm nicht aus dem Kopf. Gerne hätte er mehr über die Imker erfahren, die Schneiders Bienen bei Silverstein abgeholt hatten. Irgendetwas an der Geschichte kam ihm seltsam vor. Hatte er nicht in der Zeitung gelesen, die Stadtverwaltung überlege noch, was mit den Bienen geschehen sollte? Dafür war es jetzt ziemlich schnell gegangen.

Kurz erwog der Koch, Sykes anzurufen, brachte es dann aber nicht übers Herz, den Mann aus den Federn zu klingeln. Je länger der Brite seinen Rausch ausschlief, desto besser für ihn. Stattdessen googelte er die Association des Apiculteurs. Auf der Website des Imkerverbands fand Kieffer eine Telefonnummer. Nach dem vierten oder fünften Klingeln meldete sich eine Männerstimme.

»Moien?«

»Moien, Xavier Kieffer mein Name. Bin ich da beim Bienenzüchterverband?«

»Sind Sie, quasi. Thierry Koening.«

Kieffer hörte, dass sein Gesprächspartner unterwegs war. Vermutlich stand er im Stau, wie halb Luxemburg um diese Uhrzeit.

»Es geht um Pol Schneider. Also genauer gesagt um seine Bienen.«

»Bei Ihnen auch? Wo denn?«

»Bei mir … was? Bienen?«

»Ja, was denn sonst. Sie sind nicht der Erste, der uns anruft.«

»Nicht?«

»Schneider hatte seine Völker über die halbe Stadt verteilt. Nun wollen die Leute wissen, was mit denen passiert. Aber wir sind ja nicht die Heilsarmee.«

»Sie meinen, Sie können sich nicht um die ganzen Bienen kümmern?«

»Hören Sie, Herr Kieffer. Ich mache das alles ehrenamtlich. Wenn mal welche schwärmen und an einem Baum hängen, klar, dann versuchen wir zu helfen. Vielleicht nehmen unsere Mitglieder das eine oder andere Volk, aber ich kann nichts versprechen. Von wo rufen Sie an?«

»Aus der Stadt. Meine standen in Clausen. Sind aber schon weg.«

»Sie haben bereits einen Abnehmer? Gut für Sie. Aber warum rufen Sie mich dann an?«

»Nein, ich habe keinen Abnehmer. Die Beuten wurden gestohlen.«

»Gestohlen?«

»Sie sind über Nacht verschwunden. Kommt so was öfter vor?«

»Dass jemand Bienenstöcke klaut? Selten. Auch Vandalismus hält sich in Grenzen. Die Leute haben Respekt vor Bienen.«

»Hm, verstehe. Aber das heißt, Sie haben noch keine von Schneiders Völkern eingesammelt?«

»Bisher nicht.«

»Verstehe. Weil ich gehört habe, die Stadt hätte jemand beauftragt.«

»Also, uns nicht. Hören Sie, ich muss jetzt. War es das?«

»Ja, Herr Koening, danke für die Auskunft.«

Kieffer legte auf. Wenn der Imkerverband die Bienen auf dem Dach des Silverstein-Hauses nicht entfernt hatte, wer war es dann gewesen? Etwa dieselben Burschen, die auch Schuesslers Garten geplündert hatten?

Auf einmal kam ihm ein Gedanke. Schnell zog er sich etwas über und verließ das Haus. Als er wenig später den Klostergarten erreichte, sah er, dass er richtig gelegen hatte: Die Stelle mit den Bienenstöcken war leer. Raureif bedeckte Pflanzen und Boden, und dort, wo die Stöcke gestanden hatten, waren dunkle Rechtecke sichtbar, umrahmt vom Weiß des Frosts. Wer auch immer die Bienen mitgenommen hatte, konnte erst einige Stunden zuvor hier gewesen sein.

Vornübergebeugt inspizierte Kieffer den Boden. Es gab Fußabdrücke, aber die konnten auch von Spaziergängern stammen. Ansonsten fand er nichts Besonderes. Kieffer zündete sich eine Zigarette an. Während er rauchte, blickte er den Hang hinauf. Jede der drei Ebenen des Gartens wurde von einer verwitterten, mit Efeu bewachsenen Mauer begrenzt. Dahinter erhob sich die Felswand, größtenteils unbehauen, sah man von mehreren höhlenartigen Löchern ab.

Luxemburg war früher das Gibraltar des Nordens gewesen, eine Ansammlung aus Schanzen, Wehrgängen und Türmen. Mehrere Generationen von Festungsbauern hatten sich hier ausgetobt, keiner mehr als Sébastien Le Prestre de Vauban, der Militärarchitekt des französischen Sonnenkönigs. Überall fanden sich Überreste seiner Kurtinen, Ravelinen, Kasematten und Eskarpen, so auch hier. Die Löcher im Sandstein gehörten zu einem verzweigten Gangsystem, das an vielen Stellen durch den Felsen verlief.

Oben auf dem Bock sah Kieffer Menschen. Dort befand sich ein Aussichtspunkt, der in jedem Reiseführer erwähnt wurde. Mehrere asiatisch aussehende Touristen mit Kameras und Handys knipsten die Abtei Neumünster und die Unterstadt. Kieffer fragte sich, in wie vielen japanischen Fotoalben er gerade verewigt wurde.

Nachdem er eine Weile unschlüssig herumgestanden hatte, lief er wieder heim. Dort machte er sich einen weiteren Kaffee. Erneut versuchte er, Valérie zu erreichen. Niemand nahm ab. Wo zum Teufel trieb sie sich herum?

Eine Weile saß er da, grübelte vor sich hin, starrte das Honigglas an, aus dem er die Probe für Valérie entnommen hatte, und das immer noch auf dem Küchentisch stand. Hatte der Mann vom Imkerverband nicht gesagt, niemand wisse, wo Schneider überall seine Völker platziert hatte? Die Frage war, ob die Bienendiebe es wussten. Auf den ersten Blick schien es so. Drei Orte hatten sie bisher heimgesucht – den Klostergarten, Schuesslers Grundstück, das Silverstein-Gebäude.

Auf den zweiten Blick konnte man sich nicht so sicher sein. Die Stöcke im Klostergarten und die an der Malakoff waren von der Straße aus sichtbar. Über die Silverstein-

Bienen hatten die Medien berichtet. Aber was war mit den Völkern auf Gebäuden, die dem Blick von Passanten entzogen waren?

Kieffer holte sein Telefon hervor. Er rief das Foto mit der Karte auf, die er in Schneiders Lager fotografiert hatte. Mutmaßlich enthielt sie eine Liste aller Standorte, an denen der verstorbene Imker Stöcke platziert hatte. Und möglicherweise war er der Einzige, der diese Information zurzeit besaß.

Mit den Fingern vergrößerte der Koch das Foto, zoomte an die einzelnen Fähnchen heran. Er nahm Papier und Stift, machte eine Liste. Als er fertig war, stand er auf und griff nach seiner Jacke.

Zwanzig Minuten später parkte Kieffer am Boulevard Prince Henri. Dieser befand sich am westlichen Rand der Oberstadt. Auf der einen Straßenseite lag der Luxemburger Stadtpark, auf der anderen reihten sich Bürohäuser aus den Siebzigern und Achtzigern. An etlichen davon hingen Schilder mit der Aufschrift »À louer«, zu vermieten. Kieffer ging zu einem der Gebäude, rief sich auf dem Handy nochmals Schneiders Karte auf. Es musste dieses sein. Das sechsstöckige Bürogebäude besaß eine Fassade aus etwas, das auf den ersten Blick wie rötlicher Sandstein wirkte, in Wahrheit jedoch Beton war. An der Front waren lange schmale Betonleisten angebracht, die eine Art Gittermuster bildeten. Kieffer fühlte sich an eine Linzer Torte erinnert.

Er betrat die Lobby, ging zum Empfang. In der Rechten trug der Koch einen Werkzeugkoffer. Nicht, dass er dessen Inhalt benötigte – aber mit ein wenig Ausrüstung wirkte er vielleicht glaubwürdiger. Zusätzlich hatte er sich einen alten Arbeitskittel angezogen.

»Guten Morgen«, begrüßte er die Dame am Empfang, »ich komme, um nach den Bienen zu schauen.«

Die Frau, eine Mittzwanzigerin mit Nerdbrille und Zöpfchen, musterte ihn.

»Ist was mit denen?«

Kieffer schüttelte den Kopf.

»Reine Routine«, er deutete auf die Werkzeugkiste, »Check-up, schauen, ob noch genug Futter da ist.«

Die Empfangsdame griff in eine Schublade, holte einen Schlüssel hervor.

»Sie kennen sich aus? Oder muss jemand mit?«

»Bestens, ich komme zurecht«, log Kieffer. »Dauert höchstens eine Viertelstunde.«

Er nahm den Schlüssel und ging zum Aufzug. Der Koch fuhr ganz nach oben. Er musste ein wenig suchen, bis er eine Tür fand, hinter der eine schmale Treppe hinauf aufs Dach führte.

Der Ausblick war nicht übel. Von hier oben konnte man zwar weder die Unter- noch die Altstadt sehen, dafür aber die Kinnekswiss, die Königswiese im Stadtpark. Aus Imkersicht schien der Ort gut gewählt. Die Bienen waren gut geschützt, gleichzeitig bot sich ihnen im Sommer in nicht einmal hundert Metern Entfernung ein reichhaltiges All-you-can-eat-Buffet aus Lavendel, Veilchen, Klee und einigem mehr.

In der Mitte des Dachs befanden sich Aufbauten einer Lüftungsanlage, die ihm den Blick auf Teile des Dachs versperrten. Kieffer ging daran vorbei. Auf der anderen Seite wurde er fündig. Dort standen insgesamt sechs Bienenstöcke. In Form und Farbe glichen sie denen, die er im Klostergarten gesehen hatte. Er trat näher. Auch diese Bienen schienen Winterruhe zu halten, zumindest sah er keine von ihnen durch das Loch an der Vorderseite ein- und ausfliegen. Ansonsten waren die Stöcke unauffällig.

Er ging um die Beuten herum, inspizierte ihre Rückseiten. Schuessler zufolge hatte sich das Eulensymbol in einer Ecke am unteren Rand befunden. Kieffer ging in die Hocke. Die Kisten waren eulenfrei. Er fuhr mit dem Finger über die unterste Holzleiste einer Kiste. War hier etwas abgeschliffen worden? Es sah nicht so aus. Er verglich die unterste Leiste mit denen darüber. War sie etwas heller als die anderen? Wies das vielleicht darauf hin, dass sie ausgetauscht worden war? Wahrscheinlich rührte der Farbunterschied eher daher, dass die Leiste in Bodennähe etwas besser vor Wind und Wetter geschützt wurde.

Kieffer machte ein paar Fotos, bevor er wieder ins Erdgeschoss hinabfuhr. Dort legte er der Empfangsdame den Schlüssel hin. Der Koch hatte sich einige Worte zurechtgelegt, für den Fall, dass sie sich nach dem Befinden der Bienen erkundigte. Aber sie sah nicht einmal auf.

Als er wieder auf dem Boulevard stand, knurrte sein Magen. Kieffer wurde bewusst, dass er noch nichts Richtiges gefrühstückt hatte. Aufgrund der ganzen Aufregung war ihm das schlichtweg durchgegangen. Nun knurrte sein Magen umso lauter. Er lief die Straße hinauf, Richtung Innenstadt. Kurz darauf stand er in einem Café und musterte das Kuchenbüfett.

»Einen großen Milchkaffee«, sagte er zu dem Barista. »Und was ist das da?«

»Die Torte? Heißt Drunken Josephine. Banane und Rum.«

»Nehme ich«, sagte Kieffer. Mit Torte und Kaffee ging er zu einem Ledersessel und ließ sich nieder. Das Tortenstück war riesig. Kuchen zum Frühstück war nicht optimal, doch

Kieffer versuchte sein schlechtes Gewissen damit zu beruhigen, dass Bananentorte immerhin Obst enthielt.

Während er aß, schaute er sich seine Bienenliste an. Insgesamt gab es dreiundzwanzig Orte, an denen Schneider Stöcke platziert hatte. Kieffer konnte sie unmöglich alle abklappern. Erstens würde das mehrere Tage dauern, zweitens erhielt er bestimmt nicht überall so einfach Zutritt wie in dem schäbigen Bürogebäude.

Kieffer suchte nach leicht zugänglichen Orten in der Nähe. Er entschied sich für das Grand Théâtre. Es lag am Ende des Pont Rouge, einer großen Stahlbrücke, die nördlich der Stadt das Alzettetal überspannte. Dort gab es keine nennenswerten Sicherheitsvorkehrungen, zumindest hoffte er das.

Während er mit Handy sowie Liste hantierte und gleichzeitig Bananensahntorte aß, rutschte ihm ein großes Stück von der Gabel und verteilte sich auf seiner Lederjacke. Der Koch versuchte, den Brocken wieder auf den Teller zu bekommen, bevor er sich vollends auflöste. Dabei fiel ihm das Sahnestück erst aufs Hemd, dann auf die Hose. Kieffer brauchte fünf Papierservietten, um sich wieder notdürftig zu säubern. Als er das Café verließ, war er immer noch damit beschäftigt, sich Bananen-Rum-Sahne von den Fingern zu schlecken.

Es waren nur ein paar Meter bis zum Grand Théâtre, also ging er zu Fuß. Dort angekommen, brachte er sein Anliegen am Bühneneingang vor. Auch hier ließ man ihn ohne weitere Nachfragen ein. Einige Minuten später war er bereits auf dem Dach.

Das Theater war bei Weitem nicht so hoch wie das Bürogebäude, das er zuvor besucht hatte. Es handelte sich um einen gedrungenen Bau aus den Sechzigern – Kieselbeton,

Flachdach, Parallelogrammfenster. Das Gebäude lag direkt an der sechsspurigen Straße, die zum Kirchberg führte, dennoch gab es für Bienen durchaus Futterplätze. Hinter dem Theater ging es steil bergab, die Hänge waren dicht bewachsen.

Als er durch die Dachluke stieg, sah er die Bienenstöcke sofort. Sie standen nahezu mittig, acht an der Zahl. Kieffer fühlte sich in seiner Theorie bestätigt. Wer auch immer Schneiders Bienen stibitzte, besaß keinen Überblick über alle in der Stadt verstreuten Beuten.

Kieffer ging auf die Bienenstöcke zu. Die Kisten sahen genauso aus wie jene auf dem Boulevard Prince Henri. Ihm fielen einige tote Insekten vor den Einfluglöchern auf. Der Koch fragte sich, ob diese etwas zu bedeuten hatten. Andererseits: Wie lange lebte so eine Biene? Einige Wochen oder Monate? Auf jeden Fall war zu erwarten, dass ständig welche starben.

Er kniete sich nieder, holte sein Portemonnaie hervor. Daraus entnahm er eine Kreditkarte und benutzte sie als Schäufelchen. Vorsichtig bugsierte er eine der toten Bienen darauf und nahm sie genauer in Augenschein. Wonach er Ausschau hielt, wusste Kieffer nicht – nach Anzeichen für einen gewaltsamen Tod? Irgendwo in seinem Hinterkopf vernahm er das kehlige Lachen Pekka Vatanens. »Vom Küchenmeisterdetektiv zum Bienen-Bullen«, spottete der Finne.

»Lach du nur«, brummte Kieffer. Er konnte nichts Besonderes an der toten Maja entdecken. Der Koch schnipste die Biene von der Karte. Vielleicht sollte er doch einmal in einen der Stöcke hineinschauen. Wenn er darin statt großen Gewimmels ein Massengrab vorfand, würde dies die Frage beantworten, ob mit Schneiders Bienen alles in

Ordnung war. Allerdings wollte er die Tierchen auch nicht unnötig aufscheuchen. Es musste ja einen Grund dafür geben, dass Bienen im Winter ihr Quartier kaum verließen.

Vielleicht war es möglich, durch das Einflugloch etwas zu sehen. Er zog sein Handy hervor, aktivierte die Taschenlampenfunktion. Das Licht im Anschlag ging er ganz nah an die Öffnung eines Stocks heran. Während Kieffer hineinleuchtete, kniff er ein Auge zu. Tatsächlich meinte er, im Inneren eine Bewegung wahrzunehmen. Er veränderte den Winkel des Lichtstrahls. Dort hinten links … Ein stechender Schmerz im Nacken ließ ihn hochfahren. Kieffer taumelte rückwärts, blieb an einem Blitzableiterkabel hängen, fiel rücklings hin. Der Koch kam wieder hoch, fuhr sich mit der Hand über den Nacken. Seine Finger bekamen etwas zu fassen – einen Bienenstachel? Bevor er sich das Objekt anschauen konnte, durchfuhr ihn erneut stechender Schmerz. Diesmal hatte ihn eines der Viecher im Gesicht erwischt.

Auf dem Dach des Grand Théâtre war es keineswegs still. Auf zwei Seiten des Gebäudes rauschte Verkehr vorbei, durch das nahe Alzettetal ratterte ein Zug nach dem anderen. Wegen all dieser Hintergrundgeräusche hatte er das hohe, sirrende Geräusch zunächst nicht wahrgenommen. Nun aber bemerkte er es. Ein Blick in Richtung der Stöcke verschaffte ihm Gewissheit. Bienen schwirrten durch die Luft, offenbar hatten sie ihren Winterschlaf beendet. Es war an der Zeit, den Rückzug anzutreten, und zwar schnell.

Wild mit den Armen fuchtelnd rannte Kieffer über das Dach. Ihm schien, als wäre ein ganzer Schwarm hinter ihm her. Wirklich schnell laufen konnte er nicht. Das Dach des Theaters war voller Fußangeln – Blitzableiter, Lüftungsschächte, Oberlichter. Und so taumelte er im Zickzack über das Dach, wich Hindernissen und Bienen aus, Letzteres allerdings nicht sehr erfolgreich. Immer wieder wurde er gestochen. Die Tiere schienen ihn über das ganze Dach zu verfolgen.

Als er endlich durch die Dachluke gestiegen war und diese über sich zuzog, schwirrten immer noch einige Bienen um ihn herum. Erst als Kieffer das Erdgeschoss erreichte, schienen die Viecher von ihm abgelassen zu haben.

An eine Wand gelehnt holte er Luft, betastete sein Gesicht und seinen Hals. Überall waren leichte Schwellungen. Er lief weiter, Richtung Ausgang, bis er an einer Tür ein WC-Schild sah. Der Koch ging hinein, betrachtete sich im Toilettenspiegel. Weiße Pusteln mit roten Einstichstellen in der Mitte bedeckten seine Wangen und seine Stirn. In einigen steckte noch der Stachel. Seine ebenfalls blessierte Oberlippe begann bereits, stark anzuschwellen. Kieffer entfernte die Stacheln und goss sich mehrere Handvoll kaltes Wasser über Gesicht, Hände und Nacken, um die Stiche ein wenig zu kühlen.

Nachdem er sich notdürftig versorgt hatte, ging er zum Bühneneingang. Dort gab er dem Mann am Empfang den Schlüssel für die Dachluke zurück. Der sah ihn an, blinzelte.

»Oh Gott! Sie sind ja ganz zerstochen.«

Kieffer bemühte sich, keine Miene zu verziehen. Schwer fiel ihm das nicht. Sein gesamtes Gesicht fühlte sich taub an.

»Passiert. Berufsrisiko.«

Mit diesen Worten wandte er sich ab und verließ das Theater. Ihm war ein bisschen schwummrig. Sein Kopf fühlte sich wie ein Luftballon an, der an einer Gasflasche hing und immer weiter anschwoll.

Auf dem Weg zurück zum Auto starrten ihn einige Passanten an wie einen Aussätzigen. Als Kieffer einige Minuten später einstieg, sah er auf dem linken Auge nicht mehr besonders gut. Dennoch ließ er den Wagen an. Statt sich nach Hause zu begeben, fuhr er direkt zum Restaurant. Im »Deux Eglises« war um diese Zeit eigentlich noch nichts zu tun. Aber es gab dort eine Eismaschine, und die würde er nun ausgiebig nutzen.

# 19

Valérie zitterte, als sie am folgenden Abend den Motor des Leihwagens anließ. Sie hatte zwar gewusst, dass es schwierig war, ein abgeschlepptes Fahrzeug aus den Klauen der Pariser Stadtverwaltung zu befreien – aber nicht, wie schwierig. Nicht nur musste man zu einem Abstellplatz außerhalb des Innenstadtrings fahren und einen absurd hohen Betrag entrichten, ferner war es notwendig, eine *autorisation de restitution* vorzulegen, eine Art Unbedenklichkeitsbescheinigung. Letzteres hatte Valérie erst erfahren, als sie nach einer kurzen Nacht in ihrer Wohnung frühmorgens am Schalter des Verwahrplatzes stand und der Bedienstete den Kopf schüttelte – keine *autorisation,* kein Auto. Was an einem nagelneuen BMW bedenklich sein mochte, war ihr schleierhaft. Aber um Logik ging es vermutlich ohnehin nicht.

Die Bescheinigung bekam man bei der Polizei, aber nur zwischen zwölf und achtzehn Uhr. Nachdem sie dort zweieinhalb Stunden in der Schlange gestanden hatte, war sie erneut zur Verwahrstelle gefahren. Erst jetzt, gegen sechs, hatte sie ihr Fahrzeug zurückbekommen, pünktlich zum Start des Berufsverkehrs. Wie sie in ihrer derzeitigen Verfassung den Stau auf dem Péripherique überstehen sollte, war ihr schleierhaft.

Gerne hätte sie bei Xavier Trost gesucht, aber ihr Telefon war leer. Zwar besaß sie ein Ladekabel, aber wenn sie es mit der Buchse in der Mittelkonsole verband, teilte ihr das Handy jedes Mal mit, es handle sich um »Unbekanntes Zubehör«. Vermutlich brauchte man dafür auch eine Unbedenklichkeitsbescheinigung.

Sie rollte von dem Parkplatz, der in einem tristen Gewerbegebiet lag, nahm eine Ausfallstraße Richtung Zentrum. An einer Tankstelle hielt sie, kaufte im Shop eine Cola light und ein neues Ladekabel.

Diesmal schien es zu funktionieren. Müde vor sich hinstarrend, wartete Valérie, bis das Display ihres Telefons aufflammte. Sie wählte Xaviers Nummer. Er nahm fast augenblicklich ab.

»Da sind wir ja wieder.«

»Xavier, es tut mir leid.«

»Was ist eigentlich los? Wieso verfolgst du irgendwelche Leute?«

Sie erzählte ihm von der mysteriösen Frau, dem Inkubator und den Honigproben. Ihr Freund hörte schweigend zu. Dann sagte er:

»Ich versteh's nicht ganz. Eine wahrscheinlich zwielichtige Firma aus Deutschland verkauft – vielleicht – gepanschten Honig in die USA. Du stößt zufällig in Amerika darauf. Du schaust bei der deutschen Firma vorbei, siehst eine Businesstante im Sportwagen, die was abholt, nach Paris bringt, dann an ein Labor verschickt. Was bedeutet das?«

»Ich weiß es nicht. Aber findest du es nicht seltsam?«

»Dass jemand den Honig, den er kaufen will, zuvor testen lässt? Eigentlich nicht, Val. Hast du die beiden Proben eigentlich verschickt?«

»Ja, gestern schon. Aber sag mal, warum nuschelst du eigentlich so?«

Wie so oft überging er ihre Frage. Stattdessen erwiderte er:

»Wieso erschien dir die Frau überhaupt verdächtig?«

»Sie passte da irgendwie nicht hin. Und dann der Mercedes SLS.«

»Es kann ja auch reiche Honighändler geben.«

»Und wieso dann die Büros in diesem Start-up-Inkubator? Honig verkaufen ist doch nicht sonderlich innovativ.«

Einen Moment schwiegen sie beide. Valérie trank den letzten Schluck ihrer Cola. Die gewünschte Wirkung war allerdings ausgeblieben, sie fühlte sich immer noch hundemüde.

»Aggro-Bienen«, murmelte Xavier.

»Was sagst du, Süßer? Was für Bienen?«

»Die Antwort auf deine Frage. Mein Sprachfehler kommt daher, dass ich gestochen worden bin, im Gesicht.«

Er erzählte ihr von seinem Abenteuer auf Luxemburgs Dächern.

»Und warum haben die dich gestochen?«

»Wahrscheinlich fühlten sie sich bedroht.«

»Bienen sind gar nicht so aggressiv, wie viele meinen, weißt du?«

»Nee, weiß ich nicht. Oder genauer gesagt, glaube ich es seit gestern nicht mehr. Vielleicht habe ich etwas falsch gemacht, bin als Imker wohl kein Naturtalent. Aber sag mal, wie geht es denn jetzt weiter, Val?«

»Erst mal ruhe ich mich ein bisschen aus. Ich war gestern erst sehr spät daheim und bin früh raus, um das Auto zu holen. Aber morgen komme ich nach Luxemburg.«

»Ist das sinnvoll?«

»Was soll das denn heißen?«

»Versteh mich nicht falsch, ich freue mich, wenn du kommst. Aber falls du erst mal durchschnaufen musst, verstehe ich das. War ja ein Höllenritt.«

»Stimmt. Aber ich möchte zu dir.«

»Okay. Nur nicht erschrecken.«

»Wieso?«

»Weil ich aussehe wie ein Zierkürbis.«

»Macht mir nix.«

»Schlaf dich aus, Val. Bis morgen.«

»Bis morgen, Süßer.«

Valérie legte auf. Als sie gerade die Zündung betätigen wollte, fiepte ihr Handy. Die Nachricht stammte von Xavier, sie enthielt eine Handynummer und einen Namen: Magda Pikus. Valérie überlegte kurz. Je länger sie an der Tankstelle stand, umso weniger bekam sie von der Rushhour mit. Sie atmete tief durch, wählte dann Pikus' Nummer.

»Pikus?«

»Guten Abend, Mrs Pikus«, sagte Valérie auf Englisch, »Gabin mein Name. Ich rufe Sie auf Anraten eines gemeinsamen Freundes an, Pekka Vatanen aus Luxemburg.«

»Pekka? Ja, er hat mich vorgewarnt, dass sich jemand vom Gabin bei mir melden würde. Sind Sie tatsächlich Madame Gabin? *Die* Gabin?«

»Ja, das bin ich.«

»Die Chefin des berühmten Guide Gabin höchstselbst, wow.«

Valérie erwiderte nichts.

»Und es geht um Betrügereien? Mit Lebensmitteln?«, fragte Pikus.

»Zumindest vermuten wir das.«

»Ich arbeite, wie Pekka Ihnen bestimmt gesagt hat, für OLAF. Wir sind keine Strafverfolgungsbehörde. Wenn Sie etwas Konkretes haben, sollten Sie damit zur Polizei gehen.«

»Das verstehe ich, Madame. Es ist eher so, dass ich mir nicht ganz sicher bin, was ich da habe.«

»Okay. Um was geht es denn? Olivenöl? Käse?«

»Nein, Honig.«

»Honig«, erwiderte Pikus, »tja, der ist schwierig.«

»Inwiefern?«

»Was Sie im Supermarkt bekommen, sind meistens Mischhonige – bisschen Mexiko, bisschen Rumänien und ein großer Schuss China, um es mal salopp zu sagen. Dass da gepanscht wird, kann man sich vorstellen.«

»Sie meinen, der Honig wird gestreckt? Mit Reissirup?«

»Zum Beispiel. Oder er ist mit Antibiotika belastet, die man den Bienen verfüttert, oder mit Pestiziden. Vieles davon lässt sich inzwischen nachweisen.«

»Ich verstehe. Nun, ich habe da etwas Seltsames beobachtet.«

Da sie Pikus nicht mit ihrer Odyssee von Red Bluff bis Merzig langweilen wollte, kürzte Valérie die Geschichte stark ab und erzählte der OLAF-Beamtin lediglich von der Spur, die von Kalifornien nach Deutschland führte.

»Sie kommen ja rum, Frau Gabin. Also, vielleicht ist Ihr Honig gepanscht. Oder vielleicht wurde er auch umetikettiert. Transshipping nennt man das.«

»Was genau bedeutet das?«

»Die USA sind einer der größten Honigkonsumenten. Die Nachfrage steigt ständig, weil Honig als gesund gilt und die Firmen ihre Produkte deshalb lieber mit Honig als mit Zucker süßen.«

»Und deshalb importiert man welchen?«

»Die EU ja, die Amis nein. Um die heimischen Imker zu schützen, hat der US-Kongress hohe Strafzölle auf Chinahonig verhängt. Um die zu umgehen, importiert man das Zeug nun nicht mehr direkt, sondern über Zwischenstationen, zum Beispiel über Europa. Das nennt man Transshipping. Das FBI hat in dem Zusammenhang vor ein paar Jahren mehrere Firmen hochgenommen.«

»Weiß man, wer da momentan involviert ist?«

»Wenn ich es wüsste, dürfte ich es Ihnen nicht sagen. Aber allgemein gesprochen: Ich gehe davon aus, dass so etwas weiterhin läuft, ja.«

»Sagt Ihnen Golden Nectar was?«

»Wie gesagt, Frau Gabin, wenn ich Namen wüsste, dürfte ich sie nicht nennen. Außerdem überschätzen Sie uns, glaube ich.«

»Inwiefern?«

»Bei uns arbeiten zwar Ermittler und ehemalige Strafverfolger. Aber konkrete Straftaten – das ist Sache der Nationalstaaten. Uns interessiert es vor allem, wenn EU-Gelder veruntreut oder Zollbeschränkungen umgangen werden.«

»Ich verstehe.«

»Tut mir leid, dass ich Ihnen nicht weiterhelfen kann. Viel Erfolg bei Ihrer Recherche.«

Sie verabschiedeten sich. Zwanzig Minuten später stand Valérie auf der Stadtautobahn im Stau. Nach weiteren fünfundvierzig erreichte sie ihre Ausfahrt. In den Sträßchen Saint-Germains einen Parkplatz zu finden, kostete sie weitere zwanzig Minuten. Als Valérie ihre Wohnungstür aufschloss, war es fast halb neun.

Als Erstes ging sie ins Bad und drehte den Hahn der Wanne auf. Sie würde den Rest des Abends in heißem Wasser verbringen, ein bisschen Musik hören und sich dann ohne weitere Umwege zu Bett begeben. In der Küche holte sie sich Käse und Oliven aus dem Kühlschrank, dazu ein großes Glas Côtes du Rhône. Als sie gerade den ersten Bissen zum Mund führte, begann ihr auf der Anrichte liegendes Handy zu summen.

Sie biss ab. Es handelte sich um Comté, ihren Lieblingskäse. Valérie nippte an dem Wein. Das Handy summte weiter, aber für den Rest des Abends konnte ihr die Welt gestohlen bleiben. Das Telefon verstummte, nur um wenige Sekunden später erneut loszulegen. Valérie ging nun doch in den Flur, schaute nach. Eine US-Vorwahl – Kalifornien, wenn sie sich nicht irrte.

Sie griff nach dem Telefon und nahm ab.

»Hi, hier ist Deb. Sorry, dass ich um diese Zeit anrufe. Ist es schon zu spät bei euch?«

»Bei uns … Sie meinen in Europa? Nein, es ist erst neun. Aber Entschuldigung, ich habe Ihren Namen nicht …«

»Debbie, Schätzchen. Debbie Wittmer.«

Valérie überlegte angestrengt.

»Central Valley«, sagte die Anruferin. »Die Imkerin?«

»Ja, natürlich, sorry. Deborah's Bees. Wie geht es Ihnen, Debbie?«

»Ehrlich gesagt etwas bescheiden, Darling.«

»Was ist denn passiert?«

»Es geht um meine Bienen. Ich bin immer noch im Valley, zum Bestäuben.«

»An derselben Stelle wie zuvor?«

»Inzwischen stehen meine Beuten fünfzehn Meilen weiter. Dort hat sie ein anderer Mandelfarmer gemietet, so geht das jetzt bis Ende Februar. Danach fahren wir nach Washington, Kirschbäume bestäuben. Wenn dann noch welche übrig sind.«

»Noch welche ... wie meinen Sie das?«

»Dieses Rumreisen ist stressig für meine Ladys. Ich fahre sie durchs halbe Land, und natürlich gibt es Ausfälle. Aber mit dem Honig verdient man ja nichts mehr. Egal, auf jeden Fall ist es diesmal besonders schlimm – und seltsam obendrein. Und da musste ich wieder an diese Geschichte denken.«

»Den hive heist, der keiner war.«

»Ich gebe zu, ich habe Sie damals für ein bisschen durchgeknallt gehalten, Valérie, weil ja alles an Ort und Stelle war und kein einziger Stock fehlte. Aber jetzt ...«

Valérie konnte hören, dass es die Frau Kraft kostete, weiterzusprechen.

»Ihre Bienen sind gestorben, Debbie?«

»Nein. Wobei mich das nicht gewundert hätte. Hartes Geschäft, diese Mandelplantagen. Die spritzen hier wie irre, oft sogar, während die Tiere am Bestäuben sind. Bienen sterben. Oder sie verschwinden.«

»Sie fliegen weg?«

»Ja. Colony Collapse Disorder nennt man das.«

»Davon habe ich schon gehört. Irgendwas bringt die Bienen durcheinander und sie verlassen den Stock.«

»Nur die Königin bleibt zurück und ihre Brut, ja. Man glaubt, dass es mit Pestiziden oder anderen Umweltgiften zu tun hat. Aber diesmal ... also, Bienen sind noch welche da. Aber die Königinnen sind fort.«

»Weggeflogen?«

»Schätzchen, Bienenköniginnen fliegen nicht einfach weg. Es gibt nur zwei Gründe, warum sie das Nest verlassen. Entweder zur Paarung, aber das nur einmal. Danach sind sie randvoll mit Samen, das reicht für den Rest ihres Lebens. Oder wenn sich ein Volk teilt. Schwärmen nennt man das. Die Bienen füttern eine der Maden mit Gelée royale, dadurch wird sie quasi umprogrammiert, reift zur Königin heran. Und kurz bevor die neue Königin schlüpft, macht sich die alte gemeinsam mit einem Teil der Bienen auf, sucht sich einen neuen Stock.«

Mit dem Handy in der einen und dem Weinglas in der anderen Hand lief Valérie ins Bad. Die Wanne war bereits randvoll.

»Warten Sie kurz, Debbie. Mir läuft hier was über. So, jetzt, sorry. Sie sagten, Ihre Königinnen aus den fraglichen Kisten sind geschwärmt?«

»Als ich merkte, dass bei einigen Völkern die Königinnen fehlten, schien mir das zunächst die logische Erklärung zu sein, auch wenn es eigentlich nicht passt. Geschwärmt wird im Sommer, häufig nach einer Schlechtwetterperiode.«

»Ich komme nicht ganz mit Debbie. Sind Ihre Bienen jetzt geschwärmt oder nicht?«

»Nein. Dann müsste ja eine neue Königin im Stock sitzen – und die Zahl der Arbeiterinnen müsste stark geschrumpft sein. Aber es sind fast so viele wie vorher, nur ohne die Königin.«

»Haben Sie die toten Königinnen gefunden?«

»Nein. Woran sie gestorben sind, weiß ich folglich nicht. Aber an Altersschwäche wohl kaum. Die waren ja ganz frisch.«

»Frisch?«

»Ich habe erst kürzlich neue Königinnen bestellt.«

»Man kann die bestellen?«

»Natürlich, im Internet. Früher mussten wir Imker warten, bis Bienen schwärmten. So bekam man eine neue Königin und ein neues Volk – aus eins mach zwei. Heute bestellt man sie im Web. Gibt es sogar vorbesamt.«

»Okay. Und wie kann ich helfen?«

»Ach, ich weiß nicht, Schätzchen. Ich habe mich an deine Geschichte erinnert. Und dann habe ich dich gegoogelt und rausgefunden, dass du so eine Art Gastrokritikerin bist.«

Valérie verzog die Mundwinkel. Sie war nicht »so eine Art Gastrokritikerin«. Ihre Familie hatte die Gastrokritik erfunden. Aber möglicherweise wusste Deborah nicht, was der Guide Gabin war – oder wo Frankreich lag. Noch während sie dies dachte, schalt Valérie sich selbst. Die Frau war nicht dumm, lediglich ein bisschen aufgeregt.

»Und Sie haben gedacht, ich könnte rausfinden, was passiert ist, Debbie?«

»Ich weiß nicht. Vielleicht musste ich es auch einfach jemand erzählen, der dabei war.«

»Ich verstehe. Nun, ich bin keine Bienenexpertin. Aber ich werde mal schauen.«

»Fantastisch. Halten Sie mich auf dem Laufenden?«

»Natürlich, Debbie. Vielleicht können Sie mir Ihre E-Mail geben.«

Deborah Wittmer diktierte Valérie ihre Adresse und ihre Handynummer. Sie verabschiedeten sich.

Einige Minuten später war Valérie in der Badewanne. Das Wasser war inzwischen leider nicht mehr so heiß, wie sie es bevorzugte. Dennoch blieb sie eine Weile liegen, in der Rechten das Weinglas. Während sie gen Decke starrte, dachte sie nach. Der hive heist, den sie in Kalifornien beobachtet hatte, ergab nun ein wenig mehr Sinn. Die beiden Männer waren mit Debbies Bienenvölkern in ihre Scheune gefahren. Dort hatten sie irgendetwas mit den Tieren angestellt und sie danach zurückgebracht.

Vermutlich kontrollierte Debbie den Zustand ihrer Bienenvölker regelmäßig. Zunächst war ihr nichts aufgefallen. Erst nach einigen Tagen hatte sie bemerkt, dass die Königinnen fehlten.

War es das, was die Männer in der Scheune getan hatten? Die Königinnen zu entfernen? Dann handelte es sich um einen Akt der Sabotage. Nahm man die Königin aus einem Bienenstock, war das Volk möglicherweise dem Untergang geweiht.

Valérie hob einen Fuß aus dem Wasser, drückte mit den Zehen den Mischer hoch, damit heißes Wasser nachlief.

Aber wenn man einen Imker sabotieren wollte – gab es da nicht einfachere Wege? Wieso hatten die Männer nicht einfach ein Insektizid in die Beuten gespritzt? Debbie zufolge wurde auf den Mandelplantagen ausgiebig gesprüht. Wer konnte da im Nachhinein sagen, was genau die Bienen getötet hatte?

Valérie stellte das Weinglas auf dem Beckenrand ab, schloss die Augen. Das Wasser war nun viel angenehmer. Bald driftete sie weg, sah vor ihrem geistigen Auge ein cartoonhaftes Tier, das eine Mischung aus Winnie dem Puh und Yogi-Bär zu sein schien. In den Tatzen hielt er ein Smartphone, das dick mit Honig bestrichen war. Er führte es zu seinem Maul und wollte es verschlingen. Just in diesem Moment wachte sie davon auf, dass ihr Kopf unter die

Wasseroberfläche rutschte. Prustend kam Valérie hoch. Besser sie ging schlafen, sonst ertrank sie noch in ihrer eigenen Wanne. Wenige Minuten später lag sie im Bett und fiel sofort in einen traumlosen Schlaf.

# 20

Kieffer beobachtete, wie Pekka Vatanen Kallefsragout mat Dréischelen vertilgte. Das Gros der durchaus beachtlichen Portion war bereits verschwunden. Mit Weißbrot tunkte der Finne die Soße auf. Es schien ihm ganz ausgezeichnet zu munden.

»Noch Brot, Pekka?«

»Nein, danke. Aber ein Nachtisch geht vielleicht noch.«

Manchmal fragte der Koch sich, wo der schlaksige Finne das alles ließ. Während er selbst inzwischen aufpassen musste, nicht aus dem Leim zu gehen, war Vatanen schlank wie eh und je.

Der Finne schob den Teller von sich, seufzte.

»Kuchen wäre jetzt gut.«

»Kuchen ist immer gut. Ich habe Quetscheflued, Mummentaart und Geféllte Streisel. Auf Wunsch mit Sahne und Eis.«

»Den Zwetschgenkuchen, bitte. Sahne ja, Eis nein. Oder gibt es«, der Finne grinste breit, »auch Bienenstich?«

»Witzig, Pekka«, erwiderte Kieffer und fuhr sich unwillkürlich mit der Hand übers Gesicht. Die Schwellungen waren zurückgegangen, doch er sah immer noch etwas verbeult aus. Er ging zum Küchentelefon, orderte Vatanens Kuchen. Als Kieffer hinter die Theke zurückgekehrt war, sagte der Finne:

»Das waren bestimmt Killerbienen.«

»So was gibt's doch gar nicht.«

»Die gibt es sehr wohl, Xavier. Also, bei uns nicht, aber in Amerika.«

Der Koch nahm ein Glas aus dem Schrank, goss sich etwas von Vatanens Wein ein. Normalerweise trank er nicht auf Kosten seiner Gäste, aber von dem Finnen musste er sich derart viele dumme Sprüche gefallen lassen, dass eine Gegenleistung fällig war.

Kieffer nippte an dem Rivaner.

»Ich habe da mal was drüber gelesen«, sagt der Koch. »Sind das nicht Bienen, die man mit Hornissen gekreuzt hat?«

»Keine Hornissen. Ein Forscher in Brasilien hat europäische Bienen mit afrikanischen gekreuzt, in den Fünfzigerjahren. Die sind ausgebrochen und haben Südamerika erobert. Inzwischen sind sie in den USA angekommen.«

»Was ist denn der Unterschied? Ich meine zwischen europäischen und afrikanischen?«

»Ganz genau kann dir das nur ein Entomologe sagen, ich bin ja Agronom. Aber die afrikanischen sind wohl aggressiver. Die schützen ihren Stock per Vorwärtsverteidigung. Wenn du wegläufst, verfolgen die dich über einen halben Kilometer.«

»Mich haben die Viecher auch verfolgt. Aber ob es Killerbienen waren, weiß ich nicht.«

»Wahrscheinlich nicht. Was hast du auf den Dächern jetzt eigentlich gefunden?«

»Nichts. Na ja, nichts stimmt nicht. Die Bienenstöcke

waren noch da, niemand hat sie geklaut. Aber ansonsten unauffällig, soweit ich das beurteilen kann.«

Die Klingel des Küchenaufzugs schellte. Weil sein Kellner gerade im Schankraum damit beschäftigt war, an Tisch vier eine Crémantflasche zu entkorken, ging Kieffer selbst. Er öffnete die Klappe und entnahm den Teller mit der Quetscheflued.

»Bitteschön, Pekka. Guten Appetit.«

Der Finne nickte und begann umgehend zu essen.

»Was bist du heute eigentlich so mordshungrig? Eure Kantine ist doch nicht so übel.«

Das war eine Untertreibung. Kieffer hatte bereits mehrfach in der Kantine des Europäischen Parlaments gegessen. Eigentlich handelte es sich eher um eine Art Casino. Das Essen war gut, die Auswahl noch besser.

»Meine Neue«, erwiderte Vatanen kauend.

Anders als Kieffer besaß der Finne ein sehr abwechslungsreiches Liebesleben. Nicht, dass der Koch neidisch gewesen wäre, eher bemitleidete er den Finnen. Vatanens Beziehungen hielten nie länger als drei, vier Monate. Folglich kamen sie auch nie über die eher oberflächliche, auf den Austausch von Körperflüssigkeiten gerichtete Anfangsphase hinaus. Er hatte seinem Freund geraten, es vielleicht einmal mit einem anderen Beuteschema zu versuchen. Doch der Finne war auf Spanierinnen und Italienerinnen abonniert, die jünger als fünfunddreißig waren – mitunter deutlich jünger. Das Ergebnis war stets dasselbe.

»Sie ist Veganerin.«

»Und deshalb musst du jetzt auch …?«

»Ich passe mich halt an.«

Der Koch musterte den Finnen, deutete auf den leeren Teller, der auf der Theke stand.

»Ah, jetzt verstehe ich. Du hast es ihr nicht gesagt, stimmt's?«

»Was gesagt?«

»Du machst dem Mädchen gegenüber auf Veganer. Und weil du von dem pochierten Lauch, oder was immer die essen, nicht satt wirst, kommst du danach zu mir und haust dir Ragout von der Babykuh rein.«

Der Finne bugsierte mit dem Löffel Sahne auf ein Stückchen Zwetschgenkuchen, sagte jedoch nichts. Der Koch musste grinsen.

»Du bist Veganerin?«, sagte er, Vatanens Stimme imitierend, »Mensch, so ein Zufall. Ich ja auch!«

»Ich wollte das halt mal ausprobieren.«

»Und diese Idee kam dir just in dem Moment, als du ihren hübschen Hintern gesehen hast?«

»Wer ohne Sünde ist …«

»Wann habe ich mich denn als wer ausgegeben, der ich nicht bin?«

»Du, lieber Xavier, hast dich gerade zweimal«, er warf dem Koch einen tadelnden Blick zu, »als Imker ausgegeben, obwohl du gar keiner bist.«

»Ja, vielleicht. Aber das musste sein.«

»Musste es bei Selena auch.«

»Das kannst du nicht vergleichen.«

»Wenn du sie gesehen hättest, würdest du das anders beurteilen. Aber noch mal zu deinen Bienen. Du bist also genauso weit wie vorher?«

Kieffer nahm einen großen Schluck Wein, nickte.

»Ja, leider. Aber immerhin weiß ich jetzt, dass die Bienendiebe nicht alle Standorte kennen. Weil sie Schneiders Karte nicht haben.«

»Entschuldige mein Lieber, aber das ist nicht logisch.«

»Wieso nicht?«

»Du hast vorhin erzählt, dass an drei Orten Bienenstöcke verschwunden sind.«

»Korrekt.«

»Inzwischen hast du zwei weitere Orte in Augenschein genommen, an denen nichts geklaut wurde. Aber das muss nicht zwingend heißen, dass die Diebe sie nicht stibitzt haben, weil sie von den Beuten dort nichts wussten. Es könnte auch sein«, triumphierend hob Vatanen seine Kuchengabel, »dass die Diebe das Theater und das Bürohaus am Park sehr wohl kannten. Und dort ganz bewusst nichts mitgenommen haben.«

»Und warum nicht?«

»Keine Ahnung. Weil sich die Stöcke irgendwie unterscheiden? Weil sie keinen Zugang bekommen haben?«

»Auf das Silverstein-Gebäude sind sie ja auch gekommen. An Chuzpe scheint es denen nicht zu mangeln.«

»Genauso wenig wie dir. Aber deine Theorie ist wacklig«, Vatanen tippte sich mit der Gabel gegen die Stirn, »streng logisch betrachtet.«

»Und wie könnte ich meine Theorie testen, großer Logiker?«

Der Finne kratzte die letzte Sahne vom Teller.

»Einfach. Größere Stichprobe. Du musst dir die restlichen Orte auf der Karte anschauen.«

»Aber das sind über zwanzig. Das dauert ewig. Und die ›Moien, hier kommt der Imker‹-Nummer wird auch nicht jedes Mal funktionieren.«

Vatanen nickte und starrte gen Decke. Er schien nachzudenken. Nach einer Weile sagte er leise: »Sundergaard.«

Per Sundergaard war ein Schwede, der in Luxemburg lebte. Er arbeitete bei einer jener Technologiefirmen, die sich in den vergangenen Jahren auf dem Gelände der alten Mousel-Brauerei in Clausen angesiedelt hatten. Sundergaards Firma Horus Eye betrieb ein Satellitennetzwerk und stellte Software her, für Landkarten und Virtual-Reality-Anwendungen. Der Schwede hatte Kieffer einmal eine jener überdimensionierten Brillen gezeigt, durch die man irgendwelche Computerwelten sehen konnte. Der Koch hatte das Prinzip allerdings nicht ganz verstanden.

Sundergaard anzurufen schien in der Tat keine schlechte Idee. Vielleicht besaß er aktuelle Luftbilder der Stadt, die hochauflösend genug waren, dass man darauf die Bienenstöcke erkennen konnte.

»Gute Idee«, erwiderte Kieffer, »ich habe ihn hier aber schon länger nicht gesehen. Hast du Kontakt zu ihm?«

Vatanen schüttelte den Kopf.

»Warum sollte ich?«

»Ich dachte, weil, na ja, weil ihr fast Landsleute seid.«

Die Augen des Finnen verengten sich.

»Finnen und Schweden sind wie Feuer und Wasser, Xavier. Genauso gut könntest du Franzosen mit Deutschen vergleichen.«

»Verstehe. Aber …«

»Per ist außerdem ein ziemlicher Chauvi.«

Kieffer verstand nicht ganz, was Vatanen meinte – und warum es ein Problem war. Der Finne war schließlich selbst einer der schlimmsten Chauvinisten, die er kannte.

»Du meinst, er behandelt Frauen schlecht?«

»Wer redet von Frauen? Er ist ein typischer Schwede, hochnäsig und arrogant. Die haben noch immer nicht kapiert, dass Gustav-Adolf nicht mehr regiert.«

»Adolf?«

»Nicht der! Der schwedische König.«

»Aus dem Dreißigjährigen Krieg?«

»Ja. Als Per das letzte Mal hier war, hat er einem anderen Typen an der Bar folgenden Witz erzählt: ›Im Dreißigjährigen Krieg haben wir Schweden bis zum letzten Finnen gekämpft.‹ So ist der drauf.«

Kieffer fragte sich, ob Vatanen nicht etwas dünnhäutig war. Sicherheitshalber nickte er dennoch ernst.

»Offz«, Vatanen schob seinen Kuchenteller weg und ließ sich nach hinten sinken, »bin ich voll jetzt.«

»Überfressen?«

»Ganz eindeutig. Magendrücken, anziehende Leberschmerzen, das volle Programm.«

»Buff?«

»Ich glaube nicht, dass man mit so einem prallen Wanst ein Bordell besuchen sollte.«

»Nicht Puff, Pekka, Herrgott – Buff.«

»Was soll das sein?«

»Luxemburgischer Digestif«, erwiderte Kieffer.

Der Finne nickte matt. Kieffer holte aus einem braunen Karton hinter der Theke ein kleines Fläschchen hervor, stellte es vor Vatanen auf die Theke. Der öffnete den Verschluss und trank den Inhalt in einem Zug leer. Danach verzog er etwas das Gesicht.

»Allmächtiger, was ist da bloß drin?«

»Das weiß niemand. Aber es hilft.«

»Das ist zu hoffen.«

»Gutes Verdauen, Pekka. Wenn du mich jetzt entschuldigst – ich muss mal in die Küche schauen.«

Der Finne nickte, goss sich den Rest des Weißweins ein. Kieffer kam hinter der Theke hervor. Bevor er hinauf in die Küche ging, machte er zunächst einen Abstecher in sein Büro. An einer der Wände befand sich dort eine Korktafel, an der eine große Zahl Visitenkarten hing. Es waren derart viele, dass sie einander überlappten wie die Schuppen eines Fisches. Der Koch suchte nach Sundergaards. Während er Karten anhob und abnahm, um die darunterliegenden lesen zu können, fielen einige zu Boden. Kieffer ignorierte sie.

Sowohl Valérie als auch Pekka hatten ihm geraten, die ganzen Nummern in seinem Telefon einzuspeichern, aber dem Koch erschien das wenig praktikabel. Was, wenn er das Handy verlor? Und wie sollte er diese ganzen Adressen eigentlich dort hineinbekommen? Indem er sie abtippte?

Er fand Sundergaards Karte. Sie war knallgrün und mit einem Horusauge versehen. Unter der Firmierung stand: »Per Sundergaard, Technology Evangelist«.

»Halleluja«, brummte Kieffer und griff nach dem Telefon. Eigentlich war es zu spät, um jemanden auf seiner Büronummer anzurufen, doch der Koch wusste um Sundergaards eigenwilligen Tagesrhythmus. Der Schwede bastelte oft bis nach Mitternacht an irgendwelchen Programmcodes oder Prototypen.

Er wählte die Nummer, landete bei einer Assistentin. Nachdem er sein Anliegen erläutert und etwas Warteschleifenmusik gehört hatte, vernahm er Sundergaards Stimme.

»Ah, der Herr Chefkoch. Was verschafft mir die Ehre?«

»Hallo, Per. Wie geht es dir?«

»Kann nicht klagen. Wenn man von den Beratern absieht.«

»Unternehmensberater?«

»Genau. Die schwirren hier gerade rum, sollen uns dabei unterstützen, unsere Prozesse zu streamlinen.«

»Ist das ein Code für ›gucken, wen man feuern kann‹?«

»Vielleicht. Wer weiß das schon. Ist auf jeden Fall eines der klassischen Warnzeichen.«

»Warnzeichen wofür?«

»Dass dieses Unternehmen alt und fett wird. Wenn sie jetzt noch eine Zentrale mit Hubschrauberlandeplatz bauen und der Vorstandschef ein Buch schreibt ... aber egal, du hattest bestimmt ein Anliegen. Irgendwas mit dem Computer? Hakt das WLAN im Restaurant wieder?«

»Nein, nein, alles prima, vielen Dank. Es geht um Honig.«

Kieffer erzählte Sundergaard von dem toten Stadtimker und der Karte, auf der Schneider alle seine Bienenstöcke eingezeichnet hatte.

»Mein Problem ist, dass ich da nicht rankomme. Und selbst wenn, die abzuklappern ist natürlich aufwendig. Und da habe ich mich dran erinnert, dass ihr diese Kartensoftware habt und dafür Satellitenbilder verwendet.«

»Die aktuellsten Satellitenbilder der Welt«, pflichtete Sundergaard dem Koch bei. »Keines davon ist älter als vierundzwanzig Stunden.«

»Ich habe mich gefragt, ob man auf denen vielleicht was sehen kann.«

»Hast du mal einen Standort, also exemplarisch?«

»Für die Bienenstöcke? Auf dem Dach des Grand Théatre, zum Beispiel.«

Kieffer hörte Tastaturklackern.

»Dachte ich's mir.«

»Was?«

»Das Material gibt es natürlich. Die Auflösung ist auch okay, aber nicht so gut, dass man eine einzelne Kiste mit achtundvierzig mal vierundzwanzig Zentimetern klar erkennen könnte.«

»Wie kommst du jetzt auf diese Maße?«

»Google. Das sind die Maße einer Langstroth-Hive, der klassischen Bienenbeute, wie ich gerade gelernt habe. Hinzu kommt, dass wir relativ viel Schattenfall haben – wenn es Dachaufbauten gibt, Lüftungsauslässe und so etwas, ist ein Teil des Dachs tiefschwarz. Dann erkennt man weniger.«

»Okay, ich verstehe. Na gut, war einen Versuch wert.«

»Nee, warte mal, ich habe eine bessere Idee. Sind die Orte, die du überprüfen willst, alle in Luxemburg?«

»Ja, alle in der Stadt.«

»Hast du eine Liste? In Excel?«

»Auf Papier.«

Sundergaard lachte.

»Du bist so krass retro. Aber meinetwegen, schick mir die, als Foto. Kriegst du das hin?«

»Ich denke schon.«

»Top. Und dann komm morgen vorbei. Heute Abend habe ich zu viel zu tun. Außerdem ist es zu dunkel. Gleich morgen früh, passt das?«

»Definiere früh.«

»So halb zwölf?«

»Okay. Bei euch im Büro?«

»Genau.«

»Prima. Soll ich irgendwas mitbringen?«

»Was zu essen, vielleicht, und eventuell«, Sundergaard kicherte, »eine Kotztüte.«

»Wieso denn das?«

»Weil du möglicherweise … warte, jetzt ruft der Beraterarsch von McHalliwell an, ich muss. Tschüsstschüss!«

Bevor Kieffer etwas erwidern konnte, hatte Sundergaard aufgelegt.

# 21

Kurz vor halb zwölf betrat Kieffer den lang gezogenen Innenhof der alten Mousel-Brauerei. In der Rechten trug der Koch einen geflochtenen Weidenkorb. Er wich zersplitterten Bierflaschen und anderem Unrat aus, lief an geschlossenen Bars und Restaurants vorbei. Am Ende der Rives de Clausen waren vor einigen Jahren Bürogebäude errichtet worden, rostrote Klötze mit hohen Fenstern und noch höheren Mieten. Mehrere Internetfirmen hatten dort Quartier bezogen. Horus Eye saß in einem der kleineren Gebäude.

Kieffer ging zum Eingang, schellte und schaute in die Fischaugenkamera. Nach einigen Sekunden ertönte der Summer, und er trat ein. Die Lobby von Horus Eye sah aus, als habe sie ein infantiler Ikea-Designer entworfen – quietschbunte Möbel, Sitzsäcke und etwas, das wie ein futuristisches Tischfußballspiel aussah. Eine junge Frau mit Snakebite-Piercings begrüßte ihn auf Englisch.

»Guten Morgen. Xavier Kieffer mein Name. Ich bin mit Herrn Sundergaard verabredet.«

»Super!«, erwiderte sie, »ich sag ihm sofort Bescheid.«

Kieffer deutete durch breites Lächeln an, dass er dieses

Vorgehen super fand. Während die Frau auf ihrer Tastatur herumklackerte, inspizierte der Koch den Kicker. Größe und Form passten in etwa, es gab Markierungen und Tore. Allerdings fehlten die metallenen Stangen, an denen gewöhnlich die Spielfiguren befestigt waren.

»Das ist letzte Woche gekommen. Hammerteil.«

Als er Sundergaards Stimme vernahm, wandte Kieffer sich um. Der Schwede war Ende dreißig, hatte schulterlanges semmelblondes Haar und einen modischen Schnauzbart in derselben Farbe. Wie immer trug er Chinos und T-Shirt. Auf Letzterem stand in großen gelben Lettern: »Es ist fertig!« Und darunter in kleinerer grauer Type: »Es muss nur noch gemacht werden.«

Kieffer lächelte, gab Sundergaard die Hand.

»Morgen. Ist das so eine Art Tischfußball?«

»So eine Art. Pass mal auf.«

Sundergaard gab der Snakebite-Sekretärin einen Wink. Daraufhin holte diese eine durchsichtige Plastikkiste hinter dem Tresen hervor, in der sich anscheinend Spielzeugfiguren befanden. Als Sundergaard die Box jedoch zu dem Kicker trug, sah Kieffer, dass es sich vielmehr um kleine Roboter handelte. Sie bestanden lediglich aus Kopf und Rumpf. Der Koch fühlte sich an R2-D2 erinnert.

Der Schwede begann, die Figuren aufzubauen. Kieffer sah, dass die Robos Trikots mit winzigen Logos trugen. Sundergaard holte einen walnussgroßen Ball aus der Kiste, platzierte ihn auf dem Mittelpunkt.

»Bayern gegen Liverpool?«, sagte der Koch.

»Jup. Wir haben auch PSG und Real, falls dir das lieber ist«, erwiderte Sundergaard, »aber zu Demonstrationszwecken geht's vielleicht so.«

Er holte ein Smartphone aus der Hosentasche, wischte

darauf herum. Die Roboter nahmen eine Art Habachtstellung ein. Aus einem im Tisch verborgenen Lautsprecher ertönte ein Anpfiffsignal, die Robo-Rummenigges begannen, sich über das Feld zu bewegen.

»Das ist jetzt *full auto«,* sagte Sundergaard, »man kann sie aber auch steuern, über den Bildschirm hier. Man kontrolliert den mit Ballbesitz, die anderen bieten sich automatisch an und laufen mit, wie auf der Playstation. Willst du mal?«

Kieffer schüttelte den Kopf. Fußball schaute er lieber im Fernsehen oder im Stadion. Früher hatte er selbst gespielt. Inzwischen war er dafür zu kurzatmig und vermutlich auch zu fett. Wobei ihm ein Blick auf Sundergaards Silhouette zeigte, dass es noch schlimmer kommen konnte.

»Was kostet dieser Schwachsinn?«

»Mit vier Teams fünftausend Euro. Und alles steuerlich absetzbar. Ich liebe meinen Job.«

Sundergaard überließ die Roboter ihrem Spiel und bedeutete Kieffer, ihm zu folgen. Während sie in Richtung des Kaffeeautomaten gingen, brandete hinter ihnen Torjubel auf. Der Schwede zeigte fragend auf den Automaten. Kieffer nickte.

Etwas später saßen sie, überdimensionierte Warmhaltebecher in den Händen, auf dem Sofa in Sundergaards Büro. Der Koch war sich ziemlich sicher, dass der Schwede die Robofußballer bestellt hatte, denn wie man an seiner Büroeinrichtung sehen konnte, war er ein Kindskopf. In den Regalen standen japanische Kampfdroiden, von der Decke hing ein Rasender Falke, groß wie ein Wagenrad.

Sundergaard beugte sich vor und inspizierte den Fresskorb, den Kieffer mitgebracht hatte.

»Das sieht alles sehr lecker aus. Und da ist ja auch Mummentaart! Mein Lieblingskuchen.«

Kieffer lächelte. »Lass es dir schmecken.«

»Werde ich. Aber jetzt zu deiner Liste.«

Schnaufend erhob sich der Schwede, ging zu seinem Schreibtisch, kam kurz darauf mit einem Tablet wieder. Auf dessen Bildschirm war eine Karte Luxemburgs zu sehen. An mehreren Stellen waren Markierungen erkennbar.

»Ich habe die Fähnchen von deiner analogen Karte übertragen, insgesamt neunzehn. Davon waren vier nicht ganz klar zuzuordnen. Da haben wir dann jeweils zwei mögliche Gebäude identifiziert, wo die Bienenstöcke stehen könnten. Die Orte, von denen du geschrieben hast, du seist schon da gewesen – das Theater, den Klostergarten und so weiter –, habe ich rausgelassen.«

»Okay. Und jetzt schießt euer Satellit Bilder von diesen Orten?«

»Nein. Es ist nämlich nicht unser Satellit, und wenn du ganz spezielle, hochauflösende Bilder wie diese willst, würde das extra kosten.«

»Wie viel extra?«

»Mehr als die Robofußballer.«

»Shit.«

»Aber ich habe ohnehin eine bessere Idee. Wir machen das per Drohne.«

»Du hast eine Drohne mit Kamera?«

»Eine? Allein da im Regal stehen drei. Die sind aber eher Spielzeug. Wir benutzen stattdessen eine aus unserem Testlabor, die kann man nämlich programmieren.«

Sundergaard musterte ihn durchdringend.

»Bist du bereit?«

Kieffer beschlich eine Ahnung. Er musste an Sundergaards Bemerkung mit der Kotztüte denken.

»Nein. Aber hilft ja nichts.«

Der Schwede nickte, klopfte dem Koch auf die Schulter, erhob sich. Sie verließen das Büro, gingen einen Gang entlang, eine Treppe hinauf. Vor einer robust aussehenden Tür hielt Sundergaard eine Keycard vor einen Scanner.

»Wie geht das mit der Drohne?«, fragte Kieffer.

»Die wird programmiert. Wir füttern sie mit den Orten auf der Karte. Dann fliegt sie das ab, selbsttätig.«

»Ich verstehe. Aber sag mal, darf man das denn überhaupt? Mit Drohnen einfach so rumfliegen?«, fragte Kieffer.

»Kommt drauf an. Es gibt – natürlich – eine EU-Drohnenverordnung. Wenn das Ding außer Sichtweite fliegt, höher als hundertzwanzig Meter oder in geschützten Bereichen – Flughäfen, Kraftwerke, was weiß ich – braucht man eine Genehmigung. Haben wir aber. Wir fliegen ja ständig.«

»Und die klappert dann alles ab?«

»Ja. Sollte nicht länger als anderthalb Stunden dauern.«

Sie betraten einen großen Raum, der eine Art Werkstatt beherbergte. Auf Werkbänken lagen Plastik- und Motorenteile herum, halb zusammengebaute Drohnen, Akkudreher, Kabelsalat. Drei junge Männer in T-Shirts und Jeans drehten sich um, als sie hereinkamen.

»Tach. Weitermachen«, rief Sundergaard. Er ging zu einer der Werkbänke. Darauf stand eine Drohne aus weißem Plastik, in etwa so groß wie ein auf der Seite liegender Weinkarton. Aus ihrem rechteckigen Korpus ragten vier dünne Streben hervor, an denen Propeller befestigt waren.

»Die Daten sind schon drin. Jetzt musst du nur noch loslegen.«

Einen Moment nahm Kieffer an, Sundergaard spreche mit der Drohne. Dann wurde ihm klar, dass der Schwede mit ihm redete.

»Ich? Ich hatte als Kind nicht mal ein Modellflugzeug.«

Sundergaard deutete auf zwei bequeme Ledersessel in einer Ecke des Raums. Der Koch nahm in einem davon Platz, während der Schwede sich an einem Materialschrank zu schaffen machte. Kurz darauf kam er mit etwas zurück, das wie eine extrem klobige Brille aussah.

»Ist das eine von diesen virtuellen Brillen?«

»Virtual-Reality-Brille wäre der korrekte Terminus, ja. Die brauchst du für deinen Flug.«

Als Sundergaard Kieffers verständnislosen Blick bemerkte, setzte er sich in den zweiten Sessel, seufzte.

»Ich fang am besten vorne an, oder?«

»Ganz vorne.«

»Siehst du diese Plattform da, vor dem Fenster?«

Sundergaard zeigte auf eine kleine Metallplatte, die außen am Gebäude angebracht war.

»Von da hebt die CF-14, die Drohne, gleich ab. Dann steigt sie auf und fliegt die einprogrammierten Punkte ab. Inzwischen passiert dabei nichts mehr.«

»Was kann denn passieren?«

»Wir hatten anfangs Probleme mit der Luxemburger Topografie. Die ersten Prototypen sind ständig gegen irgendwelche Felswände geknallt, weil sie dachten, sie könnten stets auf gleichbleibender Höhe fliegen. Aber egal, auf jeden Fall fliegt die Drohne alle Punkte ab. Ist eine Kamera dran. Die kann filmen, Fotos schießen – oder einen Videostream auf die Brille übertragen.

Für den, der sie aufhat, sieht es dann so aus, als würde er selbst über die Stadt fliegen. Vogelperspektive, im wahrsten Sinne des Wortes.«

Misstrauisch beäugte Kieffer die Brille.

»Und ich kann die steuern?«

»Theoretisch ja. Da du das aber noch nie gemacht hast, würden wir dich lieber chauffieren. Du hast ja auch keinen Drohnenführerschein. Wenn du das Ding gegen ein Gebäude setzt, ersetzt uns das sonst keine Versicherung.

Falls du eingreifen willst, sag's einfach Jerôme«, er zeigte auf einen Endzwanziger mit Baseballkappe. »Der überwacht den Flug und kann die Steuerung überwachen.«

»Langsam kapiere ich, was das mit der Kotztüte sollte.«

Sundergaard lächelte.

»Ist ein bisschen wie Achterbahn. Weil die Brille dein gesamtes Gesichtsfeld einnimmt, kann dein Gleichgewichtssinn etwas durcheinandergeraten. Ist aber nicht bei jedem so.«

Wenn Kieffer auf der Schueberfouer, Luxemburgs Antwort auf das Oktoberfest, die »Alpina Bahn« fuhr, war ihm danach stets speiübel. Insofern machte er sich auf das Schlimmste gefasst.

»Okay. Bringen wir es hinter uns.«

Der junge Mann namens Jerôme half Kieffer, die klobige Brille aufzusetzen. Sie bedeckte die gesamte Augenpartie. Das Einzige, was der Koch nun noch sah, war das Logo von Horus Eye. Eine Weile saß er da, hörte Sundergaard und seine Kollegen sprechen. Auf einmal verschwand das Logo. Ein Kamerabild erschien. Nun sah er anscheinend, was die Drohnenkamera aufnahm. Noch schien diese auf der Plattform an der Außenseite des Gebäudes zu stehen. Kieffer konnte die Alzette ausmachen, die Wand der Schlucht.

»Es geht los«, sagte Sundergaard. Im selben Augenblick schoss die Drohne nach oben, zumindest nahm Kieffer das an. Das Flugobjekt konnte er schließlich nicht sehen, er verfolgte lediglich, wie sich der Boden unter ihm rasch entfernte. Sein Magen machte einen Hüpfer, seine Finger krallten sich in die Lehnen des Ledersessels.

Clausen lag nun weit unter ihm. Der Koch konnte das oberhalb der Felswand gelegene Rham-Plateau ausmachen. Über das Viadukt, das sich vielleicht zwanzig Meter unter ihm befand, fuhr ein Zug. Gerade hatte er begonnen, sich an diese Perspektive zu gewöhnen, als die Drohne rasant beschleunigte. Er flog Richtung Westen, über Grund und das Plateau du Saint-Esprit hinweg, dann rechts an der Notre Dame vorbei. Mehr als einmal hob der Koch instinktiv die Hände vors Gesicht. Er wusste nicht, wie schnell die Drohne war. Ihm kam es auf jeden Fall so vor, als säße er in einem Düsenjet.

Er flog auf das Stadtzentrum zu. Unter sich erkannte Kieffer den Knuedler und daneben die Place d'Armes. Über dem Cercle bremste er ab, schwebte vielleicht zwanzig Meter über dessen Dach. Dann ging es rasch abwärts. Kieffers Magen schien sich in Richtung Brust zu bewegen. Höchstens ein, zwei Meter über dem Dach endete der Sinkflug. Die Kameraperspektive wechselte in die Horizontale, die Drohne drehte sich langsam, was Kieffer Gelegenheit gab, Ausschau nach Bienenstöcken zu halten. Tatsächlich standen insgesamt sechs davon auf dem Dach des Cercle. Er machte sich eine mentale Notiz. Dann wurde ihm klar, dass er sich die Details unmöglich alle würde merken können.

»Kann das jemand aufschreiben?«, rief er in den Raum hinein.

»Was denn?«, antwortete eine Stimme, vermutlich die Jerômes.

»Die Orte, die wir abfliegen.«

»Moment. Okay? Was darf ich notieren?«

»Cercle Cité, sechs Stöcke.«

»Noch was?«

»Nein, erst wenn wir bei der nächsten …«

Als Kieffer ohne Vorwarnung emporgerissen wurde, blieb ihm kurz die Luft weg. Das Dach des Cercle verwandelte sich in ein kleines Rechteck. Wieder zog die Stadt unter ihm vorbei. Kieffer, der Luxemburg wie seine Westentasche zu kennen meinte, war erstaunt darüber, wie schwer es ihm fiel, die Orientierung zu behalten. Zum Teil mochte es an seiner aufsteigenden Übelkeit liegen, vermutlich lag es aber auch an der ungewohnten Perspektive.

Sie überflogen eine breite Straße, möglicherweise den Boulevard Royal. Nach einer scharfen Linkskurve ging es weiter gen Süden. Der nächste Stopp war ein ihm unbekanntes Gebäude. Da er lediglich das Dach sah, hatte er so gut wie keine Anhaltspunkte. Wieder sah der Koch mehrere Bienenstöcke.

»Was ist das?«

»Die Rotondes in Bonneweg.«

Mit stockender Stimme gab Kieffer die Zahl der Bienenstöcke an Jerôme weiter.

»Wenn ich wo anhalten oder näher ranfliegen soll, sagen Sie's einfach okay?«

»Ja. Danke«, würgte er hervor.

Wieder ging es aufwärts. Wie er die restlichen Stationen überstehen sollte, war ihm schleierhaft. Sie flogen nun nach Nordosten, Richtung Kirchberg. Es war ein klirrend kalter, aber sonniger Tag, und Kieffer konnte die sich rasch nähernden Hochhäuser erkennen – die goldenen Doppeltürme des Europäischen Gerichtshofs, die lang gezogene Halle des Kongresszentrums, die Philharmonie mit ihrem an ein Blatt erinnernden Dach. Wäre ihm nicht so übel gewesen, hätte er den Flug sogar genossen.

Auf einmal ging es abwärts. Kieffer blickte auf ein Ensemble aus vier Gebäuden hinab, die in einem Karree angeordnet waren. Aus der Luft sahen sie aus wie Tetris-Steine. Ihre Flachdächer waren teils begrünt, teils mit Solarpanels bedeckt.

»Was ist das?«, fragt der Koch, während er weiter an Höhe verlor.

»Europäische Investitionsbank«, antwortete Jerôme.

Er befand sich gut zehn Meter über einem der Dächer, konnte jedoch nirgendwo Bienenstöcke ausmachen.

»Wissen wir, auf welchem der vier Gebäude die sind?«, fragte Kieffer.

»Vermutlich auf der Ostseite. Die anderen sind voller Solarpaneelen«, sagte Sundergaard.

Kieffer bat den Drohnenpiloten, dennoch alle vier Dächer abzufliegen. Auf keinem konnte er auch nur einen einzigen Bienenstock erspähen.

»Okay, hier ist nichts«, sagte der Koch.

Als Nächstes flog die Drohne den Campus der Universität an. Danach ging es weiter zur Bibliothèque nationale, mehreren Banken, einem Investmentfonds sowie einer Anwaltskanzlei. Überall standen Bienenstöcke.

Nach einer Weile verlor Kieffer jegliches Zeitgefühl. Er hing mehr in seinem Sitz, als dass er saß. Seine Nackenpartie begann zu schmerzen, denn die VR-Brille wog mehrere Kilo. Irgendwann vernahm er Sundergaards Stimme.

»Das war der Letzte. Willst du den Rückflug mitmachen, oder reicht es dir?«

Anstatt zu antworten, griff Kieffer mit beiden Händen nach dem Helm. Als er ihn abzog, nahm Jerôme ihm das Gerät ab. Der Koch blinzelte, stemmte sich hoch. Alles fühlte sich wattig an. Er sah nur verschwommen, außerdem hatte er einen Drall nach links. Kieffer musste sich auf die Sessellehne stützen, um nicht umzufallen.

»Alles klar, Chef?«, fragte Sundergaard.

»Weiß nicht. Bisschen flau.«

»Krasse motion sickness«, sagte Jerôme, »habe ich so hart noch nie gesehen.«

»To-toilette?«, brachte Kieffer hervor. Er spürte, wie sein Magen rebellierte.

Sundergaard sah ihn an. Kieffers Gesicht sagte ihm vermutlich alles, was er wissen musste. Unverzüglich hakte der Schwede sich bei ihm unter, geleitete ihn zur Herrentoilette. Kieffer schaffte es gerade noch rechtzeitig, sich vor die Schüssel zu knien.

# 22

Etwas später saß Kieffer in einem nahe gelegenen Pub und trank Tee. Kaffee wäre ihm lieber gewesen, doch er war sich nicht sicher, was sein nun gänzlich leerer Magen dazu sagen würde. Kieffer nippte an seinem Pfefferminztee, während er die Liste studierte, die Sundergaard ihm ausgehändigt hatte.

Mit den von Kieffer zuvor bereits inspizierten Standorten der Schneider'schen Stadtimkerei waren es insgesamt dreiundzwanzig Lokalitäten. Auf jedem der fraglichen Dächer sollten eigentlich Bienenstöcke stehen. Tatsächlich waren lediglich auf neunzehn welche zu finden gewesen. An vier Standorten hatte jemand die Beuten entfernt. Neben dreien, von denen er bereits gewusst hatte – Remy Schuesslers Clausener Anwesen, dem Klostergarten und Silverstein Green –, fehlten auch auf dem Dach der Europäischen Investitionsbank die Bienenstöcke.

Kieffer überlegte kurz, sah sich um. Das »The Horse and the Hound«, ein britisches Pub in Clausen, war menschenleer. Außer Kieffer, einem weiteren Mann sowie Donnegan, dem stets übellaunigen Besitzer, war niemand anwesend.

Der Koch holte sein Telefon hervor, suchte die Telefonnummer der EIB heraus. Er räusperte sich, wählte.

»Europäische Investitionsbank, Zentrale.«

»Ah, guten Tag. Ich rufe vom Imkerverband an.«

»Was kann ich für Sie tun?«

»Bei Ihnen stehen Bienenstöcke von einem unserer Mitglieder. Wir sollen die abholen. Und ich wollte fragen, wann es passt.«

»Bienenstöcke. Das sagt mir nichts. Einen Moment bitte – wie war Ihr Name noch mal?«

»Ah, Greis, Jempy Greis.«

»Vom Imkerverband?«

»Korrekt.«

»Warten Sie kurz.«

Er wartete und betrachtete den riesigen Flachbildschirm hinter der Theke, auf dem ein Snooker-Turnier im Gange war. Der Koch schaute zu, wie ein nicht sonderlich sportlich wirkender Mittvierziger mit karottenfarbener Naturkrause Kugel um Kugel versenkte.

»Hallo, Monsieur Greis, hören Sie?«

»Ja, ich bin noch dran.«

»Es tut mir leid, aber da muss ein Missverständnis vorliegen. Die Bienen sind bereits vorgestern abgeholt worden, hat mein Kollege gesagt.«

»Tatsächlich? Von wem denn das? Haben Sie einen Namen?«

»Die waren wohl von der Firma, die sie aufgestellt hat. Glaube ich zumindest. Einen Namen habe ich leider nicht.«

»Okay, danke. Dann hat sich da wohl was gedoppelt.«

Kieffer verabschiedete sich, legte auf. Der Koch ließ sich nach hinten sinken, schaute erneut zum Fernseher.

Der Karottenkopf machte kurzen Prozess, lochte Kugel um Kugel ein. Danach holte ein Schiedsrichter die Bälle jedoch aus den Taschen und platzierte sie wieder an ihrer ursprünglichen Position. Allerdings tat er das nicht bei allen Kugeln, lediglich bei einigen. Warum, wusste der Koch nicht – Snooker war ihm beinahe so fremd wie Cricket.

Kieffer sah zu, wie der Rotschopf mit viel Effet eine blaue Kugel in einer der Taschen versenkte. Warum klaute jemand einige Bienenstöcke, andere aber nicht? Seine ursprüngliche Theorie war gewesen, dass der oder die Diebe am liebsten alle Beuten verschwinden lassen wollten, dazu jedoch nicht in der Lage waren, weil sie die auf Schneiders Karte vermerkten Standorte nicht kannten.

Dagegen sprach, dass die Stöcke auf dem Dach der EIB verschwunden waren. Diese waren, anders als beispielsweise die im Klostergarten, dem Blick zufälliger Betrachter entzogen. Folglich hatten die Diebe diesen gut verborgenen Ort sehr wohl gekannt. Und das wiederum hieß, dass sie entweder eine Kopie der Karte besaßen oder über eine andere Quelle verfügten, die ihm entgangen war.

Es schien Kieffer zunehmend unwahrscheinlich, dass es darum ging, alle Stöcke verschwinden zu lassen. Dafür war die Quote – vier von dreiundzwanzig – einfach zu dürftig. Nein, jemand stahl lediglich bestimmte Bienenvölker. Nur warum?

Sein Handy brummte. Als Kieffer nachschaute, sah er, dass es sich um eine Nachricht von Valérie handelte:

»Muss noch eine Sache in der Stadt erledigen, dann fahre ich los. Bin gegen 19 h da 😍«

Er schrieb zurück, dass er sich auf sie freue, steckte das Telefon weg. Kaum war es in seiner Tasche verschwunden, griff Kieffer schon wieder danach, wollte sie anrufen, tat es dann aber doch nicht. Eine Weile saß er da, nippte ab und zu an seinem erkaltenden Tee und beobachtete den anderen Gast, dem gerade Frühstück serviert wurde. Es handelte sich um ein Full English, Eier, Speck und Baked Beans, dazu gebratene Tomate sowie Toast. Als ihm der fettige Geruch in die Nase stieg, wurde Kieffer erneut ein wenig flau. Rasch legte er einige Münzen auf den Tisch und verließ das Pub.

Vor der Tür atmete Kieffer einige Male durch, bevor er sich auf den Weg zum »Deux Eglises« machte. Er wusste, dass Schneider im Norden Luxemburgs wohnte, in jenem abgelegenen Landstrich, den man als Ösling oder Éislek bezeichnete. Der im Impressum von Beienbourg.lu verzeichnete Ort Urspelt lag ebenfalls in dieser Gegend. Kieffer ging deshalb davon aus, dass Schneiders Firmen- und Privatanschrift identisch waren.

Er setzte sich in sein Auto, das gegenüber dem Pub parkte, ließ den Motor an. Bevor der Koch losfuhr, wühlte er in seiner Kassettensammlung. Nach einigem Hin und Her entschied er sich für »Let's Dance«. Die Songs waren ihm eigentlich zu eingängig und zu abgenudelt, aber es war das einzige Bowie-Album, das er besaß. Und irgendwie spürte er, dass dies ein Moment war, der nach Bowie verlangte.

Eine Viertelstunde später war er auf der A7 Richtung Norden. Nachdem er die Stadt hinter sich gelassen hatte, veränderte sich die Landschaft. War Luxemburgs Süden relativ dicht bevölkert, lebten im Norden nur wenige Menschen. Es war ländlicher und auch hügeliger.

Als seine Ausfahrt kam, sang Bowie gerade von grünen Augen, in die er sich tausend Jahre lang versenken könne. Kieffer musste an Valérie denken. Es war seltsam, dass sie sich beide mit Honig beschäftigten. Während er verschwundenen Bienenstöcken hinterherjagte, recherchierte seine Freundin zu gepanschtem Honig. Er fragte sich, wie lange es wohl dauern würde, bis dieses Bremer Labor ihnen die Ergebnisse der eingesandten Proben mitteilte, und ob das Ergebnis Valérie eine Geschichte für ihre Website bescheren würde.

Nach vielleicht zehn Minuten auf der Landstraße bog er ab. Die Straße, auf der er sich nun befand, war derart schmal, dass darauf keine zwei Autos nebeneinander Platz gehabt hätten. Es dauerte nicht lange, bis sie vor einem Gatter endete. Dahinter lag ein kleines Gehöft – Stallungen und ein Wohngebäude aus dem letzten, vielleicht auch aus dem vorletzten Jahrhundert. Am Tor stand kein Name. Als er den Briefkasten sah, wusste Kieffer jedoch, dass er richtig war. Es handelte sich um eine dieser auf einem Pfahl aufgepflanzten amerikanischen Mailboxen. Sie war gelb-braun gestreift. An den Längsseiten hatte jemand Flügel aus durchsichtigem Plastik angeklebt.

Kieffer öffnete das Gatter, parkte auf dem Hof. Zunächst klingelte er an dem Wohngebäude. Niemand öffnete ihm. Nachdem auch ein zweites Schellen unbeantwortet geblieben war, sah er sich ein wenig auf dem Grundstück um. Rechter Hand befand sich ein Stall, hinter dem Haus lag ein großer, nicht sonderlich gepflegter Gemüsegarten. Jenseits einer moosbewachsenen Steinmauer, die diesen umfriedete, befanden sich eine sanft abfallende Wiese voller Bäume – Walnuss, wenn er sich nicht irrte, ferner Zwetschge und Kirsche.

Zwischen den Bäumen erhob sich eine Scheune, die aussah, als würde sie der nächste Sturm umfegen. Kieffer passierte ein kleines Tor in der hinteren Gartenmauer, nahm den schmalen Trampelpfad, der zu der Scheune führte. Wie es in Schneiders Wohnhaus aussah, interessierte ihn zwar ebenfalls, doch war er sich nicht sicher, ob er sich Zugang verschaffen sollte. Eine verfallene Scheune in Augenschein zu nehmen, war das eine – in ein Wohnhaus einzubrechen, etwas völlig anderes. Er untersuchte das Tor der Scheune. Es war mit einem einfachen Bolzen-Schlossriegel gesichert. Kieffer schob ihn zurück, öffnete einen Flügel des Tors. Im Inneren stapelten sich Bienenstöcke verschiedenster Art. Die meisten ähnelten hölzernen Weinkisten und waren wohl das, was Sundergaard als Langstroth-Beuten bezeichnet hatte. Er sah jedoch auch andere Varianten: Bastkörbe, hölzerne Zylinder und etwas, das an einen Barbecuegrill erinnerte. Viele der Beuten waren in ihre Einzelteile zerlegt, überall lagen Holzstücke herum. Von im Dachgebälk befestigten Schnüren hingen zwei Imkeranzüge herab.

Der Koch schaute in Kisten, schnüffelte an verschiedenen Behältnissen. Nachdem er eine Weile herumgestöbert hatte, setzte er sich auf den Rand einer Werkbank und zündete sich eine Ducal an. Während er rauchte, fiel sein Blick auf ein Emailleschild an der Wand. Darauf stand:

*Bienen stechen keine Idioten.*
*Mark Twain*

Kieffer überlegte einen Moment, was das zu bedeuten hatte – vermutlich, dass er kein Idiot war. Mehr noch, nach Twains Diktum musste er ein verdammtes Genie sein, ansonsten hätten ihn die Viecher nicht derart übel zugerichtet.

Kieffer drückte seine Zigarette an einer Ecke der Werkbank aus, suchte nach einem Mülleimer. Er fand keinen, dafür aber einen halb vollen Müllsack. Der Koch vergewisserte sich, dass die Ducal wirklich erloschen war, warf sie in den Sack. Er enthielt vor allem zerknüllte Pappe und Holzreste. Einen Moment starrte Kieffer hinein. Dann hob er den Sack hoch und leerte ihn vorsichtig auf der Werkbank aus.

Sägespäne, Zeitungspapier, Red Bull – der verstorbene Imker schien ein Faible für die Plörre gehabt zu haben, Kieffer fand insgesamt acht leere Dosen. Als Nächstes nahm er sich die zerknüllten Papiere vor, strich sie glatt. Er fand zwei Schreiben von Inkassounternehmen, die darauf hindeuteten, dass der Imker frühere Mahnungen ignoriert hatte. Es schien um eine Stromrechnung zu gehen, außerdem um die Leasingrate von Schneiders Auto.

Kieffer legte die Schreiben beiseite, suchte weiter. Er fand einen zerknüllten Karton, der mit Warnhinweisen versehen war – »This Side Up« und »Handle With Care«. Was war in der Kiste gewesen? Nach einer Weile fand er einen Papierfetzen, der wie die Hälfte eines Lieferscheins aussah. Briefkopf und Anschrift fehlten. Er versuchte zu entziffern, was darauf stand.

*2 x nuc; a. mell.*

*5 x queen set; ›Splendissimo‹, a. mell.*

So wie es aussah, hatte Schneider Bienen bestellt, genauer gesagt Königinnen. Der Koch steckte den Zettel ein und machte sich daran, den Müll zurück in den Beutel zu stopfen.

Er trat wieder hinaus ins Freie. Als er gerade das Tor schließen wollte, vernahm er ein Geräusch. Ein Fahrzeug kam die Straße hinauf. Rasch überquerte er die Obstwiese und ging hinter der Gartenmauer in Deckung. Das Wohnhaus versperrte ihm den Blick auf den vorderen Teil des Grundstücks, aber Kieffer konnte hören, wie jemand parkte und den Motor abstellte. Eine Autotür wurde zugeschlagen. Der Koch verfluchte sich dafür, dass er direkt auf dem Hof geparkt hatte. Der oder die Neuankömmlinge wussten nun, dass jemand anwesend war. Dennoch beschloss er, zunächst in Deckung zu bleiben.

Kieffer vernahm Schritte. Ein Mann tauchte auf. Er war klein und bullig, trug Arbeitsklamotten von Engelbert-Strauss, dazu Turnschuhe. Zunächst befürchtete der Koch, der Mann nehme Kurs auf die Scheune. Dann jedoch sah er, dass der Neuankömmling auf den Stall zuhielt. Er öffnete dessen hölzerne Doppeltür, verschwand im Gebäude. Kieffer hörte Geräusche. Sie klangen, als ob Metall auf Metall schlug. Nach einigen Minuten kam der Mann wieder zum Vorschein, in den Händen einen metallenen Zylinder. Kieffer fühlte sich an eine Flotte Lotte erinnert. Das Ding besaß eine ähnliche Form und hatte an der Oberseite eine Art Kurbel. Dann verschwand der Mann aus seinem Blickfeld.

Kurz darauf kehrte er zurück, ging erneut in den Stall. Das Prozedere wiederholte sich mehrfach. Falls Kieffer die Sache richtig deutete, befand sich im Stall Schneiders Produktionsanlage. Der Zylinder war Teil einer Honigschleuder. Jene Apparatur, die der Mann gerade über den Hof schleppte, mochte zu einer Abfüllanlage gehören. Kurz wallte Empörung in dem Koch auf. Schneider war noch nicht einmal unter der Erde, schon tauchte jemand auf und klaute, was nicht niet- und nagelfest war. Dann fiel ihm der Honig ein, den er aus Schneiders Lager entwendet hatte, und er kam sich ein wenig pharisäerhaft vor.

Nachdem er sechs oder sieben Mal in dem Stall gewesen war, blieb der Mann keuchend stehen. Der Unbekannte kramte in seiner Tasche, holte etwas hervor und schob es sich in den Mund. Er begann zu kauen, verschwand wieder im Stall.

Als er zurückkam, eine metallene Box unter dem Arm, sah Kieffer, wie der Mann eine Kaugummiblase formte. Sie war rosarot und so groß wie eine Kinderfaust. Als sie platzte, fing der Mann die Fetzen mit einem Rundumschlag seiner Zunge ein, kaute weiter.

Einen Moment war der Koch wie erstarrt. Er musste an den Kaugummi in Schuesslers Garten denken – und an den, der an einem der Bienenstöcke im Klostergarten geklebt hatte.

»Habe ich dich«, murmelte Kieffer.

# 23

Normalerweise benötigte Valérie keinen Wecker. Spätestens um sechs war sie hellwach, mitunter auch früher. Als sie jedoch an diesem Morgen die Augen aufschlug, stellte sie erstaunt fest, dass es bereits nach neun war. Etwas später saß sie mit Café Noisette, Croissant und Laptop in ihrem Stammbistro unweit der Abtei von Saint-Germain unter einem Heizpilz und googelte nach Crystalcast. Der Name hatte auf der Kiste mit den Kuverts gestanden. Die Suchmaschine fand jedoch nichts, und sie benötigte mehrere Zugriffe auf sündhaft teure Pressedatenbanken sowie zwei Gauloises, um einige Informationen aufzutreiben.

Nach einer Stunde wusste sie, dass es sich bei Crystalcast um ein Start-up-Unternehmen handelte. Als Firmenadresse war in den Datenbanken 1, Rue Louis Blanc angegeben, die Anschrift der Gare d'Avenir. Laut den Einträgen stellte das Unternehmen »Cleantech-Produkte« her. Als Branche war »Chemie & Biotech« angegeben. In einem Fachartikel aus dem vergangenen Jahr wurden zudem die Namen der Geschäftsführer erwähnt: Dr. Hu Gongmin und Dr. Mathilde Garrard.

Als Valérie auffiel, dass ihre Rechte erneut auf die Zigarettenschachtel zukroch, schüttelte sie energisch den Kopf. Zwei waren wirklich genug. Sie verstaute die Schachtel in ihrer Tasche und schaute sich um. Auf dem Boulevard Saint-Germain rasten Autos vorbei. In zwei oder drei Stunden würde sie ebenfalls losfahren. Spätestens zum Abendessen wollte sie in Luxemburg sein.

Sie zog den Umschlag hervor, den sie am Vorabend aus der Postkiste entwendet hatte. Gerade wollte sie das darin befindliche Teströhrchen herausziehen, als ein Kellner an ihren Tisch trat und fragte, ob sie noch einen Noisette wünsche.

»Nein, danke. Die Rechnung, bitte.«

Der Kellner nickte, verschwand. Valérie holte das Teströhrchen hervor, betrachtete es. Auf dem Etikett an der Seite klebte ein 2D-Barcode. Sie schaute erneut in den Umschlag und sah etwas, das ihr gestern in der Dunkelheit entgangen war. Am Boden befand sich ein zweifach gefalteter Zettel. Er klebte an der Polsterfolie fest, mit der das Kuvert von innen ausgekleidet war. Valérie musste kräftig ziehen, damit er sich löste. Als sie den Zettel auseinanderfaltete, strichen ihre Fingerspitzen über dessen Rückseite. Sie war außerordentlich klebrig. Vermutlich hatte jemand beim Verpacken der Proben Honig an den Händen gehabt.

Es schien sich um eine Art Bestellzettel zu handeln. Er war auf Englisch verfasst, die Überschrift lautete »Auftragsformular Bienenprodukte«. Es folgte eine Auflistung der Analysen, die durchgeführt werden sollten. »Isotopenanalytik, 13C-EA-IRMS« stand da, ferner »Nachweis von C4-Fremdzuckern«, »ß-Fructofuranosidase-Aktivität (Honigfremde Saccharase)« oder »Markersubstanz für Reissirup (SM-R)«. Mehr als ein Dutzend Punkte waren aufgeführt. So wie es aussah, ließ die Mercedesfahrerin das Honig-Äquivalent eines großen Blutbilds machen.

Der Kellner brachte die Rechnung. Valérie verstaute den Umschlag mit dem Röhrchen in ihrer Tasche, legte Geld in das Schälchen auf dem Tisch und machte sich auf den Rückweg zu ihrem Apartment. Nicht zum ersten Mal fragte sie sich, ob ihre Fantasie mit ihr durchging. Für alles, was sie bisher gesehen hatte, gab es logische und völlig unverdächtige Erklärungen. Die Chinesin hatte bei dem Großhändler in Merzig verschiedene Honigsorten gekauft, Proben vermutlich. Nun ließ die Frau diese von einem auf Lebensmittelanalysen spezialisierten Labor durchtesten. Vermutlich tat sie das schlichtweg, um die Qualität der Ware zu prüfen, bevor sie eine größere Bestellung bei Golden Nectar aufgab.

Aber wenn dem so war, warum hatte Valérie die Dame dann nicht zu einem Lebensmittelhersteller zurückverfolgen können? Wieso arbeitete sie bei einer Chemiefirma? Und warum ausgerechnet dieser Großhändler in Merzig? In Paris musste es doch auch jemand geben, der mit Honig handelte. Warum also ausgerechnet Golden Nectar, die auch an zwielichtige Produzenten in den USA lieferten?

Jemand hinter ihr stieß einen wilden Fluch aus, als sie mitten auf dem gut gefüllten Boulevard stehen blieb. Ein Mann lief schimpfend an ihr vorbei. Valérie beachtete ihn nicht weiter, zog stattdessen erneut den Umschlag aus ihrer Tasche. Darauf klebte ein Adressetikett mit der Anschrift der Bremer Hoffmann Group. Eine Absenderadresse fehlte. Sie schaute sich erneut das Auftragsformular an. Auch hier war keine Adresse vermerkt. Wie wusste das Labor, an wen es die Ergebnisse schicken musste? Es gab eigentlich nur eine Möglichkeit.

Valérie stopfte den Umschlag zurück in die Tasche, lief zügig weiter, rannte fast. Als sie das Haus erreichte, in dem sich ihre Wohnung befand, musste sie den Tür-Digicode zweimal eintippen, so sehr zitterten ihre Hände.

Kurz darauf saß sie am Küchentisch und lud sich eine Barcodescanner-App aufs Handy. Sobald die Software installiert war, hielt Valérie die Kamera vor das Röhrchen. Es dauerte nur wenige Sekunden, dann tauchte auf dem Bildschirm Text auf. Ihr entfuhr ein Fluch. Der Screen zeigte eine endlose Abfolge von Schriftzeichen und Zahlen, alphanumerischer Salat. Waren die Daten verschlüsselt? Sie scrollte bis ganz nach unten. Am Ende des Textes fand sie etwas Verwertbares:

Cho-Lun Grand Frais, Cour d'Alsace, 94150 Rungis, 0143264281.

Valérie erhob sich vom Küchentisch und ging ins Schlafzimmer. Rasch stopfte sie einige Klamotten in eine Reisetasche, stellte diese neben die Haustür. Die Adresse von Cho-Lun sagte ihr etwas. Die Firma saß in Rungis, genauer gesagt auf dem Rungis. In der Gemeinde südöstlich der Stadt befand sich der Pariser Großmarkt. Rungis hatte in den Sechzigerjahren Les Halles abgelöst, den legendären Bauch von Paris.

Der neue Großmarkt war nicht mehr nur das Verdauungsorgan der Stadt, eher das ganz Frankreichs, ja Europas. Restaurants und Feinkosthändler aus Deutschland, Spanien oder Polen – sie alle bestellten ihre Ware in Rungis. Vom nahe gelegenen Flughafen Orly wurde sie per Express überallhin verschickt.

Valérie ging in den Flur und öffnete die oberste Schublade einer Biedermeier-Kommode. Es dauerte etwas, bis sie in dem Sammelsurium aus Handschuhen, Schals und

Mützen fand, was sie suchte: ihren Händlerausweis für den Rungis. Sie hatte ihn seit bestimmt zwei Jahren nicht mehr benutzt.

Valérie steckte die purpurfarbene Plastikkarte in eine Hosentasche, griff nach ihrem Mantel. Bis zum Rungis waren es mit dem Auto knapp dreißig Minuten. Nach dem Ausflug auf den Großmarkt würde sie direkt zur Autobahn fahren. Wenn sie sich beeilte, war sie gegen halb sieben in Luxemburg. Valérie schrieb Xavier eine Nachricht. Dann schulterte sie ihre Reisetasche und machte sich auf den Weg.

# 24

Kieffer wartete, bis der Kaugummimann wieder aus dem Stall kam. Diesmal trug er etwas in den Armen, das entfernt an eine Mikrowelle erinnerte. Der Koch ging auf den Mann zu. Als dieser Kieffer bemerkte, weiteten sich seine Augen. Aus der Nähe wirkte er noch kräftiger als aus der Ferne. Dazu kam eine kantige, aber leicht verquollen wirkende Visage. Wie ein Pitbull mit Alkoholproblem, dachte Kieffer.

»Moien«, sagte der Koch.

»Moien«, erwiderte der Mann. »Was gibt's?«

Irgendwie kam ihm die Stimme bekannt vor. Wo hatte er sie schon einmal gehört? Und wann? Lange konnte es nicht her sein.

»Darf ich fragen, was Sie da machen?«

»Was geht Sie das an?«

»Sieht aus, als würden Sie hier Dinge raustragen, die Ihnen nicht gehören. Sondern Pol Schneider.«

Der Mann hielt immer noch den Metallkasten in den Händen. Wortlos wuchtete er ihn auf die Ladefläche seines Fahrzeugs. Erst danach wandte er sich wieder Kieffer zu.

»Der braucht das Zeug nicht mehr. Und er schuldete mir Geld.«

Nun wusste Kieffer, wo er die Stimme bereits einmal gehört hatte.

»Här Koening?«, sagte er.

Der andere runzelte die Stirn.

»Xavier Kieffer. Wir haben telefoniert.«

»Hm, stimmt. Was machen Sie hier?«, fragte Koening.

»Das Gleiche wie Sie, vermutlich«, log Kieffer. »Ich suche nach etwas Verwertbarem. Mir schuldete er nämlich auch Geld.«

Koening machte ein säuerliches Gesicht.

»Wem nicht. Aber das«, er deutete auf den Stall, »können Sie nicht haben.«

Kieffer machte eine beschwichtigende Handbewegung.

»Mich interessiert nur das Endprodukt. Ich hatte gehofft, er hätte hier ein bisschen was gebunkert.«

»Honig? Hab keinen gesehen. Aber wenn Sie welchen finden – nur zu.«

Koening schob mit der Zungenspitze den pinken Kaugummibatzen zwischen den Zähnen hervor, formte eine Blase. Sie blähte sich, platzte. Während er das tat, schaute er Kieffer an. Es hatte etwas zutiefst Despektierliches, ja Herausforderndes. Kieffer beschloss, sich nicht provozieren zu lassen.

»Sie mochten ihn nicht? Schneider, meine ich.«

»Tja, wie formuliere ich das am pietätvollsten? Der Wichser war ein Riesenarschloch.«

»Inwiefern?«

Koening schüttelte den Kopf.

»Ich weiß nicht, was Sie wollen, ist mir eigentlich auch egal. Auf jeden Fall habe ich keine Zeit und keine Lust, mit

Ihnen über Schneider zu diskutieren. Ich bin nur hier, um mir zu holen, was mir zusteht.«

Kieffer holte seine Ducal hervor, klopfte sich eine Zigarette aus der Schachtel. Er hielt sie Koening fragend hin.

»Wer raucht denn bitte noch?«

»Wer kaut denn bitte noch Bubblegum? Ich verstehe ja, was Sie tun. Habe ich auch schon gemacht, wenn Geschäftspartner pleitegegangen sind. Wenn man nicht fix ist, kriegt man später nichts mehr. Illegal ist es trotzdem.«

»Und Sie wollen mich jetzt verpfeifen?«

»Ich will ein paar Infos, mehr nicht. Danach können Sie meinetwegen die Latten von seinem Zaun mitnehmen.«

Koening kaute Kaugummi, sagte nichts.

»Hatte Schneider bei vielen Leuten Schulden?«, fragte Kieffer. »War er deshalb so unbeliebt?«

»Dass er nie pünktlich zahlte, hat seine Popularität nicht gerade erhöht, nein. War aber nicht der Hauptpunkt.«

»Sondern?«

»Durch dieses Stadtimker-Ding war er relativ bekannt. Die Leute finden das irgendwie hip, Bienen in der Stadt. Schneider hatte viel Presse. Und hat das ausgenutzt.«

Kieffer zog an seiner Zigarette, bedeutete Koening, er möge weitersprechen. Der knurrte: »Ja, weiß schon, was Sie jetzt denken.«

»Und zwar?«

»Neid. Ich bin der Verbandspräsident, aber stattdessen ist irgendein Stadtimker in den Medien. Mir scheißegal. Ich will nur in Ruhe imkern, ich brauche das alles nicht.«

»Und was war dann das Problem?«

Koening holte ein zerknülltes Papiertaschentuch aus der Tasche seiner Jacke, spuckte seinen Kaugummi hinein. Er faltete es wieder zusammen, steckte es weg.

»Erinnern Sie sich an Yvette?«

Kieffer brauchte einen Moment, um zu begreifen, dass Koening keine Frau meinte, sondern einen Tornado, der vor zwei Jahren über das Großherzogtum hinweggefegt war. Einen Sturm wie Yvette hatte es seit Ewigkeiten nicht gegeben, die Schäden waren erheblich gewesen.

»Klar, wieso?«

»Schneider war danach groß in der Presse – im ›Wort‹, im ›Tageblatt‹, sogar bei RTL. Hat die Zerstörung gezeigt, die Yvette unter seinen Völkern angerichtet hat.«

»Ja, und?«

»Ich kenne so ziemlich jeden Imker in Luxemburg. Wir wussten alle, dass der Sturm kommt, und haben unsere Stöcke entsprechend gesichert. Außer in Petingen, wo es total heftig war, ist den Bienen nirgendwo ernsthaft was passiert. Keiner hat Völker verloren. Keiner, außer Schneider. Der hat die ganz große Welle gemacht: ›Stadtimker vor dem Aus‹, dazu Fotos von geborstenen Beuten. Da blutet den Leuten natürlich das Herz. Die arme Biene Maja hat kein Zuhause mehr.«

»Was wollen Sie mir sagen? Dass Schneider das alles nur inszeniert hat?«

»Entweder er hat es inszeniert oder er hat nicht auf seine Bienen aufgepasst. Auf jeden Fall hat er danach eine Spendenaktion gestartet, auf einer von diesen Crowdfunding-Plattformen. ›Hëlleft de Beien!‹ – als ob sie ohne ihn aussterben würden. Der Sack hat über dreißigtausend Euro eingenommen, locker das Fünf- oder Sechsfache des Schadens, wenn es denn überhaupt einen gab.«

»Und ich nehme an, er hat den überschüssigen Betrag nicht an den Verband gespendet.«

Koenings Blick reichte als Antwort.

»Okay, er war also unbeliebt. Glauben Sie denn, irgendwer wollte ihm ans Leder?«

»Wieso? Ich dachte, das war ein Unfall. Ist halt gefährlich, auf Dächern rumzukraxeln.«

»Schneider hatte komische Sachen am Laufen.«

Koening machte ein fragendes Gesicht. Kieffer erzählte ihm von dem Honig aus Schneiders Produktion, der möglicherweise mit Zuckersirup verschnitten war.

»Igitt. Würde mich aber nicht wundern. Dem Kerl ging's nur ums Geld, ganz klar.«

»Wie sieht es mit den Bienenstöcken aus?«, fragte der Koch.

»Welche jetzt?«

»Die in der Stadt verteilt sind.«

»Wie gesagt, da soll sich jemand anders drum kümmern.«

»Nein, ich meine, ob Sie davon auch welche eingesammelt haben«, er deutete auf die Pritsche des Pick-ups, »zwecks Sicherung Ihrer Ansprüche.«

»Habe ich nicht.«

Koenings Gesicht hatte inzwischen einen feindseligen Ausdruck angenommen. Kieffer konnte sehen, wie die Backenmuskulatur des Mannes arbeitete – an dem Kaugummi konnte es nicht mehr liegen. Fühlte er sich zu Unrecht beschuldigt? Oder eher ertappt? Der Koch vermutete Letzteres. Dass er an zwei Orten Koenings Kaugummireste gefunden hatte, war bestimmt kein Zufall. Wer Honigschleudern klaute, stahl vermutlich auch Bienenstöcke.

Wie zur Bestätigung holte der Imker eine pinkfarbene Chubba-Wubba-Packung aus der Tasche. Er steckte sich einen weiteren Kaugummi in den Mund.

»War's das? Ich muss los.«

»Nur eins noch, dann lasse ich Sie ziehen.«

Kieffer holte den halben Lieferzettel aus der Tasche.

»Hier, sagt Ihnen das was? Sehe ich das richtig, dass Schneider lebende Bienen bestellt hat?«

»Zeigen Sie mal her.«

Kieffer reichte Koening den Zettel.

»Hm, sieht so aus. Bienen und Königinnen.«

»Da steht ›A. mell.‹. Was bedeutet das?«

»Apis mellifera, die gemeine europäische Honigbiene. Es gibt Dutzende, Hunderte Arten. Aber das ist die, die meist für die Honigproduktion eingesetzt wird.«

»Und ›nuc‹?«

»Nucleus. Ein paar Tausend Arbeiterinnen, kein ganzes Volk, aber die Keimzelle von einem.«

»Ich finde es unglaublich, dass man die einfach so im Internet bestellen kann.«

»Aber so ist es.«

»Ist das nicht schlecht für die Tiere?«

»Doch. Mindestens ein Viertel verreckt während des Transports. Außerdem ist die Sache nicht ohne Risiko.«

»Inwiefern?«

»Man weiß ja nicht, woher die sind – und was sie haben. Vor einigen Jahren hatten wir in Echternach Probleme mit dem kleinen Beutenkäfer. Der ist vor allem in Italien verbreitet. Die Vermutung war, dass irgendein Depp dort Bienen bestellt hatte. Die haben den Scheiß dann eingeschleppt.«

Koening gab Kieffer den Zettel zurück.

»Passt aber zu Schneider. Wenn man sich ein bisschen Zeit nimmt, wenn einem das Wohl der Bienen am Herzen liegt, dann wartet man, bis ein Volk schwärmt. Im Frühjahr gibt es haufenweise Bienen, die man einfangen kann.

Aber wenn's nur ums Geld geht, dann holt man sich die Bienen übers Internet.«

Koening wandte ihm den Rücken zu und machte sich an der Ladeklappe seines Pick-ups zu schaffen, ein nicht sehr subtiles Signal, dass er das Gespräch als beendet ansah. Kieffer schaute zu, wie der Imker zur Fahrerkabine ging. Er öffnete die Tür, wandte sich nochmals dem Koch zu.

»Einen Tipp, Kieffer – kümmern Sie sich besser um Ihr eigenes Zeug. Sonst sind Sie am Ende noch komplett zerstochen.«

Koening wartete Kieffers Antwort nicht ab. Schon war er eingestiegen, schloss die Tür. Kieffer sah zu, wie der Pick-up vom Hof rollte.

# 25

»Großmarkt« war eigentlich eine irreführende Bezeichnung für den Rungis. Es handelte sich nicht um ein paar Lagerstände, eher um eine ganze Stadt. Auf über zweihundert Hektar befanden sich neben Dutzenden Markthallen auch eine Bibliothek, eine Feuerwache und ein Krankenhaus, ferner mehrere Restaurants und ein Bahnhof.

Am Eingang schob Valérie ihren Ausweis in den Schlitz. Die Schranke hob sich. Sie fuhr hindurch und kam auf eine Straße, zu deren Seiten eine Reihe von »Pavillon des Légumes« lagen. Allein von diesen auf Gemüse spezialisierten Markthallen gab es ein Dutzend, jede so groß wie ein Fußballfeld. Am Ende der Gemüsegasse bog sie ab. Sie hatte nicht vor, ihren Wagen abzustellen. Auf dem Rungis brauchte man einen fahrbaren Untersatz, die Entfernungen waren einfach zu groß.

Am »Pavillon des Tripages« hielt Valérie, um sich zu orientieren. Vor der auf Innereien spezialisierten Markthalle standen Männer in blutverschmierten Kitteln und rauchten. Die Metzger musterten Valérie interessiert. Sie gab auf ihrem Handy die Adresse von Cho-Lun Grand Frais ein.

Diese befand sich etwa einen Kilometer entfernt, in der Nähe des Bahnhofs.

Sie fuhr weiter, erreichte den Cour d'Alsace, eine zweispurige Straße, an deren beiden Seiten sich die Lager großer Frachtunternehmen befanden. Vor den Gebäuden parkten Dutzende Schwertransporter. Valérie hielt Ausschau nach dem Firmenschild von Cho-Lun, doch sie fand nichts. Vielleicht handelte es sich um einen kleineren Frachtbetrieb, der kein ganzes Gebäude okkupierte.

Sie parkte zwischen zwei Lkw und lief die Straße auf und ab. Einen Bürgersteig gab es nicht, weswegen sie sich zwischen Trucks und Laderampen hindurchschlängeln musste. Nach vielleicht zweihundert Metern fiel ihr ein Schild an einem der Gebäude auf. Die Schriftzeichen waren chinesisch. Valérie trat näher heran. Neben der Tür befanden sich mindestens zwanzig Briefkästen. Deren Beschriftungen waren ebenfalls auf Chinesisch oder vielleicht auch Japanisch gehalten. Meist stand der Firmenname zusätzlich in lateinischen Buchstaben darunter. An einem der Briefkästen fand Valérie, was sie gesucht hatte: Cho-Lun Grand Frais Ltd.

Neben dem Eingang waren Klingelschilder, aber Valérie betätigte zunächst probeweise die Klinke. Die Tür war unverschlossen, sie gelangte problemlos hinein. Sie fand sich in einem schmucklosen Treppenhaus wieder. Stockwerk für Stockwerk überprüfte sie die Firmenschilder an den Türen. Cho-Lun saß im vierten Obergeschoss.

Unschlüssig stand Valérie vor der Tür. Sollte sie klingeln? Sie war sich nicht sicher, ob das eine gute Idee war. Der Barcode auf der Probe hatte sie hergeführt. Sie wusste nun, dass Cho-Lun tatsächlich existierte. Aber bestand das Frachtunternehmen aus mehr als diesem Büro? Es schien denkbar, dass es sich lediglich um eine Briefkastenfirma handelte, eine Tarnung, um den wahren Absender der Honigproben zu verschleiern.

Um dieser Hypothese nachzugehen, musste sie feststellen, ob bei Cho-Lun tatsächlich Lkw mit Ware ankamen oder abfuhren, ob in den Büros Menschen ein und aus gingen. Um diese Fragen zu beantworten, würde sie allerdings mehrere Tage auf dem Rungis verbringen müssen.

Sie musste an Xavier denken. Wenn sie wieder nicht bei ihm auftauchte, würde das eine größere Beziehungskrise zur Folge haben. Davon abgesehen, war die Aussicht, tagelang auf dem Großmarkt herumzulungern, nicht sehr erquicklich. Nein, es war an der Zeit, sich auf den Weg zu machen.

Valérie warf einen letzten Blick auf die Bürotür. Ihr fiel auf, dass unter der abgetretenen Fußmatte etwas hervorlugte – ein Kuvert. Sie ging in die Knie. Der Umschlag besaß ein ziemlich großes Format. Vermutlich hatte der Postbote ihn hier abgelegt, weil er nicht in den Briefkasten passte. Valérie hob die Matte an, zog den Umschlag hervor. Er war fünf, sechs Zentimeter dick und an Cho-Lun adressiert. Auf seiner Vorderseite klebten Zoll- und Luftfrachtetiketten. Name und Anschrift des Absenders waren auf Chinesisch und deshalb nicht zu entziffern. Nur »Volksrepublik China« konnte sie lesen.

Valerie erhob sich wieder, den Umschlag in den Händen. Er schien nicht nur Papiere zu enthalten, sondern auch etwas Festes, Längliches – weitere Honigproben?

Sie riss das Kuvert auf.

»Was machen Sie denn da?«

Sie wandte sich um. Zwei Männer kamen die Treppe hoch. Beide sahen asiatisch aus, waren stämmig und trugen schwarze Lederjacken. Einer von ihnen streckte die Hand aus.

»Den Umschlag her! Sofort!«

Instinktiv wich sie zurück. In diesem Moment öffnete sich die Tür des Cho-Lun-Büros. Ein Mann erschien im Türrahmen. Er sah ebenfalls asiatisch aus, trug allerdings einen Anzug. Außerdem war er nicht so bullig wie die anderen, die inzwischen beinahe die Treppe hoch waren und in wenigen Sekunden bei ihr sein würden. Panik wallte in ihr auf. Der einzige Fluchtweg war die Treppe nach oben. Valérie war jedoch bewusst, dass sie damit vermutlich in eine Sackgasse lief. Aber ihr blieb kaum eine andere Wahl.

Der Anzug ahnte, was sie vorhatte und tat zwei Schritte nach rechts, um ihr den Weg zu versperren. Er war ein schmächtiges Kerlchen, anderthalb Köpfe kleiner als Valérie. Aber er war dennoch ein Mann, und ihr letzter Selbstverteidigungskurs war zehn Jahre her. Er versuchte, Valéries Arm zu packen, wollte ihr wohl den Umschlag entreißen.

Sie rannte los, hechtete durch die offene Tür. Valérie hörte, wie der Mann einen Schrei der Verwunderung ausstieß. Bevor er ihr folgen konnte, schlug sie ihm die Tür vor der Nase zu, vielleicht auch auf die Nase. Das zumindest legte sein gellender Schrei nahe. Verzweifelt suchte Valérie nach einer Möglichkeit, die Tür zu verbarrikadieren. Doch der Flur, in dem sie sich wiederfand, war leer. Abgetretenes Linoleum, vergilbte Tapeten, ein paar Kleiderhaken, aber nichts, das sie hätte verwenden können. Immerhin gab es eine dünne Kette, die sie umgehend vorlegte. Ob diese aber einem kräftigen Fußtritt standhielt, bezweifelte Valérie.

Der Flur endete auf der einen Seite vor einer halb offenen Tür zur Toilette. Auf der anderen befanden sich zwei Durchgänge. Ein klackendes Geräusch verriet ihr, dass jemand einen Schlüssel ins Schloss der Eingangstür steckte.

Sie stopfte das Kuvert in einen ihrer Jackenärmel und lief los, in Richtung der beiden Türen, öffnete die erste. Dahinter lag ein Büro. Es sah aus, als habe sich darin seit den Neunzigerjahren nichts verändert. Aktenordner füllten billige Ikearegale, in der Mitte des Raums stand ein Schreibtisch mit einem geradezu vorsintflutlichen Computer und vor Korrespondenz überquellenden Ablagen. Durch das einzige Fenster konnte man auf die sich bis zum Horizont erstreckenden Lagerhallen schauen. Auf der anderen Seite gab es eine weitere Tür, an der ein vergilbter Erotikkalender hing. Der Frisur und dem Make-up des barbusigen Mädchens nach zu urteilen, hing er ebenfalls seit den Neunzigern dort.

Valérie trat wieder in den Flur, um die zweite Tür zu öffnen. Sie warf einen Blick in das Zimmer und erstarrte. Der Raum war kleiner als der erste und völlig leer, bis auf einen billigen Plastikstuhl in der Mitte des Raums. Auf dessen Sitzfläche lagen eine Rolle Klebeband und ein Teppichmesser.

Sie hörte, wie die Eingangstür aufging und aufgrund der Kette blockierte. Jemand rief etwas auf Chinesisch. Als Valérie sich dem Eingang zuwandte, erblickte sie einen Moment lang die blutverschmierte Visage des Bürohengstes. Dann legte sich eine Pranke auf seine Schulter, zog ihn weg. Mit einem Krachen warf sich jemand gegen die Tür. Valérie hatte erwartet, dass die Kette bereits beim ersten Versuch nachgeben würde, doch sie hielt. Jemand fluchte.

Sie zwang sich, den Blick abzuwenden. Erneut betrat sie das staubige kleine Büro, rannte auf die hintere Tür zu, versuchte, sie zu öffnen.

Sie war versperrt.

»Scheiße, Scheiße, Scheiße!«

Es krachte, als sich einer der Männer erneut gegen die Tür warf. Valérie stand vor dem Schreibtisch, durchwühlte die Papiere darauf, zerrte an Schubladen. In einer davon fand sie einen einzelnen Schlüssel. Valérie lief zu der verschlossenen Tür. Während sie den widerspenstigen Schlüssel mit zittrigen Händen ins Schloss zu bugsieren versuchte, lächelte das barbusige Kalendermädchen sie an. Just in dem Moment, als der Schlüssel endlich ins Schloss glitt, vernahm sie ein knallendes Geräusch. Die Eingangstür flog auf, knallte gegen die Wand.

Valérie sperrte auf, zog den Schlüssel ab, schlüpfte hindurch. Als sie die Tür von der anderen Seite wieder zuzog, kam einer der bulligen Asiaten gerade vom Gang ins Zimmer. Rasch drehte sie den Schlüssel zweimal um. Es handelte sich um eine metallene Brandschutztür, die nicht so einfach einzutreten war, zumindest hoffte Valérie das.

Keuchend wandte sie sich von der Tür ab, um sich einen Überblick über ihre Umgebung zu verschaffen. Sie hatte damit gerechnet, in einen weiteren Raum zu gelangen. Stattdessen befand sie sich in einer riesigen Halle. Diese und die Büros waren offenbar Teil derselben Kubatur, lediglich durch eine Wand getrennt. Die Halle besaß eine etwa zwanzig Meter hohe Decke. Valérie stand auf einer Art stählernem Balkon, von dem eine Treppe hinabführte. Gut zehn Meter unter ihr standen in Karrees angeordnet unzählige Paletten. Dazwischen fuhren Gabelstapler umher.

Hinter ihr warf sich jemand gegen die Metalltür, brüllte etwas, das Valérie nicht verstand. Falls ihre Verfolger keinen Ersatzschlüssel besaßen, mussten sie stattdessen um das Gebäude herumlaufen und würden in zwei, drei Minuten in der Halle sein. Dann sollte sie besser nicht mehr dort oben auf dem Präsentierteller stehen. Ihr fiel auf, dass es kalt war – Kühlschranktemperatur. An der Wand neben der Tür hingen mehrere Thermowesten. Valérie streifte eine davon über und begann, die Treppe hinabzusteigen.

Sie überlegte, was der beste Fluchtweg war, versuchte, sich die Lage des Gebäudes und der angrenzenden Büros zu vergegenwärtigen. Leider war Orientierung noch nie ihre Stärke gewesen. Falls sie sich nicht irrte, befanden sich der Cour d'Alsace und damit der Ausgang der Büros rechter Hand. Die Kerle würden die Halle folglich von dieser Seite betreten. Deshalb erschien es ihr am sinnvollsten, sich nach links zu wenden, um das Gebäude an der gegenüberliegenden Seite zu verlassen.

Valérie erreichte das letzte Zwischengeschoss der Stahltreppe. Von oben hatten die Palettenkarrees auf dem dunklen Betonboden wie flache weiße Quadrate gewirkt. Aus Bodennähe betrachtet türmten sich die Kistenstapel mehr als mannshoch auf. Die meisten Boxen schienen nicht aus Holz, sondern aus Styropor zu bestehen. Als Valérie sich ihnen näherte, drang ein unverkennbarer Geruch in ihre Nase. Sie war in einer Umschlaghalle für Meeresfrüchte gelandet.

Irgendwo zu ihrer Linken lag der Bahnhof. Dort fuhren allmorgendlich gekühlte Waggons voll frischem Fang ein, den Fischer in der Bretagne bereits vor Morgengrauen an Land gezogen hatten. Ein Teil davon wurde anscheinend in dieser Halle zwischengelagert. Von dort würden

Lkw den Fisch weitertransportieren, und wenn ein Gast in einem Berliner Restaurant abends ein Saint-Pierre-Filet bestellte, war der zugehörige Fisch nicht einmal vierundzwanzig Stunden zuvor noch im Atlantik geschwommen.

Ein Schrei ließ Valérie zusammenfahren. Rasch ging sie hinter einer Palette in Deckung, lugte um die Ecke. Es handelte sich um einen Mann mit Gummistiefeln und Clipboard, der einem Gabelstaplerfahrer Anweisungen zurief. Sie entspannte sich und setzte sich wieder in Bewegung.

Valérie lief eine von Kistenstapeln gebildete Gasse entlang. In der noch weit entfernten, gegenüberliegenden Hallenseite konnte sie eine Tür sehen. Sie kam an einer Palette vorbei, auf der die Boxen nicht so hoch gestapelt waren. Bei einigen war der Deckel verrutscht. Aus einem Berg von gestoßenem Eis lugten Meerbarben und Seezungen hervor, glotzten sie an.

Valérie ließ nun jegliche Vorsicht fahren; sie lief, so schnell sie konnte. Es waren noch dreißig Meter bis zur rettenden Tür. Sobald sie draußen war, würde sie schon ein Versteck finden. Vielleicht konnte sie auch in einem der Rungis-Restaurants untertauchen. Dort war immer Betrieb, und die Kerle von Cho-Lun konnten sie nicht so einfach …

Die Tür vor ihr schwang auf. Einer der stämmigen Chinesen trat hindurch. Er erkannte sie sofort. Valérie verfluchte ihren erbärmlichen Orientierungssinn – offenbar war sie die ganze Zeit in die falsche Richtung gelaufen. Rasch schlug sie einen Haken, verschwand in einen der Seitengänge. Hinter sich hörte sie die Schritte und Rufe ihrer Verfolger. Einer brüllte den verdutzten Lagerarbeitern etwas in stark akzentuiertem Französisch zu. Sie verstand lediglich ein Wort: »Diebin!«

Nun würden Kistenschlepper und der Staplerfahrer auch noch hinter ihr her sein. Sie rannte weiter, bog mehrfach ab. Aus dem Augenwinkel konnte sie einen der Chinesen sehen. Seine Kompagnons waren nirgends zu entdecken. Vermutlich hatten die drei sich aufgeteilt.

Valérie näherte sich der anderen Seite der Halle. Als sie die nächste Kreuzung erreichte, hörte sie den Motor eines Gabelstaplers aufjaulen. Er konnte höchstens ein oder zwei Quergänge von ihr entfernt sein. Sie blieb stehen, horchte. Auf einmal bog der Stapler vor ihr um die Ecke. In der Kabine saß der Mann im Anzug. Nase und Mundpartie waren immer noch blutverschmiert. Als er Valérie erblickte, fletschte er die Zähne und gab Gas. Sie war verblüfft, wie schnell der Stapler beschleunigte. Ihr blieb nichts übrig, als auf dem Absatz kehrtzumachen, damit das Gefährt sie nicht niedermähte. An der nächsten Kreuzung rannte sie nach rechts. Sie vernahm das Quietschen der Staplerreifen, dann beschleunigte der Fahrer erneut.

Ihr Herz wummerte, trotz der Kälte rann ihr der Schweiß den Rücken hinab. An der nächsten Kreuzung schlug sie erneut einen Haken. Sie rannte so schnell sie konnte, änderte immer wieder die Richtung – links, rechts, rechts, links, hoffte, dass ihre Verfolger sie aus den Augen verloren.

Vor ihr erhob sich ein Schiebetor. Valéries Augen hefteten sich auf einen leuchtenden grünen Knopf an der Wand. Sie sprintete darauf zu. Hinter sich hörte sie den Stapler, wandte sich um. Das Gefährt war höchstens zwanzig Meter von ihr entfernt. Links und rechts von ihr erhoben sich Wände aus Styropor. Noch sechs, sieben Meter, dann war sie auf freiem Gelände.

Als sie das Ende der Paletten erreichte, trat ein Mann

hinter einem der Kistenstapel hervor, stellte sich ihr in den Weg. Es handelte sich um einen der beiden Schlägertypen. Valérie war von seinem Auftauchen völlig überrascht. Sie war offenbar nicht die Einzige. Hinter sich vernahm sie einen Warnruf, gefolgt von Reifenquietschen. Der Mann, der sie hatte abfangen wollen, riss die Augen auf. Anscheinend hatte er den Stapler nicht auf der Rechnung gehabt.

Er tat einige Schritte rückwärts, wodurch Valérie ihm nicht direkt in die Arme lief. Stattdessen konnte sie zwischen ihm und den Kisten hindurchtauchen. Sie rannte weiter auf das Tor zu. Auf einmal fühlte sie, wie ihr Fuß auf etwas Glitschiges trat, vermutlich ein halb gefrorener Fisch oder eine zermatschte Muschel. Valérie rutschte aus, schlug der Länge nach hin.

Als sie einige Sekunden später wieder hochkam, hielt sie zunächst nach ihren Verfolgern Ausschau. Ihr bot sich ein Bild der Verwüstung. Sie hatte nicht mitbekommen, was genau passiert war, konnte es sich aber denken. Der Gabelstaplerfahrer musste, um seinem Kompagnon nicht niederzumähen, im letzten Moment das Steuer herumgerissen haben. Bei diesem Manöver war eine der Stapelgabeln in der Wand aus Kisten hängen geblieben.

Nun lag das Fahrzeug auf der Seite, ragte zur Hälfte aus einem Berg zerfetzten Styropors und zerstoßenen Eises hervor. Vom Fahrer war lediglich ein Bein zu sehen. Der zweite Mann war verschwunden.

Valérie setzte sich wieder in Bewegung. Ihre linke Hand fühlte sich an, als sei sie verstaucht – aber wenigstens hatte sie sich nicht die Beine gebrochen. So schnell sie konnte, lief sie zu dem Knopf, drückte ihn. Über ihr begann eine Leuchte zu blinken, das Tor glitt auf. Valérie wartete nicht, bis es sich vollständig geöffnet hatte. Sobald der Spalt groß genug war, schlüpfte sie hindurch.

Sie fand sich auf einer Laderampe wieder. Zu ihrer Linken führte eine Stiege hinab auf den asphaltierten Boden. In vielleicht fünfzig Metern Entfernung sah sie den Bahnhof. Erst jetzt bemerkte Valérie, wie sehr sie fror. Anscheinend war sie bei ihrem Sturz in eine Eiswasser-Pfütze gefallen.

Sie umfasste mit einer Hand ihren Jackenärmel. Wo war das Kuvert? Eben war es noch da gewesen. War es ihr bei dem Sturz aus dem Ärmel gerutscht? Gerne hätte sie in der Halle nachgeschaut, doch dafür fehlten ihr die Nerven. Die Typen konnten jeden Moment hier sein.

Sie stieg die metallene Treppe hinab. Unten angekommen, vernahm sie ein hohes Sirren, das sie an den Elektromotor des Gabelstaplers erinnerte. Als sie sich umwandte, sah sie eine Art Lieferkarren mit Anhänger. Letzterer war vollgepackt mit Styroporkisten. Auf dem Fahrersitz saß ein Lagerarbeiter. Er nickte ihr zu, stellte sein Fahrzeug vor der Rampe ab und begann, die Kisten zu entladen.

Durch das inzwischen vollständig geöffnete Tor der Halle drang Fußgetrappel. Kurz darauf tauchte einer der Chinesen auf. Unter anderen Umständen hätte Valérie seinen Anblick wohl komisch gefunden. Der Mann war noch nasser als sie, schlotterte. In seinen Haaren hing etwas Grünliches, bei dem es sich, wenn sie sich nicht täuschte, um Algen handelte – Meerlattich, um genau zu sein.

Bevor sie darüber nachdenken konnte, war sie in den Karren gesprungen. Sie hatte keine Ahnung, wie man so ein Ding fuhr, aber der Schlüssel steckte, und es schien lediglich zwei Pedale zu geben. Sie trat das rechte davon bis zum Anschlag durch. Das Wägelchen machte einen

Satz. Die Kisten auf der Ladepritsche des Anhängers gerieten ins Rutschen. Eis und Gambas ergossen sich über den Asphalt. Valérie hörte den Fahrer fluchen, aber das Wägelchen hatte bereits Fahrt aufgenommen. Sein Gezeter wurde von Sekunde zu Sekunde leiser.

Sie schoss die zwischen Bahnhof und Lagerhallen liegende Straße entlang. Nach vielleicht fünfhundert Metern sah Valérie zwischen zwei der Hallen einen schmalen Durchgang – gerade breit genug für das Elektrowägelchen. Sie bog ab. Ein paar Sekunden später erreichte sie den Cour d'Alsace, auf dem ihr Auto parkte. Als sie an zwei plaudernden Lkw-Fahrern vorbeisauste, blickten ihr diese erstaunt nach. Kurz vor ihrem Parkplatz bremste sie das Wägelchen ab. Sie sprang heraus, rannte zu ihrem Auto. Kaum zehn Minuten später befand sie sich bereits auf der A4 Richtung Luxemburg.

# 26

Pekka Vatanen schaute Kieffer über sein Weinglas hinweg an.

»Und wie fühlt es sich an?«, fragte der Finne.

»Wie wenn du schwebst. Die Stadt von da oben zu sehen, ist ein ziemliches Hochgefühl. Gleichzeitig hatte ich Schiss vor dem Absturz. Was natürlich Unsinn ist. Und zum Schluss musste ich kotzen.«

»Verstehe. Erst Hochgefühl, dann Paranoia und zum Schluss Übelkeit – klingt wie meine letzte Beziehung.«

Kieffer hob sein Weinglas.

»Möge die nächste ein immer währender Höhenflug sein.«

Vatanen prostete dem Koch zu, nahm einen Schluck. Er wirkte wenig überzeugt.

»Beziehungsprobleme, Pekka?«

»Weiß ich nicht. Bin wohl gerade in der Phase, wo die Angst vor dem Absturz zunimmt.«

»Was natürlich Unsinn ist.«

»Man wird sehen. Wie ist es mit deiner?«

»Meiner was?«

»Langzeitverlobten.«

»Sie ist nicht meine …«

Kieffer brach mitten im Satz ab, um zwei Stammgäste willkommen zu heißen, die an der Bar vorbeikamen. Als die beiden entschwunden waren, wandte er sich wieder Pekka zu.

»Valérie ist einer Sache auf der Spur. Ich glaube allerdings, sie hat sich verrannt.«

»Das mit dem Honig? Was habt ihr bloß alle mit dem Zeug?«

»Es geht um Lebensmittelfälschung. Glaube ich zumindest. Du kannst sie selbst fragen, sie wollte gegen sieben hier sein.«

Vatanen wandte den Blick zu der Wanduhr, die neben einem Porträt des Großherzogs hing. Sie zeigte kurz nach acht.

»Mit Pünktlichkeit hat sie's nicht so, deine flotte Pariserin, oder?«

Der Koch rollte mit den Augen.

»Erwähne das bloß nicht.«

»Ihre Unpünktlichkeit?«

»Nein, dass ich der Meinung bin, dass sie sich da verrannt hat. Behalt es besser für dich.«

Kieffer erzählte Vatanen von der Frau mit den asiatischen Gesichtszügen, die Valérie von Merzig nach Paris verfolgt hatte.

»Klingt wild. Und warum genau ist die verdächtig?«

Kieffer antwortete nicht. Stattdessen griff er nach einem schmutzigen Bierglas und steckte es auf den Gläserspüler.

»Rassismus?«

Der Koch schaute Vatanen erstaunt an.

»W-was?«

»Also, unbewusst natürlich, aber die Vermutung liegt

doch nahe. Hätte Valérie in Merzig eine Europäerin beobachtet, wäre sie ihr nicht gefolgt. Aber eine Frau, die möglicherweise aus China stammt – die Chinesen fälschen schließlich alles, auch und vor allem Lebensmittel. Gepanschtes Tomatenmark, gestrecktes Milchpulver, und Fake-Honig ist bestimmt auch dabei.«

Kieffer säuberte ein weiteres Glas. Eigentlich wollte er glauben, dass Valérie über derlei Vorurteile erhaben war. Aber wer war das schon? Er selbst ertappte sich auch immer wieder dabei, dass er Menschen anderer Nationalitäten gewisse Charakterzüge unterstellte.

Der Koch schaute hinüber in den Schankraum. Höchstens die Hälfte der Tische waren bislang besetzt. Gerade betraten drei junge Frauen das Restaurant. Sie waren Anfang zwanzig, und er kam nicht umhin zu bemerken, dass alle drei außerordentlich hübsch waren. Vatanen hatte sie ebenfalls bemerkt, er warf Kieffer einen anzüglichen Blick zu.

»Eigentlich gar nicht deine Klientel, hotte Studentinnen, oder?«

»Im ›Deux Eglises‹ ist jeder willkommen, Pekka.«

»Ich kann ihnen die Speisekarten bringen«, bot der Finne an, »falls du gerade mit dem Abwasch beschäftigt bist.«

»Nichts da«, brummte Kieffer. Eigentlich war der Service Angelegenheit von Jacques, doch der Kellner war nirgends zu sehen. Bevor er den schlüpfrigen Finnen auf die Studentinnen losließ, ging er lieber selbst.

Der Koch griff sich drei Speisekarten und ging zu dem Tisch, an dem die Frauen Platz genommen hatten.

»Guten Abend, die Damen«, sagte er, »darf ich Ihnen schon etwas zu trinken bringen?«

Zwei der jungen Frauen bestellten Cola light, die dritte

ließ sich bezüglich eines Weißweins von Kieffer beraten. Mit der Vermutung, es handele sich um Studentinnen, lag er wohl richtig. Die Frauen hatten bereits Collegeblöcke und Lehrbücher vor sich ausgebreitet.

Kieffer deutete auf die Speisekarten in seiner Hand.

»Arbeitsessen?«

»Ja, so etwas Ähnliches. Wahrscheinlich wird es nur eine Kleinigkeit«, sagte eine der Frauen. Sie hatte einen Pferdeschwanz und mehrere Piercings. Als sie die Karte entgegengenommen hatte, begann sie diese sogleich als Fächer zu benutzen.

»Zu warm hier drin?«, fragte er.

»Bisschen«, erwiderte sie und begann, sich aus ihrem Kapuzenpulli zu schälen. Dabei rutschte ihr T-Shirt hoch und gab den Blick auf einen gepiercten Bauchnabel frei. Kieffer beeilte sich, wegzuschauen, konnte jedoch sehen, dass eine der anderen Frauen grinste. Der Koch fühlte sich auf einmal sehr alt. Außerdem war er sich sicher, dass Vatanen die Szene von der Bar aus beobachtete und vor Lachen fast vom Stuhl fiel.

Kieffer machte, dass er zurück hinter seine Theke kam. Kaum war er dort angekommen, bemerkte Vatanen: »Süß oder?«

»Und ahnungslos.«

»Da wäre ich mir nicht so sicher.«

»Pekka!«

»Schon gut, ich meine ja nur. Glaubst du, es sind *stagiaires?*«

Bei den europäischen Institutionen auf dem Kirchberg gab es eine beachtliche Zahl an Hospitanten – meist Studierende kurz vor dem Abschluss. Auf Französisch hießen diese Praktikanten *stagiaires.*

»Die sind von hier, glaube ich.«

»Und studieren hier?«

»Oder«, der Koch vollführte eine vage Handbewegung, »irgendwo drüben.«

Viele Einheimische besuchten ausländische Hochschulen in der Nähe – Trier, Saarbrücken, Metz oder Löwen.

»Mach dir also keine Hoffnung, dass sie dir in der Parlamentscafeteria über den Weg laufen.«

Der Finne nickte missmutig. Kieffer ging hinauf in die Küche, um nach dem Rechten zu sehen, doch seine Souschefin schien alles im Griff zu haben. Angesichts der spärlich besetzten Tische hätte ihn alles andere auch gewundert. Dennoch schaute Kieffer in einige Töpfe, kontrollierte die Magnettafel mit den Bestellungen. Danach stieg er wieder hinab in den Schankraum.

In dem schmalen Flur, der vom Fuß der steinernen Treppe Richtung Bar führte, kam ihm der Pferdeschwanz entgegen. Kieffer drückte sich gegen die Wand, um sie vorbeizulassen. Die Frau murmelte eine Dankesfloskel und schob sich an ihm vorbei. Erneut fiel sein Blick auf ihr T-Shirt. Auf Höhe der linken Brust war ein stilisierter Vogel aufgedruckt. Zunächst hielt Kieffer ihn für das Logo irgendeiner ihm unbekannten Hipstermarke. Aber nein – er hatte dieses Signet schon einmal irgendwo gesehen. Nur wo?

Die Studentin verschwand in der Damentoilette. Kieffer ging zurück in den Schankraum.

»Protipp: bisschen unauffälliger schauen.«

Der Koch wandte sich um. Neben dem Tresen stand Valérie, in der Hand ein randvolles Weinglas. Ihr gegenüber saß Vatanen und kämpfte mit einem Lachanfall.

»Gegen scharfe Studentinnen ist nicht mal unser Meisterkoch immun«, feixte er.

»Die war … sie hatte … der Vogel«, stammelte Kieffer.

Valérie kam auf ihn zu, gab ihm einen Kuss. Sie schien kein bisschen verstimmt. Allerdings sah sie abgekämpft aus. Kieffer schlang einen Arm um sie, drückte sie an sich.

»Schön, dass du da bist.«

Als er sie losließ, kam die Studentin von der Toilette zurück. Sie lief an der Bar vorbei und steuerte den Tisch an, an dem ihre Freundinnen saßen. Kieffer schaute ihr hinterher. Valérie pikste ihn in die Seite.

»Okay, jetzt hast du das Vögelchen auch von hinten abgecheckt. Aber nun …«

»… habe ich nur noch Augen für dich«, sagte Kieffer.

»Lügner!«, rief Vatanen. Valérie warf dem Finnen einen tadelnden Blick zu.

»Halt dich raus, Pekka. Er darf gucken. Zumal sie wirklich hübsch ist.«

Der Koch beeilte sich, das Thema zu wechseln.

»Wie war deine Fahrt?«

»Mäßig, aber nicht so beschissen wie der Rest des Tages.«

»Oh je. Was ist passiert?«

»Hast du Zigaretten?«

Kieffer verzichtete darauf, Valérie daran zu erinnern, dass sie erst nach dem Abendessen Anspruch auf eine Gauloises hatte. Er öffnete eine der Schubladen hinter der Bar. Darin bewahrte er nicht nur seine eigenen Zigaretten auf, sondern hielt auch stets eine Packung für seine Freundin vor. Gemeinsam gingen sie auf die Terrasse. Er gab Valérie Feuer, steckte sich ebenfalls eine Zigarette an. Dann bat er sie, zu erzählen. Valérie berichtete von ihrem Ausflug zu dem Start-up-Inkubator, von der entwendeten Honigprobe und ihrer Flucht vom Rungis.

»Du solltest damit aufhören, Val.«

»Mit dem Rauchen?«

»Damit, dich mit der chinesischen Mafia anzulegen oder wer auch immer die sind.«

»Na, das sagt der Richtige.«

»Punkt für dich. Aber es klingt alles sehr gefährlich.«

»Zumindest weiß ich nun, dass mich mein Instinkt nicht getäuscht hat.«

»Was die Chinesin angeht?«

»Hm. Ein normales Start-up ist das wohl kaum.«

»Was genau stellen die denn her?«

»Im Firmenregister stand Cleantech. Was ist mit deinem Imker?«

»Es scheint, dass Pol nicht nur Freunde hatte. Die anderen Imker mochten ihn nicht besonders. Er schuldete einem Haufen Leute Geld. Aber am seltsamsten ist, dass immer mehr von seinen Bienenstöcken verschwinden.«

»Wie, verschwinden?«

»Dass meine weg sind, habe ich ja erzählt. Aber inzwischen sind weitere futsch, an vier von dreiundzwanzig Standorten. Jemand nimmt sie mit, bei Nacht und Nebel. Teilweise haben sich die Diebe als von der Stadt beauftragte Imker ausgegeben, um Zugang zu den Gebäuden zu bekommen.«

Kieffer zündete sich eine weitere Ducal an. An Valéries Blick konnte er sehen, dass sie auch noch eine wollte. Der Koch gab ihr jedoch keine, sondern wartete. Erst als sie auf die Packung in seiner Hand zeigte, rückte er eine heraus.

»Du Verführer«, sagte sie.

»Wieso bin ich jetzt schuld, dass du deine eigenen Regeln brichst?«

Sie antwortete nicht, ließ sich Feuer geben. Einen Moment lang standen sie schweigend da und rauchten. Aus Clausen kam ein Fahrzeug die Rue Wilhelm hoch. In der Dunkelheit konnte Kieffer nur die Scheinwerfer ausmachen. Sie erinnerten ihn an die Augen eines nachtaktiven Tiers.

»Das Shirt«, murmelte er.

Valérie verzog das Gesicht.

»Bist du gedanklich immer noch bei Mademoiselle Vorbau?«

»Nein, nein. Warte eine Sekunde. Ich bin gleich wieder da.«

Mit diesen Worten ließ Kieffer seine verdutzte Freundin stehen und ging zurück ins Restaurant. Im Büro holte er sich seine Lederjacke, betrat den Schankraum. Er lief an dem Tisch mit den drei Studentinnen vorbei, nickte ihnen freundlich zu, begutachtete nochmals das enge T-Shirt. Es gab keinen Zweifel. Der Koch verließ das Restaurant durch die Vordertür, trat hinaus auf den Parkplatz.

»Valérie«, rief er, »ich bin hier vorne!«

Einige Sekunden später erschien seine Freundin am Fuß der Treppe, die von der Terrasse hinunter zum Parkplatz führte.

»Könntest du mir bitte erklären, was los ist?«

»Ich erzähle es dir auf dem Weg. Komm, wir müssen zu Remy.«

»Was? Ich habe fünf Stunden im Auto gesessen und würde gern was essen.«

»Ich serviere dir alles, was du willst, Val. Aber erst muss ich was klären.«

Die Hände in den Jackentaschen stapfte Kieffer die Straße hinauf, gen Rue Malakoff. Valérie bemühte sich, mit ihm Schritt zu halten.

»Ist nicht weit. Siehst du das Licht da hinten? Er ist zu Hause.«

»Und wer ist dieser Remy, wenn ich fragen darf?«

»Ein Stammgast von mir. Clausener Urgestein, hat früher bei der Chamber gearbeitet.«

»Beim Kammergericht?«

»Parlament. Das Gebäude neben dem Großherzoglichen Stadtpalais. Gegenüber dem Café mit den Wahnsinnskuchen?«

»Ich weiß schon. Und warum gehen wir zu ihm?«

Sie erreichten Remy Schuesslers Haus. Kieffer drückte zweimal in rascher Folge die Klingel.

»Meine Stöcke, da vorne an der Ecke, die geklaut wurden? Das Grundstück gehört ihm.«

Die Haustür öffnete sich einen Spalt weit. Remy Schuesslers mondförmige Visage erschien.

»Xavier, was machst du denn hier?«, sagte der Pensionär auf Luxemburgisch.

»Bitte entschuldige den Überfall, Remy. Wir haben nur eine kurze Frage, wegen der verschwundenen Bienen.«

Kieffer wechselte ins Französische und sagte »Das ist übrigens meine Freundin, Valérie.«

»Enchanté, Madame. Worum genau geht es? Wollt ihr nicht erst mal reinkommen?«

»Wir wollen wirklich nicht lange stören.«

»Kommt wenigstens in die Küche.«

Schuessler lotste sie in die Küche. Nachdem Valérie und Kieffer das Angebot, zumindest ein kleines Gläschen Riesling oder Crémant zu trinken, abgelehnt hatten, zog der Koch sein Handy hervor und begann, etwas einzutippen.

»Remy, die Bienenstöcke. Du hast gesagt, auf einem davon sei eine Markierung gewesen – ein Symbol.«

»Ja, Xavier. Da war ein stilisierter Vogel drauf.«

»Eine Eule.«

Schuessler nickte eifrig. »Mir kam das gerade neulich wieder in den Sinn. Als ich das Kreuzworträtsel im ›Wort‹ gemacht habe. Da war ein Begriff dabei: ›Nicht nach Athen tragen‹.«

Als er Valéries verständnislosen Blick sah, erklärte Schuessler ihr, dass es sich dabei um eine deutsche Redewendung handelte, die dem Französischen *porter de l'eau à la rivière* entsprach, Wasser zum Fluss tragen.

»Und da habe ich mir gedacht: Eulen, Athen, die Göttin Athene, Weisheit. Vielleicht hat das Logo auf der Kiste was mit Forschung oder Wissenschaft zu tun.«

Kieffer sah von seinem Handy auf und lächelte.

»Das ist ziemlich gut, Remy. Ich hätte einfach dich fragen sollen. Du würdest einen guten Detektiv abgeben.«

Schuessler wurde ob dieses Lobes um einige Zentimeter größer. Nun ging er Kieffer fast bis zum Kinn. Der Koch hielt dem Pensionär das Handy hin.

»Sah es so aus?«

Auf dem Bildschirm war eine stilisierte Eule zu sehen. Ihre Schwingen waren halb ausgebreitet, die Augen waren zwei übergroße, perfekte Kreise. Schuessler setzte eine Lesebrille auf, die an einer Schnur um seinen Hals hing.

»Das ist es. Genau so sah das aus.«

»Sicher?«, fragte Kieffer.

»Ganz sicher. Und was ist das?«, Schuessler beugte sich weiter vor, las die Adresszeile im Browser.

»Von der Uni? Aber wieso?«

»Welche Uni?«, fragte Valérie.

»Diese Eule ist das offizielle Logo der Universität des Saarlandes«, erwiderte Kieffer.

# 27

Als Kieffer am folgenden Morgen in die Küche tapste, saß Valérie bereits am Tisch. Sie sah hellwach aus. Der Koch war froh, dass der ohrenbetäubende Lärm der Vibiemme jedwede Konversation zunächst unmöglich machte. Dadurch blieben ihm zumindest einige Minuten, seine Müdigkeit loszuwerden. Vor seiner Freundin standen nicht nur Kaffee und Konfitüre, sondern auch ein Laptop. Daneben lag ein Notizbuch, dessen aufgeschlagene Seiten eng beschrieben waren. Während Kieffer schweigend Milchkaffee schlürfte, fing Valérie an zu erzählen.

Anscheinend gab es an der Universität des Saarlands tatsächlich jemanden, der sich mit Bienen befasste. Valérie hatte zunächst vergeblich nach einer Fakultät für Zoologie oder Entomologie gesucht. Auf der Website der Uni war sie dann auf das Boyer-Institut gestoßen. Es gehörte zur Fakultät für Biotechnologie. Ein dort tätiger Wissenschaftler erforschte offenbar das Bienen-Genom, den genetischen Code der Insekten.

Kieffer nippte an seinem Milchkaffee, gähnte. Mit dem einen Becher würde es nicht getan sein.

»Du meinst also, irgendwer doktert an Bienen rum? Gentechnisch? Klingt gruselig«, sagte er.

Kieffer erzählte Valérie von den Killerbienen, über die Pekka Vatanen berichtet hatte.

»Oh Mann, dieser Quatschkopf.«

»Aber es gibt die wirklich, Val. Afrikanisierte Bienen. Extrem aggressiv und inzwischen weitverbreitet.«

»Mag sein. Aber das sind Kreuzungen aus natürlich vorkommenden Bienen. Hat mit Gentechnik nichts zu tun. Außerdem«, ihre Stimme nahm einen spöttischen Tonfall an, »wie viele Luxemburger sind in letzter Zeit von Killerbienen attackiert worden?«

»Mindestens einer.«

»Das war einfach Pech.«

»Du meinst Ahnungslosigkeit im Umgang mit Bienen.«

»Das vermutlich auch.«

Kieffer machte sich einen weiteren Kaffee. Valérie wollte auch einen, außerdem eine Gauloises. Das sah er ihr an der Nasenspitze an.

»Befindet sich diese Uni in der Stadt?«

Kieffer schüttelte den Kopf.

»Liegt etwas außerhalb.«

»Vielleicht sollte man mal hinfahren. Und mit diesem Professor sprechen.«

»Seit wann bist du eigentlich auf?«

»Halb sechs.«

»Und unter welchem Vorwand willst du dorthin?«

»Gar keinem. Ich bin Reporterin beim größten Gastro- und Foodportal der Welt, schon vergessen? Gabin.com interessiert sich für die neuesten Entwicklungen in Sachen Bienenzucht.«

»Du interessierst dich dafür.«

»Ist dasselbe, Süßer.«

»Okay. Aber ich dachte, du hättest gesagt, die züchten gar keine Bienen oder verändern welche, genetisch meine ich. Dass davon nichts auf deren Website stand.«

»Klar, aber so genau weiß das eine unbedarfte Journalistin wie ich natürlich nicht. Deshalb habe ich dem Institut eine E-Mail geschrieben. Mal sehen, ob die antworten. Aber Vor-Ort-Recherche ist immer gut. Manche Dinge stehen nicht im Internet, weißt du?«

»Weiß ich.«

»Außerdem hat mein Freund gesagt«, ihre grünen Augen schauten ihn durchdringend an, »ich soll nicht immer allein so gefährliche Sachen machen. Dass es besser für mich ist, wenn mir ein starker Mann den Rücken freihält.«

Kieffer musste eigentlich auf den Großmarkt. Aber es sah so aus, als hätte sich sein Plan gerade geändert.

»Okay. Wer fährt?«, fragte er.

»Du. Meine Hand tut immer noch weh. Aber wir nehmen mein Auto.«

»Was stimmt mit meinem nicht?«

»Eine Menge.«

Kieffer protestierte zunächst, gab dann aber nach. Eine gute halbe Stunde später waren sie auf der Autobahn Richtung Saarbrücken. Sie kamen nicht sonderlich gut voran. In der Nacht hatte es heftig geschneit, und während in Luxemburg bereits überall geräumt war, hatten die Deutschen offenbar noch nicht einmal angefangen. Auf dem Teilstück der A8, das von Schengen Richtung Saarbrücken führte, waren die Spuren so schneebedeckt wie die umliegende Landschaft. Endloses Weiß breitete sich vor ihm aus, die Straße war kaum auszumachen.

»Brauchst du das Navi oder kennst du den Weg?«, fragte Valérie.

»Ja klar, sogar bei dem Wetter.«

»Warst du schon mal da?«

»Ich habe dort studiert.«

»Du?«

»Ja, ich. Ich war ziemlich gut auf dem Lycée.«

»So habe ich das nicht gemeint. Ich habe nur immer gedacht, du wärst eher …«

»Na?«

»… der praktische Typ.«

»Bin ich auch. Aber wie gesagt, die Noten hätten ein Studium hergegeben. In Chemie hatte ich dreiundfünfzig Punkte. Das ist eine Eins.«

»Und dann?«

Kieffer erzählte es ihr. Eigentlich war ihm stets bewusst gewesen, dass er mit einer Lehre besser führe als mit einem Studium. Sein Vater hatte nichts davon hören wollen. Kieffers Familie stammte aus dem Gronn, seine Vorfahren waren Kutscher gewesen, Fassbinder, Bierbrauer. Sein Vater und dessen Bruder waren seit Generationen die ersten Kieffers, die es zu etwas mehr gebracht hatten: sein Onkel zum Bahnhofsvorsteher, sein Vater zum Unteroffizier in der Großherzoglichen Armee. Da Kieffer in der Schule brillierte, galt als ausgemacht, dass der Junge der erste Akademiker der Familie werden würde. Gegen Ende seiner Lycée-Zeit nervte die halbe Verwandtschaft mit unerwünschten Vorschlägen, was man aus dem Bub machen könnte: Agrarökonom, Elektroingenieur, Chirurg, Jurist. Letzteres hatte Kieffer als besonders furchterregende Vorstellung empfunden.

In den Achtzigern hatte Luxemburg noch keine Universität besessen. Studieren war gleichbedeutend damit, das Land zu verlassen. Kieffer entschied sich für das nahe gelegene Saarbrücken. An der Hochschule des Saarlands schrieb er sich für Materialwissenschaft ein, weil er glaubte, dort mit seinen Chemiekenntnissen punkten zu können.

Im Nachhinein war ihm bewusst geworden, dass Materialwissenschaft in gewisser Weise dem Kochen ähnelte. Es gab Zutaten und Regeln, wie man diese miteinander zu kombinieren hatte, um ein bestimmtes Ergebnis zu erzielen.

»Materialwissenschaft? Okay, ich verstehe die Küchenanalogie. Aber …«

»… aber das bin ich nicht«, sagte Kieffer.

»Überhaupt nicht.«

Das Schlimmste waren die Vorlesungen gewesen. Dabei war es keineswegs so, dass er den Stoff nicht verstand – tatsächlich fand er ihn sogar recht einfach. Aber schon damals, Mitte der Achtziger, war ihm die Art der Stoffvermittlung absurd erschienen. Zweihundert Leute saßen in einem schlecht gelüfteten Saal und ließen sich von einem müde wirkenden Professor aus einem Buch vorlesen. In den Seminaren war es etwas besser, aber nicht viel. Sitzen, sitzen, sitzen – dann in der Cafeteria anstehen, wieder sitzen und am Nachmittag das Gelernte nochmals durchgehen – sitzend natürlich. Er hatte in diesen dreieinhalb Monaten vermutlich mehr gesessen als während seiner gesamten Lehrzeit im »Renard Noir«.

Einziger Lichtblick waren die Kommilitoninnen gewesen. Die Universität des Saarlandes war eine durch und durch europäische Uni, auf dem Campus hatte es nur so gewimmelt von hübschen Französinnen, Belgierinnen und Deutschen. Die meisten studierten allerdings Fremdsprachen oder Sozialwissenschaften und konnten mit dem nicht sonderlich intellektuellen Kieffer wenig anfangen.

Als ihm klar geworden war, dass die Uni weder berufliche noch sexuelle Erfüllung versprach, war er eines Abends in seiner alten Ente zurück nach Luxemburg gefahren. Bereits am darauffolgenden Montag hatte er sich, auf den Tipp eines Freundes hin, im Restaurant des alten Boudier in Châlons-en-Champagne vorgestellt.

»Was haben deine Eltern gesagt?«

»Mein Vater hat zwei Jahre nicht mit mir gesprochen.«

»Weil er wütend war?«

»Gekränkt, eher. Der wollte einen Dipl.-Ing., keinen Koch mit Exmatrikulationshintergrund.«

Sie hatten inzwischen die Vororte Saarbrückens erreicht, noch drei oder vier Ausfahrten, dann waren sie da.

»Was versprichst du dir eigentlich davon?«, fragte er.

»Von unserem kleinen Ausflug?«

»Ja.«

»Weitere Erkenntnisse, natürlich.«

»Schon klar. Aber wenn ich dich richtig verstanden habe, bist du irgendwelchen Honigfälschern auf der Spur.«

»Und du den Leuten, die deine Beuten geklaut haben.«

»Vielleicht.«

»Klingt auch interessant. Möglicherweise kann ich beides gebrauchen.«

»Für deinen Artikel?«

»Natürlich nur, wenn du nichts dagegen hast. Wenn ich was über diese hive heists in Kalifornien schreibe und erwähnen kann, dass es auch in Europa mysteriöse Fälle verschwundener Bienenstöcke gibt – das käme bestimmt gut.«

Kieffer war sich nicht sicher, ob er seiner Freundin zustimmte. Für ihn wirkte es eher, als rühre Valérie Dinge zusammen, die nichts miteinander zu tun hatten, gemäß dem alten Journalistenmotto: »Passiert es zweimal, ist's ein Trend.«

»Was da runterkommt!«, sagte sie und deutete auf die fetten Flocken, die unaufhörlich gegen die Windschutzscheibe klatschten. Kieffer war inzwischen ganz froh, dass sie mit Valéries gemietetem BMW gefahren waren. Er mochte sich nicht ausmalen, wie sich sein über zwanzig Jahre alter Jaguar bei diesen Straßenverhältnissen geschlagen hätte. Vermutlich wären sie bereits kurz hinter der Grenze liegen geblieben.

»Wahrscheinlich«, fuhr Valérie fort, »werden wir die Einzigen sein, die an so einem Tag zur Uni fahren. Die Studis bleiben bestimmt alle zu Hause und gucken lieber Netflix.«

»Alles digital heute«, sagte er nachdenklich.

Sie wandte sich ihm zu.

»Wie bitte?«

»Mir fällt gerade etwas ein, Val. Moment, hier müssen wir runter.«

Kieffer setzte den Blinker und nahm die nächste Ausfahrt.

»Dieser Biotech-Prof, wie hieß der gleich?«

»Hendrickx. Martijn Hendrickx.«

»Du hast gesagt, dass seine Website ein bisschen dünn ist.«

»Dass da nicht allzu viel über seine Forschungsvorhaben steht, ja.«

»Jemand wie der, der meldet doch bestimmt Patente an. Oder veröffentlicht wissenschaftliche Aufsätze.«

»Vermutlich. Aber ich habe keine Ahnung, in was für Datenbanken.«

»Pekka weiß so was. Der hat zwar keine Ahnung von Gentechnik, zumindest nicht, dass ich wüsste. Aber von Biologie und Agrarwissenschaft. Der kann uns bestimmt sagen, woran der Typ arbeitet. Ruf ihn doch mal an.«

»Hast du die Nummer in deinem Handy gespeichert?«

»In meinem Kopf. 352 für Luxemburg, 4300, Durchwahl 9292.«

Valérie tippte die Nummer ein und stellte das Telefon auf laut. Kurz darauf nahm Vatanen ab.

»Morgen Pekka«, sagte Kieffer.

»Morgen. Was verschafft mir die frühe Ehre? Bist du unterwegs?«

»Im Auto, mit Valérie, ja. Ich habe eine Bitte. Du hast doch Zugriff auf wissenschaftliche Datenbanken, oder?«

»Die Welt der Wissenschaft ist meine Auster.«

»Sehr gut. Es gibt da einen Prof im Saarland, und wir würden gern wissen, woran er forscht.«

»Hat er keine Website?«

»Doch, die ist aber etwas dürftig. Er leitet ein Institut für Biotechnologie und experimentiert offenbar mit Bienen.«

»Immer noch diese Honigsache? Verstehe. Und was willst du wissen?«

»Was für Forschungen das genau sind. Und ob er irgendwelche Patente hält. Solche Sachen.«

»Hm.«

»Muss nicht sofort sein.«

»Nein, nein, kostet mich ja nur ein paar Klicks. Das Problem ist eher, Biotechnologie ist nicht gerade mein Spezialgebiet. Ich finde bestimmt was. Ob ich es verstehe, steht auf einem anderen Blatt. Wäre es okay, wenn ich jemand hinzuziehe?«

»Einen deiner Kollegen?«

»Jemand aus Brüssel, Jim Roth. Er arbeitet beim Ableger eines amerikanischen Think Tanks, was eine freundliche Umschreibung für Industrielobbyist ist.«

»Lobby für wen?«

»Große Agrarfirmen, Saatgutindustrie. Die versuchen seit Jahren, den europäischen Markt für ihre GMO-Produkte aufzubrechen.«

»Genetisch modifizierte Organismen? Du meinst Genmais und so etwas?«

Vatanen schnaubte vernehmlich.

»In Mais sind immer Gene drin. Aber ja, was man im Volksmund als Genmais bezeichnet, außerdem andere Nahrungsmittel. Bisher sind die damit ziemlich erfolglos. Aber Jim kennt sich ziemlich gut aus. Soll ich ihn mal fragen?«

Kieffer warf Valérie einen Blick zu. Sie nickte.

»Ja, okay, das wäre großartig.«

»Okay. Ich melde mich, sobald ich etwas habe.«

Kieffer dankte dem Finnen. Valérie beendete die Verbindung. Inzwischen hatten sie die Landstraße erreicht, die zur Uni führte. Hätte Kieffer es nicht besser gewusst, wäre er der Ansicht gewesen, er hätte sich verfahren. Links und rechts der Straße ragten mit frischem Schnee überpuderte Wipfel auf, ansonsten gab es hier draußen nicht viel. Nach fünf Minuten erreichten sie eine Einfahrt mit Pförtnerhäuschen und Schlagbaum. Dahinter lagen zwei durch eine hohe Mauer verbundene Gebäude. Nur durch eine einzelne Durchfahrt gelangte man auf das Gelände.

»Sieht ja aus wie militärisches Sperrgebiet«, sagte Valérie.

»War's auch mal. Kaserne oder so«, erwiderte Kieffer.

Der Schlagbaum stand senkrecht, das Pförtnerhäuschen war verlassen. Langsam fuhren sie weiter. Der Campus schien menschenleer. Kieffer fragte seine Freundin, ob möglicherweise Semesterferien waren, doch Valérie schüttelte den Kopf. Laut Website war die vorlesungsfreie Zeit bereits vorbei.

Sie parkten in der Nähe eines bröckeligen, sechsstöckigen Gebäudes. Es sah aus, als stammte es noch aus der Zeit, als das Saarland zu Frankreich gehört hatte. Valérie stieg aus, stapfte durch knöchelhohen Schnee in Richtung eines kleinen Platzes. Kieffer folgte ihr.

»Weißt du, wo du hinläufst?«, fragte er.

»Nein, aber schau, da ist eine Übersichtstafel.«

Sie gingen in Richtung des Platzes, eines schmucklosen Karrees mit ein paar Bänken und einer Bushaltestelle. An dessen Rand befand sich tatsächlich ein Lageplan. Kieffer schaute sich die bunte Karte an, versuchte festzustellen, ob die Saar-Uni der Gegenwart der Saar-Uni der Vergangenheit entsprach. Anscheinend gab es mehr Gebäude als früher. Sicher war er sich jedoch nicht. Seine gescheiterte akademische Karriere gehörte zu den Dingen, die er weitgehend aus seinem Gedächtnis getilgt hatte. Er erkannte so gut wie nichts wieder.

Valérie zeigte auf ein in Türkis markiertes Areal im oberen Teil der Karte.

»Schau mal, da sitzen die Naturwissenschaften.«

»Und jetzt? Marschieren wir da einfach rein?«

Sie verzog den Mund, setzte sich ohne ein weiteres Wort in Bewegung. Der Koch blieb einen Moment stehen.

Dann folgte er ihr. Nach einigen Schritten holte er seine Freundin ein.

»Valérie?«

»Hältst du mich eigentlich für bescheuert?«

»Ich halte dich für sehr clever. Aber vielleicht manchmal eventuell auch für ein bisschen impulsiv.«

»Planlos, meinst du.«

Kieffer sah sich um. Wenn er den Lageplan richtig gelesen hatte, gingen sie nicht zu den Naturwissenschaften, sondern in die entgegengesetzte Richtung. Vor ihnen erhob sich ein gedrungenes Betongebäude. Sein Flachdach war mit rechteckigen Elementen verziert, ebenfalls aus Beton. Sie wirkten wie überdimensionierte Bilderrahmen, die jemand wahllos an die Fassade geklebt hatte.

»Was befindet sich denn in diesem brutalistischen Kleinod?«, fragte er.

»Die Mensa.«

Kurz darauf betraten sie einen großen Raum mit abgehängten Decken. Zumindest einige der verschollen geglaubten Studierenden waren hier. In Grüppchen saßen sie um ebenso zweckmäßige wie hässliche Tische und tranken vermutlich ungenießbaren, aber preiswerten Kaffee. Valérie ging zu einer Reihe von Vitrinen, inspizierte deren Inhalt.

»Jetzt sag, warum du sauer bist.«

Sie öffnete eine der Klappen, nahm ein Stück Apfelstreusel heraus,

»Glaubst du echt, ich wäre hierhergefahren, wenn ich keinen Plan hätte?«

»Ist aber wohl kein Plan, von dem ich weiß, oder?«

Kieffer war nicht nach Kuchen, weswegen er sich zwei Schinkenbrötchen nahm. Sie gingen weiter zur Getränkeausgabe. Der Kaffee-Vollautomat war ihm suspekt, ohne dass er hätte sagen können, warum. Deshalb nahm er einen Orangensaft.

»Ich erzähl's dir gleich«, sagte Valérie.

Sie zahlten bei einer genervt dreinblickenden Frau mit burgunderroter Dauerwelle, suchten sich einen Tisch. Als sie Platz genommen hatten, sagte Kieffer:

»Also, was ist der Plan? Ich meine, wenn die nicht auf deine E-Mail antworten?«

»Wir hören uns seine Vorlesung an.«

Valérie zog ihr Notizbuch hervor, schaute etwas nach.

»Einführung in CRISPR/Cas-9. Gebäude B2, vierzehn Uhr, cum tempore. Vermutlich verstehen wir nur Bahnhof und treiben den Altersschnitt in die Höhe. Aber vielleicht haben wir danach einen Eindruck, was dieser Hendrickx für ein Typ ist.«

Kieffer nippte an seinem Saft, nickte.

»Okay. Du hast an alles gedacht.«

Valéries Gesicht verriet eine gewisse Genugtuung. Kieffer fand ihre Schnippischkeit albern. Wieso hatte sie ihm nicht schon während der Fahrt von der Vorlesung erzählt?

Sie aßen und redeten währenddessen nicht viel. Valérie las E-Mails, Kieffer beschäftigte sich mit der folierten Speisekarte. Zur Auswahl standen »Fleischkäse Toscana« und »Rigatoni mit Grünkernbolgonaise«. Bolgonaise war entweder ein Tippfehler oder Hackfleischsoße mit Mayo. Dazu gab es Eisberg, wahlweise mit »Klarer Salatsoße« oder »Weißer Salatsoße«.

»Noch Hunger?«, fragte Valérie.

Kieffer legte die Karte beiseite.

»Nicht mehr.«

»Dann lass uns los.«

Sie brachten ihre Tabletts zurück. Im Vorbeigehen warf Kieffer einen Blick auf die Grünkernbolgonaise. Er war sich nicht sicher, ob höhere Bildung diesen Preis wert war.

# 28

Der Saal, in dem Hendrickx' Vorlesung stattfand, bot etwa hundertfünfzig Zuhörern Platz. Valérie und Kieffer nahmen in einer der hinteren Reihen Platz. Erst gegen zehn nach zwei begann sich der Raum zu füllen. Die meisten der rund achtzig Studierenden klappten Laptops auf. Block und Stift benutzte kaum jemand.

»Ich fühle mich alt«, flüsterte Kieffer.

»Es ist nie zu spät für ein Studium«, erwiderte Valérie.

Punkt vierzehn Uhr fünfzehn öffnete sich eine Tür hinter dem Pult, und ein Mann betrat den Raum. Der Geräuschpegel ebbte merklich ab. Ohne seine Zuhörer eines Blickes zu würdigen, schritt Professor Hendrickx zum Pult, auf dem bereits ein verkabelter Laptop stand. Er drückte einige Knöpfe und die Deckenbeleuchtung dimmte herunter, während gleichzeitig ein Beamer zum Leben erwachte und ein Bild an die Wand warf. Es handelte sich um eine Folie in englischer Sprache. Kieffer atmete hörbar aus. Er hasste Powerpoint-Präsentationen.

»Skalpell statt Schrotflinte« stand in großen Lettern auf der Leinwand, darunter in kleineren Buchstaben: »Die CRISPR/Cas-9-Revolution. Eine Einführung.« Daneben war eine blaue DNA-Doppelhelix zu sehen. Ein farblich rot hervorgehobenes Stück schien herausgebrochen worden zu sein.

»Guten Morgen, meine Damen und Herren«, sagte Hendrickx auf Englisch. Er war ein großer, bleicher Mann mit kahl geschorenem Kopf, etwas jünger als Kieffer oder vielleicht einfach besser in Schuss. Der Professor trug einen Laborkittel, dazu Jeans und Laufschuhe von New Balance.

»In den vergangenen Wochen haben wir uns Techniken der Genmodifikation angeschaut, die man vor CRISPR verwendet hat – die in den Sechzigerjahren entstandene rekombinante DNA und die in den Nullerjahren aufgekommene Zinkfingernuklease, zum Beispiel. Diese Methoden galten zunächst als vielversprechend, etwa zur Behandlung schwerer Erbkrankheiten. Aber sie sind recht kompliziert und können unerwünschte Nebeneffekte haben.

Gene funktionieren nicht isoliert. Eine Veränderung an einer Stelle hat Auswirkungen auf eine andere. Werden an zufälligen Stellen im DNA-Strang neue Gene eingefügt, kann das ins Auge gehen. Wie der Titel meines Vortrags schon sagt, war das ein bisschen wie eine Schrotflinte – man traf sein Ziel, aber Gott wusste, was sonst noch.

Dann kam CRISPR/Cas9. Wie ich vergangene Woche bereits erklärt hatte, handelt es sich bei Clustered Regularly Interspaced Short Palindromic Repeats um Abschnitte sich wiederholender DNA im Erbgut von Bakterien. Diese fügen Kopien feindlicher Viren-DNA in ihren eigenen genetischen Code ein, zur Verbesserung ihrer Immunabwehr.«

Kieffer fühlte, wie seine Gedanken abschweiften. Es mochte daran liegen, dass er nicht einmal die Hälfte dessen verstand, was der Mann sagte. Dass der Professor auf

Englisch vortrug, machte die Sache kaum besser. Valérie hingegen machte sich eifrig Notizen.

»Man hatte natürlich seit Längerem gehofft, eine elegantere Methode zu finden – Florett statt Flinte. Aber als 2012 der Durchbruch kam, waren wir alle doch sehr überrascht. Es schien zu schön, um wahr zu sein.«

Hendrickx schritt inzwischen im Raum auf und ab. Kieffer fiel auf, dass der Mann ein Headset trug und ein kleines Gerät in der Hand hielt, mit dem er seine Multimediashow steuern konnte. Tatsächlich war die Präsentation nicht annähernd so dröge wie erwartet. Die anfangs noch statischen Folien hatten inzwischen Computeranimationen Platz gemacht. Man sah DNA-Stränge, manchmal ganze, manchmal Teilstücke. Auf Kieffer wirkten sie wie verschiedene Arten ungekochter Pasta, die jemand wild durcheinander gemischt hatte – Fusilli, Makkaroni, Cellentani. Dann waren da unförmige Bällchen, an denen Stücke von DNA-Pasta klebten. Seine kulinarische Mustererkennung sortierte die Dinger unter Mutzenmandeln ein. Wenn er den Professor richtig verstand, handelte es sich bei den Bällchen um Proteine.

»Dann haben Emanuelle Charpentier und Jennifer Doudna diesen Abwehrmechanismus der Bakterien umfunktioniert. Wie ich schon sagte, wir hatten auf ein Florett gehofft. Bekommen haben wir jedoch ein chirurgisches Skalpell.

Wir können DNA nun an beliebiger Stelle schneiden und neue Stücke einfügen – punktgenau und ohne Veränderungen an anderer Stelle. Die Methode ist nicht nur elegant, sie ist zudem simpel, billig, hocheffizient. Ich sagte vorhin, dass viele anfangs meinten, das sei zu schön, um wahr zu sein. Ist es aber nicht. Kein Wunder also, dass es dafür einen Nobelpreis gab. Dank CRISPR sind Gene jetzt fast beliebig manipulierbar. Es ist so einfach wie Lego.«

Hendrickx, der inzwischen den Mittelgang des Auditoriums ein Stück hinaufgestiegen war, hob den Zeigefinger, machte eine Kunstpause. Er lächelte. Kieffer bildete sich ein, dass der Professor ein wenig nervös wirkte.

»Na ja, fast. Schauen wir uns einmal Schritt für Schritt an, wie es funktioniert.«

Die Multimediaanimationen verschwanden. Stattdessen erschienen chemische Formeln. Es handelte sich um organische Moleküle, das wusste Kieffer. Früher hätte er mehr aus dem Zeichensalat herauslesen können, inzwischen hatte er fast alles vergessen.

In den folgenden dreißig Minuten verstand der Koch so gut wie gar nichts mehr. Valérie hatte aufgehört, sich Notizen zu machen. Er beugte sich zu ihr, flüsterte: »Nicht, dass ich noch mitkomme, aber das scheint mir sehr grundsätzlich zu sein.«

»Wie meinst du das?«

»Wenn es diese Methode erst seit ein paar Jahren gibt, wird sie doch vermutlich noch nicht angewandt, oder?«

Während er dies sagte, verschwanden die Formeln auf der Leinwand und machten dem Porträt eines Mannes mit asiatischen Gesichtszügen Platz. Er war mittleren Alters und sah recht unscheinbar aus.

»He Jiankui«, sagte Hendrickx und deutete auf das Foto, »von der Universität Shenzhen verwendete CRISPR/Cas9, um zwei Embryonen zu modifizieren. Er tat dies nach eigenen Angaben, um diese gegen HIV resistent zu machen.«

Hendrickx wandte sich dem Publikum zu.

»Stellen Sie sich vor, Ihr Kind hätte Huntington, Sichelzellen, Hämophilie. Würden Sie sich nicht wünschen, dass die genetische Sequenz, die das Leiden verursacht, einfach«, der Professor deutete mit Zeige- und Mittelfinger eine Scherenbewegung an, »herausgeschnitten werden könnte? Mit CRISPR/Cas9 werden wir dazu in der Lage sein. Aber noch nicht jetzt. Wir müssen behutsam vorgehen. Wir müssen die Methode und ihre Auswirkungen genau erforschen. Wir können nicht einfach herumprobieren, so wie es He getan hat.«

Kieffer ließ den Blick durch die Reihen schweifen. Viele Studierende bekundeten mit einem Kopfnicken Zustimmung. Er sah aber auch vereinzeltes Stirnrunzeln. Waren diese Junggenetiker anderer Meinung?

Der chinesische Doktor Frankenstein hatte inzwischen dem Foto eines Fisches Platz gemacht.

»Forelle?«, flüsterte Valérie.

»Lachs«, entgegnete Kieffer.

»Menschen sind tabu und werden es noch eine ganze Weile bleiben. Aber das macht nichts. CRISPR ist universell einsetzbar. Es funktioniert bei Bakterien, Pflanzen und Tieren, wie beispielsweise diesem Lachs.

Ein Zuchtlachs aus einer Aquakultur muss drei Jahre wachsen, bis man ihn essen kann – ganz schön lang, oder? Ein US-Unternehmen namens AquaCelerity hat mithilfe von CRISPR einen Lachs geschaffen, dessen modifizierte Gene dessen Organismus anweisen, mehr Wachstumshormone zu produzieren. Dieser Superlachs ist nach anderthalb Jahren verzehrreif. Eine weitere Modifikation sorgt dafür, dass er mehr Omega-3-Fettsäuren enthält als herkömmlicher Lachs.«

Der Fisch verschwand, wurde von der Zeichnung einer Gensequenz abgelöst. Ein Teilstück war farbig markiert.

»Schön und gut, sagen Sie vielleicht. Aber wäre es nicht

absolut unverantwortlich, diesen Superfisch zu züchten? Viele Aquafarmen befinden sich im Meer. Was, wenn einer entwischt? Was passiert dann? Ich kann es Ihnen sagen.«

Der Professor deutete auf das farbig markierte Teilstück der DNA.

»Nichts würde passieren. Rein gar nichts. Forscher haben bereits jenen Teil des Lachs-Genoms identifiziert, der für die Produktion von Gonozyten zuständig ist, der Urgeschlechtszellen. Schneidet man den mithilfe von CRISPR heraus, kann sich der Fisch nicht fortpflanzen. Das heißt, man kann diese genetisch modifizierten Tiere außerhalb des Labors testen, ohne irgendeine Gefahr für Mensch und Umwelt.

Wie Sie sehen, geht die Sache rasend schnell. Forscher experimentieren bereits mit Schweinen, die resistent gegen Lungenentzündungen sind, Ziegen, die mehr Kaschmirwolle produzieren, Äpfeln, die nicht braun werden. Der erwähnte Lachs könnte schon nächstes Jahr eine Zulassung erhalten. In den USA, natürlich, die EU ist da weitaus restriktiver.«

Auf dem Bildschirm erschien das Foto einer stark vergrößerten Mücke, die ihren Stachel in die Haut eines Menschen gebohrt hatte.

»Das alles klang jetzt vielleicht, als ob es nur darum geht, Turbo-Nahrungsmittel zu erzeugen. Aber dem ist natürlich nicht so. Dies ist eine Stechmücke der Gattung Anopheles, auch als Moskito bekannt. Die Weibchen werden häufig von Parasiten aus der Gruppe der Plasmodien befallen. Diese geben sie an Menschen weiter. Sie kennen die daraus resultierende Krankheit unter dem Namen Malaria. Sie kostet jährlich fast zwei Millionen Menschen das Leben.

Wenn wir das Genom der Anopheles modifizieren, können wir sie resistent gegen Plasmodien machen. In diesem Fall hätten wir natürlich kein Interesse daran, dass die Mücken unfruchtbar sind, im Gegenteil. Die resistenten Tiere sollen sich ja fortpflanzen. Wir könnten Malaria auf diese Weise ein für alle Mal ausrotten.«

Die Malariamücke verblasste. Stattdessen erschien die Großaufnahme einer Honigbiene. Valérie berührte unter dem Tisch Kieffers Hand.

»Bienen sind wunderbare Tiere«, sagte Hendrickx. Er deutete auf das Foto hinter sich, das eine stark vergrößerte Biene zeigte. Sie saß auf einer Blüte, ihre Beine waren voller Pollen. Nicht zum ersten Mal fiel Kieffer auf, dass Bienen sich in einem wichtigen Punkt von anderen Insekten unterschieden. Während vergrößerte Fliegen oder Spinnen wie furchterregende Alien-Monster aussahen, wirkten Honigbienen geradezu putzig. Ihr Oberkörper war über und über mit hellbraunen Härchen bedeckt. Wie ein pelziger Knuffelteddy erschien ihm die Biene. Vielleicht war das einer der Gründe, dass Menschen diese Tiere als sympathisch einstuften.

Hendrickx machte eine dramatische Pause, dann drückte er auf seine Fernsteuerung. Das Knuffelbienchen verschwand, stattdessen erschien das Foto eines geöffneten Bienenstocks. Er war voller toter Tiere. Unzählige kleine Kadaver waren zu sehen, durch- und übereinanderliegend, alle sechse von sich gestreckt, die Flügel in grotesken Winkeln abstehend. Ein Raunen ging durch das Auditorium.

»Wir sind leider nicht sehr nett zu den Bienen. Die Blüten, aus denen sie Nektar saugen, vergiften wir mit Pestiziden. Wir vermischen verschiedene Bienenvölker. Dadurch verbreiten sich rasant Viren und Varroamilben.«

Ein neues Bild erschien. Es zeigte gestapelte Bienenstöcke vor einem Meer schneeweißer Blüten. Kieffer sah, wie Valérie zusammenzuckte.

»Das ist im Central Valley«, flüsterte sie.

»Das Ergebnis ist CCD, die berüchtigte Colony Collapse Disorder. Die Bienen sind derart vielen Stressoren ausgesetzt, dass ihre Völker kollabieren – falls ihnen die Pestizide nicht schon vorher den Garaus machen. Das Bild mit den toten Tieren, das Sie zuvor gesehen haben, stammt aus der Rheinebene. 2008 gab es dort ein großes Bienensterben. Schuld war Clothianithin, ein Pestizid, das zehntausend Mal so stark ist wie das berüchtigte DDT.«

Empörtes Gemurmel war zu hören. Hendrickx nickte verständnisvoll.

»Schrecklich, ja. Aber was kann man tun? Die Landwirtschaft verändern, diese Gifte verbieten? Teilweise geschieht das. Aber ist es wirklich realistisch? Die Bienenpopulationen sind bereits stark zurückgegangen. Wir haben nicht mehr viel Zeit.«

Auf der Leinwand erschienen Bienen auf einer Wabe. Eine war etwas größer als die anderen. Offenbar handelte es sich um die Königin. Auf ihrer Rückenpartie klebte ein kleines magentafarbenes Etikett mit einem alphanumerischen Code.

»Wenn es nicht gelingt, die Landwirtschaft der Biene anzupassen – könnte man dann nicht vielleicht die Biene der Landwirtschaft anpassen? Das Genom der Biene haben wir. In meinem Institut versuchen wir herauszufinden, ob sich eine resistentere Biene erschaffen lässt. Wenn man die Pupae, die Bienenlarven, mithilfe von CRISPR modifiziert, ist das im Prinzip möglich.

Aber egal ob Bienen, Lachse oder Äpfel – wenn Sie in

drei Jahren Ihren Master machen, werden vielleicht schon die ersten modifizierten Organismen kurz vor der Marktreife stehen.

Das war's für heute. Kommende Woche schauen wir uns an, wie das DNA schneidende Enzym namens Cas eine bestimmte RNA-Sequenz bindet.«

Ein Donnergrollen ging durch das Auditorium, als die Studierenden mit den Knöcheln auf ihre Pulte klopften. Um sie herum erhoben sich Menschen, drängten zum Ausgang. Kieffer blieb noch einen Moment sitzen. Sein Blick folgte Hendrickx, bis dieser durch die Tür in der Rückwand des Saals entschwunden war.

# 29

Sie saßen in einem Café in der Saarbrücker Innenstadt, direkt am Sankt Johanner Markt. Valérie hatte ihren Laptop vor sich stehen.

»Wonach suchst du?«, fragte Kieffer.

»Diese genetisch modifizierten Bienen, die Hendrickx erwähnt hat. Dazu müsste im Netz doch eigentlich was zu finden sein.«

»Aber?«

»Aber außer einem Nebensatz in einem ›National Geographic‹-Artikel finde ich nichts.«

»Wir haben doch Pekka drauf angesetzt. Vielleicht sollten wir einfach warten, bis er liefert.«

Valérie verzog das Gesicht. Warten lag ihr ganz und gar nicht. Dennoch klappte sie den Computer zu.

»Was hältst du von ihm?«, fragte sie.

»Hendrickx? Du meinst, ob ich ihn für fähig halte, Frankenbienen zu züchten? Vermutlich schon, aber …«

»Aber was?«

»Würde ein Professor jemand umbringen, um das zu vertuschen? Kann ich mir nicht vorstellen. Ich hätte, was Schneider angeht, eher wen anders in Verdacht.«

Kieffer erzählte seiner Freundin von Koening, dem unsympathischen Imker mit dem Bubblegum-Faible.

»Die Kaugummis habe ich an zwei Orten gefunden, an denen Bienenstöcke verschwunden sind. Der Typ hängt da definitiv mit drin. Ich weiß nur noch nicht, wie.«

»Vielleicht wäre es an der Zeit, mit dieser Vermutung zu Lobato zu gehen?«

Kieffer machte eine abwehrende Handbewegung. »Und was soll ich der erzählen? Schneiders Bienenstöcke wurden geklaut, um irgendeine Sauerei zu verschleiern? In Luxemburg fliegen Killerbienen herum, die einen angreifen, wenn man ihnen zu nahe kommt? Die würde mich doch für bekloppt halten«, er verschränkte die Arme, fügte leise hinzu: »Tut sie vermutlich schon.«

»In der Tat solltest du den letzten Teil besser weglassen. Aber die Kaugummis – hast du die noch?«

»Eins davon liegt in ein Taschentuch gewickelt irgendwo in der Mittelkonsole meines Autos, glaube ich. Wieso?«

»Wenn dieser Imker da länger drauf rumgekaut hat, sind da DNA-Spuren dran. Die könnte die Polizei untersuchen. Und wenn, wie hieß er gleich?«

»Koening.«

»Wenn Koening hinter den hive heists steckt, hätte sie ihn am Schlafittchen. Vielleicht packt er dann aus.«

Kieffer seufzte. Er mochte die Polizei nicht und die stutenbissige Lobato noch weniger. Aber vermutlich hatte Valérie recht. Er kam an dieser Stelle nicht weiter. Der Koch zückte sein Handy.

Valérie hob die Augenbrauen.

»Hätte nicht gedacht, dass ich dich davon so schnell überzeuge.«

»Ist wie Zahnarzt. Aufschieben bringt nichts.«

Kieffer rief Lobato an. Nach dem zweiten Klingeln nahm sie ab.

»Här Kieffer«, sagte sie. Ihr Tonfall klang nicht sonderlich freundlich.

»Moien. Klingt so, als hätten Sie damit gerechnet, dass ich anrufe.«

»Möglich.«

»Es geht um Pol Schneider.«

»Dachte ich mir.«

Kieffer presste die Lippen aufeinander, zwang sich, ruhig zu bleiben. Lobato ging ihm schon nach wenigen Sekunden auf den Zeiger.

»Aber warum genau ich Sie anrufe, haben Sie das auch schon kombiniert, Frau Kommissärin? Oder soll ich es Ihnen erzählen?«

»Erzählen Sie. Bitte.«

»Sie wissen von meinen Bienenstöcken, die entwendet wurden, bei dem Einbruch auf Remy Schuesslers Anwesen?«

»Er hat Anzeige erstattet, soweit ich weiß. Falls Sie das auch tun wollen, wegen Diebstahls, dann wenden Sie sich doch bitte an meine Kollegen auf der Wache.«

»Nein, nein, keine Anzeige. Das war nur als Info, wie ich da reingehöre. Weil Sie sonst bestimmt wieder sagen, der Kieffer mischt sich ständig in Sachen ein, die ihn nichts angehen.«

»Der Kieffer mischt sich ständig in Sachen ein, die ihn nichts angehen.«

»Haben Sie den Mörder eigentlich schon, Frau Kommissärin?«

Als Valérie seinen schneidenden Tonfall hörte, zog sie

die Augenbrauen hoch, ihr Mund formte ein »oh«. Schön, dass sie ihren Spaß hatte. Der Koch fand es überhaupt nicht komisch.

»Zum Stand unserer Ermittlungen kann ich Ihnen nichts sagen.«

»Also nein. Aber vielleicht hilft Ihnen meine sachdienliche Info weiter.«

Zunächst erwiderte Lobato nichts. Dann sagte sie leise: »Ich höre.«

»Remy hat mich angerufen, als ihm aufgefallen ist, dass die Bienenstöcke weg waren. Ich bin dann hin und habe mit ihm gesprochen. Aufgefallen ist mir nichts. Außer einem Kaugummi, das auf der Wiese lag.«

Er hörte Lobato seufzen.

»Und jetzt glauben Sie, das ist dem Dieb aus dem Mund gepurzelt.«

»Wäre möglich, oder?«

»Alles ist möglich. Aber wenn ich jeden irgendwo rumliegenden Kaugummi auf DNA analysieren lasse, denn bestimmt ist das Ihr Vorschlag.«

»Ich weiß auch, mit wessen DNA man es abgleichen sollte.«

»Und zwar?«

»Der Chef des Imkerverbands, Thierry Koening. Der kaut ständig Chubba-Wubba.«

»Was bitte soll das sein?«

Kieffer wunderte sich zunächst. Dann wurde ihm klar, dass Lobato etwa fünfzehn Jahre jünger war als er. Möglicherweise waren Kaugummiblasen in ihrer Kindheit kein so großes Ding gewesen wie in seiner.

»Eine Kaugummimarke, eignet sich besonders gut für große Blasen. Der auf Remys Wiese hatte die richtige

Konsistenz, die Farbe stimmte auch. Ich habe den außerdem noch woanders gesehen, an einem Bienenstock.«

»Der ebenfalls Schneider gehörte.«

»Und der ebenfalls verschwunden ist, ja.«

»Wo?«

»Klouschtergaart.«

»Okay. Wir brauchen den Kaugummi.«

»Ich bin gerade in Saarbrücken. Kann ich Ihnen den morgen vorbeibringen?«

»Schneller geht's nicht?«

»Er liegt in der Mittelkonsole meines Autos. Parkt an der Rue Münster.«

»Dieser verratzte Jaguar?«

»Der ist nicht verratzt! Ja, der. Die Kollegen können gerne die Tür öffnen. Ist nicht abgesperrt.«

»Wieso das denn nicht?«

»Weil in einer so stinkreichen Stadt voller Porsches und Ferraris keiner einen Wagen klaut, der so verratzt ist.«

»Okay, wir holen uns Ihr Beweisstück.«

Kieffer hätte Lobato gerne gefragt, wann mit entsprechenden Ergebnissen zu rechnen sei und ob die Kommissarin ihn auf dem Laufenden halten werde. Aber eigentlich kannte er ihre Antwort bereits.

»War's das?«, fragte Lobato.

»Fürs Erste schon. Wenn ich noch was finde, melde ich mich natürlich.«

»Gut. Ich muss jetzt. Äddi.

»Äddi, Frau Kommissärin.«

Kieffer legte auf. Valérie musterte ihn.

»Scheint ja eine echte Zuckerschnecke zu sein.«

»Ich sag's dir.«

»Und?«

»Ich bin mir nicht sicher, ob uns das weiterbringt.«

»Aber wenn dadurch Schneiders Mörder gefasst wird?«

»Wenn es denn Mord war.«

»Hat Lobato dazu denn was gesagt?«

»Meiner Frage, ob der Mörder schon gefasst wurde, ist sie ausgewichen. Daraus wiederum könnte man ableiten, dass es kein Unfall war, sonst hätte sie das wohl gesagt. Aber vielleicht interpretiere ich da auch zu viel rein.«

»Okay. Wie geht es weiter?«

»Wir fahren zurück und hoffen, dass Pekka was liefert.«

»Okay.«

Valérie ging zur Theke, um zu bezahlen. Kieffer wollte währenddessen vor die Tür gehen, um eine Zigarette zu rauchen. Als er sich erheben wollte, klingelte Valéries Telefon. Sie hatte es auf dem Tisch liegen lassen. Auf dem Display stand »Hoffmann Research Group«. War das nicht jenes Labor, dem Valérie den Honig geschickt hatte? Er griff nach dem Telefon, nahm ab.

»Kieffer, guten Tag?«

»Schönen guten Tag, Claudia Hoffmann hier. Von der Hoffmann Research Group.«

»Hallo, Frau Hoffmann. Rufen Sie wegen der Honigproben an?«

»So ist es. Aber ich wollte eigentlich mit einer Frau Gabin sprechen?«

»Das ist meine Freundin. Sie kommt gleich.«

»Gut. Sagen Sie Ihr doch, die vollständigen Ergebnisse erhalten Sie per Mail.«

»Äh, ja, gut.«

»Normalerweise würde ich deswegen nicht anrufen, aber ich hätte da eine Nachfrage zu den Proben.«

Aufgrund des Namens ging Kieffer davon aus, dass er

mit der Besitzerin des Labors sprach. Inzwischen hatte er das Café verlassen und stand, Zigarette in der einen und Handy in der anderen Hand, auf dem Kopfsteinpflaster. Er sah Valérie aus dem Café kommen, winkte sie zu sich. Mit Gesten und Lippenbewegungen versuchte er ihr zu erklären, wen er an der Strippe hatte. Sie nickte.

»Waren die Proben denn in Ordnung? Oder war etwas auffällig? Deshalb rufen Sie doch an, oder?«

»Die IRMS zeigt normale Werte.«

»Entschuldigen Sie bitte, die was?«

»Isotope Ratio Mass Spectrometry. Mit IRMS werden die Moleküle der Probe quasi ausgelesen und dann mit einer Echthonigdatenbank verglichen. So können wir herausfinden, ob ein Honig das ist, was er zu sein vorgibt. Jeder hat eine Art Fingerabdruck. Wenn der in der Datenbank signifikant von der Probe abweicht, ist vermutlich was faul. Sie sind kein Honighändler, oder?«

»Nein, nein. Ich bin Koch. Eine der Proben stammt aus meinem Restaurant. Wie kommen Sie drauf, dass ich Honighändler bin?«

Hoffmann schwieg einen Moment. Dann sagte sie »Ich wollte sichergehen, dass Sie keiner sind.«

»Wieso?«

»Eine der Proben ist … nein, ich fange anders an. Wie Sie vielleicht wissen, gibt es eine Menge gepanschten Honig. Wir untersuchen jedes Jahr an die siebzigtausend Proben. Die Fälscher wissen das natürlich, weswegen sie sich stets etwas Neues einfallen lassen.«

»Ein Katz-und-Maus-Spiel.«

»Ein technologisches Wettrüsten. Deshalb arbeiten wir ständig an neuen Analyseverfahren. Genug Honig haben wir ja. Die Samples, die wir bekommen, reichen in der

Regel für zehn, zwanzig Durchgänge aus. Wir zweigen etwas davon ab, um unsere Prüfmethoden zu verfeinern.«

»Dagegen kann ja keiner was haben.«

»Keiner außer den Fälschern. Ihr Honig sah auf den ersten Blick tadellos aus. Dank eines neuen Verfahrens, das wir gerade testen, habe ich jedoch Spuren eines industriell gefertigten Zuckers gefunden, eines Invertzuckers. Nachträglich zugesetzte Zucker sind in Honig relativ einfach nachzuweisen, weil die Verhältnisse von Glukose, Fruktose, Saccharose, Maltose und Melezitose nicht mehr stimmen. Aber hier hat sich jemand extrem viel Mühe gegeben, damit die Zuckeranteile passen. Die meisten Labors hätten das durchgewinkt.«

»Vielleicht sollten Sie jetzt doch einmal mit meiner Freundin sprechen.«

»Ja, das wäre gut.«

»Moment, ich reiche Sie weiter.«

Er gab Valérie das Handy. Seine Freundin stellte sich vor und begann mit Hoffmann zu sprechen. Kieffer entfernte sich einige Schritte. Zwar interessierte ihn, was die beiden besprachen. Aber es war einfacher, wenn er es sich auf der Rückfahrt von Valérie erzählen ließ.

Rauchend schlenderte der Koch über den Platz. Er war seit mindestens fünf Jahren nicht mehr hier gewesen, vielleicht auch zehn. Der Johanner Markt, das fiel ihm nun auf, hatte sich gemacht. Zwar war er schon immer Saarbrückens Vorzeigeplatz gewesen, aber in einer Bergbaustadt hieß das nicht allzu viel. In seiner Erinnerung war ganz Saarbrücken rußgrau. Anscheinend lange her – er erblickte hübsche Cafés und Restaurants, überall liefen Menschen mit schicken Einkaufstüten herum. Darunter befanden sich, zumindest vermutete er das, eine signifikante Anzahl Franzosen und Luxemburger. Die offenen Grenzen hatten der Stadt anscheinend gutgetan.

Er schaute hinüber zu seiner Freundin, die in vielleicht zehn Metern Entfernung telefonierend auf und ab lief. Etwas unschlüssig stand er herum. Kieffer beschloss, eine weitere Zigarette zu rauchen, musste jedoch feststellen, dass seine Schachtel leer war. Auf der anderen Seite des Platzes gab es einen Zeitschriftenladen. Der Koch lief darauf zu. Eigentlich kaufte er nie jenseits der Grenze Zigaretten. Nicht ohne Grund fuhren die Leute nach Luxemburg, um sich dort stangenweise mit der erheblich preiswerteren Ware einzudecken. Er wusste nicht einmal, was hier inzwischen für ein Päckchen verlangt wurde.

Kieffer betrat den Zeitschriftenladen und ging zur Kasse.

»Eine Schachtel Ducal, bitte. Die roten.«

»Macht sieben Euro.«

Die Verkäuferin sah seinen Gesichtsausdruck, lächelte.

»Aus Luxemburg?«

Er nickte, holte sein Portemonnaie hervor. Dabei fiel sein Blick auf die Kaugummis und Bonbons vor dem Tresen. Darunter befanden sich auch Chubba-Wubba. Er nahm eine Packung, Geschmacksrichtung Waldbeere, legte sie zu den Ducal.

Kurz darauf stand er rauchend vor dem Kiosk. Valérie telefonierte noch immer. Seine linke Hand umfasste die Kaugummipackung in seiner Jackentasche. Warum hatte er sie gekauft? Kieffer mochte keine Kaugummis. Das letzte Mal, dass er welche gekaut hatte, war auf einem Transatlantikflug gewesen. Ohne Nikotinkaugummis wäre er durchgedreht.

Natürlich hatte er die Chubba-Wubba wegen Thierry Koening gekauft. Kieffer wurde bewusst, dass ihn sein Gewissen quälte, weil er den Imker bei der Polizei angeschwärzt hatte. Er verpfiff andere nicht gerne, nicht einmal Unsympathen wie Koening. Kieffer war sich allerdings ziemlich sicher, dass der Imker Schneiders Beuten geklaut hatte – die Kaugummis waren ein handfestes Indiz.

Oder lag er vielleicht falsch? Wenn es die Dinger an jedem Kiosk gab, bedeutete dies wohl, dass sich eine Menge Menschen dieses widerliche Zeug in den Mund steckten. Vielleicht hatte irgendeine Göre den ausgelutschten Chubba-Wubba an den Bienenstock gepappt beziehungsweise in Remys Garten gespuckt.

Lobato immerhin schien Kieffers Theorie nicht für völlig abwegig gehalten zu haben. Er hoffte, irgendwann zu erfahren, was bei der Untersuchung des Kaugummis herauskam.

Er griff in seine Hosentasche, um auf dem Handy die Adresse des Luxemburger Imkerverbands nachzuschauen. Diese war, so hoffte Kieffer, mit Koenings Anschrift identisch. Als er damit fertig war, sah er hinüber zu Valérie, die heftig nickte und dann auflegte. Kieffer ging zu ihr.

»Und, was Interessantes?«

»Ja, wobei ich den ganzen Chemiekram nicht verstanden habe.«

»Hm. Fahren wir jetzt heim?«

Sie nickte. Während sie zum Auto gingen, fragte Valérie:

»Wie weit ist es eigentlich nach Bremen?«

# 30

Auf der Rückfahrt versuchte Kieffer, seiner Freundin einen Besuch in Bremen auszureden. Die Fahrt würde locker fünf Stunden dauern. Doch Valérie hatte diesen Blick, den er nur allzu gut kannte.

Mitfahren würde er nicht. In seinem Büro stapelten sich unbezahlte Rechnungen, Bestellzettel und Menüentwürfe für das Frühjahr.

Als sie Luxemburg-Stadt erreichten, war es bereits kurz vor sechs. Sie fuhren zunächst nach Grund. Valérie bat ihn, direkt vor dem Haus zu halten.

»Da ist Halteverbot.«

»Ich will ja auch nur kurz mein Zeug einsammeln.«

»Du willst jetzt noch los nach Bremen?«

»Klar.«

»Aber dann bist du bis Mitternacht unterwegs.«

Valérie zuckte mit den Achseln. »Bin ich gewohnt. Bleibst du kurz hier, falls jemand kommt?«

Ohne eine Antwort abzuwarten, stieg Valérie aus und ging zur Haustür. Kieffer beobachtete, wie sie im Inneren verschwand. Er fuhr den Wagen an die Seite, stieg aus. Fünf Minuten später kam Valérie wieder zum Vorschein,

Reisetasche in der Hand. Nachdem sie auf dem Fahrersitz Platz genommen hatte, sagte er:

»Bist du dir sicher, dass du nicht lieber den Zug nehmen willst?«

»Hab ich nachgeschaut. Braucht ewig, man muss mehrmals umsteigen. Passt schon so.«

Valérie beugte sich vor, gab ihm einen Kuss auf die Wange. Kieffer schaute zu, wie der BMW die steil ansteigende Straße hinauffuhr und hinter einer Biegung verschwand, bevor er zu seinem eigenen Auto lief, das an der Brücke parkte.

Auf Dach und Kühlerhaube türmten sich zwei Handbreit Neuschnee. Der Koch überlegte, ob er einen Schneebesen oder Kratzer besaß – vermutlich nicht. Er stieg ein, schaute in die Ablage, in der sich der Kaugummi befunden hatte. Er war fort. Die Polizei hatte ihn sich tatsächlich geholt.

Weil er keine Lust hatte, den Schnee mit bloßen Händen wegzuwischen, startete er den Motor und drehte die Heizung auf. Während er wartete, dass der Schnee so weit schmolz, dass ihn die altersschwachen Scheibenwischer des Jaguar wegschieben konnten, rauchte er und hörte U2. An den Namen des Albums konnte er sich nicht erinnern, er war auf der Kassette nicht vermerkt. Die zugehörige Hülle war bereits vor Jahren zum Teufel gegangen. Kieffer erinnerte sich nur, dass sie bordeauxfarben gewesen war.

Nach dem dritten Song begann Eiswasser die Scheiben hinabzulaufen. Auch Kieffer lief es den Nacken herab, der Innenraum wurde immer wärmer. Er wischte den Schneematsch fort, stellte die Heizung ab und fuhr zum »Deux Eglises«.

Als er den Schankraum betrat, war es noch recht leer. Er grüßte zwei Stammgäste, Notare aus der Rue Plaetis. An der Theke sah er die vertraute Gestalt Pekka Vatanens. Der Finne saß an seinem Stammplatz und schwatzte mit Jacques, dem Kellner.

»Hallo, Pekka.«

»Da bist du ja. Dachte schon, du wärst im Blizzard stecken geblieben. Heute Nacht soll noch mal ganz schön was runterkommen. Da möchte man nicht mit dem Auto unterwegs sein.«

Kieffer murmelte etwas Unverständliches. Er begab sich hinter die Theke, stellte eine Tasse unter den Siebträger der Espressomaschine.

»Wo ist denn Valérie?«, fragte Vatanen.

»Mit dem Auto unterwegs.«

Kieffer erzählte seinem Freund in knappen Sätzen von dem Bremer Labor.

»Und da fährt sie jetzt hin?«

»Sie will sich das anschauen und mit der Chefin des Labors sprechen. Valérie glaubt, dass dieses Pariser Start-up irgendwas mit dem Honig aus Merzig angestellt hat.«

Der Finne griff nach seiner Flasche, goss sich mehrere Fingerbreit Rivaner ein. Nachdem er den Wein ausgiebig und begleitet von mehreren Schmatzern verkostet hatte, sagte er:

»Wie harmonisch ihr seid.«

»Witzig, Pekka. Apropos: Hast du schon mit diesem Lobbyisten gesprochen?«

»Roth? Ja, habe ich. Sein Vorschlag war, dass ihr beide morgen früh mal skyped.«

»Du meinst, telefonieren? Übers Internet?«

»Videotelefonieren.«

Warum einige Menschen neuerdings erpicht darauf waren, ihre Gegenüber beim Telefonieren zu sehen, erschloss sich Kieffer nicht. Ihm reichte die Tonspur völlig.

»Ich weiß nicht mal, wie das geht, Pekka.«

»Kein Problem, ich kann's dir zeigen.«

»Hat der Typ kein Festnetz? Oder was ist das Problem?«

»Das Problem, wenn du es so nennen willst, ist, dass er seine Gesprächspartner gern sieht. Außerdem macht man das heutzutage so. Ich habe mir erlaubt, ihm zu sagen, morgen früh sei okay.«

Kieffer setzte sich mit einem Kaffee zu Vatanen.

»Und du weißt, wie?«

Vatanen nickte, bedeutete dem vorbeilaufenden Jacques per Handzeichen, er möge ihm eine Karte bringen.

»Klaro. Betreute Videotelefonie mit Dr. rer. nat. Pekka Vatanen. Morgen um elf im Bâtiment Schuman.«

»Danke, Pekka.«

Der Finne machte eine beschwichtigende Geste. Dann begann er in der Karte zu blättern, die Jacques auf die Theke gelegt hatte.

»Ich weiß ja nicht.«

»Was du essen sollst?«

»Bei der Arschkälte wäre Suppe gut. Was ist potage celestine vert?«

»Eine Spinatsuppe mit Pfannkuchenstückchen.«

»Klingt okay, aber …«

»Ich versteh schon. Nimm doch Lënsebulli.«

»Das ist was?«

»Linseneintopf, mit Speck und Mettwurst.«

»Steht hier aber nicht.«

»Habe ich aber da. Zumindest«, der Koch zwinkerte, »für Freunde des Hauses.«

»Dann nehme ich die. Und ich brauche noch eine Flasche, die hier macht's nicht mehr lange.«

Kieffer trank seinen letzten Schluck Kaffee und versorgte Vatanen mit einer weiteren Flasche Rivaner, bevor er sich in Richtung Küche verabschiedete. Auf dem Weg dorthin fiel ihm auf, dass das Poster von Schloss Vianden endgültig von der Wand zu rutschen schien. Inzwischen hatten sich zwei Klebestreifen gelöst. Er bat Jacques, sich beizeiten darum zu kümmern. Dann stieg er die Treppe zur Küche hinauf und machte sich an die Arbeit.

# 31

Kieffer hastete vom Parkplatz des Bâtiment Schuman in Richtung Eingang. Das Gebäude, in dem Vatanen arbeitete, lag zwar nur zwei Kilometer Luftlinie vom Haus des Kochs entfernt, doch aufgrund der eigenwilligen Luxemburger Topografie betrug die tatsächliche Strecke das Dreifache und führte durch die Innenstadt, in der wieder einmal Stau gewesen war.

Bis er die Sicherheitsschleuse am Empfang passiert hatte, war es bereits zehn nach elf. Als er Vatanens Büro im dritten Stock betrat, saß der Finne vor dem Rechner, auf dem Kopf ein Headset. Auf dem Monitor war ein Mann zu sehen, vermutlich Roth. Kieffer schätzte den Lobbyisten auf Ende vierzig. Er hatte rote Pausbacken und eine Kinnpartie, die bald den Kampf gegen die Schwerkraft verlieren würde. »Jim, er ist jetzt da. Moment, ich schalte auf Lautsprecher.«

Kieffer schloss die Bürotür, stellte sich neben Vatanens Schreibtisch. Er beugte sich vor, damit die Webcam statt seiner Wampe sein Gesicht erfasste.

»Guten Morgen. Bitte entschuldigen Sie.«

»Kein Problem. Stau, was? Kenne ich, war schon öfter

in Luxemburg, beim Gerichtshof. Der Verkehr ist fast noch schlimmer als hier.«

Roth sagte nicht Gerichtshof, er verwendete die englische Abkürzung, ECJ. Bei ihm klang es wie Iiii-siiiidschäiii.

»Wir hatten sowieso noch etwas zu besprechen«, sagte Vatanen. Dann erhob er sich, bot Kieffer seinen Stuhl an. Der Koch setzte sich. Er sah, dass Roth sich in einem Großraumbüro befand. Im Hintergrund liefen Menschen vorbei.

»Pekka bat mich, nach einem Professor zu schauen. Martijn Hendrickx. Korrekt?«

»Ja, richtig. Vielen Dank für Ihre Hilfe.«

Roth setzte ein Lächeln auf, mit dem man jemandem die Kehle hätte durchschneiden können.

»Zuerst mal das Geschäftliche.«

»Okay.«

»Sind Sie Journalist? Oder warum interessiert Sie der Typ?«

»Koch, eigentlich. Meine Freundin ist Journalistin. Die interessiert sich für den Mann. Ich helfe nur aus.«

»Aha. Und wo?«

»Valérie? Bei Gabin.com.«

»Diese Food-App? Kenn ich. Ist gut, viel besser als diese staubigen Bücher früher.«

Kieffer nickte, obwohl er ganz und gar nicht Roths Meinung war.

»Okay. Alles off the record, mein Name bleibt da raus. Klar?«

»Selbstverständlich.«

»Gut. Was ich Ihnen gleich zeige – so gut wie nichts davon ist geheim. Kommt aus öffentlich zugänglichen Datenbanken, alles. Nur dass die meisten Leute halt nicht wissen, wie man die durchsucht.

Also, Ihr Mann ist recht umtriebig. Hat einen Haufen Patente laufen – Biotechnik, Gentechnik. So wie's aussieht, hält er einige Patente, die mit CRISPR zusammenhängen. Sie wissen, was das ist?«

»Die Genschere.«

»Exakt.«

»Ich dachte, die haben diese beiden Wissenschaftlerinnen erfunden.«

Roth nickte anerkennend.

»Ich sehe, Sie sind im Film. Klar, da gibt es auch Patente. Aber wenn Sie eine ganz spezifische Anwendung auf Basis von CRISPR entdecken, lässt sich die Methode, also das Verfahren zur Herstellung, sagen wir eines Medikaments, natürlich noch mal einzeln patentieren. Wobei Ihr Mann nichts mit Pharmazie zu tun hat.«

»Sondern?«

»Landwirtschaft. Er hält ein paar Patente für Pestizidresistenzen.«

»Das heißt was genau?«

»Genetisch modifizierte Agrarprodukte sind …«

Roth grinste breit, zeigte mit dem Finger auf den Koch. Kieffer hatte wohl unwillkürlich die Stirn gerunzelt, was dem Amerikaner trotz der bescheidenen Auflösung der Webcam aufgefallen war.

»Ich weiß, was Sie denken. Und Sie wissen, was mein Job ist?«

»Meine Meinung zu ändern.«

»Na ja, ohne Ihnen zu nahe treten zu wollen, Ihre Meinung ist nicht entscheidend. Die Abgeordneten sind es, die ich rumkriegen muss.«

Kieffer konnte Roth ansehen, dass ihm dieses Bekenntnis nicht im Geringsten peinlich war. »Ihr Europäer findet Genprodukte böse, böse, böse; aber mal nüchtern betrachtet: Pestizide und Herbizide erhöhen den Ertrag. Allerdings greifen sie unter Umständen auch die Pflanze an, die eigentlich geschützt werden soll. Man kann diese aber genetisch so verändern, dass sie gegen die Pestizide immun ist. Ist letztlich wie die Neutronenbombe, nur für Pflanzen. Bumm, alles fällt tot um, nur die Weizenstängel bleiben stehen. Wenn Sie verstehen, was ich meine.«

»Ich denke schon.«

»Es gibt bereits resistente Pflanzen, aber die Hoffnung ist, dass man mithilfe von CRISPR noch zielgerichteter vorgehen kann. Pestizid und Nutzpflanze, die perfekt aufeinander abgestimmt sind.«

»Und an so etwas forscht Hendrickx?«

»Unter anderem, ja. Er hält siebzehn Patente, alle im Zusammenhang mit Resistenzen bei Raps.«

»So viele?«

»Der Mann ist anscheinend recht geschäftstüchtig. Er arbeitet mit der Industrie zusammen.«

»Woraus schließen Sie das?«

»Es gibt natürlich Datenbanken, in denen die Nutzung von Patenten verzeichnet ist, also, an wen der Inhaber sie lizenziert hat. Im Falle Ihres Freundes Hendrickx ist das meist Radevo Violo, ein Chemiekonzern, der sechstgrößte der Welt.«

»Der Name klingt italienisch.«

»Ja, die sitzen in Mailand.«

»Ich verstehe. Und die arbeiten mit Hendrickx Hand in Hand?«

»Genau weiß ich das nicht. Aber sie nutzen anscheinend etliche seiner Patente. Vermutlich helfen sie ihm auch bei seiner Forschung, mit Drittmittelfinanzierung. Professoren sind natürlich unabhängig, aber …«

»… ich kann mir ungefähr vorstellen, wie das läuft, ja. Und wie sieht es mit Insekten aus?«

»Insektizide meinen Sie?«

»Nein, ich meinte, ob Hendrickx vielleicht Patente im Zusammenhang mit Bienen hält. Ich war in einer seiner Vorlesungen, und da hat er über pestizidresistente Bienen geredet, die man mit CRISPR theoretisch erschaffen könnte.«

Roth schürzte die Lippen.

»Dazu habe ich nichts gefunden. Mir ist allerdings bewusst, dass die Idee existiert.«

»Die mit den Bienen?«

»Ja. Vor einigen Jahren hat die EU in ihrer grenzenlosen Weisheit ein weitgehendes Verbot für Neonicotinoide verhängt. Schade drum, fantastisches Zeug, vor allem für Mais, Raps und Zuckerrüben super. Wenn Sie das sprühen, ist Ruhe.«

»Bei den Bienen leider auch.«

»Aus unserer Sicht gibt es erhebliche Zweifel daran, dass Neonics für das Bienensterben verantwortlich sind. Aber die Abgeordneten und die Kommission haben es geglaubt, und damit Ende Gelände. Auf jeden Fall kam daraufhin die Diskussion auf, ob man die Bienen nicht aufpeppen könnte.«

»So wie man es mit Ihrem Gengetreide macht?«

»Gengetreide, Jesus! Jedes Getreide hat Gene. Aber ja, so in etwa. Meines Wissens ist das aber bisher völlig theoretisch. Und Sie meinen, Hendrickx forscht an so etwas?«

»Das war mein Eindruck. Auf der Seite seines Instituts

steht dazu zwar nichts, aber er erwähnte es in seiner Vorlesung – und dass er das Bienen-Genom untersuche.«

»Mag ja sein. Ich bin da kein Experte, würde aber denken, dass es nicht trivial ist. Eine Biene ist halt keine Rapspflanze.«

»Sondern ein lebendes Wesen.«

»Vielleicht sogar mehr als das. Manche Biologen sind der Meinung, man müsse Bienen als Superorganismus begreifen. Königin, Arbeiterinnen, Drohnen, alle verständigen sich mithilfe von Pheromonen, Schwänzeltänzen, was weiß ich. Ein Gebilde von hoher Komplexität.

Es sieht für mich nach einem langwierigen Forschungsprojekt aus. Dass Ihr Mann dazu noch nichts patentiert hat, spricht deshalb nicht unbedingt gegen die Hypothese, dass er daran forscht. Ich kann unter diesem Aspekt gerne noch mal rumhören – ob da noch wer dran ist, von den großen Saatgutkonzernen zum Beispiel, glaube ich aber nicht.«

»Wieso nicht?«

»Weil man für so was nie und nimmer eine Genehmigung bekommt. Wenn das schon bei Saatgut so schwierig ist – was glauben Sie, wie zickig die Behörden dann erst bei frei fliegenden Insekten wären. Ich denke eh, es wird irgendwann in Richtung alternative Bestäuber gehen.«

Kieffer war sich nicht sicher, was Roth meinte. Ihm war bewusst, dass einige Pflanzen von Hand bestäubt wurden, Vanille beispielsweise. Der Koch machte ein fragendes Gesicht.

»Es gibt Firmen, die an so etwas arbeiten – Robo-Bienen.«

»Nicht Ihr Ernst.«

»Ist doch gar nicht so abwegig. Achtzig Prozent aller Blütenpflanzen werden von Insekten bestäubt, bei Obstbäumen sind es sogar neunzig Prozent. Das meiste davon erledigen Bienen. Wenn die aussterben, muss man sich was anderes einfallen lassen. Pollenstaub aus Flugzeugen abwerfen ist eher unrealistisch. Deshalb denkt man über Drohnen nach.«

Kieffer musste an seinen Ausflug mit Sundergaards Flugroboter denken.

»Und die fliegen dann von Apfelblüte zu Apfelblüte? Klingt irgendwie …«

»… unwahrscheinlich? Kommt drauf an. Sie denken vermutlich an herkömmliche Drohnen. Aber was, wenn die nur ein paar Gramm wiegen und es Schwärme davon gibt? Dazu existieren, soweit ich weiß, sogar schon Patente. Kann ich Ihnen gerne schicken.«

»Nein, schon okay, ich glaube Ihnen. Ich denke nur manchmal …«

»… dass wir in einer verrückten Welt leben? Warten Sie's ab – Robo-Bienen, Fleisch aus der Petrischale, vollautomatische Gemüseplantagen in gläsernen Hochhäusern.«

»Das sind ja Aussichten. Nun, Mister Roth, auf jeden Fall vielen Dank für Ihre Hilfe.«

»Gerne doch. Wenn ich noch was zu Ihrem Prof finde, melde ich mich.«

Kieffer bedankte sich nochmals. Dann kappte er die Verbindung. Er drehte den Sessel in Richtung Pekka Vatanen, der mit einer Zeitschrift auf dem Sofa saß. Der Finne schaute von seiner Lektüre auf, sagte:

»Und? Schlauer als zuvor?«

»Ich weiß nicht. Wie wäre es mit einem Kaffee?«

Vatanen war einverstanden, und so gingen sie in die Cafeteria im Erdgeschoss des Gebäudes. Jedes Mal wenn Kieffer seinen Freund auf der Arbeit besuchte, fragte er sich, wie lange das Schuman noch stehen würde. Es war das älteste EU-Gebäude auf dem gesamten Kirchberg, Anfang der Siebziger erbaut. Die Betonfassade bröckelte, die Scheiben waren größtenteils erblindet. Auch das Interieur ließ zu wünschen übrig – gelbliche Deckenpaneele, abgetretene Teppiche, altersschwache Aufzüge.

Sie betraten den Lift.

»Was hältst du von ihm?«, fragte Vatanen.

»Besonders sympathisch fand ich ihn ehrlich gesagt nicht.«

»Nach ein paar Gläsern wird er erträglicher. Aber man darf sich nichts vormachen. Der vertritt knallhart die Interessen der amerikanischen Großkonzerne.«

Sie stiegen aus, gingen in Richtung Cafeteria.

»Du meinst, er lügt wie gedruckt?«

»Dafür ist Jim viel zu schlau. Aber er lässt Sachen weg.«

Die Cafeteria war nicht sehr voll. Sie holten sich jeder ein Stück gedeckten Apfelkuchen und einen Cappuccino. Kurz darauf saßen sie an einem der ebenso zweckmäßigen wie hässlichen Tische. Durch die großen Scheiben konnte man die verschneite Avenue Kennedy und den dahinter liegenden Europäischen Gerichtshof sehen.

»Was zum Beispiel«, fragte Kieffer, während er Zucker in seinen Cappuccino schaufelte, »hat Roth denn weggelassen?«

»Zum Beispiel die Sache mit den maßgeschneiderten Pestiziden und dem Saatgut. So wie er es erklärt hat, klingt es ziemlich gut. Du killst nur, was gekillt werden soll. Die Pflanzen des Landwirts nehmen keinen Schaden. Praktisch.«

»Und das stimmt nicht?«

»Doch, es stimmt. Was er nicht erwähnt hat, ist, dass es

nicht nur für die Bauern praktisch ist, sondern vor allem für die großen Agrarkonzerne. Erst muss ihnen der Landwirt das Pestizid abkaufen und dann auch noch das dazu passende Saatgut. Geschlossener Kreislauf, das eine ohne das andere geht nicht. Und schon«, Vatanen zeigte mit seiner Kuchengabel in Kieffers Richtung, »haben sie den Bauern in der Hand.«

Vatanen stippte ein Stückchen Kuchen in die Zimtsahne auf seinem Teller, schob es sich in den Mund. Kauend sagte er: »Und jetzt, Xavier?«

»Keine Ahnung. Vielleicht versuche ich mal, mich an Koening dranzuhängen. Der weiß irgendwas. Und er hat meine Beuten mitgehen lassen, da bin ich mir sicher.«

»Irgendwie scheint es mir, du kommst in der Sache nicht weiter.«

Kieffer nickte. »Sieht ein bisschen so aus. Trotzdem danke für deine Hilfe.«

Schweigend verzehrten sie den Rest ihres Kuchens. Danach verabschiedete Kieffer sich und ging zurück zu seinem Wagen.

# 32

Bei ihrer Ankunft in stockfinsterer Nacht hatte Valérie so gut wie nichts von Bremen gesehen. Als sie am nächsten Morgen vor die Tür ihres Hotels trat, war sie deshalb überrascht. Die Innenstadt war eine echte Puppenstube, um sie herum ragten alte Kaufmannshäuser auf, alle perfekt renoviert. Valérie lief in Richtung eines mittelalterlichen Gebäudes, das sie für das Rathaus hielt.

Als Treffpunkt hatte ihr Hoffmann eine Skulptur neben dem fraglichen Gebäude genannt. Die Statue, eine Bronzeplastik mit vier übereinanderstehenden Tieren, war nicht zu übersehen. Da sie etwas früh dran war, holte Valérie ihr Handy hervor und las Mails. Willinon wollte wegen einer Werbegeschichte etwas von ihr, doch gerade wollte sie sich nicht damit beschäftigen. Sie verfasste eine Nachricht an Xavier, der um diese Zeit vermutlich noch schlief.

»Frau Gabin?«

Valérie schaute auf und blickte in das freundlich lächelnde Gesicht einer Mittvierzigerin. Sie war sehr hager und sehr groß, größer noch als die ebenfalls hochgewachsene Valérie. Das Auffälligste an Hoffmann war ihr krauses schwarzes Haar, das in alle Richtungen abstand. Die Frau blickte sie durch die dicken Gläser einer Corbusierbrille an. Auf Valérie wirkte sie eher wie eine Kunstprofessorin denn wie eine Chemikerin.

»Guten Morgen, Frau Hoffmann«, sagte sie auf Englisch.

Valérie zeigte auf die umliegenden Gebäude.

»Ist ja wunderhübsch hier. Alles so gut erhalten. Auch diese Statue.«

»Die Stadtmusikanten? Die sind nicht annähernd so alt wie der Rest. Aber die Touristen haben immer danach gefragt. Deshalb hat man die irgendwann hier aufgestellt. Tja. Wie sieht es aus? Erst mal einen Kaffee?«

»Eine hervorragende Idee«, erwiderte Valérie.

Hoffmann führte sie durch einen Torbogen zwischen zwei Häusern. Sie fanden sich in einer schmalen mittelalterlichen Gasse wieder. Hoffmann geleitete Valérie zu einem Gebäude mit Buntglasscheiben und Fachwerk, in dem sich eine Konditorei befand.

Kurz darauf saßen sie an einem Zweiertisch, vor sich große Schalen mit Milchkaffee. Hoffmann hatte sich zusätzlich etwas bestellt, das wie ein überdimensionierter Keks aussah und dick mit Zuckerguss bestrichen war.

»Sitzt Ihr Labor hier in der Gegend?«, fragte Valérie.

»Ja, nur ein paar Minuten entfernt, am Fluss. Bremen ist nicht sehr groß.«

»Ich fang mal mit dem an, was mir gestern auf der Fahrt die ganze Zeit durch den Kopf ging – wieso haben Sie ausgerechnet meine beziehungsweise Xaviers Probe verwendet? Um Ihr neues Testverfahren auszuprobieren, meine ich.«

»Purer Zufall. Und Schnitzel.«

»Schnitzel?«

»Die Kollegin, die an den neuen Verfahren arbeitet, hatte mir erzählt, alles sei bereit für einen Testlauf. Und da habe ich gesagt, prima, wir essen gemeinsam zu Mittag, sprechen noch mal alles durch und danach legen wir los. Wir waren dann in der ›Böttcherklause‹, einer alteingesessenen Gaststätte. Deren Portionen sind riesig, und das Tagesangebot war Schnitzel mit Bratkartoffeln.

Und als wir zurück ins Büro gewankt waren, hatten wir die Wahl: Entweder zwacken wir was von irgendwelchen Proben ab, die gerade reingekommen waren. Oder einer hätte in den Keller müssen, in unsere Asservatenkammer. Drei Treppen.«

»Mit vollem Bauch.«

»Genau.«

Hoffman holte ein iPad aus ihrer Tasche.

»Ich habe mir die Proben noch mal angeschaut. Das hier ist die aus Luxemburg.«

Hoffmann legte das Tablet zwischen sie auf den Tisch. Es zeigte eine Seite, auf der Laborwerte aufgelistet waren. Valérie runzelte die Stirn.

»Ich befürchte, meine Chemiekenntnisse sind nicht besonders.«

»Macht nichts. Schauen Sie sich einfach mal den Abschnitt unter der Trennlinie an. Das ist die Pollenanalyse. Sie sagt einem, welche Blüten die Bienen angeflogen haben.«

Valérie las den fraglichen Abschnitt. Dort waren lateinische Bezeichnungen aufgelistet, anscheinend die Namen der fraglichen Pflanzen: Brassica napus, Salvia rosmarinus, Aesculus, myositis und so fort. Hinter jedem davon stand eine Prozentangabe.

»Ich kenne nur den Rosmarin. Aber wenn ich das richtig sehe, besteht der Nektar ohnehin zu über sechzig Prozent aus etwas anderem.«

»Brassica napus. Raps. Der Honig Ihres Freundes enthält ziemlich viel Raps. Das ist etwas seltsam.«

»Weil?«

»Weil Sie mir am Telefon sagten, der Honig stamme von einem Stadtimker.«

»Sie meinen, es müsste mehr anderes Zeug mit drin sein?«

»Richtig. Pollen von Thymian, Mohn, Linde, Vergissmeinnicht, Rosskastanien, Akazien, diversen Zierpflanzen. Meinetwegen auch ein wenig Raps, aber niemals so viel. Der wächst ja eher draußen auf dem Feld.«

»Das heißt, er wurde falsch etikettiert?«

»Ja. Außerdem wurde er gestreckt. Mit verschiedenen Zuckern.«

»Ist es das, was Sie mit neuer Fälschungsmethode meinten? Verschiedene Arten von Zucker, die dem Profil des Honigs entsprechen?«

»Ja.«

»Und was ist mit dem Zeug aus Kalifornien?«

»Das war kein Honig.«

»Was war es dann?«

»Eine Mischung aus verschiedenen Zuckern, im Wesentlichen. Es finden sich keinerlei Pollen darin. Ich würde sagen, dass es reiner Allpass ist.«

»Allpass?«

»So nennt man in der Branche Zuckersirup, der alle Tests passiert. Der, den Sie uns geschickt haben, war noch nicht mit Honig vermischt.«

»Und ist er gut? Ich meine, eine gute Fälschung?«

»Ich denke, wenn er mit Honig vermischt gewesen

wäre, hätten die Tester es schwer gehabt. Wir könnten die Fälschung wohl feststellen, weniger gut ausgestattete Prüflabors hingegen nicht. Der aus Luxemburg hingegen war besser gefälscht. Gefälscht und maßgeschneidert.«

»Ich habe Ihnen noch einen weiteren Honig mitgebracht.«

»Der, über den wir gestern am Telefon sprachen?«

»Genau.«

Valérie holte die Pariser Probe aus der Tasche, legte sie auf den Tisch. Sie hatte den Honig in ein anderes Behältnis umgefüllt. Ansonsten hätte Hoffmann wahrscheinlich sofort gewusst, dass er zu den anderen Proben aus Paris gehörte.

»Dieser Honig stammt von einem Händler in Merzig. Danach ist er bei einer Firma in Paris gelandet. Ich vermute, dass die dort irgendwas damit angestellt haben.«

»Und zwar?«

»Ich weiß es nicht genau. Aber es gibt gewisse Hinweise darauf, dass von dieser Firma auch der kalifornische Allpass kam.«

»Und Sie haben von diesem Honig etwas abgezweigt? Wie das?«

»Darf ich Ihnen nicht sagen – Quellenschutz. Was ich Ihnen jedoch sagen kann, ist, dass Sie nicht völlig falschlagen mit Ihrem Verdacht.«

»Welchem genau?«

»Sie hatten doch zunächst vermutet, wir könnten Ihnen diese Proben geschickt haben, weil wir selbst Honigpanscher sind und herausfinden wollen, ob eine neue Fälschungsmethode der Prüfung durch Profis standhält. Genauso haben es diese Typen aus Paris vermutlich gemacht.«

»Sie meinen, die haben Proben an ein Testlabor geschickt?«

»Nicht an irgendeines. An Ihres.«

Hoffmanns Augen weiteten sich.

»Woher wissen Sie das?«

»Ich habe wie gesagt meine Quellen. Und deren Proben, ein ganzer Haufen davon, ging an die Hoffmann Group.«

»Einen Moment, bitte.«

Hoffmann nahm ihr iPad, tippte darauf herum.

»Suchen Sie nach Cho-Lun Grand Frais«, sagte Valérie.

Hoffmann studierte einige Einträge. Sie schien etwas gefunden zu haben. Rasch schloss sie das fragliche Fenster, musterte Valérie scharf.

»Sie bringen mich in eine schwierige Lage.«

»Weil Sie mir nicht sagen dürfen, ob von denen was gekommen ist? Ehrlich gesagt konnte ich an Ihrem Gesichtsausdruck sehen, dass es so ist.«

»Und ich kann an Ihrem sehen, dass Sie nicht auf ganz legale Weise an diese ganzen Informationen gekommen sind. Aber das meine ich nicht.«

»Sondern?«

»Das mit dieser Firma, Cho-Lun, das wissen Sie ja offensichtlich bereits. Wieso eigentlich Grand Frais? Ein Frachtunternehmen?«

Valérie musste an ihre Flucht aus der Rungis-Lagerhalle denken. Sie bemühte sich, die Erinnerung zu verdrängen.

»Frachtunternehmen, ja. Auf dem Pariser Großmarkt.«

»Okay. Was Sie ja eigentlich wissen möchten, ist doch, was ich in den Proben finde, die diese Firma uns geschickt haben soll, nach Ihren Informationen. Wobei ich natürlich nicht bestätige, dass wir welche bekommen haben.«

»In der Tat würde mich das sehr interessieren.«

»Das geht aber nicht. Unsere Firma, wir sind so eine Art Beichtvater der Branche. Alle schicken uns Proben. Ich weiß folglich, welche Firmen die Qualität ihrer Produkte regelmäßig prüfen und welche nicht. Welche Schrott angedreht bekommen haben und welche nicht.«

»Wenn Sie dann noch Proben aus dem Supermarkt ziehen, wissen Sie sogar, wer ein Gewissen hat und wer den Schrott an die Verbraucher durchreicht.«

Hoffmann nickte, legte dann einen Zeigefinger vor den Mund.

»Ich verstehe ja, dass dieses Beichtgeheimnis Ihre Geschäftsgrundlage ist. Aber ich kann Ihnen ja im Gegenzug für diese Information etwas anbieten.«

»Unsere Verschwiegenheit ist nicht verhandelbar.«

»Okay, aber Sie sind doch auch daran interessiert, die bestmöglichen Analysen zu erstellen, oder?«

»Selbstredend.«

»Und jetzt wissen Sie, dass da draußen Leute sind, die Fälschungsmethoden ausprobieren, die noch niemand kennt und kaum nachzuweisen sind. Richtig?«

»Ich höre Ihnen zu.«

»Cho-Lun ist eine Briefkastenfirma. Ich könnte Ihnen sagen, wer dahintersteht – von welchem Unternehmen diese Technologie entwickelt wurde und von welchen Forschern.«

Sie konnte sehen, dass die Chemikerin an dem Angebot interessiert war. Allerdings war Valérie bewusst, dass sie ziemlich dick aufgetragen hatte. In Wahrheit kannte sie bisher lediglich den Namen des Start-ups, das die Honigproben versandt hatte, sowie die seiner Geschäftsführer.

»Mein Vorschlag: Ich gebe Ihnen diese Probe, wir schauen sie uns gemeinsam an. Ich verrate Ihnen außerdem den Namen des Unternehmens. Und dann überlegen Sie, ob Sie mir noch etwas sagen können.«

»Und falls nicht?«

»Dann habe ich keine Story. Aber zumindest hätte ich dann geholfen, eine Fälschungsmethode für Honig aus der Welt zu schaffen.«

Hoffmann nickte langsam. Sie winkte der Kellnerin.

Valérie war sich nicht ganz sicher, ob sie einen Deal hatten. Bevor sie nachfragen konnte, sagte Hoffmann: »Lassen Sie uns rüber ins Labor gehen.«

# 33

Kieffer fuhr den Boulevard Royal entlang, genauer gesagt versuchte er es. Wieder einmal staute sich der Verkehr. Draußen sah er missmutig dreinblickende Menschen, die versuchten, Pfützen und Schneematsch auszuweichen. Nachdem er sich über die Pont Adolphe gequält hatte, lichtete sich der Verkehr ein wenig. Kieffers Ziel war erneut der Florus, denn er benötigte kurzfristig einige Dinge fürs Restaurant. Er passierte den Hauptbahnhof. Ganz in der Nähe befand sich das Gleisdreieck. Kieffer fragte sich, ob die Polizei inzwischen in Schneiders Lager gewesen war.

Während er an der Ampel stand, fiel sein Blick auf ein Auto. Es handelte sich um einen schicken Sportwagen. Das Fahrzeug besaß eine auffällige Farbe, ein metallisches Grün mit Blaustich. Wenn er sich nicht irrte, handelte es sich um einen SLS. Rasch holte er sein Telefon hervor, tippte eine Nachricht an Valérie.

»War der SLS grün-blau?«

Hinter ihm hupte jemand. Der Koch blickte auf. Die Ampel war bereits auf Grün gesprungen, die anderen Fahrzeuge längst in Bewegung. Er hielt nach dem Sportwagen Ausschau. Der SLS war dreißig Meter vor ihm. Kieffer trat das Gaspedal durch, was seinen alten Jaguar allerdings nicht sonderlich zu interessieren schien. Als er endlich Fahrt aufnahm, war der Sportwagen vor ihm bereits sehr klein. Er bog ab, Richtung Gleisdreieck.

Ohne einen Blinker zu setzen, wechselte Kieffer die Spur. Erneut hupte jemand. Vermutlich sah er Gespenster. In Luxemburg waren eine Menge teure Sportwagen unterwegs. Dennoch folgte er dem Wagen. Da die Rue d'Alsace, auf der er sich nun befand, nicht schnurgerade verlief, konnte Kieffer den SLS inzwischen nicht mehr sehen. Aber vielleicht ließ sich der Wagen noch einholen. Als er die nächste Biegung passierte, schwand seine Hoffnung. Das Auto war nirgends zu entdecken.

Sein Handy fiepte. Der Koch hielt am Straßenrand, schaute nach. Valérie hatte zurückgeschrieben.

»Smaragdgrün. Wieso?«

Er steckte das Handy weg, wendete. Kieffer fuhr die Alsace in entgegengesetzter Richtung wieder hinauf, bis zu der Stelle mit den Baracken. War der SLS vielleicht abgebogen? Interessierte sein Fahrer sich für Schneiders Lager? Kieffer parkte zwischen zwei rostigen Lieferwagen, stieg aus. Der grüne Mercedes war nirgends zu sehen. Der Koch hielt Ausschau nach dem Autohändler, der letztes Mal vor den Baracken gesessen hatte. Doch entweder war er heute nicht da, oder das Sauwetter hatte ihn vertrieben. Kieffer lief um das Gebäude herum. Er verfluchte sich dafür, am Morgen Turnschuhe angezogen zu haben. Schon spürte er, wie eisiges Schmelzwasser durch seine rissigen Sohlen drang. Dennoch stapfte er tapfer weiter.

Auch auf der anderen Seite stand kein SLS. Kieffer inspizierte die Tür des Schneider'schen Lagers. Sie schien unberührt. Einen Moment lang erwog der Koch, sich erneut Zugang zu verschaffen. Dann entschied er sich dagegen. Zum einen weil er dort bereits alles gesehen hatte, zum anderen weil seine Chucks und seine Socken inzwischen klatschnass waren.

Kieffer ging zurück zu seinem Wagen. Sobald er Platz genommen und den Motor angelassen hatte, drehte er die Heißluft auf die höchste Stufe und justierte den Regler so, dass das Gebläse seine Füße bearbeitete. Er steckte sich eine Ducal an und überlegte, ob er den Supermarkt aufsuchen oder sich vielleicht besser zunächst trockenes Schuhwerk besorgen sollte. Während er über diese Frage nachdachte, machte er im Rückspiegel eine Bewegung aus. Ein Auto rollte auf den Hof. Es handelte sich um einen schwarzen VW-Pick-up.

Pick-ups waren in Luxemburg-Stadt deutlich seltener als Sportwagen. Und so beschlich ihn eine Ahnung. Der Pick-up fuhr um die Baracken herum. Kieffer setzte zurück, fuhr Richtung Straße. Gegenüber der Brache befand sich die etwas zurückgesetzte Einfahrt zu einem Gewerbepark. Kieffer hielt davor, wartete.

Zwei Zigaretten später tauchte der Pick-up wieder auf. Der Mann am Steuer war eindeutig Thierry Koening. Auf der Ladefläche des VW waren mehrere Kisten festgezurrt. Was für welche, konnte Kieffer nicht erkennen. Doch er hätte schwören können, dass sie vorhin noch nicht da gewesen waren. Hatte Koening sich erneut bei seinem toten Kollegen bedient? Es sah ganz so aus.

Koening fuhr Richtung Autobahn. Kieffer folgte ihm. Kurz darauf waren sie auf der A4 gen Süden. Vielleicht wollte der Imker nach Esch-sur-Alzette, Luxemburgs zweitgrößter Stadt. Dann jedoch bog der Pick-up auf die

A13 ab. Sie befanden sich nun ganz im Südwesten, nahe der Grenze. Kieffer fragte sich, ob Koening womöglich nach Frankreich oder Belgien wollte. Nach einer Weile nahm der Pick-up jedoch eine Abfahrt. Nun ging es auf einer Landstraße weiter. Kieffer befürchtete, dass Koening den Braten vielleicht gerochen hatte. Sein alter Jaguar war recht auffällig, die Straße verlassen und das Beschatten krimineller Imker nicht seine Kernkompetenz. Vielleicht führte Koening ihn in die Irre? Sicherheitshalber ließ der Koch sich etwas zurückfallen.

Sie passierten ein verschlafenes Örtchen namens Niederkorn. Noch immer fuhr Koening weiter. Wo um Himmels willen wollte der Mann hin? Luxemburg war hier beinahe zu Ende. Um sie herum gab es nur Felder, ab und an durch einen Knick aus windschiefen Bäumchen unterbrochen. Es konnten höchstens noch zwei, drei Kilometer bis zur französischen Grenze sein.

Kieffer blieb nun weit hinter Koening. Riskant war das nicht, es schien fast unmöglich, den Mann hier draußen zu verlieren. Die Straße verlief schnurgerade durch die Felder.

Auf einmal wusste er, wo der Imker hinwollte.

»O, vreck. Zowaasch?«, entfuhr es ihm.

Zowaasch oder auch Lasauvage war ein Dörfchen von kaum mehr als hundert Seelen. Der Name rührte von einer wilden Frau her, die der Sage nach dort in einer Höhle gehaust hatte. Kieffer war, soweit er sich erinnerte, noch nie dort gewesen. Ein gängiger Witz lautete, dass man in Lasauvage zwar die luxemburgische Nationalhymne sang, aber auf Französisch. Das Dorf wurde an drei Seiten von Frankreich umschlossen, die Grenze verlief quasi durch die Gemeinde. Sein Großonkel Luc hatte Kieffer einst erzählt, er sei eines Nachmittags in der örtlichen Gaststätte in eine Schlägerei geraten. Irgendwann sei die Luxemburger Polizei aufgetaucht. Daraufhin hätten die Raufbolde einfach einige Schritte in den Garten getan und sich, schwuppdiwupp, auf französischem Territorium befunden, von wo aus sie den auf einmal machtlosen Bütteln der Police Grand-Ducale feixend zugewinkt hätten. Kieffer wusste nicht, ob die Geschichte stimmte, aber es mochte durchaus angehen.

Er sah, wie der Pick-up abbog und von Bäumen verschluckt wurde. Einen Moment lang glaubte der Koch, Koening parke am Straßenrand. Als er jedoch die fragliche Stelle erreichte, sah er, dass es tatsächlich eine Abzweigung gab. Sie war derart schmal und zugewachsen, dass er fast wohl daran vorbeigebraust wäre.

Er bog ab. Die Straße vollführte eine Biegung nach links, dann nach rechts. Der Pick-up war nirgendwo zu sehen. Kieffer stieß einen Fluch aus. Waren ihm binnen eines Tages zwei Autos durch die Lappen gegangen?

Rechter Hand wich der Wald zurück, gab den Blick auf ein Haus frei. Davor parkte der schwarze Pick-up, die Fahrertür öffnete sich gerade. Rasch fuhr Kieffer vorbei. Etwa zweihundert Meter weiter hielt er am Wegesrand und stieg aus.

Die Lüftung hatte seine feuchten Turnschuhe aufgeheizt. Als er sie auf den Waldboden setzte, drang augenblicklich wieder Kälte hindurch. Kieffer lief die Straße hinauf, bis zu Koenings Domizil. Als er dort ankam, spürte er seine Füße kaum noch. Zwischen zwei Sträuchern ging er in Deckung. Koening war gerade dabei abzuladen.

Die Ladefläche seines Pick-ups war randvoll. Kieffer erblickte Kisten, die wie jene aussahen, die er vor einiger

Zeit aus dem Lager des Stadtimkers hatte mitgehen lassen. Die Kartons machten allerdings nur einen Teil der Ladung aus. Der Koch sah mindestens zehn hölzerne Beuten, alle in jenem charakteristischen Grün lasiert, das Schneiders Bienenstöcke kennzeichnete. So wie Koening mit den Boxen hantierte, ging Kieffer davon aus, dass sie leer waren.

Neben dem Gebäude, einem spitzgiebligen Hexenhäuschen mit schmuddelweißer Rauputzfassade, befand sich eine Garage. Dorthin trug der Imker Kartons und Stöcke. Nachdem er alles verräumt hatte, lehnte Koening sich an seinen Wagen. Er zog die altbekannte Chubba-Wubba-Packung hervor, schob sich eines der Kaugummis in den Mund. Sobald er zu kauen begann, nahm sein Gesicht einen beinahe meditativen Ausdruck an. Einen Moment lang stand Koening da, starrte vor sich hin. Kieffer duckte sich noch tiefer ins Gebüsch.

Nach einer Weile wandte sich Koening wieder der Ladefläche zu. Er kletterte auf die Pritsche und machte sich an einer nahe des Fahrerhäuschens fest installierten Plastikkiste zu schaffen. Koening öffnete sie, entnahm ihr eine blaue Tragetasche. Kieffer meinte, das Geräusch aneinander klackernder Gläser zu hören – war darin noch mehr Honig? Koening schleppte die Tasche in die Garage. Dort stellte er sie ab und begann, den Inhalt auszuräumen. Es schien sich tatsächlich um Honiggläser zu handeln. Zum Schluss entnahm Koening der Tüte noch ein kleineres Objekt. Der Koch konnte nicht genau erkennen, worum es sich handelte – vielleicht um eine Art Dose oder Kiste. Die Art und Weise, wie der Imker das Objekt hielt, wie er damit zu einem Regal in der Garage ging und es in einer Schublade verstaute, deutete darauf hin, dass es sich um etwas Besonderes handelte.

Koening verließ die Garage. Er zog das Tor zu, ging in Richtung des Wagens. Er stieg ein, startete den Motor. Sobald er fortgefahren war, setzte Kieffer sich in Bewegung, ging schnurstracks auf die Garage zu. Seine durchweichten, mit Matsch und Mulch verschmierten Turnschuhe gaben schmatzende Geräusche von sich.

Einfahrt und Vorplatz waren weitgehend leer, bis auf ein paar struppige Topfpflanzen und eine große Feuerschale. Letztere war voller Asche. Als Kieffer einen Blick darauf warf, sah er ein Stück Holz herausragen, das nicht vollends verbrannt war. Es besaß eine hellgrüne Farbe.

Der Koch ging zur Garage, zog am Griff des Tors. Es war unverschlossen. Rasch schob er es hoch. Sobald er drin war, schloss er es wieder hinter sich.

Zunächst warf er einen Blick auf die Kartons. Einer war bereits geöffnet worden. Darin befanden sich Honiggläser mit Beienbourg-Etikett. Er wandte sich nun dem Regal zu, in das Koening die Gläser aus der Tüte gestellt hatte. Sie waren anders geformt als die Beienbourg-Gläser und besaßen andere Etiketten. Auf der Hälfte der Gläser klebten edel aussehende rot-schwarze Etiketten. In goldgeprägten Lettern stand »Manuka Honey. New Zealand« darauf. Die anderen Gläser hingegen sahen nach Handarbeit aus, ihre weißen Etiketten stammten aus einem Tintenstrahldrucker. Wasserspritzer hatten die Schrift stark verwischen lassen. Indem er mehrere Gläser miteinander verglich, konnte Kieffer den Text dennoch entziffern: »Özgün Deli Bal« stand da. Und darunter: »Menşei Trabzon«.

Kieffer öffnete ein Manuka-Glas, probierte. Der neuseeländische Honig war sehr süß und besaß eine leicht erdige Note. Falls er in irgendeiner Form gestreckt war, schmeckte der Koch es nicht. Soweit er wusste, war Manuka sehr teuer, weil ihm irgendwelche heilenden Eigenschaften nachgesagt wurden. Vermutlich hatte Koening ihn deshalb mitgenommen. Für ein Glas davon bekam man locker den zehnfachen Preis eines normalen Honigs.

Kieffer öffnete den mutmaßlich türkischen Honig. Er besaß eine interessante rotbraune Färbung. Der Koch probierte. Der Honig hatte einen kräftigen Geschmack, der ihm sehr zusagte. Erneut tauchte er einen Finger in das Glas, steckte ihn in den Mund. Er kam sich ein wenig wie ein Bär vor, der aus dem Wald in die Stadt geschlichen war, um Vorratskammern zu plündern.

Auch der Honig aus Trabzon schien ihm einwandfrei. Er genehmigte sich noch einen Finger voll, bevor er das Glas wieder zuschraubte und zurück ins Regal stellte. Als Nächstes öffnete er die Schublade, in die Koening das kleine Objekt getan hatte.

Es handelte sich um eine Schachtel Fisherman's Friend. Er nahm sie heraus. Vorsichtig öffnete er den Deckel. Darunter lag auf einem Papiertaschentuch ein totes Insekt. Kieffer hob die Dose etwas an, um das Tier besser betrachten zu können. Es handelte sich ganz offensichtlich um eine Biene. Sie lag auf der Seite, ihr Körper war zusammengekrümmt. Der Koch fand, dass sie relativ groß war. Handelte es sich um eine Königin? Er fragte sich, woran man das eigentlich erkannte. Gab es außer der Größe weitere Merkmale, die Königinnen von Arbeiterinnen oder Drohnen unterschieden? Er wusste es nicht. Ebenfalls rätselhaft war ihm, warum Koening die tote Biene in diese Dose gelegt hatte, gebettet auf weißem Papier, so als vollziehe er eine Art von Bestattungsritual.

Kieffer fiel auf, dass er trotz der eisigen Kälte schwitzte. Ja, ihm war auf einmal entsetzlich heiß. War das beginnende Hypothermie? Unterkühlte Menschen fühlten sich ja irgendwann paradoxerweise erhitzt, das hatte er einmal irgendwo gelesen. Kieffer trat einige Schritte von der Werkbank weg, bewegte Arme und Beine hin und her. Vielleicht wärmte ihn diese kleine Aktivierungsübung ein wenig auf. Je mehr er sich jedoch bewegte, umso flauer wurde ihm. Der Raum schien zu wabern. Rasch trat er an eine Werkbank, hielt sich daran fest. Sein Blick fiel erneut auf die tote Biene.

Hatte sich das Tier gerade bewegt?

Tatsächlich, die Biene drehte den Kopf. Sie schien ihn anzuschauen. Eines der vorderen Beine streckte sich in seine Richtung. Die Geste hatte etwas Anklagendes. Rasch schloss Kieffer die Augen. Als er sie wieder öffnete, lag die Biene so tot und regungslos da wie zuvor. Er legte die Dose zurück in die Schublade, schloss sie.

»Gott sei Dank«, entfuhr es ihm, »und ich dachte schon …«

Von jenseits des Garagentors vernahm er Geräusche. Eine Autotür klappte, Schritte waren zu hören. Kieffer erstarrte. Langsam drehte er sich in Richtung des Garagentors, darum bemüht, das Gleichgewicht nicht zu verlieren. In seinen Ohren rauschte das Blut, sein Magen brodelte. Irgendetwas war ganz und gar nicht in Ordnung.

Der Koch versuchte einzuschätzen, ob die Schritte näher kamen. Für ihn klang es allerdings eher, als ob Koening nicht auf die Garage zukam, sondern zum Haus ging. Er spürte, wie sich seine Nackenmuskeln ein wenig entspannten. Die Garage besaß keine weiteren Ausgänge, er musste folglich durch das Tor verschwinden. Während

Koening im Haus zu Gange war, sollte das möglich sein – ein paar Schritte und er wäre im Wald.

Kieffer bewegte sich auf das Tor zu. Er hatte den Eindruck, dass es ziemlich weit entfernt war, was eigentlich nicht sein konnte. Die Garage maß höchstens fünf Mal drei Meter. Dennoch schien es ihm, als befinde er sich in einem langen Tunnel. Irgendwo an dessen Ende lag das Tor. Kieffer taumelte darauf zu. Vielleicht hatte er am Morgen zu wenig gefrühstückt. Valérie schalt ihn oft, weil er so unregelmäßig aß. Vermutlich hatte sie recht.

Eine weitere Hitzewallung durchfuhr Kieffer. Er schwitzte wie ein Schwein, wurde aber gleichzeitig etwas klarer. Der Raum waberte nicht mehr, das Tor war höchstens noch einen Meter entfernt. Der Koch lauschte. Draußen war es still. Rasch zog er an der Schlaufe am oberen Ende des Tors, woraufhin dieses lautlos aufglitt. Er trat hindurch, schloss es hinter sich.

Kieffer merkte, dass etwas nicht stimmte. Vor dem Haus parkte ein schwarzes Auto. Es handelte sich jedoch nicht um Koenings Pick-up, sondern um einen Van mit abgedunkelten Scheiben.

Der Koch widerstand der Versuchung, nach dessen Besitzer Ausschau zu halten, setzte sich stattdessen in Bewegung. Es war an der Zeit, von hier zu verschwinden. Laufen war allerdings gar nicht so leicht, er hatte Schwierigkeiten, geradeaus zu gehen. Fast wäre er mit dem schwarzen Wagen kollidiert. Auf einmal öffnete sich die Schiebetür des Fahrzeugs. Ein untersetzter Asiate stieg aus. Seine Augen nahmen Kieffer ins Visier. Dem Koch fiel auf, dass der Mann eine Hand unter seiner schwarzen Lederjacke verborgen hielt. Der Mann sagte:

»Monsieur Koening?«

Der Koch wollte erwidern, er heiße Kieffer. Stattdessen brüllte er: »Houere Schäisshunneg!« und rannte los. Er hatte beinahe die Straße erreicht, als ihm etwas oder jemand die Beine wegzog. Vornüber fiel er in den Schneematsch. Dann wurde es dunkel.

# 34

Die Räumlichkeiten der Hoffmann Group befanden sich in einem modernen Bürogebäude mit Klinkerfassade. Es lag direkt an einem Fluss, dessen Name Valérie nicht kannte. Hoffmann bugsierte sie in eines der Labors. Auf einem großen Tisch standen dort Dutzende Plastikfläschchen. Alle waren mit gelblichen Substanzen gefüllt. Valérie sah etwas, das sie zunächst an jene Drip-Coffee-Apparaturen erinnerte, die man neuerdings in hippen Cafés fand – bauchige Glasbehälter, in deren Öffnung papierene Filter steckten. Ein Mann in weißem Kittel war dabei, Honig in einige davon zu löffeln.

Hoffmann deutete auf einen Computer.

»Kommen Sie, ich zeige Ihnen, wie es funktioniert.«

Sie setzten sich. Nachdem Hoffmann den Bildschirm entsperrt hatte, bat sie den Mann im Kittel, ihr »mal eine von den Siebzehner-Proben« zu geben. Der Laborant nickte, ging zu einer Apparatur auf der anderen Seite des Raums, die wie ein überdimensionierter Eierkocher aussah. Er steckte ein Plastikfläschchen in eine Vertiefung des Geräts, drückte einen Knopf. Die Apparatur begann zu vibrieren, die Honigprobe wurde durchgeschüttelt.

»Mit IRMS kann man wie gesagt den Fingerabdruck eines Honigs bestimmen. Schauen Sie, hier.«

Auf dem Bildschirm war ein Koordinatensystem mit einer Kurve zu erkennen. Die Fläche unterhalb der mäandernden Linie schillerte in Blau-, Grün- und Gelbtönen. Der Laborant näherte sich ihnen, deutete auf ein Gerät in einer Ecke, das an einen Kopierer erinnerte.

»Ist dies ein Spektrometer?«, fragte Valérie.

Der Laborant nickte.

Sie sahen zu, wie der Mann mit dem Honig hantierte. Nach einer Weile reckte er den Daumen in die Höhe. Hoffmann klickte etwas an, eine kleine Sanduhr erschien. Nach vielleicht dreißig Sekunden veränderte sich die Grafik auf dem Bildschirm. Die Kurve sah aus wie zuvor, aber es hatte sich eine zusätzliche Linie materialisiert.

»Das ist der Honig, den wir gerade getestet haben. Sehen Sie? Die neue ähnelt zunächst sehr stark der alten Kurve. Das heißt, die Werte sind identisch mit dem Eintrag aus unserer Honigdatenbank. Aber hier«, Hoffmann deutete auf eine Stelle der Mitte, wo die eine Kurve sich weit von der anderen entfernte, »kann man sehen, dass da was nicht stimmt. Es wurde Sirup hinzugefügt.«

»Was für Sirup?«

»Reissirup. Das ist oft ein Problem.«

»Inwiefern?«

»Dieses Analyseverfahren ist sehr gut. Aber es ist fünfundzwanzig Jahre alt, und die Konkurrenz schläft nicht. Deshalb rüsten wir auf. Kommen Sie, ich zeige Ihnen die Wunderkiste.«

Hoffmann führte Valérie in einen anderen Raum. Er sah im Wesentlichen aus wie der vorherige, allerdings standen weniger Proben herum. Das Analysegerät erinnerte zudem nicht an einen Kopierer. Es war kleiner, hatte in etwa die Maße zweier übereinandergestapelter Schuhkartons. Zudem war die Plastikabdeckung des oberen Teils durchsichtig. Darunter waren Röhrchen und Kolben aus Edelstahl zu sehen.

»Ein Prototyp«, sagte Hoffmann.

»Und den haben Sie gebaut?«

»Nein, eine kleine israelische Firma, die auf Analysegeräte spezialisiert ist, nach unseren Spezifikationen. Auch hier handelt es sich um Spektroskopie, die Häufigkeit bestimmter Isotope in einem Sample wird gemessen, aber es gibt Unterschiede. Vereinfacht gesagt ist das Gerät genauer. Und die Software ist eine andere. Es lassen sich Abweichungen finden, die so winzig sind, dass sie mit der herkömmlichen Methode nicht auffallen würden.«

»Und dieses Ding hat bei dem Luxemburger Honig angeschlagen?«

»Hat es. Dabei war die Fälschung clever gemacht. Sollen wir jetzt Ihren Honig testen?«

Valérie nickte, händigte der Chemikerin die Probe aus Paris aus. Hoffmann löffelte etwas davon in eine kleine Plastikschale, setzte diese in das Gerät ein. Sie ging zu einem Rechner. Vielleicht dreißig Sekunden später erschien auf dem Bildschirm eine Kurve.

»Mischhonig«, murmelte Hoffmann, »Rumänien, Polen, etwas Mexiko.«

Sie musterte Valérie. »Wenn es keinen Grund zum Misstrauen gäbe, würde ich sagen, das liegt alles noch knapp im Toleranzbereich.«

Bevor sie etwas erwidern konnte, hatte sich die Chemikerin wieder dem Rechner zugewandt. Sie klickte in einigen Menüs herum.

»Mal sehen. Wenn wir die Parameter ein wenig ändern …«

Erneut summte das Gerät. Eine neue Grafik erschien. Auf Valérie wirkte sie wie die vorherige. Hoffmann sah das offensichtlich anders. Sie pfiff durch die Zähne, tippte mit dem Finger auf einen Punkt der Grafik.

»Gepanscht?«

»Ich weiß es ehrlich gesagt nicht. Entweder ist er sauber, oder die haben ihre Methode nochmals verbessert.«

Einen Moment saßen sie schweigend vor dem Computer. Dann sagte Valérie: »Crystalcast.«

»Wie bitte?«

»Der Name des Pariser Start-ups, das hinter Cho-Lun Grand-Frais steht. Das Ihnen den ganzen Honig geschickt hat. Es gibt nicht viel über den Laden. Laut meinen Infos stellt er Cleantech-Produkte her.«

»Und was soll das mit Honig zu tun haben?«

»Keine Ahnung. Aber wer mit Briefkastenfirmen operiert, verschleiert möglicherweise auch seinen wahren Unternehmenszweck.«

»Sie sagten, Sie hätten die Namen der Forscher, die dort arbeiten.«

»Ja. Ich hatte gedacht, Sie könnten die mal eingeben.«

»Wo genau?«

Valérie zuckte mit den Achseln.

»Wo auch immer Chemiker und andere Wissenschaftler ihre Aufsätze veröffentlichen. Vielleicht gibt uns das Aufschluss über den wahren Unternehmenszweck.«

Hoffmann nickte.

»Warten Sie einen Moment. Geben Sie mir die Namen?«

Valérie zog ihr Notizbuch hervor, blätterte darin.

»Moment – Mathilde Garrard und Hu Gongmin.«

»Okay, lassen Sie mich schauen.«

Hoffmann öffnete mehrere Browserfenster, sprang zwischen verschiedenen Seiten hin und her. Valérie hatte Mühe, ihr zu folgen.

»Und?«

»Eine Chemikerin und ein Biotechnologe. Haben so einiges veröffentlicht, vieles davon ist älter. Hier ist was auf Chinesisch, nein, Moment. Dieser Aufsatz hier ist relativ neu. Von vor drei Jahren, Paper von einem Fachkongress. Um Wasserreinigung geht es da nicht.«

»Sondern?«

Hoffmann wandte sich Valérie zu.

»Industriell hergestellte Zucker.«

»Was heißt das?«

»Erst mal gar nichts. Das ist eine Menge Zeug, ich müsste das alles lesen. Und noch in ein paar andere Datenbanken reinschauen.«

»Vermutlich möchten Sie außerdem die ganzen Proben, die Sie von Cho-Lun, also von Crystalcast, bekommen haben, durch Ihren Superscanner jagen.«

Hoffmann lächelte.

»Sie verstehen mein Problem, Valérie?«

»Natürlich. Aber ich hoffe, Sie verstehen auch meins.«

»Redaktionsschluss?«

»Nein, ich recherchiere ja noch. Aber irgendwann werde ich über diese Leute schreiben. Vorher muss ich sie kontaktieren, um Stellungnahme bitten. Selbst wenn Sie mir nichts sagen, weiß ich nun einmal, was ich weiß. Und diese Leute könnten fälschlicherweise glauben …«

»… dass ich geplaudert habe? Nett, dass Sie sich um mich sorgen. Aber ich habe gute Anwälte.«

»Bodyguards wären möglicherweise sinnvoller«, sagte Valérie.

»So schlimm?«

Hoffman glaubte offensichtlich, dass Valérie übertrieb, das zumindest legte ihr Tonfall nahe. Ganz verdenken konnte sie es der Chemikerin nicht. Honigfälscher, die einem Schläger auf den Hals hetzten – das klang in der Tat nicht besonders wahrscheinlich.

»Glauben Sie mir, mit denen ist nicht gut Kirschen essen.«

»Ich kann auf mich aufpassen.«

»Okay. Dann lasse ich Sie jetzt mal arbeiten. Meine Handynummer haben Sie. Rufen Sie mich an, wenn Sie möchten.«

»Ich rufe auf jeden Fall an. Ob ich Ihnen was sagen kann und darf, steht auf einem anderen Blatt.«

»Habe ich verstanden. Auf jeden Fall vielen Dank für Ihre Zeit. Und viel Erfolg.«

Hoffmann begleitete sie zur Tür. Einige Minuten später lehnte Valérie an einem Geländer, schaute auf den Fluss. Sie wünschte sich, sie besäße noch Zigaretten, aber die letzte hatte sie gestern Abend geraucht. Gemäß ihren Regeln stand ihr derzeit ohnehin keine zu.

Sie lief zurück zum Hotel. Valérie fragte sich, was ihr dieser Trip eigentlich gebracht hatte. Es war relativ wenig herumgekommen, und möglicherweise würde das auch so bleiben. Hoffmann hatte ihr zwar einen Rückruf versprochen, doch irgendwie zweifelte Valérie daran, dass die Chemikerin ihr Beichtgeheimnis brechen würde. Vermutlich erfuhr sie niemals, was genau Crystalcast mit den eingeschickten Proben angestellt hatte. Ohne Hoffmanns chemische Analysen gab es allerdings keinen Beleg für die Honigpanscherei und damit auch keine Geschichte.

Valérie erreichte den Marktplatz, an dem sie losgegangen waren. Dort schaute sie sich nochmals die Statue der Stadtmusikanten an. Vor der Skulptur standen zwei Japaner mit immens langen Selfiesticks und schossen Porträtfotos. Valérie beachtete sie kaum. Stattdessen betrachtete sie die vier Tiere.

Valérie machte auf dem Absatz kehrt, lief zu einem Café am Rande des Markts. Die Außenbestuhlung fehlte wegen der winterlichen Temperaturen, doch es gab ein großes, beheiztes Zelt mit Stehtischen, das vermutlich für Raucher gedacht war. Valérie ging hinein, machte eine ungeduldige Handbewegung in Richtung des Kellners.

»Die Dame?«

»Espresso doppio. Haben Sie Zigaretten?«

»Bei den Toiletten ist ein …«

»Rote Gauloises. Streichhölzer.«

Mit leicht konsterniertem Gesichtsausdruck verschwand der Mann. Valérie holte ihr Telefon hervor, suchte nach der Nachricht von Willinon. Es ging um Marketingkram, eine Serie neuer Werbespots für das Portal. Das interessierte sie nicht sonderlich. Sie wollte lediglich wissen, in welcher Zeitzone der Eigentümer von Gabin.com sich derzeit aufhielt. Ähnlich wie Valérie war Willinon viel unterwegs. Allerdings jettete er nicht per Linienmaschine um den Globus. Willinon besaß zwei Jets und eine Jacht mit Helikopterlandeplatz. Meist war er mit einem dieser Spielzeuge unterwegs.

Valérie scrollte bis zum Ende der Mail. »On Tokyo time until Wednesday. Call me asap«, stand da.

Der Kellner brachte ihren Espresso und die Zigaretten.

Valérie steckte sich eine an, rief eine Weltuhr auf. In Tokio war es kurz nach acht Uhr abends. Sie wählte Willinons Nummer. Es dauerte eine Weile, bis er abnahm.

»Valery, hi! Wie geht's?«

Sie war dankbar, dass er Englisch sprach. Der Milliardär hatte sich in den Kopf gesetzt, Französisch zu lernen, und probierte seine neuerworbenen Fähigkeiten gerne an ihr aus. Obwohl Willinon zweifelsohne einen sündhaft teuren Privatlehrer besaß, machte er kaum Fortschritte. Die Grammatik beherrschte er halbwegs, aber seine Aussprache grenzte an Körperverletzung.

»Gut, danke. Du bist in Tokio?«

»Ja, bei Nyaranteppu.«

Nyaranteppu war eine äußerst exklusive Sushibar in Shinjuku. Sie besaß lediglich zwanzig Sitzplätze, man musste mehrere Monate im Voraus reservieren.

»Es ist fantastisch. Ich trinke gerade einen sehr guten Shiraz.«

»Rotwein zum Fisch, Cesar?«

»Es gibt Wal.«

»Ich verstehe. Hör zu, diese Marketinggeschichte …«

»… hat sich alles zerschlagen. Wir wollten ja ein Testimonial mit Jimmy Cripp. Ich wollte unbedingt ihn haben – ein bekannter Schauspieler, der gerne kocht und mehrere Restaurants besitzt. Wäre perfekt gewesen.«

»Aber er will nicht?«

»Doch. Aber er fordert zwei Millionen.«

»Und?«

Als der Guide Gabin noch ein mittelständisches Unternehmen unter Valéries Leitung gewesen war, hatte sich ihr gesamtes Marketingbudget auf nicht einmal die Hälfte dieser Summe belaufen. Doch nachdem, was sie in den vergangenen beiden Jahren erlebt hatte, erschienen ihr zwei Millionen nicht mehr als sonderlich hoher Betrag. Willinon hatte locker das Zehnfache in Gabin.com investiert. Außerdem war Cripp ein bekannter Hollywoodstar, mit seiner Rolle als Piratenkapitän Pete Parrot war er sehr reich geworden. Für Beträge, die nicht mindestens siebenstellig waren, stand er vermutlich nicht einmal auf.

»Wusstest du, dass Jimmy zwei Restaurants hat?«

»Vielleicht habe ich mal davon gehört, aber …«

»Er besitzt in Santa Barbara einen Laden namens Tre Donne und außerdem ein veganes französisches Bistro in Pasadena. Vanity projects.«

»Er betreibt sie, um seine Eitelkeit zu befriedigen?«

»Ja. Aber sie sind Scheiße – beide.«

»Und?«

»Er will, dass wir das ändern.«

Rasch zündete sie sich eine weitere Gauloises an. Sie hatte stets befürchtet, dass dieser Tag kommen würde. Dass es mit der wirtschaftlichen Unabhängigkeit des Gabin vorbei war, hatte sie akzeptiert. Aber nun sah es so aus, als ob auch die journalistische den Bach runterging. Wenn Willinon anfing, Restaurantbewertungen gegen Geld oder Gefälligkeiten zu verkaufen, konnte sie allerdings wenig dagegen tun – außer zu kündigen.

»Cesar, ich glaube, dass …«

»Ich habe ihm gesagt, dass …«

Sie hatten gleichzeitig zu reden begonnen, brachen beide mitten im Satz ab. Willinon sagte:

»Ich habe Jimmy gesagt, das ›Donne‹ könne eine Top-Bewertung bekommen. Er müsse nur vorher was machen.«

Valérie stöhnte leise.

»Cesar, das geht nicht. Wir können auf keinen Fall …«

Sie hörte ein dröhnendes Lachen am anderen Ende der Leitung.

»Natürlich nicht, Valery. Ich bin deiner Meinung. Totally.«

»Aber ich dachte, du hast ihm zugesagt?«

»Ich habe ihm gesagt, er muss den Laden nur vorher niederbrennen und mit richtigen Köchen neu anfangen. Dann würden wir sehen.«

Nun musste auch Valérie lachen.

»Und was hat er gesagt?«

»Dass er drüber nachdenkt. Aber ich glaube, für den Spot brauchen wir doch jemand anders.«

»Soll ich ein paar Vorschläge sammeln?«

»Ah, da kommt das Harihari.«

Valérie fand, dass man keinen Wal essen sollte. Doch sie beschloss, dies Willinon lieber nicht unter die Nase zu reiben.

»Ich habe da etwas, bei dem ich deine Hilfe brauchen könnte, Cesar.«

»Alles, Valery.«

»Es geht um Start-ups. Kennst du die Gare d'Avenir? Das ist ein Inkubator in Paris. Die Regierung versucht, Frankreich zum europäischen Silicon Valley zu machen.«

Willinon schnaufte verächtlich.

»Die Deutschen, die Polen und die Briten versuchen dasselbe. Aber klar, ist mir ein Begriff. Was ist damit?«

»Da residiert ein Biotech-Start-up namens Crystalcast. Haben Büros und vermutlich auch Labors. Sehr verschwiegen, schwer, was drüber rauszufinden. Und da habe ich mich gefragt, ob du bei der Gare d'Avenir vielleicht jemanden kennst.«

»Den Typ, dem der ganze Laden gehört.«

»Und das ist?«

»Daniel Garneau.«

Der Name sagte ihr etwas. Garneau hatte kurz nach der Liberalisierung eine Telekomfirma gegründet und war mit dem Verkauf von DSL-Anschlüssen stinkreich geworden.

»Willst du seine Handynummer?«, fragte Willinon.

»Ich interessiere mich wie gesagt weniger für den Inkubator als vielmehr für dieses Start-up.«

»Ist das wieder so eine Recherche wie neulich die Sache mit dem Bordeaux?«

»So in der Art.«

»Valery, diese journalistischen Geschichten, das ist fantastisch, aber wir brauchen dich vor allem als Markenbotschafterin. Reporterinnen gibt es viele, aber es gibt nur eine Madame Gabin.«

»Über die Bordeaux-Geschichte hat danach die New York Times berichtet, außerdem die BBC. Und alle haben auf Gabin.com verwiesen.«

»Völlig richtig, aber …«

»Ich war sogar im Fernsehen damit. Wenn das nicht die Botschaft der Marke in die Welt getragen hat, dann weiß ich auch nicht.«

»Okay, okay. Und diese Firma. Was soll ich tun?«

Sie erklärte es ihm. Willinon schwieg einen Moment, seufzte dann übertrieben laut.

»Valery, Valery, Valery. Okay. Hier ist der Deal.«

»Oh je.«

»Ich organisiere das mit diesem Inkubator. Total access für dich.«

»Wie genau soll das gehen?«

»Meine Sache. Aber dafür machst du was für mich.«

»Und zwar?«

»Marketing.«

»Mache ich ja eh schon.«

»Aber kein Advertising.«

»Ich bin ja auch keine Werbefigur.«

»Warum eigentlich nicht?«

»Ich eigne mich nicht für so was.«

»Jetzt kokettierst du, Valery.«

Willinon hatte nicht ganz unrecht. Als ehemalige Chefredakteurin und Besitzerin des Guide Gabin war sie Öffentlichkeit durchaus gewohnt. Über Jahre war Valérie zu exklusiven Soirees und Dinnerpartys ohne Zahl eingeladen worden. Aber eine Rampensau war sie deshalb noch lange nicht. Letztlich war der Guide Gabin trotz seiner weltweiten Bekanntheit eine diskrete, ja fast verschwiegene Angelegenheit gewesen. Seine Inspektoren hatten anonym Restaurants in aller Welt getestet, die Beurteilungskriterien waren ebenso geheim gewesen wie die Identitäten der Tester.

Seit der US-Milliardär die Kontrolle übernommen hatte, änderte sich dies immer mehr. Willinon bezeichnete sie als Markenbotschafterin, doch Valérie fühlte sich mitunter an Georges le p'tit Chef erinnert, ein Cartoon-Maskottchen, das der Guide früher einmal für Werbezwecke verwendet hatte. Manchmal glaubte sie, dass sie in seinen Augen etwas Ähnliches war – Valérie, la petite Parisienne, eine bunte Zeichentrickversion ihrer selbst.

»Honey, du wärst perfekt. Die Idee ist mir gerade gekommen. Warum bin ich nicht schon früher drauf gekommen?«

»Welche Idee genau, Cesar?«

»Unsere Werbespots. Scheiß auf Cripp. Wir nehmen einfach dich.«

Vermutlich hätte Valérie sich von dem Angebot, in aufwendig produzierten Werbespots aufzutreten, geschmeichelt fühlen sollen. Doch sie ahnte, wie Willinon sich das vorstellte. Er würde irgendeinen Hollywood-Heini engagieren. Der ließ sie dann zurechtmachen, damit Valérie so aussah, wie sich der Durchschnittsamerikaner eine elegante und zugleich sinnliche Pariserin vorstellte, irgend so ein sexistischer Mist. Sie sah sich bereits durch Montmartre stöckeln, während der Regisseur »Gib mir mehr Juliette Binoche!« rief.

»Auf gar keinen Fall.«

»Warum nicht?«

»Weil ›Die fabelhafte Welt der Valérie‹ kein Film ist, den ich sehen möchte.«

»Nein, nein, nein, du verstehst mich ganz falsch. Nicht so einen Kitsch. Authentisch. Modern Food Reporting. Wir machen das so, wie du es willst. Du kannst dir den Regisseur selbst aussuchen.«

Sie glaubte ihm nicht so recht. Aber sie wollte Zugang zu dem Inkubator. Und falls die Sache mit der Werbung schieflief, konnte sie sich später immer noch weigern.

»Ich denke drüber nach, okay?«

»Es wären nur ein paar Spots, Valery.«

»Steht nicht in meinem Vertrag. Ist damit auch nicht von meinem Gehalt gedeckt.«

»Natürlich nicht. Ich sag Brad, er soll dich anrufen wegen der Details.«

»Ich sage noch nicht ja, Cesar. Aber ich höre es mir an. Und du organisierst das mit dem Inkubator?«

»Versprochen.«

»Gut.«

»Dann ruft Brad dich an. Ich esse jetzt mal. Wir sprechen uns nächste Woche.«

»Okay.«

Valérie verzichtete darauf, Willinon guten Appetit zu wünschen. Sie legte auf und drückte ihre Zigarette aus. Es war bereits die dritte.

# 35

Als Kieffer zu sich kam, befand er sich in einem Wohnzimmer. Auf einem Couchtisch standen zwei große Kerzen aus Bienenwachs. Er selbst saß in einem Ohrensessel, Teil einer plüschigen und recht altmodischen Sitzgarnitur. Vom Sofa gegenüber musterte ihn ein Mann. Es war Thierry Koening.

Kieffer hob an, etwas zu sagen. Stattdessen stieß er geräuschvoll auf.

»Trinken Sie was«, sagte Koening. Kieffer bemerkte, dass auf dem Couchtisch eine Karaffe mit Wasser und Gläsern standen. Er goss sich etwas ein, trank einen großen Schluck.

Zwei Dinge fielen ihm nun auf, die er zuvor nicht bemerkt hatte – zum einen ein voluminöses Buch, das neben Koening auf dem Sofa lag. Auf dem Cover war eine Biene zu sehen. Darüber stand »Bees of the World«. Zum anderen sah Kieffer, dass auf Koenings Oberschenkeln eine doppelläufige Schrotflinte ruhte. Der Lauf zeigte in seine Richtung.

»Was zum Teufel soll das?«

»Kleine Sicherheitsvorkehrung, damit unser Gespräch nicht aus dem Ruder läuft.«

Kieffer schloss erneut die Augen. Er fühlte sich nicht besonders. Als er die Augen wieder aufschlug, sagte Koening:

»Und jetzt erklären Sie mir, was Sie in meinem Haus zu suchen haben.«

»Ich war gar nicht im Haus.«

Koening schaute ihn wütend an.

»Das ist ja wohl … ich komme heim und finde Sie schnarchend in meinem Sessel.«

»Oh.«

»Mehr fällt Ihnen dazu nicht ein?«

»Momentan nicht, nein. Wo sind die Typen mit dem Van?«

»Welcher Van?«

»Ich habe gesehen, wie Sie die Sachen aus Schneiders Baracke wegtransportiert haben.«

»Sie spionieren mir nach?«

»Nein, nein. Ich habe das nur zufällig gesehen. Und dann bin ich Ihnen hinterhergefahren.«

»Und dann sind Sie in mein Haus eingebrochen. Es ist wohl besser, wir klären das mithilfe der Polizei.«

Kieffer fragte sich, was aus dem Kaugummi und dem Hinweis an Kommissarin Lobato geworden war. Offenbar nicht viel, sonst hätte der Kerl wohl kaum mit einer Flinte auf seine Magengegend gezielt und ihm mit den Flics gedroht.

»Ich wollte wissen, was Sie haben mitgehen lassen, bei Schneider.«

»Wie ich schon sagte: Er schuldete mir Geld.«

Kieffer machte eine beschwichtigende Handbewegung.

»Ich war auch in seinem Lager und habe ein paar Kisten mitgenommen. Sie werden nicht viel Freude dran haben.«

Erneut entfuhr ihm ein Rülpser. »Mein Gott, was ist mit mir los? Mein Kopf ist so schwer. Ich fühle mich schrecklich.«

»Vermutlich das schlechte Gewissen«, erwiderte Koening. »Wieso werde ich nicht viel Freude damit haben?«

»Der Honig ist Schrott. Gepanscht. Man kann's schmecken.«

»Sicher?«

»Ich habe das Zeug an ein Labor geschickt. Da ist Zuckersirup drin.«

»Diese Ratte.«

Kieffer ignorierte die Bemerkung.

»Also, wie gesagt, ich habe in Ihrer Garage rumgeschnüffelt. Entschuldigung, aber ich wollte einfach wissen, was hier vor sich geht. Dann bin ich wieder raus und diesen Typen in die Arme gelaufen.«

»Was für Typen denn?«

»Hören Sie mir überhaupt zu? Die mit dem Van. Sind gekommen, kurz nachdem Sie weggefahren sind. Die haben mir eins über den Schädel gegeben – nehme ich zumindest an. Und dann war ich auf einmal hier im Haus.«

Koening schüttelte ungläubig den Kopf.

»Aber wieso?«

»Wieso was?«

»Wieso haben die Sie ins Haus getragen?«

»Der Mann, den ich gesehen habe – es müssen aber mindestens zwei gewesen sein –, hat mich Monsieur Koening genannt. Ich denke, er hat geglaubt, ich wäre Sie. Und ins Haus gebracht hat er mich vielleicht, um möglichst wenig Aufsehen zu erregen.«

Koening schnaubte verächtlich.

»Was?«, fragte Kieffer.

»In dieser Gegend könnten Sie den halben Tag ohnmächtig am Straßenrand liegen, und es würde keiner Sau auffallen. Aber ich verstehe, was Sie meinen. Und wer waren die? Was wollten sie hier?«

»Keine Ahnung. Haben Sie schon in der Garage nachgesehen?«

»Wieso?«

»Nachgeschaut, ob noch alles da ist.«

Koening überlegte einen Augenblick. Er erhob sich. Mit der Flinte gab er Kieffer einen Wink.

»Sie gehen vor.«

»Meinetwegen. Aber können Sie die Knarre nicht wegtun? Ich bin harmlos. Außerdem brummt mir höllisch der Schädel.«

»Vielleicht haben die Sie betäubt. Chloroform.«

»Möglich«, brummte Kieffer. Insgeheim vermutete er jedoch, dass Koening zu viele schlechte Fernsehkrimis schaute. Wenn ihm jemand einen Wattebausch mit Chloroform vor die Nase gehalten hätte, würde er sich ja wohl daran erinnern.

Ächzend kam er hoch. Seine Glieder waren so schwer wie nach einer halben Flasche Drëpp. Kieffer schleppte sich in den Flur. Dieser war vollgestopft mit Stiefeln, Bastkörben, leeren Weinflaschen. Auf einer Anrichte lagen zwei Motorradhelme. Sein Blick fiel auf ein großes, gerahmtes Poster. Es handelte sich um die Reproduktion eines Ölgemäldes und zeigte einen traurig aussehenden Mann in Knickerbockern und Seidenhemd. Er saß auf einer Bank, neben einem Bienenstock aus Stroh. Es schien, als teilte er den Bienen etwas mit.

»Was ist das?«

»Es heißt ›Der Bienenfreund‹. Weiter jetzt, ist keine verdammte Schlossführung hier.«

Kieffer tat wie ihm geheißen. Kurz darauf standen sie vor dem Garagentor. Koening bedeutete ihm, es zu öffnen. Das Gewehr hielt er noch in der Hand, doch immerhin zeigte der Lauf inzwischen zu Boden. Der Koch schob das Tor hoch.

Schneiders Beuten waren fort.

»Nondidjö«, sagte Koening, »und ich dachte, Sie hätten sich die Typen eingebildet.«

Ohne Vorwarnung wurde Kieffer fürchterlich übel. Er ging in die Knie, erbrach sich in den Schneematsch. Außer ein bisschen Apfelstreusel gab es nicht viel, das er hervorwürgen konnte. Sein Magen hatte dennoch kein Einsehen. Nach einiger Zeit kam er hoch, wischte sich mit dem Ärmel Tränen und Rotz ab. Koening hatte inzwischen die Garage betreten, suchte nach etwas. Sein nachdenklicher Blick wechselte zwischen dem Regal und dem Koch hin und her.

»Sie haben nicht zufällig davon genascht?«

Koening deutete auf die Gläser mit den selbst gedruckten Etiketten.

»Nur probiert. Ich wollte wissen, ob der auch gepanscht ist.«

Koening schüttelte den Kopf.

»Geschieht Ihnen ganz recht«, sagte er.

»Was?«

»Dass Ihnen der Deli Bal nicht bekommen ist.«

Kieffer blickte Koening verständnislos an.

»Das ist kein gewöhnlicher Honig. Das ist *miel fou,* er macht einen närrisch. Deli Bal verursacht Halluzinationen, Schwindelgefühle.«

»Typ flüssiger Stechapfel?«

»In etwa.«

»Woraus ist der denn, bitte?«

»Rhododendronblüten. Deli Bal stammt vom Schwarzen Meer. Enthält Toxine, die krampflösend wirken, gilt dort als Heilmittel. Aber mit der Dosierung ist es so eine Sache. Verschiedene Menschen reagieren verschieden auf das Zeug. Wie viel haben sie denn genommen?«

»Kann nicht mehr als ein Esslöffel gewesen sein, vielleicht zwei, drei. Stammt der etwa auch von Schneider?«

»Ja. Der Typ war echt ein Drecksack.«

»Warum genau?«

»Weil das Zeug gefährlich ist. Die Kids bestellen das schwarz im Internet, weil sie auf einen geilen Trip hoffen. Aber zu viel davon und man landet im Krankenhaus.«

Kieffer war froh, dass er nicht noch mehr genascht hatte.

»Noch mal zu den Kisten«, sagte der Koch.

»Ja?«

»Woher wussten Sie von der Lagerhalle?«

Koening zuckte mit den Achseln.

»Ich habe meine Quellen.«

»Die war nämlich anscheinend nicht vielen bekannt.«

Koening zuckte mit den Achseln.

»Wie Sie wollen. Und die Biene?«, fragte Kieffer.

»Welche Biene?«, fragte Koening. Der Koch konnte ihm jedoch ansehen, dass er recht genau wusste, wovon die Rede war.

»Die in der Dose. In der Schublade.«

»Ich würde Ihnen raten, jetzt zügig Land zu gewinnen. Ansonsten kriegen Sie nämlich doch noch eine Ladung Schrot in ihren Fettarsch.«

Kieffer wollte etwas erwidern, aber als er Koenings zornige Miene sah, überlegte er es sich anders. Ohne ein weiteres Wort wandte er sich ab und machte, dass er zu seinem Auto kam.

# 36

Während Kieffer zurück zu seinem Wagen ging, fiepte sein Handy. Es war eine Nachricht von Valérie. Sie lautete: »Gibt es in Luxemburg Rapsfelder?«

»Hier bestimmt nicht«, knurrte er. Seine Laune war auf dem Tiefpunkt angelangt. Ihn fror. Sein Magen knurrte. Ihm war flau. Und was noch schlimmer war: Er kam nicht weiter. Koening war in undurchsichtige Geschäfte verstrickt. Weil Kieffer sich bei seiner kleinen Garageninspektion hatte erwischen lassen, konnte er das dem Imker aber nur schwerlich unter die Nase reiben. Falls er dem Mann weiter auf die Füße stieg, konnte der Imker vielmehr ihn bei den Flics anschwärzen. Er erreichte seinen Wagen, stieg ein. An Valérie schrieb er:

»Wieso Raps? Und wo?«

»In Reichweite von Schneiders Bienen«, antwortete sie.

»Keine Ahnung.«

»Kannst du's rausfinden?«

Kieffer schnaufte ärgerlich. »Ja, bin ich das verdammte Katasteramt?«

Er atmete einige Male tief durch, griff nach der Ducal-

Packung in der Ablage. Als er sich eine angesteckt hatte, tippte er:

»Vielleicht. Warum?«

»Ich ruf dich gg. sechs an und erklärs dir. 😘😘😘«

Der Koch steckte das Handy weg und begann, in seinem Sammelsurium aus Kassetten und Hüllen zu wühlen. Er bekam ein U2-Album in die Finger, ließ es aber gleich wieder in die Ablage fallen. Nach einigem Hin und Her fand er etwas von den Pixies. Sobald die Gitarren schrammelten, fuhr Kieffer los. Kurz bevor er die Autobahn erreichte, klingelte sein Telefon. Es war Kommissarin Lobato. Rasch regelte er die Pixies herunter und nahm das Gespräch an.

»Moien, Kommissärin.«

»Moien. Haben Sie kurz Zeit?«

»Sicher, was gibt es denn?«

»Es geht noch mal um den toten Imker.«

»Schneider?«

»Ja, natürlich. Oder gibt es noch mehr tote Honigproduzenten?«

Kieffer biss die Zähne zusammen.

»Soweit ich weiß, nein.«

»Gott sei Dank. Wir haben hier etwas gefunden. Es wäre gut, wenn Sie sich das mal ansehen.«

»Ah, ja?«

Kieffer war ein wenig überrascht. Normalerweise vermied Lobato es tunlichst, ihm etwas über ihre Ermittlungen zu erzählen, selbst wenn er mit der fraglichen Geschichte zu tun hatte – vor allem dann.

»Wo sind Sie jetzt?«

»Im Auto unterwegs. Worum genau geht es denn? Soll ich zu Ihnen ins Präsidium kommen?«

»Nein, es ist in der Stadt. Wie schnell können Sie an der Gëlle Fra sein?«

Die Gëlle Fra war Luxemburgs Kriegsdenkmal und stand auf einem Plateau am Rande der Oberstadt.

»Und da hat Schneider …?«

»Erzähle ich Ihnen gleich. Schaffen Sie's in dreißig Minuten?«

»Ich versuche es. Bis gleich.«

»Bis gleich.«

Lobato legte auf. Sobald Kieffer die Autobahn verlassen hatte, hielt er an einer Tankstelle. Lobato hatte ihn zwar gebeten, sich zu beeilen, aber wenn er der mürrischen Kommissarin derart unterzuckert gegenübertrat, gab es eine Katastrophe. Rasch kaufte Kieffer eine Tafel Schokolade und zwei Bananen. Er fuhr weiter, verschlang das meiste während seiner Fahrt.

Das Felsplateau, auf dem Luxemburgs Oberstadt stand, wurde im Süden vom Petrusstal begrenzt. Am Rand der Schlucht befand sich ein Platz, in dessen Mitte die Gëlle Fra stand. In anderen Städten hätte man ein Kriegerdenkmal vielleicht in einem weitläufigen Areal mit Blumenrabatten und Rasenflächen aufgestellt. Aber in der *ville haute* war Platz ein knappes Gut, und so stand der hohe Granitsockel mit der goldenen Statue stattdessen mitten auf einem stets rappelvollen Parkplatz.

Kieffer stellte den Jaguar an einer Stelle ab, die dafür nicht vorgesehen war. Der Besitzer des SUV hinter ihm würde große Mühe haben, vorbeizukommen. Aber das, fand der Koch, war eine gerechte Strafe für jeden, der solch einen Traktor fuhr. Während Kieffer ausstieg, stopfte er sich hastig die restliche Banane in den Mund, wischte die Finger an seiner Jeans ab.

Er rief Lobato an. Sie nahm sofort ab.

»Das hat gedauert.«

»Wenn die Police Luxemburgs Verkehrsproblem lösen würde, wäre ich schneller.«

»Sind Sie oben?«

»Direkt am Fuß der Fra.«

Während er telefonierte, schaute Kieffer zu der Statue hinauf. Auf einem granitenen Sockel, gut zwanzig Meter über ihm, stand eine Frau in wallendem Gewand. Ihre Hände hielten einen Lorbeerkranz, es sah aus, als sei sie im Begriff, ihn jemandem aufs Haupt zu setzen. Er senkte den Blick. Vielleicht zehn Meter hinter dem Monument befand sich eine Brüstung. Von ihr aus konnte man auf das sattgrüne Tal der Petruss hinabblicken.

»Gehen Sie zu der Treppe«, sagte Lobato.

»Welche Treppe?«

»Am Boulevard Roosevelt. Links von der Einfahrt. Ich komme Ihnen entgegen.«

Kieffer setzte sich in Bewegung. Er erinnerte sich nicht daran, dass es an der fraglichen Stelle eine Treppe gab, aber das musste nichts heißen. Luxemburg war über Jahrhunderte eine Festungsstadt gewesen. Deshalb existierten zahllose Verbindungen zwischen Ober- und Unterstadt, die man leicht übersah. Vermutlich war genau das die Intention der Erbauer gewesen.

Er erreichte die Stelle, die Lobato ihm genannt hatte. Sie befand sich am Rande des Platzes, nahe der Straße. Dort befand sich ein Treppchen, das den Hang hinabführte, vermutlich bis ins Petrusstal. Der Koch begann hinabzusteigen. Der Lärm der Stadt blieb in der Oberstadt zurück, stattdessen vernahm er das Rauschen des Flusses.

Am Fuße der Treppe befand sich ein kleiner Park mit einigen Bänken. Kieffer konnte Lobato erkennen, die ihm von dort entgegenkam.

»Hallo, Här Kieffer.«

»Moien. Müssen wir noch weiter runter?«

Sie nickte. Ihm fiel auf, dass sie eine Bikerjacke trug.

»Mutig bei dem Wetter«, sagte er.

»Hm?«

»Motorrad fahren.«

»Winterreifen.«

»Verstehe.«

Lobato forderte Kieffer auf, ihr zu folgen. Sie nahmen einen gewundenen Pfad, der mit moosbewachsenen Steinen gesäumt war und hinab ins Tal führte. Unten war dichtes Grün zu sehen, hinter ihnen ragten alte Festungsmauern auf. Während sich in der Alzetteschlucht mehrere Stadtviertel befanden, war das Petrusstal ein großer Park.

»Ist bei meinem Kaugummi eigentlich was rausgekommen?«

Zunächst antwortete Lobato nicht. Schon glaubte er, sie werde wieder das Ermittlungsgeheimnis vorschieben. Dann jedoch sagte sie zu seiner Überraschung:

»Keine verwertbaren Spuren, sagt unser Labor.«

Sie erreichten ein asphaltiertes Sträßchen. Es führte am Fuße jener Befestigungsmauer entlang, die das Tal von der Oberstadt schied. Die Gëlle Fra befand sich quasi direkt über ihnen.

Der Koch konnte ihr Ziel bereits sehen. Ein Stück weiter parkten zwei Streifenwagen. Dahinter erblickte er einen Vorsprung im Festungswall, mit einem kleinen Plateau darauf, etwa drei Meter über dem Boden. Das Ganze wirkte verwittert und baufällig. Vielleicht hatte dort früher ein

Geschütz gestanden. Im hinter dem Plateau liegenden Wall befanden sich vergitterte Öffnungen. Vermutlich führten sie zu Wehrgängen und waren Teil der Kasematten.

Sie erreichten die Streifenwagen. Kieffer fiel auf, dass an dem Mauervorsprung eine Leiter lehnte.

»Lassen Sie mich raten. Bienenstöcke?«

Lobato nickte. »Die von der Stadtverwaltung haben uns angerufen.«

»Und Sie meinen, die gehörten Schneider?«

»Möglich. Sie haben doch schon einige von den Dingen gesehen, oder?«

»Hm? Bei Remy im Garten, meinen Sie?«

»Oder auf dem Dach der Oper.«

»Davon wissen Sie?«

»Ich weiß so einiges. Aber da Sie der Bienenexperte sind, dachte ich mir, ich lasse Sie mal schauen.«

Kieffer schnaubte ärgerlich.

»Ich habe nie behauptet, etwas von Bienen zu verstehen.«

»Oder von Polizeiarbeit.«

»Nein.«

»Aber Sie haben einige von Schneiders Stadtimkerei-Plätzen besucht. Und deshalb können Sie mir vielleicht sagen, ob die«, sie zeigte nach oben, »aussehen wie die anderen.«

»Das ist alles?«

»Im Prinzip.«

»Dann hätten Sie mir ein Foto schicken können, Kommissärin.«

Lobato setzte ein betont ahnungsloses Gesicht auf. Kieffer musste sich schwer zusammenreißen.

»Statt mich hier antanzen zu lassen, meine ich.«

»Helfen Sie mir jetzt oder nicht.«

»Zeigen Sie schon.«

»Prima. Nach Ihnen«, erwiderte Lobato. Sie deutete auf die Leiter.

Kieffer begann hinaufzusteigen. Das kleine Plateau befand sich gut drei Meter oberhalb der Straße. Bei der mittleren der insgesamt drei fensterartigen Öffnungen in der dahinterliegenden Felswand fehlte ein Stück Gitter. Lobato stand unten und hielt die Leiter fest. Erst als Kieffer auf dem Plateau angekommen war, kam sie hinterher.

Der Vorsprung besaß eine Fläche von sechs oder sieben Quadratmetern und war mit Efeu und Moos bewachsen. Kieffer wandte sich vorsichtig um. Ausgeprägte Höhenangst hatte er nicht, dennoch war es ihm dort oben nicht ganz geheuer – ein falscher Schritt und es ging abwärts. Der Vorsprung lag hoch genug, dass man sich bei einem Sturz die Beine brechen konnte.

Die fehlende Hälfte des Fenstergitters lag im Efeu. Seine metallenen Streben sahen so aus, als habe sie jemand durchgeflext. Kieffer lugte durch die Öffnung. Dahinter befand sich eine kleine Höhle. Sie schien nicht weit in den Felsen hineinzuführen, zumindest sah es auf den ersten Blick so aus. Im Inneren standen vier Bienenstöcke.

Hinter sich hörte er Lobato von der Leiter auf den Vorsprung klettern.

»Warten Sie«, sagte die Kommissarin, »ich mache Licht.«

Sie schob sich an ihm vorbei, kletterte durch die Öffnung. Kieffer sah eine Taschenlampe aufflammen. Der Koch folgte der Kommissarin. Auf dem felsigen Boden der Kaverne standen drei Beuten aus grün lasiertem Holz.

»Wie hat man die gefunden?«, fragte Kieffer.

»Zufall. Der Service des Sites et Monuments Nationaux inspiziert die Kasematten regelmäßig.«

»Und Sie meinen, Schneider hat die aufgestellt? Wildes Stadtimkern, sozusagen? Und vorher«, er deutete auf das Gitter, »auch noch das Gitter durchgeflext?«

»Nein. Das waren wir.«

»Ach?«

»Normalerweise kommt man von woanders. Es gibt einen Gang, der vom Boulevard Roosevelt herführt. Aber letzte Woche ist was von der Decke runtergekommen, deshalb alles gesperrt. Ob Schneider die aufgestellt hat – keine Ahnung.«

Die Kommissarin machte eine hilflose Handbewegung.

»Wenn er sie nicht schwarz aufgestellt hat, sondern als Teil seiner Stadtimkerei, dann muss das doch irgendwo vermerkt sein.«

»Würde man meinen. Aber wenn dem so ist«, Lobatos Mundwinkel verzogen sich, »weiß keiner wo.«

»Kann doch nicht sein.«

Die Kommissarin zuckte mit den Achseln.

»Schneider hat wohl einfach überall Leute gefragt, ob er bei ihnen was aufstellen darf – Privatpersonen, Geschäftsleute, Hausmeister. Sehen die denn jetzt aus wie die anderen?«

»Wie die anderen Stöcke? Ja, schon. Eigentlich genauso.«

Er beugte sich vor, inspizierte die Beuten von allen Seiten.

»Suchen Sie was Bestimmtes? Eine Beschriftung gibt es nicht, das haben wir schon untersucht.«

»Fingerabdrücke von Schneider?«

Lobato schüttelte den Kopf.

»Gar keine dran?«

»Imker. Handschuhe«, erwiderte sie.

»Ach so. Ja, natürlich.«

Lobato musterte ihn einen Moment. Dann sagte sie:

»Machen Sie doch mal die ganz rechts auf.«

»Man soll Bienen im Winter nicht stören.«

»Das wird kein Problem sein. Anders als die anderen beiden ist diese leer.«

Vorsichtig hob Kieffer den Deckel der fraglichen Beute. Sie war augenscheinlich unbewohnt. In den dafür vorgesehenen Aufhängungen steckten zwar Rähmchen voller Waben, aber nichts brummte und summte. Er entfernte den Deckel, schaute hinein. Wegen der schlechten Lichtverhältnisse benötigte Kieffer einen Moment, bis er begriff, was er am Boden der Kiste sah. Unter den Rähmchen lag eine Tüte aus milchiger Plastikfolie. Sie war vakuumiert, wie einer seiner Sous-Vide-Beutel. Anstelle von Rinderfilets befand sich im Inneren allerdings ein Bündel grüner Hunderteuroscheine.

Er kam hoch. Lobato stand in vielleicht zwei Metern Entfernung und betrachtete ihn. Der Koch hatte den Eindruck, dass sie ihn schon während der ganzen Aktion eingehend beobachtet hatte.

»Ihr Ernst?«, sagte er.

Lobato zog eine Augenbraue hoch.

»Sie wollten wissen, wie ich reagiere, wenn ich das Geld finde. Ist es das?«

»Soweit ich weiß, haben Sie die Orte abgeklappert, die auf der Karte verzeichnet sind.«

Als Lobato die Karte in Schneiders Lagerhalle erwähnte, zuckte Kieffer leicht zusammen. Bisher war er davon ausgegangen, dass die Polizei diese noch nicht gefunden hatte.

Nun wurde ihm klar, wie einfältig das gewesen war. Vermutlich hatten die Ermittler Schneiders Handydaten analysiert. Natürlich waren sie inzwischen ebenfalls in dem Lager gewesen.

»Und die Frage ist natürlich«, fuhr Lobato fort, »warum eigentlich? Vielleicht wussten Sie, dass er in einer davon was Wertvolles versteckt hat?«

»Ach so: Ich wusste von der Kohle und wollte sie mir unter den Nagel reißen?«

Lobato erwiderte nichts. An ihrem Gesichtsausdruck meinte er jedoch zu erkennen, dass sie dies für eine denkbare Hypothese hielt.

»Was ist denn das für ein Schwachsinn? Ich weiß nichts von irgendwelchem Geld. Mich interessiert, wo meine Beuten sind und was mit dem Honig nicht in Ordnung ist.«

»Was ist denn damit nicht in Ordnung?«

»Er ist gepanscht«, erwiderte der Koch.

»Gepanschter Honig. Das kommt bestimmt vor, aber ist nicht das, was uns interessiert. Sagen Sie, Här Kieffer, was wissen Sie über Drogen?«

»Moment mal. Sie meinen«, er zeigte auf die offene Beute, »das ist Drogengeld? Und Sie meinen ich deale mit Drogen?«

»Ich meine gar nichts.«

»Doch das tun Sie. Sagen Sie, mein Drogenimperium: Betreibe ich das eher an der Gare oder im Restaurant?«

Ihm wurde bewusst, dass er inzwischen fast brüllte, aber er konnte nicht anders.

»Zweimal Paschtéitchen mit Crystal Meth für Tisch vier. Was ein Scheiß!«

»Sind Sie fertig?«

»Ich fange gerade erst an.«

»Kriegen Sie sich ein. Rauchen Sie eine und hören Sie mir zu.«

Kieffer fischte seine Ducal aus der Tasche, steckte sich mit zitternden Fingern eine an. Mit verschränkten Armen taxierte er die Kommissarin.

»Ein Stadtimker stellt überall in der Stadt diese Bienenstöcke auf. Nicht einfach so, er hat eine Website. Interessenten können sogar in seine Bienen investieren.«

»Ja, und?«

»Es ist perfekt. Die Stöcke stehen an entlegenen Orten. Die Ware wird dort deponiert, Händler holen sie ab, hinterlegen das Geld. Keiner sonst macht die Kisten auf, aus Angst, gestochen zu werden. Gleichzeitig wundert sich niemand, wenn sich jemand an ihnen zu schaffen macht.«

»Für mich klingt das alles weit hergeholt.«

»Vielleicht fehlt Ihnen die Fantasie, Här Kieffer.«

»Vielleicht ist Ihre zu überschäumend für den Staatsdienst. Möglicherweise sind Sie da ganz falsch.«

»Wie bitte?«

»Na, mit Ihren abseitigen Theorien. Und dann dieses ganze«, er zeigte auf ihre Lederjacke, »Bikerbraut-Gehabe. Vielleicht sollten Sie den Job wechseln.«

Kieffer schien irgendeinen wunden Punkt erwischt zu haben. Lobatos Miene wurde noch finsterer als sonst.

»Jetzt sag ich Ihnen mal was, sie aufgeblasener, selbstgefälliger Kartoffelbrutzler. Ich werde …«

Mitten im Satz brach sie ab, starrte an Kieffer vorbei. Zunächst glaubte er, die Kommissarin habe jenseits des Durchgangs jemanden gesehen. Dann verstand er, dass ihr Blick den Bienenstöcken galt. Der Koch wandte sich um. Noch bevor er es sah, hörte er es: ein Summen. Aufgrund ihrer hitzigen Unterhaltung hatte er es zuvor nicht wahrgenommen.

Die Bienen in den bewohnten Stöcken waren anscheinend munter geworden. Sie quollen aus den Einfluglöchern. Und wenn Kieffer das Verhalten der Tiere richtig deutete, waren sie noch schlechter gelaunt als er.

Er vernahm einen Schrei. Als er sich umwandte, sah er Lobato mit den Armen fuchteln. Fast im selben Moment spürte er einen stechenden Schmerz im Gesicht.

»Raus hier«, brüllte er.

So rasch es ging, kletterten sie durch die Öffnung hinaus auf das Plateau. Lobato war vor ihm. Kieffer spürte, wie ihn eine Biene zwischen Hosenbund und Hemd erwischte. Er fluchte, richtete sich unwillkürlich auf, stieß mit dem Kopf gegen die Steinwand. Überall um ihn herum waren Bienen. Kieffer wedelte mit den Armen, doch die Tiere ließen sich nicht so einfach verscheuchen. Sie schienen wirklich fuchsteufelswild zu sein.

»Runter mit Ihnen«, schrie Lobato.

Das ließ er sich nicht zweimal sagen. So schnell er konnte, kletterte Kieffer die Leiter hinab. Während er hinunterstieg, hatten die Bienen leichtes Spiel, denn er konnte sie nicht abwehren. Als er den Boden erreichte, brannten seine Arme und sein Gesicht.

Lobato erging es kaum besser. Als sie die halbe Strecke bewältigt hatte, schrie sie auf. Wo auch immer sie gestochen worden war, es schien eine besonders unangenehme Stelle gewesen zu sein. Die Kommissarin ruderte mit den Armen. Kieffer sah, wie sie fiel. Ohne nachzudenken tat er einen Schritt nach vorn. Sie würde geradewegs in seine Arme fallen.

Zwar war sie recht zierlich, aber als Lobatos fünfzig Kilo

nach fast drei Metern freiem Fall auf seine hundert trafen, fühlte es sich an, als springe ihn ein Kalb an. Etwas in seiner linken Schulter knirschte unerfreulich, dann ging er zu Boden.

Als er wieder zu sich kam, befand er sich auf dem Grasstreifen zwischen Felswand und Straße. Lobato lag auf ihm wie ein Kartoffelsack.

Sie hob den Kopf. Ihre Blicke trafen sich. Lobato stemmte sich hoch. Kieffer wollte gerade etwas sagen, da klatschte sie ihm eine.

»Aua! Was zum – Biene?«

»Ja. Sorry.«

Sie rollte sich von ihm herunter, lag nun neben Kieffer im Gras. Er konnte sehen, dass zwei Streifenpolizisten sie von oben herab musterten. Kieffer kam ächzend hoch. Seine Schulter tat weh. Ansonsten schien er sich nichts getan zu haben, sah man von den Bienenstichen ab. Seine Lippe begann bereits anzuschwellen.

Er blickte auf die Kommissarin hinab. Sie machte keinerlei Anstalten aufzustehen. Kieffer streckte seine Hand aus, um sie hochzuziehen. Doch Lobato schüttelte trotzig den Kopf, starrte weiter hinauf in den Himmel.

Kieffer öffnete den Mund, beschloss dann jedoch, dass es vorerst nichts mehr zu reden gab. Er nickte den verwundert dreinblickenden Polizisten zu. Dann wandte er sich ab und ging zu der Treppe, die hinauf in die Oberstadt führte.

# 37

Ohne großes Interesse betrachtete Valérie die sündhaft teuren Lederhandtaschen in dem Regal. Seit mehr als einer Stunde lief sie durch den Shoppingbereich des Amsterdamer Flughafens, schaute sich Kleidung, Parfüms und Elektronikgadgets an. Nicht, dass sie etwas gebraucht hätte. Doch sie musste mehrere Stunden totschlagen, bevor ihr Anschlussflug nach Paris ging.

Nach dem Gespräch mit Willinon hatte sie beschlossen, unverzüglich heimzufahren. Der Amerikaner hatte versprochen, ihr Zugang zu dem Start-up-Inkubator zu verschaffen, in dem Crystalcast seinen Sitz hatte. Wie genau er das anstellen wollte, wusste Valérie nicht. Aber so wie sie Willinon einschätzte, würde es schnell vonstattengehen. Wenn die Infos seines Assistenten Brad eintrudelten, wollte sie wieder in Paris sein.

Prüfend hob Valérie eine der Handtaschen hoch. Sie war von Luis Vuitton. Um das zu transportieren, was sie für gewöhnlich dabeihatte, würde sie drei davon brauchen. Aus dem Augenwinkel sah Valérie, wie sich eine der Verkäuferinnen heranpirschte. Rasch drehte sich Valérie um und verließ den Laden.

Da es von Bremen nach Paris mit dem Auto geschlagene neun Stunden dauerte, hatte sie den Wagen am Airport abgegeben und sich ein Ticket für den einzigen Flug gekauft, der an diesem Tag nach Paris ging, via Amsterdam.

Sie lief in Richtung der Gates, schaute auf die Uhr. Es war fast sechs Uhr – immer noch anderthalb Stunden bis zum Boarding, aber nur noch fünf Minuten bis zu ihrem Telefontermin mit Xavier. Das zumindest war ein Lichtblick. Valérie suchte sich ein Café, setzte sich an einen ruhigen Tisch und bestellte einen Espresso. Sie wählte Xaviers Nummer.

»Hallo, Val.«

»Hallo, Süßer. Was machst du?«

»Ich lecke meine Wunden.«

Er erzählte ihr von seinem Ausflug zu einem Ort, der, wenn sie ihn richtig verstand, den seltsamen Namen La Sauvage trug und davon, wie er dem Imker namens Koening nachspioniert und sich dabei fast Erfrierungen zugezogen hatte.

»Wenn du so durchgefroren bist, solltest du vielleicht in die Wanne.«

»Nein, mit den vielen Bienenstichen besser nicht. Da wäre eher Eis angesagt. Ist mir aber zu kalt nach der Sache im Wald.«

»Moment, Moment. Von Bienen hast du nichts gesagt.«

»Ich war ja danach noch mit Lobato unterwegs.«

»Ach so?«

Valérie wurde bewusst, dass sie ein wenig schnippisch klang. Lobato war mindestens zehn Jahre jünger als sie und bildhübsch, zumindest, wenn man auf den burschikosen Typ stand. Xavier behauptete, er könne die Kommissarin nicht ausstehen – mit ein bisschen zu viel Nachdruck, fand sie. Außerdem hatte Valérie bei anderer Gelegenheit gesehen, wie Lobato ihren Freund anschaute.

»Lobato hat so eine bekloppte Theorie, dass Schneider die Beuten als tote Briefkästen verwendet hat.«

»Wofür?«

»Drogengeschäfte.«

»Wow.«

»Halte ich für Unsinn, aber sie glaubt fest dran. Die Flics haben einen weiteren Standort gefunden. Bienenstöcke, die nicht auf der Karte waren.«

»Und von denen du nichts wusstest.«

»Nein. Aber Lobato wollte prüfen, wie ich reagiere, wenn sie mir einen Bienenstock voller Geld zeigt.«

»Viel Geld?«

»Keine Ahnung, schon ein paar Tausend.«

»Und Bienen?«

Xavier schwieg.

»Die haben dich gestochen.«

»Val, irgendwas stimmt hier nicht. Ich bin jetzt schon zweimal von Bienen attackiert worden, obwohl ich mich überhaupt nicht aggressiv verhalten habe. Die haben mich beide Male verfolgt. Das sind keine normalen Bienen.

Und dann die tote Biene in der Dose von Koening, und wie er reagiert hat, als ich ihn drauf angesprochen habe. Außerdem hatte er so ein dickes Bienenbuch. Ich hab's nachgeschaut, das ist das Standardwerk, wenn man Bienenarten identifizieren will.«

»Moment, langsam. Was genau ist jetzt deine Theorie? Dass dieser Schneider in seiner Stadtimkerei Killerbienen gezüchtet und auf die Luxemburger Bevölkerung losgelassen hat? Das ist doch absurd.«

»Ich dachte eher an diesen Hendrickx.«

»Auch absurd.«

»Wieso? Der Typ arbeitet doch anscheinend daran, gegen Pestizide resistente Bienen zu züchten. Vielleicht ist dabei was schiefgegangen.«

»Klingt nach schlechtem B-Movie«, erwiderte sie. »Es gibt sicherlich eine plausiblere Erklärung.«

Während sie dies aussprach, musste Valérie an Debbie Wittmer und ihre verschwundenen Bienen denken.

»Ich werde nicht schlau draus, Süßer. Aber was anderes: Was ist mit den Rapsfeldern?«

»Wieso fragst du?«

»Weil der Honig von Schneider laut Analyse zu über sechzig Prozent aus Rapsblüten stammt. Und das ist seltsam.«

»Weil es in der Stadt keinen Raps gibt?«

»Es gibt bestimmt irgendwo welchen. Und es mag sein, dass sich die eine oder andere Citybiene dorthin verirrt hat. Aber größtenteils müsste Betonhonig aus anderen Sachen bestehen.«

»Okay. Und jetzt?«

»Na ja, wenn man eins und eins zusammenzählt …«

»Sorry, aber mein Schädel brummt, und die Stiche brennen höllisch. Ich weiß gerade nicht, welche Einser du meinst.«

»Entschuldige. Also, wie du dank Lobato nun weißt, gab es Stöcke, die nicht auf der Karte verzeichnet waren. Vielleicht gibt es ja noch mehr als die, die Lobato gefunden hat. Wenn Schneider viel Rapshonig beigemischt hat, muss es ja noch irgendwo weitere Beuten geben, außerhalb der Stadt. Bist du in letzter Zeit mal an Rapsfeldern vorbeigekommen?«

»Es ist Februar, Val.«

»Ja, stimmt. Mist.«

»Haben dir diese Laborratten denn noch was Interessantes erzählt? Außer der Sache mit dem Rapshonig?«

»Das Zeug, das ich der Chinesin entwendet habe, wurde auf raffinierte Weise verfälscht. Mit herkömmlichen Testverfahren kann man die zugesetzten Zucker nicht finden.«

Valérie erzählte ihrem Freund, dass sie Hoffmann die Wahrheit über die Proben offenbart und ihr erzählt habe, woher diese stammten.

»Ich bin mir ziemlich sicher, dass sie alle Crystalcast-Honige jetzt noch mal mit ihrem neuartigen Analyseverfahren unter die Lupe nimmt.«

»Und dann sagt sie dir, was rausgekommen ist?«

»Ich bin mir nicht sicher. Sie hat zu viel Angst, denke ich.«

»Wovor?«

»Davor, ihre Geschäftsgrundlage zu zerstören. Wenn rauskommt, dass sie Testergebnisse an Dritte rausgibt …«

»… vor allem an neugierige Food-Journalistinnen …«

»… dann kann sie ihr Labor dichtmachen.«

»Klingt nicht gerade bahnbrechend«, brummte Xavier. Rasch fügte er hinzu:

»Ist nicht als Kritik gemeint, Val. Ich hätte dir nur gewünscht, dass mehr rausspringt.«

Durch die Lautsprecheranlage erklang eine an einen gewissen Herrn Nakamoto gerichtete Aufforderung, sich schnellstmöglich zu Gate C 8 zu begeben.

»Bist du am Flughafen?«

»Ja.«

»Wusste gar nicht, dass Bremen einen hat.«

»Doch. Der ist sogar noch kleiner als der von Luxemburg.«

»Ha, ha.«

»Ich bin aber schon in Schiphol. Und am späten Abend wieder in Paris.«

»Kommst du dann hierher?«

»Ich will mir erst noch mal diese Firma anschauen, Crystalcast.«

»Val, das sind anscheinend gefährliche Typen.«

»Ich werde bestimmt nirgendwo einbrechen. Ich bin ja nicht du.«

»Ich bin noch nie irgendwo eingebrochen.«

»Das Lager am Gleisdreieck? Schneiders Schuppen? Koenings Garage?«

»Da habe ich nur überall kurz reingeschaut.«

»Ich will auch nur mal schauen.«

»Ich vermute, das Labor eines Biotech-Start-ups ist besser gesichert als ein Imkerschuppen. Wie willst du da überhaupt reinkommen?«

»Cesar organisiert das.«

»Cesar Willinon hilft dir, irgendwo einzubrechen?«

»Natürlich nicht, Süßer. Aber er kennt Leute, die Leute kennen, die vielleicht eine extra Keycard haben. Ich weiß nicht, wie er es anstellt. Aber er hat es mir versprochen, und wenn er das tut, hält er sich normalerweise dran.«

Sie seufzte leise.

»Was? Ist das eine Gefallen-Gegengefallen-Sache?«

»Vielleicht.«

»Über was für einen Gefallen reden wir?«

»Ich soll ihm den Georges machen.«

»Welchen Georges?«

»*Der kleine Koch* – unsere ehemalige Werbefigur?«

Sie erzählte Xavier von Willinons Plänen für eine Gabin-Werbekampagne mit *La Gabin* als Aushängeschild.

»Eine schreckliche Vorstellung«, sagte sie.

»Also, ich finde die Idee ganz gut«, erwiderte er.

»Tatsächlich.«

»Ja, klar. Von dir würde ich jederzeit was kaufen, also, so ziemlich alles, denke ich.«

Sie konnte hören, wie er sich eine Zigarette ansteckte. Das hätte sie auch gerne getan, doch der einzige Ort, wo man an Flughäfen noch rauchen durfte, waren diese von den Tabakherstellern gesponserten XXL-Glasboxen. Keine zehn Pferde brachten sie da hinein.

»Wäre schön, wenn du bald wieder vorbeikommst.«

»Ich versuch's, Süßer.«

»Die nächsten beiden Tage ist gut zu tun, das Reservierungsbuch ist ziemlich voll. Aber dann.«

»Dann?«

»Wenn du bis Mitte der Woche hier nicht auftauchst, komme ich nach Paris.«

»Okay.«

»Ich muss jetzt los«, sagte er. »Ich sollte längst drüben im Restaurant sein. Claudine hat frei.«

»Und die Postenköche tanzen auf den Tischen?«

»So in etwa. Meld dich, wenn's was Neues gibt, okay?«

»Versprochen.«

Xavier legte auf. Valérie ließ das Handy sinken, nippte an ihrem lauwarmen Espresso. Sie legte einige Münzen auf den Tisch, griff sich ihre Tasche, stand auf. Ihr blieb immer noch mehr als eine Stunde. Unschlüssig schaute sie sich um, steuerte einen Shop an, in dem sie noch nicht gewesen war. Anscheinend führte er nichts als überteuerte Schals und Krawatten. Seufzend ging sie hinein.

# 38

Richtig warm war Kieffer immer noch nicht, dennoch ging er zu Fuß zum »Deux Eglises«. Als er über die kleine Brücke in Grund schlenderte, fiel ihm auf, dass der Fluss mehr Wasser führte. Vielleicht lag es daran, dass es inzwischen taute. Von Dachrinnen und Gauben der Fachwerkhäuser tröpfelte es, das Kopfsteinpflaster glänzte feucht.

Der Koch lief in Richtung Abtei. Im Restaurant würde er es an diesem Abend mit einer größeren Gruppe zu tun haben, dem Namen im Reservierungsbuch nach zu schließen Italiener. Er wusste nicht, ob es sich um Banker handelte oder vielleicht um Politiker, die an einer Sitzung im Europaviertel teilnahmen. Sicher war er sich hingegen schon jetzt, dass diese Gäste ihn auf Trab halten würden. Vermutlich ließen sie etliche Speisen zurückgehen oder änderten kurzfristig bereits aufgegebene Bestellungen. So etwas kam natürlich öfters vor. Aber nach Kieffers Erfahrung schickten Italiener und Franzosen beispielsweise öfter etwas zurück in die Küche als Deutsche oder Dänen.

Wenn er Valérie seine Theorien bezüglich des kulinarischen Charakters verschiedener Nationalitäten darlegte, schüttelte sie stets den Kopf. Vor einigen Monaten hatten sie sich sogar einmal über dieses Thema gestritten. Valérie hatte ihm vorgeworfen, seine Generalisierungen seien rassistisch. Er hatte entgegnet, es gebe nun einmal Unterschiede, was die Gepflogenheiten bei Tisch betraf.

Zumindest was die Rückgabequote anging, war der Koch recht sicher, dass seine Beobachtung stimmte. Deutsche aßen brav auf, was man ihnen vorsetzte, Italiener nicht. Das sprach keineswegs für die Deutschen, sondern für die Italiener. Natürlich war bei Letzteren auch ein wenig Theatralik im Spiel, vor allem aber Berechnung. Wenn man nicht ab und an etwas zurückgehen ließ, glaubte das Restaurant womöglich, man sei kein kritischer Gast. Wusste die Küche hingegen von vornherein, dass jemand heikel war, gab sie sich mehr Mühe.

Während Kieffer über diese Dinge nachgrübelte, überquerte er die Wenzelsmauer. Er lief auf die Ruine eines alten Wachturms zu. Über eine darin befindliche Stahltreppe gelangte man auf der anderen Seite hinunter zum Ufer und zu dem Weg nach Clausen. Kieffer wollte bereits hinabsteigen, als sein Blick auf den Klostergarten fiel.

Die Bienenstöcke dort waren seit knapp einer Woche verschwunden. Sollte es auf dem Boden irgendwelche Spuren gegeben haben, hatten Regen und Tauwetter sie längst fortgewaschen. Vermutlich war zwischenzeitlich außerdem die Police Grand-Ducale vor Ort gewesen und hatte etwaige Hinweise eingesammelt.

Kieffer steckte sich eine Zigarette an, setzte sich wieder in Bewegung. Er erreichte den schmalen Pfad, der zwischen dem Fluss und den Rives de Clausen entlangführte. Erneut blieb er stehen, holte das Handy hervor.

»Per, hast du kurz Zeit?«, schrieb er.

Mit nur wenigen Sekunden Verzögerung kam die Antwort:

»Bin im Büro. Du?«

»Laufe gerade bei dir vorbei.«

»Bin in fünf Minuten am Eingang.«

Als er die Büros von Horus Eye erreichte, stand Sundergaard bereits vor dem Eingang, in der Hand einen überdimensionierten Kaffeebecher. Der Schwede grinste ihn breit an. Als Kieffer näher kam, erstarb sein Lächeln.

»Alter, was haben sie denn mit dir gemacht?«

»Bienenstich.«

»Aber nicht nur einer.«

»Nein.«

»Sonst alles okay?«

Kieffer machte mit der Hand eine unbestimmte Geste.

»Comme ci, comme ça. Selbst?«

»Nicht übel. Wie immer viel zu tun, aber nicht übel.«

»Hör mal«, sagte Kieffer, »eure Satellitenkarten, wie genau sind die?«

»Wonach suchst du denn?«

»Nach Rapsfeldern.«

»Klar, die sind natürlich drauf. Wo sollen die denn sein?«

»Hier in der Nähe, denke ich. Kann man die auf euren Fotos sehen?«

»Na ja, so knallgelb wie die sind, bestimmt. Hat das«, Sundergaard zeigte auf Kiefers verquollene Visage, »immer noch mit den Bienen zu tun?«

»Ja, hat es. Dieser Imker hat Rapshonig hergestellt.«

»Ich kenn mich ja nicht aus, aber hast du nicht letztes Mal gesagt, der war Stadtimker?«

»Genau. Aber rund um den Kirchberg gibt es ein paar Äcker und westlich der Stadt auch.«

Sundergaard nahm einen großen Schluck seines vermutlich wie üblich mit reichlich Haselnusssirup aromatisierten Kaffees, dachte einen Moment lang nach. Dann sagte er:

»Wann blüht Raps?«

»Mai, Juni, würde ich schätzen.«

»Welche Distanz?«

»Ich kann dir nicht ganz folgen«, sagte Kieffer.

»Die Bienen. Wie weit fliegt so eine Honigbiene? Wenn wir das wissen, können wir Kreise um die Punkte ziehen, wo die Bienenstöcke stehen.«

»Ach so, natürlich. Ehrlich gesagt weiß ich das nicht genau. Einige Kilometer, vielleicht? Kann ich bestimmt in Erfahrung bringen.«

»Okay, mach das und meld dich. Dann schaue ich mal in unserem Kartenarchiv vom letzten Sommer nach.«

»Per, das wäre großartig.«

Sundergaard machte eine abwehrende Geste.

»Danken Sie nicht mir! Danken Sie Horus Eye.«

»Ich schulde dir ohnehin noch einen Fresskorb. Jetzt werden es wohl eher zwei.«

»Macht ja nix. Ich kann was vertragen.«

Während er dies kundtat, strich Sundergaard mit der Hand über seine Daunenjacke. Selbst unter dem aufgepufften Kleidungsstück zeichnete sich seine beachtliche Wampe ab.

Kieffer bedankte sich nochmals und verabschiedete sich. Kurz darauf erreichte er das »Deux Eglises«. Es war erst Viertel nach sechs, doch zu seiner Überraschung war es bereits recht voll. Die Italiener waren noch nicht eingetroffen, trotzdem war gut die Hälfte der Tische besetzt. Hatten sie überbucht? Rasch eilte Kieffer durch den Schankraum, um hinter der Bar ins Reservierungsbuch zu schauen. Als er die Einträge durchging, entspannte er sich ein wenig. Es würde voll werden, aber ein Problem gab es nicht. Die Italiener kamen offenbar erst gegen halb neun.

»Guten Abend, auch. Mal wieder völlig in Gedanken, was?«

Kieffer blickte auf.

»Pekka. Du bist ja auch schon da.«

»Na ja, nine to five, das muss reichen. Und weil ich solche Sehnsucht hatte, bin ich gleich hergeeilt.«

»Du hattest Sehnsucht nach mir?«

»Auch. Aber vor allem«, er warf der Flasche auf der Theke einen liebevollen Blick zu, »nach der hier.«

Kieffer schüttelte den Kopf.

»Was denn? Eine aufrichtigere Liebe, die gibt es nicht.«

»Wenn du es sagst. Aber was anderes, Pekka. Bienenfrage.«

»Oh je. Immer noch? Moment mal, sind die Stiche neu?«

»Frag nicht.«

»Okay. Dann die Bienenfrage.«

»Wie ist deren Aktionsradius?«

»Ich nehme an, wir reden von Honigbienen. Die können schon drei, vier Kilometer weit fliegen.«

»Um Honig zu sammeln?«

»Um auszukundschaften. Beim Honigsammeln eher zwei Kilometer«, kaum hatte der Finne es ausgesprochen, schüttelte er bereits den Kopf.

»Doch nicht?«

»Angesichts der Vorgeschichte vermute ich, dass ein Imker im Spiel ist. Vermutlich würde der es seinen Bienen nicht so schwer machen.«

»Er würde sie näher an der Blumenwiese aufstellen.«

»Bestimmt nicht weiter weg als dreihundert Meter.«

»Das ist ein ziemlich kleiner Radius, Pekka. Könnte die Sache vereinfachen.«

»Welche Sache?«

Kieffer erzählte seinem Freund von dem Rapshonig und von Valéries Theorie, dass dessen Existenz eigentlich ein Ding der Unmöglichkeit war.

»Du hast also neuerdings eine Assistentin, Küchenmeisterdetektiv.«

Kieffer schüttelte missbilligend den Kopf.

Vatanen goss sich Wein nach, trank, blinzelte.

»Woher kommen jetzt die neuen Bienenstiche? Erzähl mal.«

Während Kieffer berichtete, wurde Vatanens Grinsen immer breiter.

»Du hast dich mit Kommissarin Schnuckelschnitte im Gras gewälzt? Sie lag auf dir drauf?«

»Wie ein Kartoffelsack. Hätte gut drauf verzichten können.«

Vatanen gab daraufhin nicht zum ersten Mal die Einschätzung preis, Kieffer könne bei der Kommissarin landen, er müsse sich nur ein wenig mehr Mühe geben. Der Koch hörte kaum hin. Er kannte diesen Sermon bereits zur Genüge. Während der Finne redete, machte er sich einen Espresso. Dabei musste er gähnen. Manchmal beneidete Kieffer seinen Freund ein wenig. Vatanens Arbeitstag war bereits zu Ende. Seiner fing erst an.

»Nichts gegen Valérie«, sagte Pekka schließlich. »Aber

warum nicht mal ein bisschen Abwechslung? Ist ja kein großes Ding mehr heutzutage.«

Kieffer nahm einen Schluck Espresso.

»Rätst du mir gerade, meine Freundin zu bescheißen?«

»Deine ständig abwesende Freundin.«

»Also ja.«

Mit einer ärgerlichen Geste kippte Kieffer den restlichen Espresso hinunter, als wäre es ein Schnaps. Der Koch murmelte etwas Unverständliches und verließ die Theke. Manchmal war ihm der Finne unbegreiflich.

Kieffer ging in Richtung Treppe. Dabei kam er an dem Poster von Vianden vorbei. Nun hatten sich die unteren beiden Ecken gelöst, das Poster hing halb aufgerollt da. Nur die konischen Turmspitzen des Schlosses waren noch sichtbar.

»Jacques!«, bellte er.

Der Kellner kam herbeigeeilt.

»Ja, Chef?«

»Habe ich nicht gesagt, du sollst dieses Ding vernünftig befestigen oder ganz abmachen?«

»Äh, ja.«

»Äh ja, was? Muss man hier eigentlich alles dreimal sagen?«

Jacques machte eine beschwichtigende Handbewegung. Er verschwand, um kurz darauf mit einer kleinen Plastikschachtel zurückzukehren. Als er sie öffnete, sah Kieffer, dass sich darin kleine Kugeln befanden. Sie erinnerten an Ohropax.

»Habe ich mitgebracht. Damit pinne ich zu Hause meine Poster an. Die Dinger halten bombenfest und hinterlassen keine Rückstände an der Wand. Ist Silikon oder was weiß ich.«

Kieffer öffnete den Mund, schloss ihn wieder. Jacques hatte an die Sache mit dem Poster gedacht, er war nur einfach noch nicht dazu gekommen. Kein Wunder, so voll wie es im Schankraum war.

»Tut mir leid, dass ich dich angeblafft habe.«

»Schon gut«, erwiderte Jacques, während er eine der kleinen Kugeln zwischen den Fingern knetete. Er entfernte den Tesafilm, mit dem eine der Ecken des Posters befestigt gewesen war, drückte ein daumengroßes Stück der knetgummiartigen Masse an die Wand. Dann befestigte er die Posterecke daran.

»Siehst du? Bombenfest.«

Kieffer nickte.

»Gib her, ich mache den Rest. Kümmer du dich um die Gäste, okay?«

»Alles klar, Chef.«

Jacques verschwand. Kieffer knetete Kügelchen, klebte sie hinter die Posterecken. Als er damit fertig war, ging er in sein Büro. Dort schrieb er eine Nachricht an Sundergaard.

»300 m Radius«, tippte er.

Dann legte Kieffer das Handy in eine Schublade und ging hinauf in die Küche, um seine Truppen auf den Angriff des italienischen Bataillons vorzubereiten.

# 39

Valérie saß in ihrem Stammcafé in der Rue Bonaparte und las zum wiederholten Male die E-Mails, die sie in der Nacht von Brad bekommen hatte.

»Es ist alles bereit. Sie können in der Gare d'Avenir direkt zum Empfang gehen und erhalten dort alle Unterlagen.

Beste Grüße, Brad«

Sie nippte an ihrem Noisette. Wie hatte Willinon ihr derart schnell Schlüsselkarten für den Inkubator besorgt? Und zu welchen Bereichen gewährten sie Zugang? Darüber schwieg sich Brads Mail aus.

Valérie legte einen Fünfer in das dafür vorgesehene Schälchen und verließ das »Café Napoléon«. Die Straßen rund um die Kirche von Saint-Germain waren voller müder Menschen in Anzug oder Kostüm, die mit Aktentasche und To-go-Becher zur Arbeit hasteten. Feiner Nieselregen, der eher hinabschwebte, als dass er fiel, hüllte Valérie ein, sobald sie unter der Markise des Cafés hervortrat.

Die Massen bewegten sich auf einen etwa hundert Meter entfernten Punkt zu – die Métrostation. Diese schien die Menschen regelrecht einzusaugen. Valérie hatte eigentlich ebenfalls mit der U-Bahn fahren wollen. Doch als sie sah, wie viele Pariser an diesem Morgen unterwegs waren, zögerte sie. Während sie überlegte, ob sie lieber zu ihrer Wohnung zurückgehen und ihr Fahrrad holen sollte, rollte ein Taxi vorbei. Es schien frei zu sein. Einen Moment war sie über diesen Sechser im Lotto derart erstaunt, dass ihr das Taxi beinahe weggefahren wäre. Hektisch winkte sie dem Fahrer zu, stieg ein. »Zur Gare d'Avenir, bitte.«

Sie fuhren los. Bald war sich Valérie nicht mehr sicher, ob das Taxi eine gute Idee gewesen war. In der Métro fühlte man sich um diese Zeit zwar wie eine Sardine in der Sauna, aber zumindest kam man voran. Das Taxi hingegen steckte im Quartier Latin fest, sie waren noch nicht einmal an Valéries Wohnung vorbei. Sie erwog bereits, auszusteigen, als ihr Telefon klingelte. Es war eine deutsche Nummer.

»Hallo, Frau Gabin? Hier ist Annette Hoffmann aus Bremen.«

»Hallo … guten Morgen.«

»Tut mir leid, dass ich Sie so früh störe. Aber ich dachte mir, ich sage es Ihnen lieber so bald wie möglich.«

»Was denn?«

Einen Moment lang erwiderte die Chefin des Honiglabors nichts. Dann fuhr sie fort:

»Offiziell darf ich Ihnen mitteilen, dass wir zu unseren Kunden keinerlei Informationen herausgeben können.«

»Ja, das erwähnten Sie bereits. Und off the record? Unter uns Betschwestern?«

»Off the record … wie Sie sich vorstellen können, haben wir alle Proben der von Ihnen genannten Firma nochmals überprüft.«

»Ich verstehe. Und was ist dabei rausgekommen?«

»Ich kann Ihnen nichts über irgendwelche Verunreinigungen berichten.«

Valérie spürte, dass sie wütend wurde. Diese Chemikerin war eine wahnsinnig komplizierte Person. Was sollte diese gewundene Ausdrucksweise?

»Frau Hoffmann, hören Sie …«

»Das ist alles, was ich zu sagen habe.«

»Warten Sie einen Moment. Ich verstehe das nicht ganz. Sie sagen mir on the record, dass Sie nichts sagen. Und danach sagen Sie mir off the record das Gleiche noch mal?«

»Das ist es nicht, was ich gesagt habe.«

»Können Sie's dann bitte wiederholen? Mag sein, dass ich noch nicht genug Kaffee hatte.«

»Wir haben alles gründlich untersucht.«

»Mit Ihrer neuen Methode.«

»Wir haben alles untersucht. Und ich kann Ihnen nichts über irgendwelche Verunreinigungen sagen.«

»Sie haben also keine gefunden? Obwohl Sie die ganzen Proben durch Ihren Superscanner gejagt haben?«

Valérie presste ihr Handy ans Ohr, wartete auf eine Antwort. Doch Hoffmann sagte nichts.

»Und damit wollen Sie mich hängen lassen?«

»Viel Erfolg, Frau Gabin. Einen schönen Tag noch.«

»Hören Sie, ich schlage Ihnen Folgendes vor: Ich verpflichte mich, nichts davon zu veröffentlichen, und Sie stellen mir Kopien der … hallo?«

Hoffmann hatte bereits aufgelegt. Valérie fluchte leise, ließ sich tiefer in den Sitz sinken. Sie befanden sich inzwischen auf Höhe des Jardin du Luxembourg, schoben sich in Zeitlupe den Quai Saint-Bernard entlang. Hatte Hoffmann ihr etwas sagen wollen? Oder wollte sie Valérie schlichtweg mit einer Phrase abspeisen? Vielleicht hatten ihr Anwalt oder ihr PR-Fuzzi es Hoffmann verboten, konkreter zu werden. Aber das ergab eigentlich keinen Sinn. Die Frau hatte sie persönlich empfangen, weit und breit war kein Pressesprecher oder sonstiger Kommunikationsverhinderer zu sehen gewesen.

*Ich kann Ihnen nichts über irgendwelche Verunreinigungen berichten.*

*Ich kann Ihnen nichts über irgendwelche Verunreinigungen berichten.*

Als handele es sich um ein Mantra, wiederholte Valérie den Satz, in der Hoffnung, ihr werde sich ein tieferer Sinn erschließen. Aber es erschloss sich gar nichts. Sie erwog, ihren Freund anzurufen und ihn zu fragen, ob er Hoffmanns Chiffren verstand. Doch vermutlich war er noch nicht einmal wach, und aus dem Bett klingeln mochte Valérie ihn nicht.

»Madame? Wir wären jetzt da.«

»Ah? Ja, Danke.«

Sie zahlte, stieg aus. Das Taxi parkte direkt vor dem Haupteingang der Gare d'Avenir. Über dem Eingangsportal war der Name des Inkubators angebracht, in meterhohen Leuchtbuchstaben, deren Licht sich in den feinen Regentropfen brach. Vor dem überdachten Eingang standen Menschen und tranken Kaffee. Durch die Bank waren sie entsetzlich jung, keiner trug einen Anzug. Valérie schob sich an ihnen vorbei, betrat die Haupthalle. Sie steuerte auf den Empfang zu, einem großen Tresen, der aus aufgearbeiteten alten Gleisbohlen zu bestehen schien.

»Guten Morgen, Madame«, erwiderte ein junger Mann. Auch er trug keinen Anzug, aber immerhin ein Jackett über dem T-Shirt. »Wie kann ich Ihnen helfen?«

»Mein Name ist Valérie Gabin. Für mich soll hier etwas hinterlegt worden sein.«

Der Mann nickte, griff nach einem Tablet.

»Einen Moment, ich schaue kurz. Ah, ja hier.«

Er wandte sich ab, rief einer anderen Mitarbeiterin zu: »Fatou, dein Key Account ist da.«

Die Frau, eine Mittdreißigerin in weißer Bluse und dunkelblauen Culottes, sah von ihrem Laptop auf. Sie erhob sich und ging um den Tresen herum auf Valérie zu.

»Guten Morgen, Madame Gabin. Fatou Rachid, wir haben Sie schon erwartet. Hatten Sie eine gute Anreise?«

»Eine … ja, danke.«

»Wenn Sie möchten, zeige ich Ihnen die Spaces. Ist Ihnen das recht? Oder möchten Sie zunächst einen Kaffee?«

»Nein, danke. Gerne gleich die Spaces.«

»Alles klar. Hafid, gibst du mir den Umschlag? Fach drei.«

Der junge Mann tat wie ihm geheißen. Valéries Begleiterin öffnete einen weißen A4-Umschlag, fischte eine knallgrüne Keycard hervor. Sie hielt sie kurz hoch, so als handele es sich um ein wichtiges Beweisstück, bevor sie die Karte in der Hosentasche verschwinden ließ.

»Wenn Sie mir bitte folgen würden.«

Sie durchquerten die Haupthalle. Erneut fiel Valérie auf, wie groß das Gebäude war – die gegenüberliegende Seite lag weit entfernt. Nach vielleicht hundert Metern bog Rachid vor einer der überdimensionierten gläsernen Büroboxen nach rechts ab.

»Sie und Ihr Team werden sich hier bestimmt wohlfühlen«, sagte die Frau.

Valérie nickte und lächelte. Wovon redete die Frau? Sie

durchquerten eine Art Einkaufspassage, passierten Coffeeshops und Sandwichstände.

»Wann kommen denn die anderen?«

»Das ist noch offen«, stammelte Valérie.

»Wann immer Ihre Kollegen auch eintreffen, es ist alles bereit. Alle Anschlüsse, die ganze Infrastruktur. Sie können sofort«, Rachid lächelte, »losrennen. Hit the ground running.«

»Das ist hervorragend«, erwiderte Valérie.

Sie erreichten einen Aufzug. Die Fahrstuhltüren glitten auf. Nach einer kurzen Fahrt fanden sie sich auf einer verglasten Galerie wieder, die sich fast über die gesamte Länge der alten Bahnhofshalle zu ziehen schien. Der Boden befand sich fast zehn Meter unter ihnen. Rachid schritt voran. Rechter Hand lagen Büros, in denen junge Menschen vor Flachbildschirmen saßen.

»Es ist gleich da hinten«, sagte die Mitarbeiterin.

»Da haben wir ja Glück, dass Sie kurzfristig etwas frei hatten.«

Rachid lächelte. »Für Delphi Systems tun wir natürlich alles.«

Valérie begann zu ahnen, was hier vor sich ging. Delphi Systems war die Firma, mit der Willinon in den Neunzigern märchenhaft reich geworden war. Sie machte irgendetwas mit Datenbanken und Internetservern und beschäftigte fast hunderttausend Mitarbeiter. Hatte Willinon die Büros für seine eigene Firma angemietet?

Die Inkubatormitarbeiterin blieb vor einer Tür stehen. Anders als jene Büros, an denen sie bisher vorbeigekommen waren, konnte man in diese von der Galerie aus nicht hineinsehen. Rachid hielt die Keycard gegen ein Gerät neben der Tür.

»Bitte. Nach Ihnen.«

Valérie betrat ein Großraumbüro. Es war schlauchförmig, maß vielleicht fünfzehn mal siebzig Meter. Es gab Schreibtische, Topfpflanzen, Whiteboards, einen Kaffeeautomaten und alle anderen Paraphernalien moderner Büros. Die Außenwände waren verglast. Durch die Regenschlieren konnte Valérie in einiger Entfernung die hell beleuchtete Gare du Nord ausmachen.

Valérie spürte einen Kloß im Hals. Hier ließen sich problemlos sechzig Personen unterbringen – in etwa so viele, wie seinerzeit beim Gabin gearbeitet hatten, ihrem Gabin. Damals hatten sie allerdings nicht in einem modernen Glaskasten gesessen, sondern in einem historischen Gebäude auf der Avenue de Breteuil. Die Miete hatte sie am Ende fast umgebracht, war aber vermutlich nur halb so hoch gewesen wie die in diesem seelenlosen Bürotempel.

»Ganz toll«, brachte sie hervor.

»Der Space ist natürlich erweiterbar. Momentan sind die angrenzenden Units belegt, aber in sechs Monaten zieht nebenan jemand aus, das wäre noch mal die doppelte Fläche. Falls Sie rasch expandieren sollten.«

»Kann passieren«, erwiderte Valérie tonlos.

»Wollen Sie jetzt die Makerspaces sehen?«

»Makerspaces?«

Rachid runzelte die Stirn. Dann hatte sie sich wieder unter Kontrolle, strahlte Valérie an.

»Nach meinen Informationen«, sie wischte auf ihrem Tablet herum, »hat Delphi zusätzlich Labors und Werkstätten im Nebenflügel angemietet. Ist das nicht korrekt?«

»Doch, doch, natürlich. Muss mir kurz entfallen sein. Also, ja, vielleicht können wir die gleich mal anschauen.«

Sie fuhren wieder nach unten, stiegen diesmal jedoch im Untergeschoss aus

»Unser Makerspace ist über einen unterirdischen Gang mit dem Hauptgebäude verbunden. Sie kommen nur rein, wenn Sie eine entsprechende Berechtigung haben.«

»Es kann also nicht jeder, der hier arbeitet, da rüber?«

»Oh, nein. Die Haupthalle ist Open Space, als Ort der Begegnung gedacht. Dass sich unsere verschiedenen Start-ups kennenlernen, ist ja gewollt, cross-pollination gehört zum Konzept. Aber im Makerspace haben diejenigen, die zum Beispiel an Robotik oder anderen Industrielösungen arbeiten, ihre Werkstätten. Aus Gründen des Patent- und auch des Arbeitsschutzes hat nur qualifiziertes Personal Zutritt.«

Die Fahrstuhltüren öffneten sich. Sie betraten einen fensterlosen Gang, der nach etwa siebzig Metern vor einer weiteren Fahrstuhltür endete.

»Wir betreten gleich das Gebäude, das Sie bei der Anreise vielleicht schon gesehen haben. Das futuristisch aussehende Ding, das an eine Kakifrucht erinnert?«

Valérie hatte nichts Derartiges gesehen. Sie nickte dennoch. Sie betraten den zweiten Fahrstuhl, Rachid drückte den Knopf für das Erdgeschoss.

»Ich wusste gar nicht, dass Delphi auch Chemie und Biotech macht«, sagte Rachid.

Valérie sah sie überrascht an.

»Na, weil Sie doch im Makerspace ausdrücklich Labors mit Ausstattung für chemische Forschung bestellt haben.«

Einen Moment wusste Valérie nicht, was sie antworten sollte. Dann sagte sie:

»Ja, es geht um … cloudbasierte On-demand-Sequenzierung für Big Pharma.«

Rachid nickte. Zum Glück fragte sie nicht weiter nach. Die Fahrstuhltüren öffneten sich. Wie auch das Hauptgebäude besaß der Makerspace eine Art Atrium, allerdings ein weitaus kleineres. Um diesen zentralen Bereich herum gruppierten sich auf mehreren Etagen Arbeitsplätze. Die im Erdgeschoss sahen allerdings nicht aus wie Großraumbüros, eher wie Garagen. Die Rolltore der meisten waren geöffnet. Valérie sah Roboter, Karosserien, Fertigungsmaschinen. Es roch nach Schmierfett und Lötzinn.

Sie liefen ein Stück. Rachid öffnete eine Tür.

»Machen Sie sich übrigens keine Sorgen, falls Sie Schwierigkeiten mit der Orientierung haben. Die Gare d'Avenir hat eine eigene App, da ist alles verzeichnet.«

Rachid holte ihr Tablet hervor. Darauf war eine Karte à la Google Maps zu sehen, die das Interieur des Inkubators zu zeigen schien.

»Da können Sie den Namen jeder hier ansässigen Firma eingeben und werden dann vom Navi des Inkubators hingeführt. Auch Leute, die Sie kennenlernen können, sind drin.«

Der zweite Satz machte Valérie hellhörig.

»Sie meinen, alle, die hier arbeiten, sind in der App verzeichnet?«

»Ja, ist quasi wie LinkedIn oder Facebook, aber nur für die Gare d'Avenir. Die Teilnahme ist natürlich freiwillig, aber neunzig Prozent unserer Kunden melden sich an. Super fürs Networking. Und diskret. Ist ein geschlossenes System, man muss einen Invitecode haben. Ihren finden Sie in dem Ordner, den ich Ihnen gleich gebe.«

»Super, danke.«

»Wenn Sie möchten, gehen wir mal rein.«

Valérie machte eine zustimmende Geste. Sie fanden sich

in einem kleinen Raum mit Sitzgelegenheiten wieder. Von dort führte ein Gang zu insgesamt sechs Türen. Sie waren mit Schildern versehen, auf denen Lab 1/A, Lab 2/A und so weiter stand. Rachid stoppte vor Lab 1/A, öffnete die Tür.

»Das ist Ihr Labor«, sagte sie und machte eine einladende Handbewegung.

In Labor Nummer drei gab es ein halbes Dutzend Arbeitsplätze, außerdem Kühlschränke sowie verschiedene Geräte – jenen nicht unähnlich, die sie in dem Bremer Testlabor gesehen hatte. Einen Moment zögerte sie. Als Valérie jedoch Rachids Blick bemerkte, betrat sie forschen Schritts den Raum. Ein Bewegungsmelder aktivierte das Oberlicht. Sie ging zu den verschiedenen Geräten, tat so, als nähme sie alles kritisch in Augenschein. Es gab einen Durchgang, der in einen weiteren, ähnlich ausgestatteten Raum führte. Auch diesen inspizierte Valérie kurz. Nachdem sie mit der Scharade fertig war, wandte sie sich wieder Rachid zu.

»Passt alles?«, fragte diese.

»Es fehlen ein paar Kleinigkeiten, aber die bringen wir selbst mit, nächste Woche.«

»Sehr gut. Haben Sie weitere Fragen?«

»Im Moment nicht. Wenn Sie mir noch die Karten und die Codes geben, reicht das erst einmal. Ich würde dann jetzt in unser neues Büro gehen und ein paar Anrufe tätigen.«

»Selbstverständlich. Es freut mich, dass alles zu Delphis Zufriedenheit ist.«

Eine Viertelstunde später hockte Valérie allein in dem verlassenen Großraumbüro, vor sich eine Mappe mit WLAN-Codes, Logins und Keycards. Gerne hätte sie Willinon angerufen und ihn gefragt, was er sich gedacht hatte. Alles, worum sie ihn gebeten hatte, war ein Zugang zur Gare d'Avenir gewesen. Stattdessen hatte sie tausend Quadratmeter Bürofläche bekommen, ein Labor und eine Menge frisches Obst.

Valérie nahm sich einen Apfel. Während sie ihn aß, lief sie auf und ab. Nach einer Weile setzte sie sich wieder und ging die Papiere durch. Als sie zu dem Zettel mit dem Login für die App kam, musste sie wieder an das denken, was die Key-Account-Managerin gesagt hatte. »Neunzig Prozent unserer Kunden melden sich da an.«

Sie lud sich die App aufs Handy, loggte sich ein. Die Software forderte sie auf, ihren eigenen Steckbrief auszufüllen, doch Valérie klickte auf weiter. In der Suche tippte sie »Crystalcast« ein.

»Na also.«

Zum einen wurden die Bürowürfel der Firma angezeigt. Offenbar unterhielt Crystalcast auch noch ein Labor – Lab 6/A. Falls sie den Lageplan korrekt interpretierte, lag es im selben Trakt wie ihres. Möglicherweise hatten sich Brad und Willinon bei dieser Sache mehr gedacht, als sie zunächst angenommen hatte.

Außer den Standorttreffern fand Valérie Profilseiten von Crystalcast-Mitarbeitern. Insgesamt waren es neun. Einige waren mit Fotos versehen, andere nicht. Sie scrollte die Mitarbeiterliste durch, um zu überprüfen, ob sie jemand wiedererkannte – Fehlanzeige. Nachdem sie versucht hatte, sich die Gesichter einzuprägen, holte Valérie ihr Notizbuch hervor und schrieb alle Namen ab. Drei klangen französisch, alle anderen chinesisch. Eine Madame Foo war nicht dabei. Da ihr einer der anderen Namen jedoch vage bekannt vorkam, blätterte sie zu ihren vorherigen Notizen.

Ihre Erinnerung hatte sie nicht getäuscht. Einer der Mitarbeiter, ein gewisser Dr. Hu Gongmin, war Valérie schon einmal über den Weg gelaufen. Ein älterer Presseartikel wies ihn als Co-Geschäftsführer von Crystalcast aus. In Valéries Block stand unter dem Namen Hu Gongmin der von Mathilde Garrard. Die zweite Geschäftsführerin von Crystalcast fehlte jedoch in der Trefferliste. War ihr Profil unvollständig und deshalb nicht mit der Firma verknüpft? Valérie ging zurück zur Suchfunktion, gab dort Garrards Namen ein. Sie erhielt null Treffer. Was war aus Garrard geworden? Arbeitete sie inzwischen woanders?

Sie rief die Infogreffe auf, das französische Handelsregister, und suchte nach Crystalcast. Ihre bisherige Recherche, das wurde Valérie nun schmerzlich bewusst, war schlampig gewesen. In einem Fachartikel hatte sie gelesen, Garrard sei Co-Geschäftsführerin des Start-ups; überprüft hatte sie diese Information jedoch nie. Sie scrollte durch die Einträge im Handelsregister. Es waren nicht sehr viele, aber vor rund zwölf Monaten war ein Wechsel der Geschäftsführung angezeigt worden. Sie klickte auf die Meldung.

»Ausgeschieden: Garrard, Mathilde. Neuer alleiniger Geschäftsführer: Gongmin, Hu.«

Als Nächstes tippte Valérie Garrards Namen bei Google ein. Erster Treffer war eine Tennisspielerin, die auf der ATP-Rangliste ziemlich weit oben stand, sicherlich nicht die richtige Person. Sie scrollte weiter und fand auf Seite zwei einen Link zur Pariser Universität. Dort, in der Fakultät für Zell- und Molekularbiologie, gab es eine Professorin namens Mathilde Garrard. Das Foto des Eintrags zeigte eine vielleicht vierzigjährige Frau mit einem altbackenen Pagenkopf, der Valérie an Mireille Mathieu erinnerte.

Sie scrollte nach unten, auf der Suche nach einer Adresse. Irgendwann hatte Frankreich die altehrwürdige Sorbonne in dreizehn Einzelunis aufgespalten, nur um einige davon später wieder miteinander zu fusionieren. Das Ergebnis war ein Sammelsurium an Hochschulen, die Paris I oder Paris 3 hießen – nicht einmal auf römische oder arabische Ziffern hatte man sich einigen können. Die Institute waren über die gesamte Stadt verteilt. Garrards Fakultät saß an der Place Jussieu, im fünften Arrondissement. Valérie runzelte verblüfft die Stirn. Sie kannte den dortigen Campus gut, er lag am Boulevard Saint-Germain und damit quasi in ihrem Viertel. Garrards Arbeitsplatz befand sich kaum zehn Minuten von ihrer Wohnung entfernt.

# 40

Valérie saß in einem Café in der großen Halle der Gare d'Avenir und fragte sich, ob sie wohl auffiel. Was ihre Kleidung anging, vermutlich nicht: Sie trug Turnschuhe, Jeans, Rollkragenpulli. Allerdings war sie zehn Jahre älter als die meisten Start-up-Mitarbeiter.

Jetzt belügst du dich selbst, dachte sie. Es sind eher zwanzig.

Sie wickelte das bunte Bändchen, an dem ihre Keycard befestigt war, um den Finger, strich über das Plastik. Die Karte gewährte ihr Zugang zu allen öffentlichen Bereichen sowie dem Makerspace. In die Laborräume oder Büros von Crystalcast kam sie damit nicht hinein. Und selbst wenn – was würde sie dort erfahren können? Ihre chemischen Kenntnisse beschränkten sich darauf, dass sie ein paarmal bei Loyola Cazarez gegessen hatte, dem Erfinder der Molekularküche.

Ihr Handy klingelte. Wieder handelte es sich um eine deutsche Nummer.

»Hallo?«

»Hendrickx, hallo.«

»Oh, guten Tag, Professor Hendrickx. Schön, dass Sie mich zurückrufen.«

»Sie hatten mich kontaktiert, wegen der Bienen, ja?«

Valérie klemmte sich das Handy zwischen Schulter und Wange, kramte ihr Notizbuch und einen Stift aus der Tasche.

»Korrekt. Ich schreibe über Honig, für ein großes Foodportal. Und ich habe gehört, dass Sie sich damit beschäftigen, wie man Bienen, nun ja, widerstandsfähiger machen könnte.«

»Das ist in etwa korrekt, ja.«

»Ich war auf Ihrer Website, aber da stand nicht allzu viel – oder vielleicht habe ich es auch nicht verstanden. Deshalb wollte ich mich bei Ihnen erkundigen, wie weit Sie sind.«

»Ich verstehe«, Hendrickx klang amüsiert, »Sie wollen wissen, ob wir hier eine Superbiene züchten.«

»Wenn ich es richtig verstanden habe, geht das mit dieser neuen Genschere ja inzwischen sehr einfach.«

»Ich weiß nicht, ob ich von einfach sprechen würde. Die Sache befindet sich in einem frühen Stadium.«

»Okay. Und wie darf ich mir das vorstellen? Wie verändert man eine Biene denn, ich meine praktisch gesehen?«

»Wir modifizieren die pupae, die Larven.«

»Und aus denen entstehen Bienen, die resistenter gegen Schadstoffe sind?«

»Theoretisch schon. Aber ganz so einfach ist es nicht, wie gesagt.«

»Ich verstehe. Worin liegt die Schwierigkeit?«

»Wissen Sie, was Epigenetik ist?«

»Nicht wirklich.«

»Die meisten Laien haben eine falsche Vorstellung von

Gentechnik. In der Regel gibt es nicht nur eine Stelle im Genom, die beispielsweise helfen würde, dass ein Organismus resistenter gegen bestimmte Pestizide ist. Sondern mehrere. Und die beeinflussen einander. Sie dürfen sich das nicht wie einen einzelnen Schalter vorstellen – Resistenz an, Resistenz aus. Eher wie einen großen Sicherungskasten mit einem Haufen Schaltern. Wenn Sie einen Hebel umlegen, fliegt möglicherweise woanders die Sicherung raus.«

»Das heißt, Sie müssen lange herumprobieren.«

»Richtig. Umwelteinflüsse haben Einfluss darauf, welche Gene aktiviert sind und welche nicht. Hinzu kommt, dass Honigbienen eine Art Superorganismus sind.«

»Und deshalb noch komplizierter sind?«

»Ja. Wir arbeiten deshalb vor allem mit anthophora plumipes, einer Biene, die nicht in Völkern lebt.«

»Eine Single-Biene? Ich dachte immer, alle Bienen leben in Völkern.«

»Nein, überhaupt nicht. Die meisten sind Solitäre. Apis mellifera ist eher die Ausnahme.«

»Und wie weit sind Sie?«

»Mit anthophora recht weit. Wir kennen jetzt den Sicherungskasten, um im Bild zu bleiben. Demnächst wollen wir Modifikationen probeweise an Honigbienen vornehmen.«

»Aber das kommt erst noch?«

»Im Laufe des kommenden Jahres, ja.«

»Und wie darf ich mir das vorstellen? Sie stellen Bienenstöcke im Garten auf und gucken, was passiert?«

»Nein, nein. Im Labor, natürlich.«

»Natürlich. Und dann schauen Sie regelmäßig nach, wie es den Bienen geht.«

»Wir und der Computer. Das sind ja keine normalen Bienenstöcke, sondern Versuchsaufbauten. Wir platzieren beispielsweise Kameras gegenüber dem Einflugloch. Eine Software zählt, wie viele Bienen ein- und ausfliegen.«

»Ich verstehe. Sagen Sie, was diese Resistenz gegen Pestizide oder Insektizide angeht: Es gibt Leute, die sagen, dass Neonicotinoide und derlei Gifte nur ein Grund für kollabierende Kolonien seien, für CCD. Dass das Problem komplexer sei.«

»Könnte sein.«

»Aber dann würde eine Resistenz ja nichts bringen, oder?«

»Sie würde zumindest einen ganz erheblichen Stressfaktor beseitigen. Ob das ausreicht, wissen wir nicht. Man muss schrittweise vorgehen.«

»Ich verstehe. Sie sagen, das alles finde im Labor statt. Müssten Sie nicht auch Feldversuche machen?«

»Bis dahin wird es noch eine ganze Weile dauern. Es gibt schließlich sehr strikte Regeln für so etwas, aus gutem Grund. Und die halten wir natürlich ein.«

»Ich verstehe. Sagen Sie, gibt es dazu vielleicht noch irgendwelche Unterlagen, etwas, das ich lesen könnte?«

»Zurzeit leider nicht. Es handelt sich um ein Drittmittelprojekt.«

»Und das heißt?«

»Dass dazu Rücksprache mit dem Unternehmen notwendig wäre, welches das Projekt in Auftrag gegeben hat.«

»Und an wen müsste ich mich da wenden?«

»Selbst das ist leider vertraulich. Ich kann denen aber gerne Ihre Kontaktdaten übermitteln. Ob das Unternehmen sich dann bei Ihnen meldet, kann ich natürlich nicht sagen.«

Valérie überlegte einen Augenblick. Hendrickx kannte ihren Namen bereits. Vermutlich würde er seine Auftraggeber ohnehin darüber informieren, dass eine neugierige Journalistin Witterung aufgenommen hatte. Sie hatte also nichts zu verlieren.

»Gerne. Ich halte mich auch an Verschwiegenheitspflichten, Embargotermine oder was auch immer.«

»Das ist gut zu wissen«, erwiderte Hendrickx. Es klang, als glaube er ihr kein Wort.

»Reicht das fürs Erste? Ich muss jetzt in ein Seminar.«

»Okay. Vielen Dank für Ihre Zeit, Professor.«

»Danke für Ihr Interesse. Auf Wiederhören.«

Valérie starrte einen Moment lang auf ihre Notizen, ließ den Stift sinken. Sie schrieb eine Nachricht an Xavier und teilte ihm mit, dass Hendrickx sich gemeldet hatte. Dann scrollte sie durch ihre Mails. Ihr fiel eine Nachricht auf, die von einem Absender namens true_honey797@gmx.de stammte. Die Nachricht bestand aus einem einzigen Satz:

»Der Allpass verwendet IER-Technologie.«

Sie las den Satz mehrmals. Dann googelte sie eine Weile, las Treffer um Treffer. Als Valérie wieder aufschaute, begann es draußen bereits dunkel zu werden. Sie rieb sich den Nacken, der vom langen Starren auf den kleinen Bildschirm schmerzte. Dann machte sie sich auf den Weg zu dem Laborbereich des Makerspace.

Der Raum, der ihrer oder genauer gesagt Willinons Firma zugewiesen worden war, befand sich am Anfang des Gangs, Crystalcast lag am Ende. Zögerlich schritt Valérie den Flur entlang, bis sie vor der Tür mit der Aufschrift Lab 6/A stand. Sie sah exakt aus wie die anderen fünf – weiß lackiertes Metall, ein Kontaktfeld für Keycards. Nirgendwo stand ein Firmenname.

Sie ging zurück, hielt ihre Karte gegen das Lesegerät von Lab 1/A. Mit einem Klacken sprang die Tür auf. Sie betrat ihr eigenes Labor, schaute sich um. Der Raum wirkte so wenig einladend wie schon bei ihrem ersten Besuch: Lange metallene Tische und verglaste Schränke glänzten unter brutalem LED-Licht. Auf der gegenüberliegenden Seite des Raums befand sich eine Fensterfront. Die Scheiben waren fast anderthalb Meter hoch. Man konnte in einiger Entfernung den alten Bahnhof sehen, in dem die eigentliche Gare d'Avenir untergebracht war. Inzwischen war es dunkel. Statt des Sprühregens fielen dicke Tropfen, die umliegenden Straßen glänzten im Licht der Laternen und Autoscheinwerfer.

Valérie trat nah an das Fenster heran. Sie sah, dass es eine Art um das Gebäude herumlaufenden Balkon gab. Seine Bodenflächen und Geländer bestanden aus verzinktem Metall. Er diente wohl nicht dazu, den Laboranten ein mittägliches Sonnenbad zu ermöglichen, sondern war ein Fluchtweg. In einiger Entfernung sah Valérie Feuerleitern. Doch wie kam man hinaus? Ihr fiel ein grünes EXIT-Schild an der Wand auf. Sie betrat den Nebenraum. Auch hier gab es Fenster, außerdem eine Terrassentür. Valérie öffnete sie, trat hinaus auf den Balkon. Es war feucht und kalt. Die Kragplatte des Stockwerks über ihr hielt etwas von dem Regen ab, aber durch die Löcher in den Metallgittern tröpfelte ihr Wasser in den Nacken. Leise fluchend tastete sie sich voran, in Richtung von Lab 6/A. Hinter den Fenstern ihrer Nachbarlabors brannte kein Licht. Anscheinend waren die meisten Mitarbeiter bereits in den Feierabend entschwunden.

Als sie Labor Nummer sechs erreichte, war sie bereits ziemlich nass. Dank des Umgebungslichts, das durch die

Scheiben in den dunklen Raum fiel, sah Valérie, dass dieser weitaus mehr Einrichtung enthielt als ihr noch jungfräuliches Labor. Die Kabinette waren voller Erlenmeyerkolben und anderer gläserner Behälter, an den Wänden standen ein halbes Dutzend Analysegeräte.

Valérie zog ihr Handy hervor, aktivierte dessen Taschenlampenfunktion. Die Scheibe reflektierte derart stark, dass sie kaum etwas sah. Deshalb drückte sie das Telefon direkt gegen das Glas. Nun erkannte sie mehr Details. An der gegenüberliegenden Wand hing ein großer Fotokalender, der asiatische Landschaften zeigte und mit chinesischen Schriftzeichen versehen war. Sie konnte eine Tafel ausmachen, auf der jemand mithilfe von Magneten, Karteikärtchen und Folienstiften etwas skizziert hatte, einen Projektplan vielleicht. Das meiste war auf Chinesisch. Nur hier und da fanden sich eingestreute englische Begriffe wie Follow-up oder Milestones.

Valérie runzelte die Stirn. Sie schob das Handy über die Scheibe, um besser sehen zu können, was sich auf den Tischen befand, die im rechten Winkel zur Fensterfront verliefen. Auf ihnen standen zahllose Plastikbehälter mit Deckel, in etwa so groß wie Filmdöschen. Ihr fiel auf, dass sie jenen glichen, in denen Crystalcasts Honigproben verpackt gewesen waren.

Sie machte einige Schritte seitwärts, bis sie direkt vor einem der Tische stand. Das Licht ihres Handys fiel auf rund dreißig in der Mitte des Tisches aufgereihte Erlenmeyerkolben. Alle waren mit Gummistoppern verkorkt, in allen befand sich Flüssigkeit. Valérie ging in die Knie, sodass sie sich auf Höhe der Kolben befand. Die vorderen waren kaum mehr als fünfzig Zentimeter von ihr entfernt.

Was auf den ersten Blick wie Flüssigkeit gewirkt hatte, entpuppte sich auf den zweiten als Ansammlung winziger Bällchen, jedes kaum größer als ein Zuckerkügelchen auf einer Geburtstagstorte. Es gab sie in verschiedenen Schattierungen, von Gelb über Karmesinrot bis Hellbraun. Jeder der Kolben musste davon Abertausende enthalten. In einigen Glasgefäßen lagerten trockene Kügelchen. In anderen waren sie mit irgendeiner Flüssigkeit vermischt. Letztere glänzten und waren aufgequollen. Sie erinnerten Valérie an Lachsrogen. Rasch entsperrte sie ihr Handy, begann Fotos zu schießen.

Auf einmal flammte Licht auf. Die Deckenbeleuchtung hatte sich eingeschaltet. Valérie war geblendet, konnte jedoch erkennen, dass sich die Tür öffnete. Sie wich zurück. Die Tür schwang ganz auf, ein Mann trat ein. Er trug einen Laborkittel. Valérie meinte, ihn schon einmal gesehen zu haben, vielleicht in der App.

Die Körperhaltung des Neuankömmlings deutete darauf hin, dass er sie bemerkt hatte. Valérie rannte den Balkon entlang. Die Metallgitter unter ihren Füßen schepperten. Ihr erster Gedanke war, durch ihre eigene Terrassentür ins Gebäude zurückzukehren. Dann entschied sie sich dagegen, lief weiter. Hinter sich hörte sie jemand rufen, achtete aber nicht darauf. Einige Sekunden später erreichte sie das Ende der Gebäudefront, bog um die Ecke. Aus dem Augenwinkel nahm sie jenseits der Fenster Menschen wahr, die verwundert hinausschauten und sich vermutlich fragten, wer bei strömendem Regen da draußen entlangrannte. Vermutlich würde es nicht lange dauern, bis jemand den Sicherheitsdienst verständigte.

Valérie lief auf die Feuerleiter zu. Wenige Sekunden später war sie bereits auf dem Weg in das darunterliegende

Stockwerk. Einmal schaute sie nach oben. Valérie glaubte Schritte zu hören, sicher war sie sich nicht. Je näher sie der Straße kam, desto lauter wurde der Verkehrslärm. Ihr Herz hämmerte, das Blut rauschte in den Ohren.

Sie nahm eine Feuertreppe nach der anderen. Einmal rutschte Valérie aus und stürzte, rappelte sich aber sofort wieder auf. Die Hand, auf die sie gefallen war, schien aufgeschrammt zu sein, ansonsten war ihr nichts passiert.

Valérie erreichte die letzte Treppe. Sie endete vor einer Art metallenem Käfig, in den eine grüne Stahltür eingelassen war. Schwer atmend blieb sie stehen. Statt einer Klinke besaß die Tür einen horizontal über die gesamte Breite verlaufenden Bügel. Drückte man ihn herunter, löste das vermutlich irgendeinen Alarm aus. Ein Schild ermahnte sie, die Tür nur im Notfall zu öffnen.

Über ihr schepperte das verzinkte Metall der Feuertreppe. Jemand kam ihr nach. Sie musste wieder an die Typen vom Rungis denken und beschloss, dass es sich definitiv um einen Notfall handelte. Valérie öffnete die Tür, von irgendwo war ein hoher Piepton zu hören.

Die Straße war höchstens fünfzig Meter entfernt. Als sie dort ankam, hatten die Autos glücklicherweise gerade rot. Rasch schob Valérie sich zwischen den Pkw hindurch, kollidierte fast mit einem Lieferservice-Scooter, der sich ebenfalls durch den Verkehr zu mogeln versuchte. Sie ignorierte die in stark akzentuiertem Französisch ausgestoßenen Beschimpfungen des Boten, lief weiter, rempelte sich zwischen Passanten mit Regenschirmen hindurch. Als sie nach einer Weile stehen blieb, wusste Valérie einen Moment lang nicht, wo sie sich befand.

In einiger Entfernung erhob sich eine Kirche. Wenn sie sich nicht irrte, handelte es sich um Saint-Denys de la Chapelle. Sie befand sich unweit der Gare du Nord. An der nächsten Ecke sah sie über einem Eingang schwungvolle rote Buchstaben schweben – eine Brasserie. Einer der Kellner musterte Valérie kritisch, als sie eintrat. Vermutlich sah sie aus, als hätte sie unter einer Seinebrücke geschlafen. Der Mann schien sich nicht sicher, ob er ihr den Zutritt verwehren sollte.

»Die Toiletten, Monsieur?«

»Madame, geht es Ihnen gut?«

»Gestürzt«, erwiderte sie. »Bringen Sie mir einen doppelten 103er und einen großen Noisette. An diesen Tisch dort. Ich bin gleich zurück.«

Der Kellner hatte offenbar entschieden, dass sie keine schizophrene Irre war, sondern eine Prinzessin in Nöten. Er lächelte auf einmal verständnisvoll, begleitete sie höchstpersönlich zu den Örtlichkeiten und versprach sogar, ihr einige Pflaster zu besorgen.

Als sie in der Damentoilette in den Spiegel schaute, verstand sie, warum. Bei dem Sturz musste sie sich stärker verletzt haben, als ihr bisher bewusst gewesen war. Ihre Wange zierten rote Striemen, aus einem ihrer Nasenlöcher sickerte Blut. Aber das Schlimmste waren ihre Haare. Sie sahen aus wie ein Wischmob.

Wasser schoss ihr in die Augen. Valérie versuchte nicht, es zurückzuhalten. Nachdem sie ein oder zwei Minuten geheult hatte, machte sie sich daran, ihre Verletzungen zu versorgen. Der Handballen war aufgeschürft, aber ansonsten in Ordnung. Die Nase schien zumindest nicht gebrochen. Sie säuberte alle Wunden mit Wasser, tupfte das Blut fort. Danach sah sie wieder halbwegs manierlich aus, sah man von den Haaren ab. Sie band sich einen Pferdeschwanz, kramte aus ihrer Tasche Baseballkappe und Sonnenbrille hervor, setzte beides auf. Valérie schaute in den Spiegel. Kurz erwog sie, noch frischen Lippenstift aufzutragen, aber der doppelte Brandy erschien ihr dringlicher.

Kurz darauf saß sie an einem kleinen Tisch, trank 103er und aß kleine Tafeln dunkler Schokolade, die ihr der Kellner wortlos hingestellt hatte. Währenddessen schaute sie sich auf dem Handy die Fotos des Labors an.

Der Kellner kam vorbei, lächelte.

»Besser, Madame?«

Sie zeigte wortlos das leere Brandyglas, nickte.

»Bringe ich Ihnen sofort, Madame. Kann ich Ihnen sonst noch etwas besorgen?«

»Gauloises, rot. Big Pack, wenn es das gibt.«

# 41

Kieffers Telefon klingelte. Zunächst versuchte er, das Geräusch zu ignorieren. Die Italiener waren bis halb drei geblieben, und der Koch besaß eine vage Erinnerung daran, wie er den Gästen Drëpp um Drëpp ausgeschenkt hatte. Den örtlichen Schnaps hatte er als »La Grappa lussemburghese« angepriesen und auch selbst einiges davon getrunken.

Es klingelte immer noch. Kieffer drehte sich auf die andere Seite. Gestern Nacht hatte er sein Handy doch eigentlich in weiser Voraussicht ausgeschaltet.

Allmählich wurde ihm klar, dass jemand auf dem Festnetz anrief. Dafür kamen eigentlich nur seine Mutter und seine Schwester infrage. So rasch, wie es ihm sein Schnapsschädel erlaubte, kam Kieffer hoch, tapste die Treppe hinab. Das Telefon klingelte beharrlich weiter.

»Ja doch«, brummte er. Er ging in den Flur, wo ein altes Telefon mit Wählscheibe stand.

»Das hat aber gedauert«, sagte eine entsetzlich ausgeschlafen klingende Männerstimme. Kieffer benötigte einen Moment, um sie zuzuordnen.

»Per?«

»Guten Morgen«, erwiderte Sundergaard.

»Morgen. Wusste gar nicht, dass du meine Festnetznummer hast.«

»Ich bin dir damals mit deinem ersten Internetanschluss zur Hand gegangen, erinnerst du dich?«

»Dunkel.«

»Und das Handy war aus.«

»Verstehe schon. War wohl spät.«

»Ziemlich.«

»Dachte ich mir fast. Aber ich dachte mir auch, Xavier will das so schnell wie möglich wissen.«

Kieffer ging Richtung Küche, erkannte im letzten Moment, dass das Telefon eine Schnur besaß, machte kehrt.

»Was will ich wissen?«, fragte er.

»Dein Raps. Ich habe einen Volltreffer.«

»Du hast ein Rapsfeld gefunden, das passt?«

»Drei. Aber ich weiß, welches davon mit dem Honig zusammenhängt.«

»Okay.«

»Okay? Das ist alles? Wann holst du mich ab?«

»Gib mir zwanzig Minuten. Ich rufe an, sobald ich da bin. Bist du schon im Büro?«

»Schon? Es ist fast elf.«

»Ah. Wie gesagt, zwanzig Minuten.«

»Alles klar.«

Kieffer legte auf. Zurück im Schlafzimmer kostete es ihn einiges an Beherrschung, sich nicht wieder hinzulegen. Er war nicht bereit für den Tag, für eine Landpartie, für den gut gelaunten Sundergaard. Aber er war selbst schuld. Er hatte den Mann schließlich angestiftet.

Zwanzig Minuten später hielt Kieffer auf der Rue de

la Tour Jacob, gegenüber der Rives de Clausen, und rief Sundergaard an.

»Bin da.«

»Alles klar, ich komme.«

Kieffer legte auf. Nun erst bemerkte er, dass er eine Menge neuer Nachrichten hatte. Darunter waren ein halbes Dutzend Anrufe von Sundergaard sowie einer mit belgischer Vorwahl. Von Vatanen war eine Textnachricht eingetroffen. Valérie hatte eine ihrer berüchtigten Kaskaden abgefeuert. Er öffnete die Nachrichten seiner Freundin als Erstes.

»Hendrickx hat sich gemeldet.«

»Ich würde gern wissen, wer sein Geldgeber ist.«

»Ich weiß jetzt, wie sie es machen.«

Darunter befand sich ein Foto, auf dem Kaviar zu sehen war.

»Komme morgen.«

»Ruf mich mal an.«

Kieffer war noch auf der Suche nach dem roten Faden in Valéries Nachrichten, als Sundergaard gegen die Windschutzscheibe klopfte. Der Koch zeigte auf den Beifahrersitz. Der Schwede ging um das Auto herum zum Kofferraum. Er öffnete diesen und verstaute etwas darin. Erst dann stieg Sundergaard ein. Er hielt einen Kaffeebecher in der Hand.

»Der ist für dich.«

»Das werde ich dir nie vergessen.«

Kieffer nahm einen tiefen Schluck. Der Kaffee war weniger heiß, als er hätte sein sollen, aber besser als nichts, viel besser.

»Was hast du in den Kofferraum getan?«

»Eine Drohne.«

»Wofür brauchen wir die?«

»Ich weiß nicht, ob wir sie brauchen. Mal schauen.«

»Wo fahren wir hin?«

»Weißt du, wo die Montée de Dommeldange ist?«

»Keine Ahnung.«

»Route d'Echternach, stadtauswärts. Hinter diesem Nobelhotel.«

»Hm, das sagt mir was.«

Kieffer wollte bereits den Zündschlüssel umdrehen, als Sundergaard ihn bat, noch zu warten.

»Ich zeig dir erst mal, worum es geht.«

Aus dem Rucksack zwischen seinen Füßen holte er einen Tabletcomputer hervor, groß wie ein Küchenbrett. Sundergaard wischte darauf herum.

»Ich habe mehrere Felder gefunden, auf die deine Vorgaben zutreffen. Erst wusste ich nicht, welches es sein könnte. Aber dann habe ich es mir noch mal genauer angeschaut. Hier, bitte.«

Sundergaard reichte Kieffer das Riesentablet. Auf dem Bildschirm waren Luftaufnahmen irgendwelcher Gemarkungen zu sehen. Eines der Rechtecke, auf das Kieffer hinabblickte, leuchtete goldgelb.

»Das ist westlich der Stadt«, sagte Sundergaard und wischte mit einem Finger über das Tablet, »und dieses hier liegt etwas weiter östlich. Beide wären so gerade noch in Flugdistanz einiger Bienen.«

»Du meinst die Bienenstöcke, die auf der Karte waren und die ich quasi abgeflogen habe?«

»Genau. Aber dann habe ich das hier gefunden, nahe Dommeldingen.«

Sundergaard rief ein neues Bild auf. Es handelte sich um eine weitere Luftaufnahme mit leuchtenden Feldern und einem Wäldchen mittendrin.

»Und wieso bist du dir so sicher, dass es dieses ist? Scheint mir recht weit von den Bienenstöcken entfernt.«

Sundergaard lächelte. Er wirkte noch zufriedener mit sich als sonst.

»Nun sag schon.«

Der Schwede griff nach dem Tablet, vergrößerte erneut den Ausschnitt.

»Die Auflösung«, sagte er, »ist bei dieser Vergrößerung schon ein bisschen pixelig. Aber was ist das hier wohl, hm?«

Kieffer beugte sich über das Tablet. Das Bild war verschwommen, aber er konnte eine grüne Fläche erkennen, die offenbar zu dem kleinen Wäldchen gehörte, eine Wiese vermutlich. Darauf befanden sich helle Punkte. Sie bildeten eine Linie. Mit etwas Fantasie konnte man annehmen, dass sie rechteckig waren.

»Du hast weitere Bienenstöcke gefunden?«

»Einen ganzen Haufen. Mitten in einem Rapsfeld.«

»Theoretisch«, wandte Kieffer ein, »könnten die auch jemand anderem gehören.«

»Ja, vielleicht«, erwiderte Sundergaard.

Der Koch legte den Kopf schief, überlegte.

»Schauen wir's uns mal an«, sagte er schließlich und ließ den Wagen an. Sie fuhren durch Clausen, die Rue de Neudorf hinauf. Sundergaard erforschte währenddessen die diversen Fächer und Ablagen des alten Jaguar. Er nahm Audiokassetten in die Hand und betrachtete sie so eingehend, als handle es sich um archäologische Fundstücke.

»Wie spielst du die ab?«

»Mit einem Kassettenrekorder?«

»Schon klar, aber war der drin? Ich meine, so alt ist die Kiste doch auch nicht, oder?«

»Habe ich nachträglich einbauen lassen.«

»Du kannst doch deine gesamte Musik auf dem Smartphone hören.«

»Ich weiß.«

»Aber?«

»Die gehen ja noch. Haben damals bestimmt 400 Frang gekostet, pro Kassette.«

»Was bitteschön ist ein Frang?«

»Franc auf Luxemburgisch. Die Währung vor dem Euro, Per.«

»Lange her. Da hattet ihr eure eigene Währung?«

»Zusammen mit den Belgiern, ja.«

Kieffer wurde bewusst, dass Sundergaard mindestens fünfzehn Jahre jünger war als er. Vermutlich konnte er sich kaum an die Zeit vor dem Euro erinnern, und vermutlich auch an keines der Alben, die in Kieffers Auto vor sich hin staubten.

»Was anderes, Per. Was willst du mit der Drohne?«

»Auf den Karten sieht es für mich so aus, als ob diese Bienenwiese von Bäumen umgeben wäre, und irgendwo erkennt man auch einen Zaun. Vielleicht ist sie nicht zugänglich. Und da dachte ich mir, notfalls kann die Drohne mal gucken.«

»Ich verstehe. Darf man das denn?«

»Grauzone. Aber vermutlich nicht so schlimm wie Maschendraht mit der Zange durchzwacken.«

Kieffer nickte stumm. Sie querten die Avenue Kennedy. Als Nächstes würden sie den Kirchberg auf der Nordseite verlassen, um nach einem kleinen Schlenker auf die Route d'Echternach zu gelangen. Von dort ging die Straße mit dem Rapsfeld ab.

Sundergaard zeigte auf etwas in der Ablage oberhalb des Handschuhfachs.

»Kann ich einen haben?«

»Einen was?«

»Kaugummi.«

»Klar.«

Sundergaard griff sich die Packung und lachte leise. »Krass, Chubba-Wubba. Wusste gar nicht, dass es die noch gibt. Waldfruchtgeschmack – Alter. Dass du auf so etwas stehst.«

Sundergaard begann geräuschvoll zu kauen. Etwas später vernahm der Koch das unverkennbare Popp-Geräusch einer geplatzten Blase.

Inzwischen waren sie auf der Montée de Dommeldange, die, wie der Name bereits andeutete, einen Hang hinaufführte. Die Zahl der Häuser nahm stark ab, die der Birken und Buchen zu. Hinter einer Kurve wurde die Montée noch schmaler. Nach einigen Hundert Metern lichtete sich der Wald. Vor ihnen lagen Felder und Koppeln.

»Und jetzt?«, fragte Kieffer.

Sundergaard schaute auf seinem Telefon nach.

»Noch etwa zweihundert Meter, dann sollte man es links sehen können.«

Sie fuhren langsam weiter. Um sie herum waren Äcker, auf denen Schneereste lagen. In einiger Entfernung machte Kieffer einen Hain aus, die einzige bewaldete Stelle in Sichtweite. Das Wäldchen war von einem Maschendrahtzaun umgeben. Direkt dahinter standen dichte Büsche und Fichten, versperrten den Blick auf das Innere. Kieffer fuhr bis zum Rand des Hains, hielt an.

Sie stiegen aus, liefen auf den Zaun zu. Kieffer schlug den Kragen seiner Lederjacke hoch. Hier oben war es kühler und windiger als in der Stadt. Sundergaard zeigte auf eine Lücke im Gebüsch. Dort war in die Umzäunung ein

Rahmen aus Stahlrohren eingelassen, mit einer Tür darin. Sie bestand ebenfalls aus Maschendraht, besaß Klinke und Sicherheitsschloss. Auf einem verwitterten gelben Plastikschild stand auf Französisch: »Privatbesitz. Betreten verboten.«

Kieffer probierte die Klinke. Die Tür war verschlossen. Er schaute durch den Maschendraht. Ein ausgetretener Pfad begann an der Tür und verschwand nach vielleicht zwanzig Metern zwischen den Bäumen. Er bat Sundergaard, zu warten, und umrundete das seltsame Wäldchen. Fast überall verhinderten die Büsche einen Blick ins Innere. Nur ein- oder zweimal erhaschte Kieffer einen Blick auf etwas, das wie eine Wiese aussah. Als er wieder die Straße erreichte, war Sundergaard gerade dabei, eine beachtliche Chubba-Wubba-Blase zu formen. Als sie platzte, verteilte sich lilafarbener Kaugummi über seinem ganzen Gesicht.

»Ist der einzige Eingang«, sagte der Koch.

Sundergaard beeilte sich, den Kaugummi zurück in seinen Mund zu stopfen. Anscheinend kaute er mehrere Stücke gleichzeitig, um besonders große Blasen formen zu können.

»Und jetzt, Xavier?«

Der Koch zuckte mit den Schultern,

»Man könnte rüberklettern«, sagte Sundergaard. Er blickte an sich herab und fügte hinzu: »Du zumindest.«

»Ist aber Hausfriedensbruch.«

Sundergaard zeigte auf die leeren Felder um sie herum.

»Kriegt aber niemand mit.«

Kieffer schüttelte den Kopf.

»Das hier ist Luxemburg.«

Sundergaard hatte recht, dass hier draußen ziemlich

tote Hose war. Aber gerade deshalb waren die beiden Männer mit dem seltsamen Auto das vermutlich Interessanteste, was auf der Rue de Dommeldange seit Wochen passiert war. Vermutlich hatten die Anwohner den Jaguar bereits gesehen. Vielleicht drehte auch irgendwo ein einsamer Spaziergänger seine Runden. Falls sie jemand dabei beobachtete, wie sie über den Zaun kletterten, würde es nicht lange dauern, bis die ganze Nachbarschaft wusste, was passiert war – und wem das komische Auto gehörte. Der Buschfunk würde schon dafür sorgen.

»Was ist mit deiner Drohne?«

Sundergaard kaute, nickte. Kieffer kam nicht umhin, zu bemerken, dass der Schwede ein wenig sabberte. Sundergaard machte Anstalten, den Kofferraum zu öffnen.

»Nicht hier. Besser ein Stück weiter«, sagte Kieffer.

Sie fuhren bis zu einer Biegung, an der ein kleiner Waldweg abging. Dort parkten sie. Während Kieffer eine Ducal rauchte, machte Sundergaard die Drohne startklar. Das Modell war kleiner als jenes, das ihn virtuell Huckepack genommen hatte. Der Schwede platzierte die Drohne auf einem Acker, kam dann zu Kieffer gelaufen, eine Fernsteuerung in der einen und das riesige iPad in der anderen Hand. Er hielt dem Koch das Tablet hin.

»Da kannst du sehen, was die Drohne sieht. Ich fliege, du guckst.«

Kieffer nahm das Tablet. Ein sirrendes Geräusch ertönte, als die Rotoren der Drohne ansprangen. Senkrecht hob sie ab, stieg vielleicht dreißig Meter auf. Dann rauschte sie ab, in Richtung des Hains. Der Koch setzte sich in den Wagen, legte sich das Tablet auf die Oberschenkel. Sundergaard stellte sich neben die geöffnete Fahrertür. Die Fernsteuerung, mit der er hantierte, besaß ebenfalls ein Display.

Auf dem Bildschirm des Tablets tauchte die annähernd quadratisch angelegte Gruppe von Bäumen auf. Wie bereits auf dem Satellitenbild zu sehen gewesen war, umrahmte der Knick eine unbewaldete Fläche in der Mitte. Die Drohne ging in den Sinkflug, die Bäume verschwanden, nur das Innere des Hains war noch sichtbar.

Kieffer sah einen Pfad – vermutlich jenen, der vom Eingangstor ins Innere führte. Er endete vor einem Schuppen. Rechts davon standen die Bienenstöcke. Es waren recht viele, zwanzig oder noch mehr. Alle waren grün lasiert.

»Kannst du weiter runtergehen?«

»Was interessiert dich denn?«

»Dreimal darfst du raten.«

»Die Bienenstöcke also. Moment.«

Die Drohne ging tiefer. Auf einmal wurde das Bild schwarz. Hatte der Flieger ausgerechnet in diesem Moment den Geist aufgegeben?

»Was ist?«

»Ganz ruhig, Xavier. Ich schalte nur die Kamera um. Es gibt eine, die nach unten geht und eine, die in der Horizontale filmt. Jetzt.«

Es war, als läge der Betrachter auf dem Waldboden und blickte mit hochgerecktem Kopf hin und her. Zunächst sah Kieffer nur ein paar Grasbüschel. Dann begann sich die Drohne auf der Stelle zu drehen, heftete sich an einen der Bienenstöcke.

Kieffer atmete hörbar aus. Dies waren eindeutig welche von Pol Schneiders Bienenstöcken. Aber wieso standen sie mutterseelenallein auf weiter Flur? Waren sie vielleicht gar nicht in Benutzung?

»Kannst du näher ran?«

»Ein kleines Stück, aber nicht mehr viel. Ich sehe nur,

was die Kamera sieht, und die Drohne darf nicht zu nah an die Bäume geraten.«

Der Bienenstock wurde größer. Kieffer war nun ganz sicher, dass es sich um Schneiders Beuten handelte. Der Koch hatte das iPad in die Hände genommen und hielt es derart nah an sein Gesicht, dass er fast mit der Nase dagegen stieß. Vielleicht ließen sich weitere Details ausmachen. Waren vor dem Einflugloch Bienen?

»Noch näher«, sagte er.

»Zu gefährlich.«

»Nur ein paar Zentimeter.«

In diesem Moment nahm er am Rand des Bildschirms eine Bewegung wahr. Kieffer wollte Sundergaard etwas zurufen, doch der hatte es ebenfalls bemerkt. Sein Daumen zog ruckartig einen der Hebel der Fernbedienung nach hinten.

Es dauerte einige Sekundenbruchteile, bis die Drohne auf den Befehl ihres Steuermanns reagierte. Sie begann, sich aufwärts zu bewegen. Dann wurde der Bildschirm schwarz.

»Was zur Hölle ist das jetzt?«, schrie Sundergaard, während er in Richtung des Wäldchens schaute. Anders als der Schwede, dessen Display nicht sehr groß war, wusste Kieffer, was passiert war. Das Letzte, was er vor dem Blackout auf dem Tablet gesehen hatte, war das Blatt eines Spatens gewesen.

Der Koch kam aus seinem Sitz hoch. Dem verdutzten Sundergaard warf er das Tablet zu.

»Was zum Teufel tust du?«, fragte der Schwede.

Aber Kieffer war bereits an ihm vorbei, lief auf den vielleicht fünfhundert Meter entfernten Hain zu. Erst als er die Biegung der Straße erreichte, sah er das Motorrad, das gegenüber dem Eingang parkte. Es handelte sich um eine Enduro-Maschine. Jemand schwang gerade ein Bein über den Sitz.

Kieffer rannte. Als er auf etwa hundert Meter an den Motorradfahrer herangekommen war, bemerkte ihn dieser im Rückspiegel, drehte sich zu ihm um. Er trug einen Integralhelm mit heruntergelassenem Visier. Der Fahrer gab Gas, schoss mit quietschenden Reifen davon.

Der Koch blieb stehen, stemmte die Hände auf die Oberschenkel, atmete einige Sekunden durch. Er ging zu dem Zaun. Das Tor war immer noch verschlossen. Aber direkt daneben klaffte ein großes Loch im Maschendrahtzaun.

»Scheiß drauf«, brummte er und stieg hindurch.

Er folgte dem Trampelpfad. Nach wenigen Metern tauchten vor ihm die Bienenstöcke auf. Drei, vier Meter davor lag Sundergaards Drohne im Gras. Sie sah nicht gut aus. Einer der Rotorarme war abgebrochen, das Gehäuse wies mehrere Risse auf. Nachdem die Drohne zu Boden gegangen war, musste der Motorradfahrer ihr mit einem weiteren Hieb den Todesstoß versetzt haben.

Der Koch wandte sich den Bienenstöcken zu. Es gab fünf Türme mit je fünf aufeinandergestapelten Beuten. Von einem der Türme war eine Kiste heruntergefallen, lag im Gras. Ihr Deckel hatte sich gelöst. Kieffer schaute hinein. Im Inneren sah er Rähmchen mit Waben, aber keine Bienen. Er stellte die Kiste wieder auf den Turm, inspizierte sie genauer. Im Inneren machte er etliche tote Bienen aus. Der Koch inspizierte die Rückseite. In einer der unteren Ecken besaß das Holz eine kleine Vertiefung. Die Oberfläche wirkte rauer, so als habe dort jemand etwas abgeschliffen. War dort eines der Eulenlogos gewesen?

Als Kieffer sich aufrichtete, sah er neben der Beute etwas im Gras liegen. Zunächst glaubte er, es handle sich um Müll, vielleicht um einen alten Schraubverschluss. Als er das Gras beiseitedrückte, erkannte der Koch, dass es sich um einen rosafarbenen Kaugummi handelte. Er kramte in seiner Tasche nach einem Tempo oder einem Papierfetzen, um das Kaugummi darin einzuwickeln, fand aber nichts Brauchbares. Mit spitzen Fingern griff er nach dem durchgekauten Chubba-Wubba.

Mit der freien Hand las er Sundergaards Drohne auf. Dabei fiel ein weiteres Rotorblatt ab. Kieffer ging zurück zum Wagen. Als Sundergaard die Drohne in der Armbeuge des Kochs sah, machte er ein Gesicht, als brächte Kieffer ihm seine überfahrene Katze.

»Wer tut so etwas?«

»Oh, ich weiß, wer das war.«

»Ich habe ein Motorrad gehört. Hast du den Fahrer erwischt?«

Kieffer schüttelte den Kopf.

»Er ist abgezischt. Aber es war Thierry Koening, da bin ich mir sicher.«

»Wer ist das?«

»Ein zwielichtiger Imker.«

Der Koch händigte Sundergaard die Karkasse seines Fluggeräts aus. Der Schwede ging zum Kofferraum, legte die Drohne hinein. Unterdessen suchte Kieffer nach seinen Zigaretten. Gerade wollte er in seine Hosentasche greifen, als ihm auffiel, dass er immer noch den Kaugummi an der Hand kleben hatte. Mit gerunzelter Stirn musterte er die pinkfarbene Masse.

Sundergaard kam zurück, sagte etwas. Kieffer hörte nicht hin. Er hatte lediglich Augen für den Kaugummi.

»Gar nicht feucht?«, sagte er.

»Wer ist feucht? Ist es, was ich denke, dass es ist? Ein ausgelutschter Kaugummi? Alter, was willst du damit?«

Kieffer starrte den Programmierer an.

»Was ist los, Xavier?«

»Hast du ihn noch?«

»Wen?«

»Den Kaugummi.«

Einen Augenblick schaute Sundergaard ihn verständnislos an. Dann begann sich sein Kiefer zu bewegen. Eine von violettem Chubba-Wubba umhüllte Zungenspitze kam zum Vorschein.

»Schon. Schmeckt aber nach nix mehr.«

»Gib ihn mir.«

»Was?«

Kieffer hielt dem Schweden die offene Hand hin.

»Spuck ihn da rein. Los jetzt!«

»Hast du etwa auch eine mit dem Spaten abgekriegt?«

Ungerührt hielt Kieffer seinem Bekannten die Hand unters Kinn. Sundergaard schüttelte den Kopf, nahm den Kaugummi dann zwischen Daumen und Zeigefinger und ließ ihn in die Hand des Kochs fallen.

Kieffer drehte die beiden Kügelchen zwischen den Fingern, das violette und das pinkfarbene. Dabei schloss er die Augen. Nicht, weil es so eklig war, sondern weil er sich auf die Textur der beiden Objekte konzentrieren wollte.

Vielleicht auch, weil es so eklig war.

Sundergaards Chubba-Wubba war gummiartig und besaß jene feuchte Glitschigkeit, die Spucke auszeichnet. Koenings Kaugummi hingegen schien trocken, fast spröde. Er fühlte sich an wie ein Stück Mürbeteig.

Kieffer öffnete die Augen. Bevor Sundergaard protestieren konnte, hatte er dem Mann die beiden Kugeln ausgehändigt. Der Koch machte auf dem Absatz kehrt, rannte zurück zu dem Wäldchen. Dort ging er zu der Beute, die im Gras gelegen hatte. Er nahm den Deckel ab, drehte ihn um und hielt ihn dicht vor die Augen.

Jacques hatte behauptet, die Posterklebekugeln hinterließen keinerlei Rückstände. In diesem Fall hatte die rosafarbene Masse auf der Innenseite des Deckels jedoch sehr wohl eine Spur hinterlassen. Klebereste sah man keine, aber es gab einen hellen Fleck, eine leichte Verfärbung des Holzes. Vielleicht hatten die Chemikalien in der Kugel mit denen in der Lasur reagiert.

Wie auch immer – er war sich sicher, dass die Kugel mittig auf der Innenseite der Beute geklebt hatte. Aber was war daran befestigt gewesen?

# 42

Valérie lief den Boulevard Saint-Germain entlang, Richtung Seine. Sie schaute auf die Uhr, beschleunigte ihren Schritt. Hoffentlich kam sie nicht zu spät. Kurz vor dem Pont de Sully bog sie in eine Nebenstraße ab. In einiger Entfernung konnte sie den Campus Pierre et Marie Curie bereits sehen. Beim Namen Sorbonne dachten die meisten an mittelalterliche Gebäude mit Wasserspeiern und Kuppeldächern. Dieser Teil der Universität bestand jedoch aus Beton und Stahl.

Erstaunlich viele Studierende waren zu dieser frühen Stunde bereits auf dem Campus unterwegs. Valérie lief unter modernen Pfahlbauten hindurch, großen Klötzen aus Glas und Stahl, die auf Betonsäulen fünf Meter über dem Boden schwebten. Sie steuerte ein kleineres Gebäude in der Mitte des Campus an. Der Raum, den sie suchte, befand sich im zweiten Stock. Vor der Tür standen zwei Studentinnen.

»Entschuldigung. Findet hier das Seminar von Professorin Garrard statt?«

Eine Studentin nickte stumm, während die andere Valérie fragend musterte. Sie ging an den beiden vorbei, betrat den Seminarraum. An einigen Tischen saßen bereits Studierende. Neben dem Pult stand eine Frau, schaute in ihr Handy. Es handelte sich eindeutig um Mathilde Garrard. Allerdings hatte sie sich ihres Pagenkopfes entledigt und trug die Haare nun sehr kurz. »Madame Garrard?«

Die Frau blickte auf.

»Ja?«

»Entschuldigen Sie bitte, dass ich hier so reinplatze – mein Name ist Valérie Gabin.«

Die Biochemikerin blinzelte. Offenbar sagte ihr der Name nichts.

»Ich arbeite für Gabin.com. Das ist ein Foodportal.«

»Ein Foodportal? Sie meinen Restaurantbewertungen?«

»Ich interessiere mich für Ihre Arbeit.«

»Ich habe gleich ein Seminar. Wenn Sie mir Ihre Karte dalassen, rufe ich Sie später zurück. Wobei ich mir nicht vorstellen kann, was an meiner Arbeit«, sie lächelte etwas gezwungen, »sterneverdächtig sein könnte.«

»Es geht um Crystalcast«, erwiderte Valérie.

»Was meinen Sie?«

»Sie waren dort Geschäftsführerin, bis Dezember vergangenen Jahres.«

»Alte Geschichten.«

»Mich würde interessieren, warum Sie nicht mehr dort arbeiten. Und wer die Firma finanziert.«

Garrard war inzwischen bleich geworden. Hinter ihnen füllte sich der Raum.

»Ich sage dazu nichts«, flüsterte die Professorin.

»Warum nicht? Haben Sie etwas unterschrieben, eine Verschwiegenheitserklärung? Oder«, Valérie sah Garrard eindringlich an, »haben Sie Angst? Das wäre verständlich.«

»Gehen Sie jetzt.«

Einige der Studierenden tauschten Blicke aus. Offenbar spürten sie, dass etwas vor sich ging. Valérie sah, wie sich die Hand der Professorin auf das Pult drückte. Einen Augenblick glaubte sie, die Frau werde kapitulieren. Dann entspannte sich Garrards Hand. Sie richtete sich zu ihrer vollen Größe auf.

»Raus jetzt. Sofort. Ansonsten rufe ich den Sicherheitsdienst«, sagte sie.

Valérie machte eine beschwichtigende Handbewegung.

»Schon gut, wie Sie wollen. Falls Sie Ihre Meinung ändern sollten, rufen Sie mich an.«

Sie hielt der Professorin ihre Visitenkarte hin. Garrard machte keine Anstalten, danach zu greifen. Valérie legte die Karte auf das Pult und verließ den Seminarraum.

Eine Weile später saß sie im »Café Napoléon« und dachte über die Begegnung mit Garrard nach. Die Frau hatte ihr zumindest indirekt bestätigt, dass sie bei Crystalcast gearbeitet hatte und an dieses Engagement offenbar keine allzu guten Erinnerungen besaß. Viel war das allerdings nicht.

Sie nahm noch einen Schluck Kaffee und liebäugelte damit, eine Zigarette zu rauchen. Da dies gegen die Regeln war, bestellte sich Valérie stattdessen ein Croissant und schrieb eine Nachricht an Xavier.

»Ich fahre gleich los, bin gegen 16 h da. Wo finde ich dich?«

Als sie mit Croissant und Kaffee fertig war, hatte Xavier ihr immer noch nicht geantwortet. Vermutlich lag sein Handy wieder einmal im Kühlschrank.

# 43

Auf dem Rückweg entschuldigte sich Kieffer mehrfach bei Sundergaard und versprach, für den Schaden an der Drohne aufzukommen. Mit den Gedanken war er allerdings woanders. Thierry Koening war ihnen zuvorgekommen; er hatte Schneiders Honighain besucht. Warum? Vermutlich, um Beweise zu beseitigen, so wie bereits an den anderen Standorten. Die Frage war, ob der Kerl auf eigene Rechnung arbeitete oder für jemand anders die Drecksarbeit erledigte. Der Koch würde es herausfinden. Er würde …

»… ganz sicher, dass der es war?«

»Hm? Sorry, Per. Habe gerade nicht zugehört.«

»Wie du dir so sicher sein kannst, dass es wirklich dieser Koening war. Hast du nicht gesagt, Mister Drohnenkiller hatte einen Helm auf?«

»Ja. Aber ich habe diesen Helm schon einmal gesehen, bei ihm zu Hause. Und die Statur passte auch.«

Vor den Rives de Clausen hielt der Koch. Sundergaard stieg aus, holte seine demolierte Drohne aus dem Kofferraum.

»Wie gesagt, sorry noch mal, ehrlich. Schick mir die Rechnung.«

»Vielleicht können wir's auf die Firmenversicherung schieben.«

»Nee, mach das nicht. Ich nehm's auf meine Kappe. Ich kann's ja dann später aus Koening rausprügeln.«

Sundergaard schien sich nicht sicher zu sein, ob Kieffer scherzte oder ob er es ernst meinte. Der Koch nickte seinem Bekannten nochmals zu, bugsierte den Wagen dann wieder auf die Straße. Nach wenigen Metern bog er ab und parkte gegenüber dem »The Horse & the Hound«. Eigentlich wäre er am liebsten schnurstracks nach Lausauvage gefahren, um sich diesen Gauner zur Brust zu nehmen. Gleichzeitig fragte Kieffer sich, ob er nicht zunächst mit Valérie sprechen sollte – übertriebene Hast führte in der Regel zu nichts. Noch schwerer wog der Umstand, dass er quälenden Hunger verspürte. Es war bereits Mittag, und er hatte noch überhaupt nichts gegessen.

Der Koch betrat Clausens ersten und einzigen English Pub. Donnegan, der Besitzer, stand hinter der Bar und spülte Gläser. Er wirkte mies gelaunt, was Kieffer jedoch keineswegs beunruhigte. Das war Donnegans normaler Aggregatzustand. Bis auf drei Männer an einem Ecktisch, die auf dem riesigen Plasmafernseher ein Cricketspiel anschauten, war der Laden leer. Als Kieffer an den Tresen trat, schaute Donnegan von seiner Spülarbeit auf, grunzte etwas, das wie »Marmite« klang, vermutlich aber »morning, mate« bedeuten sollte.

»Guten Tag«, sagte der Koch.

»Früh dran heute. Schlaflos? Oder neuerdings auf Stütze?«

In diesem Moment brach der Ecktisch in Jubelgeschrei aus. Kieffers Blick wanderte zu dem Bildschirm. Spieler in Strickpullis standen untätig auf dem Rasen herum.

»Ich wollte das Spiel sehen«, erwiderte er.

Donnegan grunzte verächtlich.

»Und ich hätte gerne ein Sandwich.«

Der Barkeeper machte ein Gesicht, als wäre dies eine außerordentlich schlechte Nachricht.

»Es gibt Egg Banjo, Chip Butty und BLT.«

Die ersten beiden klangen für Kieffer eher nach Schokoriegel denn nach Sandwich.

»Dann bitte BLT.«

»Zu trinken?«

»Ein Bier.«

»Richtiges oder Bofferding?«

»Bofferding. Aber kannst du mir den Schaum runterkratzen und es kurz in die Mikrowelle tun?«

»Leck mich, Kieffer.«

»Ich liebe dich auch, Donnegan.«

Etwas später saß er auf einem Barhocker, aß sein Sandwich und schaute zu, wie die Männer in den Strickpullis versuchten, etwas zu treffen, das wie ein Stück schlecht montierter Gartenzaun aussah. Als der Koch aufgegessen hatte, holte er sein Handy hervor und las erneut Valéries Nachrichten. Er sah, dass eine weitere hinzugekommen war.

»Fahre gleich los, bin gegen 16 h da. Wo finde ich dich?«

»Ich warte zu Hause mit Kaffee und Kuchen«, schrieb er zurück.

Gerade hatte er das Telefon weggelegt, als es klingelte. Es handelte sich um eine belgische Nummer.

»Hi, hier ist Jim Roth«, sagte der Anrufer auf Englisch.

»Oh, hi.«

Er hatte völlig vergessen, dass der Agrarlobbyist ihm einen Rückruf versprochen hatte. Um dem Lärm möglicher weiterer Jubelausbrüche zu entgehen, verließ er das Lokal.

»Ich habe noch mal nachgeforscht, also wegen dieser Bienensache.«

»Wegen Professor Hendrickx? Und haben Sie etwas rausgefunden?«

»Klingt jetzt fast so, als hätten Sie mir das nicht zugetraut, Xavier.«

»Nein, so war es nicht gemeint.«

»Ich nehme Sie nur auf den Arm. Aber in der Tat war's nicht ganz einfach. Wollen Sie's hören?«

»Unbedingt, Jim.«

»Also, Ihr Prof hat etwas zur genetischen Modifikation von Bienen eingereicht. Allerdings nicht beim Patentamt.«

»Sondern?«

»Beim ›Chinese Journal of Biochemistry and Molecular Biology‹. Bisschen obskur. Ich könnte es Ihnen schicken, aber – wie ist Ihr Mandarin so?«

»Kläglich.«

»Dachte ich mir. Meins auch, aber eine Kollegin in Peking hat es für mich überflogen. Sie ist keine Naturwissenschaftlerin, aber thematisch kommt es hin. Bienen, CRISPR, das, was Sie erwähnt haben.«

»Und was genau macht er mit den Bienen?«

»Verbesserte Resistenz gegen Insektizide und Herbizide.«

»Ich verstehe. Und ist daraus ersichtlich, wer das bezahlt hat? Ist das ein reines Uniprojekt?«

»Haben Sie etwas zu schreiben?«

»Einen Moment.«

Kieffer ging zurück ins »The Horse and the Hound«. Von

einem der Tische nahm er einen Stapel Bierdeckel, kramte aus der Jackentasche einen Kugelschreiber hervor.

»Ich höre.«

Roth nannte ihm die Details der Veröffentlichung. Kieffer machte sich eine Notiz.

»Das ist großartig, Jim. Das hilft ihr bestimmt weiter.«

»Ihr?«

»Na ja, meiner Freundin, Valérie.«

Roth schwieg einen Augenblick lang. Dann sagte er: »Das war der offizielle Teil.«

»Es gibt noch einen anderen?«

»Wir hatten ja vereinbart, dass das alles off the record bleibt. Dass Ihre Holde und Sie meinen Namen da raushalten.«

»Natürlich. So war es abgemacht.«

»Weil Sie ein guter Freund von Pekka sind – es gibt da noch etwas. Off the record und deeply off the record, wenn Sie verstehen, was ich meine.«

»Helfen Sie mir.«

»Theoretisch hätten Sie den Aufsatz in dem chinesischen Journal auch selbst finden können. Ist eine hinter Paywalls verborgene, aber prinzipiell öffentlich zugängliche Information. Wobei mein Eindruck ist, dass er vielleicht vorsätzlich in solch einer abseitigen Zeitschrift veröffentlicht wurde und nicht in ›Science‹ oder ›Nature‹. So kann man später nachweisen, dass man als Erster veröffentlicht hat, aber fast niemand kriegt es mit.«

»Verstehe.«

»Was den inoffiziellen Teil betrifft: Es gibt nicht viele, die das wissen. Ich musste dafür ein paar Insider anrufen. Und deshalb kann ich Ihnen nicht erläutern, wie ich an diese Info gelangt bin. Zitierbar ist die auch nicht. Okay?«

Kieffer machte ein zustimmendes Geräusch. Er griff sich einen frischen Bierdeckel.

»Sie erinnern sich aus unserem ersten Gespräch vielleicht an Radevo Violo.«

»Chemiekonzern. Mailand. In Privatbesitz.«

»Genau. Aber man hat mir glaubhaft versichert, dass es einen chinesischen Mehrheitseigentümer gibt: Xin Foods.«

Kieffer meinte, den Namen schon einmal gehört zu haben.

»Ein Lebensmittelhersteller?«

»*Der* Lebensmittelhersteller, was China angeht, zumindest. Die sind locker so groß wie Hüetli.«

»Oh, wow.«

»Genau, wow. Also, Ihre Freundin soll bloß nicht schreiben ›wie aus Brüsseler Lobbyistenkreisen verlautet‹ oder so etwas. Quellen für diese Info muss sie selbst finden. Was vermutlich schwierig wird. Die Eigentümerstruktur von Radevo zu Xin ist etwas verschachtelt.«

»Dieser Konzern, Xin Foods«, fragte Kieffer, »haben die einen guten Ruf?«

»Erinnern Sie sich an den Skandal mit chinesischem Milchpulver?«

»Das waren die?«

»Ja. Beantwortet das Ihre Frage?«

»Ich denke schon. Danke, Jim.«

»Bitte. Ich muss jetzt los.«

»Wie kann ich mich bei Ihnen revanchieren?«

»Falls Sie einen direkten Zugang zu einem EU-Kommissar oder einem Staatschef haben …«

»Ein paar luxemburgische Ex-Minister könnte ich anbieten.«

»Oder guten Wein.«

»Davon habe ich einen ganzen Keller voll. Was halten Sie von Château Guillon?«

»Eine ganze Menge, Xavier.«

»Dann faxen Sie mir doch diesen Aufsatz. Auch wenn er auf Chinesisch ist. Und Ihre Anschrift. Ich schicke Ihnen demnächst eine Kiste.«

»Das ist doch nicht nötig.«

»Doch, das ist es. Vielen Dank nochmals.«

»Okay. Aber, Xavier?«

»Ja?«

»Geht's auch per E-Mail? Wir haben nämlich gar kein Fax mehr.«

»Nicht? Na gut, dann an xavier@deux-eglises.eu.«

Sie verabschiedeten sich voneinander. Kieffer sortierte die vollgekritzelten Carling-Bierdeckel, ging bezahlen. Donnegan strich das Geld ein, warf einen Blick auf die Deckel in Kieffers Hand.

»Narrenhände beschmieren Tisch und Wände.«

»Dir ebenfalls einen schönen Tag«, erwiderte Kieffer.

Er ging zu seinem Wagen. Ihm fiel auf, dass er immer noch die Bierdeckel in der Hand hielt. Der Koch stieg ein, fuhr in Richtung Oberstadt. Wenn er seine Freundin richtig einschätzte, nahm sie während der vierstündigen Fahrt keinen Bissen zu sich und kam total unterzuckert in Luxemburg an. Deshalb würde er ihr etwas Süßes bereitstellen.

Kieffer parkte in einem Parkhaus unter dem Knuedler, ging in Richtung Großherzogliches Palais. Dort residierte Luxemburgs Staatsoberhaupt, wenn es in der Stadt war. An diesem Nachmittag schien der Grand-Duc jedoch aushäusig zu sein. Über den Türmchen des Palais wehte keine Flagge. Dennoch schritt ein uniformierter Gardist vor dem Gebäude auf und ab.

Kieffer ging auf ein Haus gegenüber dem Palais zu. Über dem Eingang des alten Gemäuers stand in goldenen Lettern: »Sweetest Dreams«. Er trat ein. Das Innere sah aus wie eine von Willy Wonka entworfene Konditorei: In bunten Vasen standen Buketts riesiger Dauerlutscher, Zuckerstangen hingen von der Decke, knallbunte Trüffel und ausgefallene Schokoladenkreationen türmten sich in Glasvitrinen.

Kieffer liebte diesen Laden, kam jedoch nur selten her. Die Kuchen und Fondants waren derart reichhaltig, dass er bereits vom Anschauen zunahm. Dass Valérie zur Kaffeezeit eintraf, war jedoch eine willkommene Gelegenheit, endlich einmal wieder dort einzukaufen.

Bei einer Verkäuferin orderte Kieffer Nougatkuchen, Schwarzwälder Kirsch und eine Art Baisertorte, die mit Fruchtkompott gefüllt war. Als er bezahlt und die Ware entgegengenommen hatte, verließ er das »Sweetest Dreams« nicht gleich, sondern schaute sich noch etwas um. Er war nicht der Einzige. Der Laden war proppevoll. Eine Gruppe amerikanischer Touristen fotografierte eifrig. Kieffer schlenderte durch den Verkaufsraum. Es gab ein Regal, in dem Holzlöffel aufgereiht waren, die in kleinen Schokoladenblöcken steckten. Kieffer nahm einen davon in die Hand. »Hot Chocolate Spoon« stand auf der Verpackung, und darunter »Ginger Dark Chocolate«. Er legte den Löffel zurück. Insgesamt schien es mehr als fünfzig verschiedene Geschmacksrichtungen zu geben.

Kieffer erwog gerade, ein paar der Löffel zu kaufen, als er eine Kinderstimme vernahm.

»Oh, Mama, schau mal, der ist riiiesig!«, rief ein Mädchen auf Englisch.

Der Koch wandte sich um. Er sah ein Mädchen, kaum

älter als neun. Es hüpfte auf und ab, zerrte währenddessen am Jackenärmel einer Frau. Das Objekt der kindlichen Begierde schien sich in einer der Vitrinen zu befinden. Dort standen Geburtstagstorten, wie Kinder sie liebten – kreischbunt, mit viel Zuckerguss und Figuren darauf. Eine hatte die Form eines Star-Wars-Roboters, eine weitere war mit einem riesigen Haufen goldener Smarties garniert. Obenauf saß ein Dagobert Duck aus Marzipan. Die Torte, die es der Kleinen offenbar angetan hatte, besaß einen Durchmesser von mindestens sechzig Zentimetern. Ihr kreischgrüner Zuckerguss war Gras nachempfunden. Auf der einen Seite des Rasens stand ein großer brauner Topf. In seinem Inneren befand sich eine gelbliche Masse. Auf der anderen Seite der Zuckerwiese hockte Winnie der Puh. Sein Blick war auf den Honigtopf gerichtet, die Zunge hing ihm aus dem Mund.

»Er will ihn«, kreischte das Mädchen. »Ist das ein Honigtopf, Mami?«

Als der Koch das englische Wort »honeypot« hörte, horchte er auf.

»Ja, Schatz. Ein Honigtopf«, antwortete die Frau. »So fängt man einen Bären.«

»En Bier fänken«, wiederholte Kieffer auf Luxemburgisch.

Die Frau und ihre Tochter wandten sich ihm fragend zu.

»Sorry, ich …«, er setzte ein Lächeln auf.

»Die sieht sehr gut aus«, sagte der Koch auf Englisch.

»Die ist grooooßartig«, schrie die Kleine.

Kieffer zwinkerte ihr zu, bevor er den Laden verließ. Nachdenklich ging er zurück zu seinem Auto.

# 44

Kieffer sah zu, wie seine Freundin nach der Nougattorte die Schwarzwälder in Angriff nahm.

»Noch Kaffee?«, fragte er.

»Einen vielleicht. Ich kann ihn brauchen, bin bisschen schlapp. Möglicherweise bekomme ich was. Ich bin gestern ziemlich nass geworden.«

Valérie erzählte ihm von ihrem Ausflug zur Gare d'Avenir.

»Vielleicht lieber einen Tee?«

»Nein, Kaffee, bitte.«

Der Koch ging zu der monströsen Vibiemme. Während er einen Siebträger füllte, sagte er:

»Und was hast du da jetzt gefunden? Ich habe deine Nachrichten nicht ganz verstanden.«

»Und ich dachte schon, du hättest sie gar nicht gelesen.«

»Natürlich. Mehrmals sogar.«

Als er mit dem Kaffee zurück zum Küchentisch kam, sagte er:

»Vielleicht kannst du es noch mal für mich zusammenfassen.«

Valérie schob sich eine weitere Gabel Torte in den Mund. Sie schien zu überlegen, wo sie beginnen sollte.

»Ein paar zwielichtige Typen in Kalifornien klauen Beuten. So hat's angefangen. Sie panschen außerdem Honig.«

Mit der Linken zog sie ihren Laptop aus der Tasche, die über der Stuhllehne hing, klappte ihn auf, tippte etwas.

»In deren Scheune findet sich ein Hinweis darauf, dass sie Honig aus Deutschland bestellt haben, aus Merzig. Und Allpass. Von einer Ermittlerin bei OLAF weiß ich, dass Deutschland eine Drehscheibe für den Export von zweifelhaftem Honig ist. Das FBI hat vor einigen Jahren einen größeren Skandal aufgedeckt, mehrere Großhändler mussten hohe Strafen zahlen. Es ging um Panscherei und um Transshipping, also das Verschleiern des tatsächlichen Herkunftsorts.«

»Okay. Und in Merzig ist also ein zwielichtiger Händler.«

»Kann sein. Vielleicht ist er auch ahnungslos. Wer hingegen überhaupt nicht ahnungslos ist, sind diese Vögel von Crystalcast. Das ist ein Start-up aus Paris, das auf IER-Verfahren spezialisiert ist.«

»Was soll das sein?«

»Hast du das Foto nicht gesehen, dass ich dir geschickt habe?«

»Das mit dem Kaviar?«

»Das war kein Kaviar, das waren IER-Kügelchen. IER steht für Ion Exchange Resin. Die werden in der Lebensmittelchemie verwendet.«

»Zum Ionenaustausch?«

Valérie nickte. Sie kratzte die letzten Reste von ihrem Teller. Als sie damit fertig war, antwortete sie: »So wie ich das verstehe, kann man mit diesen kleinen Kügelchen chemische Substanzen dazu bringen, zu reagieren – Ionen auszutauschen, wie du gesagt hast. Dadurch kannst du beispielsweise einen Zucker in einen anderen verwandeln.«

»Und das ist neu?«

»Neu ist es nicht. Das benutzt die Industrie seit Längerem. Aber es für Honig zu verwenden, das scheint relativ neu zu sein. Der Vorteil, aus Fälschersicht: Wenn du beim Panschen des Honigs verschiedene Zucker beimischst, die anteilig denen im Urprodukt entsprechen, ist das für ein Labor schwer nachzuweisen.«

»Okay. Crystalcast hat also Honig aus Merzig gestreckt. Aber wieso haben die ihn dann an das Labor geschickt?«

»Weil es das Beste ist?«

»Das beste Honiglabor? Okay, aber wozu?«

»Süßer, sie wollten sehen, ob sie erwischt werden.«

»Du meinst, es war so eine Art Test?«

»Die Chefin der Hoffmann Group hat das Zeug erneut getestet, nachdem ich ihr gesagt hatte, dass diese Leute panschen. Sie hat ziemlich rumgedruckst und nur gesagt: ›Ich kann Ihnen nichts über Verunreinigungen berichten.‹«

»Und das heißt?«

»Das heißt, die Fälschungen sind so gut, dass Hoffmann nichts finden konnte. Ich habe zu dem IER später einen Hinweis per Mail bekommen – anonym. Ich wette, der kam von Hoffmanns Privataccount, und ich glaube, der Verdacht ist, dass diese IER-Technologie eingesetzt wird.

Das war wie gesagt ein Test, Xavier. Du kaufst einen Haufen verschiedene Honige beim Großhändler. Du verschneidest sie mithilfe einer neuen Methode und schickst sie an das beste Testlabor der Welt. Wenn die was finden, weißt du, dass du noch feilen musst. Wenn nicht, hast du einen Super-Allpass.«

»Allpass?«

»So nennen Honigpanscher ein Streckungsmittel, das alle Tests passiert, das nicht auffällt.«

Kieffer griff nach den Ducal. Valérie holte ihre Gauloises hervor. Offenbar gab es eine Regel, die besagte, dass man nach zwei Stücken Sahnetorte rauchen durfte. Er gab ihr Feuer.

»Und damit sie niemand erwischt, hat Crystalcast die Proben über eine Tarnfirma verschickt – dieses Frachtunternehmen vom Rungis. Zuvor haben sie die Proben persönlich in Merzig abgeholt, damit es keine E-Mails oder Lieferscheine gibt, die zu ihnen zurückführen.«

»Dann hast du deine Geschichte ja.«

»Das meiste ist Mutmaßung. Vieles kann ich nicht beweisen. Und manches passt auch nicht so richtig.«

»Also, das mit dem Prof haut nicht hin. Ich habe noch mal mit Hendrickx telefoniert. Diese Geschichte mit den Genbienen ist ganz interessant, ich meine, journalistisch betrachtet. Aber sie hat nichts mit der Honigpanscherei zu tun. Und illegal ist sie auch nicht.«

»Ich hätte da eine Info, die vielleicht hilft.« Kieffer erzählte Valérie von seinem Gespräch mit Jim Roth. »Laut Roth steckt XIn Foods dahinter.«

»Der chinesische Hüetli?«

»So etwas in der Art sagte er auch.«

»Das ist in der Tat ganz interessant. Lässt sich diese Verbindung belegen?«

»Leider nein. Ich musste zudem tausend Eide schwören, dass du ihn nicht erwähnst.«

»Ohne Beleg kann man's eh nicht bringen.«

»Zumindest weißt du jetzt, wo du suchen müsstest. Ich kann dir auch noch das Paper geben, das er mir geschickt hat. Moment, ich hab's ausgedruckt.«

Er verschwand, um kurz darauf mit einem Stapel DIN-A4-Blätter zurückzukehren.

»Du druckst so was aus? Denk doch mal an die Umwelt, Xavier.«

»Ich denke vor allem an meine Augen. Immer dieses Starren auf den Bildschirm.«

Er legte den Aufsatz auf den Tisch. Valérie schüttelte den Kopf.

»Deine Augen, echt? Das ist ja chinesisch.«

»Ist mir aufgefallen. Aber Titel, Autoren und Abstract sind auf Englisch.«

»›A CRISPR-based process for in silico identification of off-target pesticidal dsRNA binding in apis mellifera. By Martijn Hendrickx and Mathilde Garrard‹ – wie bitte?«

»Was hast du denn, Val?«

»Von wann ist das?«

»Keine Ahnung. Steht das nicht irgendwo?«

»Moment ... Journal of Biotechnology and Chemistry, Vol 34/2019. Das war ja, als sie noch bei denen gearbeitet hat.«

»Ich habe keine Ahnung, wovon du redest. Oder von wem.«

»Mathilde Garrard.«

»Sagt mir nichts.«

»Crystalcast – Garrard war dort bis vor gut einem Jahr Geschäftsführerin. Jetzt ist sie Professorin an der Sorbonne. Ich war dort. Als ich Garrard auf ihren Ex-Arbeitgeber ansprach, hat sie sehr angefasst reagiert.«

Kieffer blies leise Rauch aus. Er war sich nicht ganz sicher, worauf sie hinauswollte.

»Okay, folgendermaßen: Garrard hat bei einem französisch-chinesischen Start-up namens Crystalcast gearbeitet.«

»Und dann ist da irgendwas vorgefallen, und sie ist weg.«

»Vermutlich, aber das ist nicht der Punkt. Der Punkt ist, dass Garrard während dieser Zeit«, Valérie tippte mit dem Zeigefinger auf den chinesischen Aufsatz, »etwas über die genetische Modifikation von Bienen geschrieben hat – und zwar ausgerechnet zusammen mit Hendrickx, der schon länger an dem Thema forscht.«

»Und?«

Valéries Blick verriet Ungeduld, gepaart mit Unglauben. Anscheinend erwartete sie, dass bei ihm der Groschen fiel. Doch Kieffer vermochte lediglich mit den Achseln zu zucken.

»Start-up mit Bezug zu China fälscht Honig. Professor erschafft Frankenbiene, finanziert von chinesischem Konzern. Zwischen beiden gibt es personelle Verbindungen. Glaubst du, dass das Zufall ist?«

»Das alles soll zusammenhängen?«

»Ich würde eine Kiste Champagner wetten, dass, wenn man die Anteilseigner von Crystalcast durchleuchtet, man am Ende bei Xin Foods landet. Zwei Kisten.«

»Eine teure Wette. Davon abgesehen glaub ich's nicht.«

Valérie wirkte nun geradezu aufgebracht. Sie gestikulierte, Asche von ihrer Gauloises fiel auf das chinesische Manuskript.

»Wieso siehst du das nicht, Xavier? Es ist total offensichtlich.«

»Val, Val, Val, du hast ja recht.«

»Ja, was denn jetzt?«

»Beruhig dich. Vermutlich sind das in der Tat zu viele Zufälle. Wahrscheinlich gehört Crystalcast zu Xin Foods – aber um drei Ecken oder noch mehr. Diese Leute sind ganz offensichtlich sehr vorsichtig. Du selbst hast gesagt, dass sie den Honig per Kurier in Merzig abgeholt, ihn über eine Tarnfirma verschickt haben. Am Ende landest du bei irgendeiner Briefkastenfirma auf den Caymans. Du kommst einfach nicht dahinter.«

Seine Rede schien sie ein wenig besänftigt zu haben. Valérie zog an ihrer Zigarette, verschränkte die Arme.

»Wie dann?«

»Ich weiß es nicht, Val. Aber wenn diese Start-up-Honigpanscher was mit dem Genprof zu tun haben, müssten sie dann nicht auch was mit Schneider zu tun haben?«

»Warum sollten sie?«

»Während du dieser Geschichte nachgestiegen bist, habe ich versucht, herauszufinden, was mit Schneiders Bienenstöcken passiert ist.«

»Und bist du zu einem Schluss gekommen?«

Kieffer seufzte.

»Nein. Er hatte über die ganze Stadt verstreut welche. Die meisten waren auf einer Karte verzeichnet, aber nicht alle. Irgendjemand hat einige davon verschwinden lassen.«

»Das hast du erzählt.«

»Schneider brauchte dringend Geld. Er war pleite, wie es scheint. Deshalb hat er allerlei Dinger gedreht – gepanschten Honig verkauft, zum Beispiel. Aber warum hat jemand an verschiedenen Stellen der Stadt Bienenstöcke geklaut?«

»Vielleicht«, erwiderte Valérie, »weil Lobatos Theorie

mit den toten Briefkästen für Drogen und Geld doch stimmt?«

»Aber die hätte man ja einfach rausnehmen können. Wozu schleppt man so ein Trumm weg? Ist mühsam und erregt Aufsehen. Es sei denn«, Kieffer griff nach seiner Ducal-Packung, »jemand würde …«

»Du rauchst zu viel.«

»Jetzt nicht«, brummte er unwirsch. Er legte die Packung jedoch zurück auf den Tisch, ohne sich eine Zigarette zu nehmen.

»Es sei denn«, fuhr er fort, »es ist noch was anderes drin«.

»Was denn?«

»Keine Ahnung. Vielleicht ein Geheimfach, das sich nicht so leicht finden lässt, doppelter Boden, was weiß ich.«

»Das sind jetzt aber alles Mutmaßungen, oder?«, erwiderte Valérie, während sie sich eine Gauloises ansteckte. Kieffer wollte etwas anmerken, ließ es dann aber lieber. Stattdessen sagte er:

»In einigen Beuten klebte innen etwas unter dem Deckel.«

»Woher weißt du das, wenn sie weg sind?«

»Nördlich der Stadt haben Sundergaard und ich jemand überrascht, der sich gerade an einem Bienenstock zu schaffen machte. Innen am Deckel muss was festgeklebt gewesen sein.«

»Und was?«

»Keine Ahnung. Allzu schwer kann es nicht gewesen sein, sonst hätte der Kleber nicht gehalten. Was auch immer es war – es zerschießt meine Theorie, was Koening angeht.«

»Der andere Imker?«

»Ja. Ich habe an mehreren Orten, wo Schneiders Bienenstöcke standen, etwas gefunden, dass ich zunächst für Kaugummi gehalten habe. Deshalb habe ich Koening verdächtigt, weil der andauernd welche kaut, verstehst du?«

»Aber es handelte sich um Kleber. Und damit ist er exkulpiert.«

»Da bin ich mir nicht sicher. Irgendwas verbirgt der.«

Valérie überlegte einen Moment.

»Da, wo du die Beute gefunden hast, in der was drin festgeklebt war – waren da noch mehr Stöcke?«

»Ja, mehr als zwanzig.«

»War in denen auch was festgeklebt?«

»Keine Ahnung.«

»Hast du etwa nicht nachgeschaut?«

Valérie hatte recht. Er hätte alle Stöcke überprüfen sollen. Möglicherweise hätte er sogar noch etwas finden können, falls Koening seinen Job nicht vollendet hatte.

»Ehrlich gesagt Nein. Ich war zu aufgeregt.«

Sie schwiegen einen Moment. Valérie legte einen Arm um ihn.

»Vielleicht sollten wir uns was genehmigen.«

»Was meinst du?«

»Musst du nachher arbeiten?«

»Ins Restaurant müsste ich schon, wieso?«

»Wenn du früh Schluss machst, könnten wir noch eine Kleinigkeit essen gehen. Ich wollte immer schon mal zu dem Japaner vorne an der Ulrichsbrücke. Der ist in unserer App phänomenal bewertet, aber ich war noch nie da.«

»Das Daibutsu? Da war ich auch seit Jahren nicht mehr.

So gegen halb elf? Dann ist bei uns das Schlimmste vorbei.«

»Abgemacht. Dann geh du jetzt mal ins Restaurant, Chefkoch. Ich arbeite noch ein bisschen, und wir treffen uns später dort.«

# 45

Arm in Arm verließen Kieffer und Valérie das Restaurant. Der Koch war recht zufrieden mit dem Abend. Das Essen im Daibutsu war fantastisch gewesen. Er fragte sich, warum er nicht öfters hinging – vermutlich wegen der Preise. Glücklicherweise hatte Valérie bezahlt. Das war einer der Vorteile ihres Berufs. Speisen waren Spesen.

»O sake ni tsuyokunai«, sagte sie. Genauer gesagt schmetterte Valérie den Satz, den ihr der Maître des Daibutsu beigebracht, hatte, in die Nacht hinaus. Wörtlich übersetzt bedeutete er: Dem ehrenwerten Sake gegenüber bin ich nicht stark. Oder einfacher: Ich vertrage nichts.

Eigentlich konnte Valérie, wenn es darauf ankam, bechern wie ein russischer Matrose. Doch der Sake war ihr gehörig zu Kopf gestiegen. Vielleicht lag es daran, dass er warm serviert wurde. Oder Valérie hatte sich mit den Porzellanfläschchen verschätzt, die den Eindruck vermittelten, es handle sich jeweils nur um einen winzigen Schluck.

»O sake ni!«, lallte sie erneut. Valérie hatte sich von ihm losgemacht, stapfte forschen Schrittes die Straße hinauf, Richtung der Abtei Neumünster.

»Falsche Richtung«, rief er ihr hinterher. Doch Valérie

lief weiter. Kieffer beschleunigte seine Schritte. Nun spürte auch er den Sake. Als er seine Freundin einholte, war sie schon fast am Torbogen der Abtei angelangt. Er griff nach ihrem Arm.

»Was'n?«

»Mein Haus ist da drüben.«

»Weiß ich. Glaubst du etwa, ich habe mich verlaufen?«

Bevor er sich eine diplomatische Antwort zurechtlegen konnte, nuschelte sie: »Gib mal 'sarette.«

Pflichtschuldig reichte er Valérie die Schachtel und gab ihr Feuer.

»Wir sollten nach Hause, Val.«

»Erst will ich da hoch.«

Sie zeigte auf die schlanke Spitze des Kirchturms der Abtei.

»Da kann man nicht hoch, soweit ich weiß. Und wenn, dann bestimmt nicht um halb zwei nachts.«

Valérie nickte, als leuchte ihr das ein. Dann ging sie weiter. Kieffer lief neben ihr her.

»Wir könnten da vorn ein Stück hochsteigen, zum Rham-Plateau. Von da hat man einen guten Blick. Aber besser wäre es morgen, wenn es hell ist.«

»Plateau!«

Auf der anderen Seite der Abtei führte eine Treppe hinauf zu den oberhalb der Alzetteschlucht liegenden Überresten einer alten Militärkaserne. Kieffer ließ Valérie den Vortritt. Er wollte zur Stelle sein, falls sie auf der steilen Treppe einen Fehltritt tat. Ob er tatsächlich in der Lage sein würde, sie aufzufangen, wusste er nicht. Seine Bewegungen wurden träger. Möglicherweise war es keine gute Idee gewesen, sich nach all dem Sake ein Asahi Super Dry zum Nachspülen zu bestellen.

Von dem Plateau hatte man einen schönen Blick über die Dächer der Unterstadt. Außer ihnen schien niemand unterwegs zu sein. Es war, als hätten sie ganz Grund für sich. Eine Weile standen sie schweigend da. Auf einmal wandte Valérie sich ihm zu, nahm sein Gesicht in die Hände und zog ihn zu sich heran.

Als sie nach einer Weile voneinander abließen, sagte sie leise: »Ich habe mir einen Bären gefangen. Den nehme ich jetzt mit nach Haus.«

»Einen Bären?«

Sie drückte einen Finger gegen seine Brust.

»Bist du nicht mein Bär?«

Kieffer hätte wohl pflichtschuldig nicken sollen. Stattdessen sagte er: »Honeypot.«

Valérie blinzelte. Sie legte ihm einen Finger auf den Mund.

»Und jetzt lass endlich mal den Scheißhonig.«

# 46

Am kommenden Morgen wachte Kieffer ausnahmsweise vor Valérie auf. Obwohl er kaum geschlafen hatte, war er ausnehmend guter Laune. Rasch zog er sich an und verließ das Haus. Als er zurückkehrte, schlief sie immer noch. Erst kurz vor Mittag tauchte sie auf.

»Guten Morgen, Val.«

»Hallo.«

»Kopf?«

»Bisschen.«

Dem waidwunden Blick nach zu schließen, war es mehr als nur ein bisschen. Rasch machte Kieffer ihr einen Kaffee, stellte außerdem ein Glas Wasser und zwei Aspirin auf den Tisch.

»Etwas zu essen?«

»Nein, danke.«

»Wenigstens einen Bissen? Wegen der Tabletten.«

Sie antwortete nicht, aß aber pflichtschuldig ein halbes Croissant, bevor sie die Kopfschmerztabletten auflöste. Währenddessen saß Kieffer ihr still gegenüber. Valérie schwieg ebenfalls und beschäftigte sich mit ihrem Milchkaffee. Erst nach einiger Zeit sagte sie:

»Raus damit.«

»Womit? Was meinst du?«

»Du hockst da wie auf der Stange. Wie einer, der dringend was loswerden will. Wenn es denn sein muss, dann lieber gleich, damit ich danach wieder still leiden kann.«

»Es ist wegen des Honigs. Ich hatte da heute Nacht eine Idee.«

»Ja?«

»Mir ist wieder diese Torte bei ›Sweet Dreams‹ eingefallen – der Laden gegenüber vom Palais, von dort war der Kuchen, den wir gestern gegessen haben. Auf jeden Fall: diese Torte – da war ein Honeypot drauf.«

»Sieht dir gar nicht ähnlich.«

»Was?«

»Englische Wörter einzustreuen. Wie so ein Unternehmensberater.«

»Ihr Franzosen seid da aber auch empfindlich. Ich verwende das Wort, weil es ein feststehender Begriff ist.«

Sie verzog das Gesicht. Offenbar wirkten die Tabletten noch nicht.

»Einen Honeypot«, fuhr der Koch fort, »stellt man auf, um jemand anzulocken und ihm dann eine Falle zu stellen.«

»Meinst du das metaphorisch? Oder wovon reden wir?«

Anstatt ihr zu antworten, erhob er sich, ging zur Terrassentür und bat Valérie, ihm zu folgen. Doch sie machte keinerlei Anstalten aufzustehen.

»Jetzt komm schon.«

»Ich habe gar nichts Richtiges an.«

»Es reicht, wenn du bis zur Tür kommst.«

Valérie kam zu der verglasten Tür, durch die man in den kleinen Garten gelangte, der sich vom Haus bis zur Alzette erstreckte. Auf dem Rasen standen drei grüne Holzkisten.

»Sind das Bienenstöcke?«

»Ja.«

»Standen die da gestern auch schon?«

Der Koch schüttelte den Kopf.

»Ich bin schon eine Weile wach.«

»Es scheint so.«

»Die stammen aus Schneiders Fundus.«

»Sind Bienen drin?«

»Nein, sie sind leer. Sie sind unser Köder.«

»Und wen willst du ködern?«

»Das weiß ich nicht genau. Ich dachte, wir schauen einfach mal, wen wir anlocken.«

»Anlocken? Ich glaube, ich brauche noch einen Kaffee. Und mir ist kalt.«

»Du solltest dir tatsächlich was anziehen.«

»Müssen wir irgendwo hin?«

»Nicht gleich, aber am Nachmittag, in die Rue des Trois-Glands. Ist nicht weit.«

»Und da?«

»Stellen wir«, Kieffer deutete in Richtung der Kisten, »unsere Honeypots auf.«

# 47

Valérie kam seit Jahren nach Luxemburg, vor allem in die Unterstadt. Eigentlich hätte sie sich inzwischen auskennen müssen, doch immer noch entdeckte sie Stichsträßchen oder Schleichpfade, von denen sie nichts wusste. Es lag vermutlich an der Topografie. Die Alzetteschlucht, in der Viertel der *ville basse* lagen, hatte der liebe Gott mit äußerst schwungvollem Federstrich in die Landschaft gesetzt. Von oben betrachtet besaß der Flusslauf die Form eines bauchigen, spiegelverkehrten »S«. Folglich gab es meist mehrere Möglichkeiten, von einem Punkt der Stadt zu einem anderen zu gelangen: einen langen gewundenen Weg und sanften Steigungen sowie einen kurzen geraden, der steil den Hang hinaufführte. Hinzu kamen die alten Festungsanlagen. Deren Erbauer hatten überall Steigen und Treppchen anlegen lassen, damit Soldaten unauffällig von A nach B gelangen konnten.

Ob es sich bei der Rue des Trois-Glands, die sie nun hinaufschaute, ebenfalls um solch einen Soldatenpfad handelte? Sie waren mit dem Auto hergekommen, es hatte nur ein paar Minuten gedauert. Das »Deux Eglises« lag in der Nähe, allerdings hätte Valérie nicht genau sagen können, wie nah – vermutlich nur ein paar Hundert Meter entfernt.

Bei der Trois-Glands handelte es sich um eine relativ schmale, ansteigende Straße. Im unteren Bereich standen ein paar Wohnhäuser, dann ging es unter der Eisenbahnbrücke hindurch. Jenseits des Viadukts wurde es grüner, die asphaltierte Straße endete an einer Art Wendehammer. Dort stand Valérie nun und blickte in Richtung eines Hauses, das Xavier als La Porte du Grünewald bezeichnet hatte. Von Bäumen umrahmt stand das Grünewäldertor am Ende der Straße. Es sah aus, als hätte jemand das Gebäude aus einer Gruppe alter Häuschen herausgetrennt und hier abgestellt.

Dahinter verwandelte sich die Rue des Trois-Glands in einen Waldweg, der den Hang hinaufführte. Links des Hauses befand sich oberhalb einer Mauer ein kleiner Garten. Dort war Xavier damit beschäftigt, die Bienenstöcke aufzustellen, die sie am Morgen in seinem Garten gesehen hatte.

Sie lief an seinem alten Jaguar vorbei, stieg links des Hauses eine Steintreppe empor – langsam, denn ihr Kater war noch nicht ganz verflogen. Der kleine Garten war terrassenförmig, mit insgesamt drei Ebenen. Ihr Freund befand sich auf der obersten. Inzwischen hatte er alle Bienenstöcke aufgestellt. Als sie oben ankam, stand er rauchend an eine Mauer gelehnt.

»Jetzt kann es losgehen«, sagte er und deutete auf die Bienenstöcke. Valérie spürte, dass sie ungeduldig wurde. Obwohl es bereits früher Nachmittag war, quälte sie noch immer sägender Kopfschmerz. Am liebsten hätte sie sich in die Wanne gelegt, bis es Zeit war, zu Bett zu gehen. Stattdessen stand sie bei Nieselregen in einer abgelegenen

Sackgasse und versuchte, ihrem aufgekratzten Freund ein paar Erklärungen abzupressen.

»Jetzt erzähl endlich. Sonst gehe ich heim.«

»Okay, okay. Die Luxemburger Stadtverwaltung hat Professor Hendrickx vorhin angerufen.«

»Die Stadtverwaltung?«

»Na ja, also, ich. Hendrickx kennt meine Stimme ja glücklicherweise nicht. Ich habe ihm gesagt, die Stadt habe in der Rue des Trois-Glands auf dem Gelände des Grünewäldertors mehrere herrenlose Bienenstöcke entdeckt. Und auf einem sei ein Logo der Uni.«

»Die mysteriöse Eule?«

»Genau. Und ob die vielleicht ihm gehörten. Ich hatte den Eindruck, er ist ziemlich erschrocken.«

Sie musterte Xavier. Er schien sehr zufrieden mit sich zu sein.

»Und was«, fragte sie, »denkst du, passiert jetzt?«

»Hendrickx wird nervös. Vielleicht wundert er sich auch. Vermutlich weiß er ja, wie viele Beuten Schneider für ihn aufgestellt hat.«

»Wenn er welche für ihn aufgestellt hat.«

Xavier ignorierte Valéries Einwand und fuhr fort.

»Der Prof bekommt also Panik. Er denkt, er hat alle Spuren beseitigen lassen, aber eine ist anscheinend noch übrig.«

»Und du meinst, jetzt setzt er sich ins Auto und fährt her?«

Xavier zog an seiner Zigarette, schüttelte den Kopf.

»Wie schon bei den letzten Malen lässt er das von Koening erledigen. Der kommt her, vermutlich heute Nacht schon. Und ich habe mir von Pekka eine Kamera mit Teleobjektiv geliehen. Heute Abend setze ich mich ins Gebüsch und warte auf ihn.«

»Bei dem Wetter? Und wenn er wirklich kommt, was willst du mit den Fotos machen?«

»Gehen an Lobato.«

Valérie nickte schweigend. In Wahrheit gefiel ihr Xaviers Plan nicht besonders. Vermutlich würde er schlichtweg daran scheitern, dass in der Nacht niemand auftauchte. Aber falls Koening tatsächlich versuchen sollte, die Beuten zu stehlen – wollte Xavier ihm dann allein gegenübertreten? Daran, dass ihr Freund brav im Gebüsch verharrte und Fotos schoss, glaubte Valérie nicht.

»Und wenn der Typ gefährlich ist? Du hast gesagt, er könnte was mit Schneiders Tod zu tun haben.«

»Ich halte mich bedeckt.«

»Wir, meinst du.«

»Du brauchst nicht dabei sein, Val.«

»Werde ich aber.«

Er musterte sie. Offenbar versuchte er abzuschätzen, ob es eine Chance gab, ihr das auszureden. Sie schaute ihn herausfordernd an.

»Okay, okay. Dann legen wir uns eben gemeinsam auf die Lauer. Wir können vorher noch mal heim. Vor Mitternacht taucht der bestimmt nicht auf.«

Vielleicht kam sie doch noch zu ihrer Badewanne. Sie stiegen die Treppe hinab. Kurz darauf waren sie auf dem Weg zurück nach Grund. Sie parkten an der Alzettebrücke, liefen zu Xaviers Haus. Dort verzog sich Valérie zunächst in die Wanne. Als sie anderthalb Stunden später im Bademantel in die Küche kam, erwartete sie ein gedeckter Tisch – sie sah Käse, Aufschnitt, frisches Baguette sowie eine Quiche. Letztere duftete verführerisch nach Lauch und Speck. Ein fünfarmiger Kerzenleuchter stand in der Mitte des Tisches und hüllte alles in goldenes Licht.

»Habe ich Geburtstag?«

Er lächelte.

»Ich hatte Lust drauf. Nachher wird es ja sicher ungemütlich. Deshalb dachte ich, wir machen es uns vorher nett.«

Er deutete auf eine Weißweinflasche.

»Setzt du aus?«

Dank des heißen Bads fühlte Valérie sich wie neu. Dennoch war es vermutlich besser, nicht schon wieder zu trinken.

»Ein kleiner Schluck wird gehen«, hörte sie sich sagen, »ein ganz kleiner.«

Sie setzten sich. Nun, da Valéries Kater sich verzogen hatte, kehrte ihr Appetit zurück. Sie nahm sich von allem.

»Man könnte wirklich meinen, es gäbe was zu feiern.«

»Nein, nein, man feiert nur viel zu wenig.«

»Vermutlich. Wobei, wenn ich an meinen Schädel von gestern denke …«

»Feiern ist das falsche Wort. Ich meinte eher, es sich gut gehen lassen. Wir sollten auch mal wieder wegfahren.«

Valérie war erstaunt, dass er das Thema anschnitt. Ihre Kalender waren ziemlich inkompatibel, ihre Vorstellung davon, was einen schönen Urlaub ausmachte, ebenfalls. Aber nun, da sie den Guide Gabin nicht mehr am Hals hatte, war es vielleicht möglich. Sie spürte einen Kloß im Hals. Als ob sie den Guide je als einen Mühlstein um ihren Hals empfunden hätte.

Den Nachtisch nahmen sie mit ins Wohnzimmer. Xavier hatte Schmullstaart gemacht, eine Luxemburger Torte mit Grießfüllung.

»Hast du das alles gekocht, während ich im Wasser war?«

»Die Schmullstaart war schon fertig. Ich wusste ja, dass du kommst.«

Aneinandergekuschelt saßen sie auf dem Sofa. Valérie verdrückte zwei Stück Taart, trank dazu einen Espresso. Letzterer half allerdings nicht. Xaviers Schulter war angenehm warm. Irgendwann döste sie weg.

Das Schrillen der Türglocke weckte Valérie. Sie lag auf dem Sofa. Jemand hatte eine Wolldecke über sie gebreitet. Ihr Blick fiel auf die Uhr an der Wand. Es war halb eins. Eine Ahnung begann sie zu beschleichen: Xavier hatte sich allein auf die Lauer gelegt.

Fluchend kam sie hoch. Noch immer trug Valérie den Bademantel ihres Freundes. Erneut klingelte es. Sie ging zur Tür, schaute durch den Spion. Auf der anderen Seite sah sie eine übellaunig dreinschauende Frau in Bikerjacke. Joana Lobato hämmerte mit der Faust gegen die Tür.

»Ja doch«, rief Valérie und öffnete. Lobato musterte sie, sagte:

»Ich muss Ihren Freund sprechen. Dringend.«

»Er ist nicht da«, sagte sie.

Lobato spähte in den Flur.

»Und wo ist er denn? Um diese Zeit?«

»Unterwegs. Kommen Sie rein, bitte. Mir ist kalt.«

Lobato betrat den Flur. Valérie schloss die Tür, ging in die Küche. Die Kommissarin folgte ihr.

»Was wollen Sie denn von ihm?«

»Ich muss ihn sprechen.«

»Das sagten Sie bereits. Was ist denn los?«

»Es ist dringend.«

»Auch das sagten Sie. Haben Sie es auf dem Handy versucht?«

»Geht keiner ran. Im Restaurant auch nicht. Also, wo ist er?«

Valérie setzte sich auf einen der Küchenstühle, machte eine einladende Geste. Lobato blieb stehen. Sie betrachtete die Kommissarin. Lobato stand kerzengerade da, wippte auf den Absätzen ihrer Motorradstiefel vor und zurück.

»Also?«, fragte die Kommissarin.

Xavier beteuerte stets, er habe rein gar nichts für die hübsche Kommissarin übrig. Bisher hatte Valérie ihm das nie ganz abgenommen. Aber vielleicht sagte er die Wahrheit. Die Frau war wirklich ein Kotzbrocken.

»Unterwegs, wie gesagt.«

Lobato atmete hörbar aus.

»Hören Sie, Madame Gabin. Sie können mir sagen, wo er ist. Oder Sie kommen jetzt mit.«

»Wohin?«

»Aufs Revier.«

»Weil?«

»Weil ich es Ihnen sage.«

»Das reicht bekanntlich nicht. Und meine Frage war: Was wollen Sie denn von ihm?«

»Es handelt sich um eine Mordermittlung. Gefahr ist im Verzug. Also würden Sie jetzt bitte sagen, wo er ist?«

»Geht es um den toten Imker?«

»Um einen toten Professor. Wo ist Ihr Freund?«

»Hendrickx«, entfuhr es Valérie. Lobato schaute sie erstaunt an.

»Der ist es doch, oder?«

»Ja. Die deutschen Kollegen haben uns angerufen. Der Mann hat sich bei ihnen gemeldet, um eine Aussage zu machen. Kurz darauf wurde er tot aufgefunden. Und Ihr Freund war der Letzte, mit dem Hendrickx telefoniert hat.«

Valéries Blick fiel auf den Tisch. Erst jetzt bemerkte sie, dass jemand an die Käseglocke, unter der sich der Rest der Schmullstaart befand, einen Post-it-Zettel geklebt hatte.

»Wollte dich nicht wecken. Kuss, X.«

Valérie spürte, wie ihr übel wurde. Es war kaum einen halben Tag her, dass Xavier bei Hendrickx angerufen hatte. Nun war der Wissenschaftler tot. Jemand wollte reinen Tisch machen, und es war nicht auszuschließen, dass dieser jemand auch wusste, wer Xavier war.

Valérie kam aus dem Stuhl hoch, rannte in Richtung Flur. Lobato machte Anstalten, sie aufzuhalten, wich dann aber zurück. Schon war Valérie an ihr vorbei, rannte die Treppe hinauf. »Zwei Minuten. Sie können den Wagen holen, ich komme sofort – ich weiß, wo er ist.«

Kurz darauf verließ Valérie das Haus. Sie sah sich nach einem Auto um, konnte jedoch keines entdecken. Auf einmal vernahm sie ein hohes Jaulen. Direkt neben ihr hielt eine rote Ducati. Lobato zeigte auf einen Helm, der am Sozius befestigt war. Valérie zögerte einen Augenblick. Die Kommissarin schaute sie durch das Visier ihres Helmes an. Ihr Blick hatte etwas Mitleidiges.

Valerie nahm den Helm und schwang sich auf den Rücksitz.

# 48

Er stand in einem Gebüsch oberhalb der Rue des Trois-Glands und ärgerte sich, dass er keinen Klappstuhl mitgenommen hatte. Seit einer Dreiviertelstunde blickte er auf den Wendehammer und den dahinter liegenden, terrassenförmigen Garten. Allmählich taten ihm die Füße weh, und die an einem Riemen um seinen Hals hängende Spiegelreflex bereitete ihm Nackenschmerzen. Kalt war es obendrein, vom Kirchberg schwappte eine neblige Suppe hinab in die Unterstadt.

Er schalt sich dafür, dass er derart weinerlich war. Stundenlang herumzustehen und Hitze oder Kälte zu ertragen, war das tägliche Brot eines jeden Kochs. Warum also stellte er sich so an? Vielleicht lag es daran, dass es ihm schwergefallen war, bei diesem Hundewetter das Haus zu verlassen. Valérie war an seiner Schulter weggedöst, Kieffer selbst hatte ebenfalls ein wenig genickt. Hoffentlich würde sie morgen früh nicht allzu wütend auf ihn sein. Aber vermutlich verpasste sie nichts. Bisher zumindest war niemand aufgetaucht.

Kieffer zündete sich eine Zigarette an, die dritte oder vierte. Er tastete nach seinem Handy, musste jedoch feststellen, dass es nicht in seiner Jackentasche war. Vorhin im Auto hatte er es noch gehabt, dessen war er sich sicher. Er trat aus dem Gebüsch hervor, stieg den mit Gras bewachsenen Abhang hinab, der nach ein paar Metern oberhalb einer kleinen Mauer endete. Dahinter lag die Rue des Trois-Glands.

Vorsichtig setzte er einen Fuß vor den anderen. Das Gras war feucht, überall lagen vermoderte Blätter. Kieffer hatte keine Lust, auszurutschen und den Hang hinunterzuschlittern, schon gar nicht mit Pekkas teurer Kamera um den Hals. Er hatte dem Finnen mehrfach versprechen müssen, der Spiegelreflex werde nichts passieren.

Er erreichte die Mauerkrone. Statt den Wagen unten an der Straße zu parken, war Kieffer den hinter dem Haus liegenden Waldweg ein Stück hochgefahren, hatte in einer Kehre geparkt. Gerade wollte er die schulterhohe Mauer herabklettern, als er einen Lichtschein wahrnahm. Ein Auto kam die Straße hoch. So schnell er konnte, stieg der Koch den Hang wieder hinauf. Als er zwischen den Büschen verschwand, streifte das Licht der Scheinwerfer bereits über das letzte Haus der Straße. Rasch ging Kieffer in die Hocke, nahm den Deckel von der Kameralinse.

Der Koch runzelte die Stirn. Er war davon ausgegangen, dass es sich um einen Pick-up handeln würde – den von Koening. Stattdessen handelte es sich um eine Lexus-Limousine mit abgedunkelten Scheiben. Der Wagen hielt in der Mitte des Wendehammers. Die Scheinwerfer erloschen, beide Vordertüren öffneten sich. Zwei Gestalten stiegen aus.

Der Wendehammer lag nicht völlig im Dunkeln, weiter unten an der Trois-Glands stand eine altersschwache

Straßenlaterne. Hier oben kam nur ein fahler Schein an, der jedoch ausreichte, um die Gesichter der beiden Neuankömmlinge zu illuminieren. Die Männer hatten asiatisch wirkende Gesichtszüge, trugen dunkle Jeans und Kapuzenpullis. Einer der beiden schleppte etwas, das wie eine Werkzeugtasche aussah.

Der Mann, der auf der Fahrerseite ausgestiegen war, sah sich um. Sein Blick blieb an den Bienenstöcken hängen, die kaum mehr als helle Flecken in der Dunkelheit waren. Er gab seinem Kompagnon ein Zeichen und ging auf die Treppe zu, die zur Terrasse hinaufführte.

Je weiter sich die Männer von Kieffer entfernten, umso mehr verschwammen ihre Umrisse. Der Koch hob die Kamera und schaute durch den Sucher. Das lichtstarke Objektiv wirkte wie ein Feldstecher. Nach einigem Hin- und Herdrehen sah er die beiden gestochen scharf.

Die Männer waren inzwischen auf der obersten Terrassenebene angelangt. Dort standen die drei Beuten, die Kieffer aus Schneiders Lager im Bahnhofsviertel geholt hatte. Unter den Deckel eines Stocks hatte er eine von Jacques' rosafarbenen Klebekugeln gepappt.

Einer der Männer stand vor den Beuten, stülpte sich eine Imkerhaube über den Kopf und streifte Handschuhe über. Als er damit fertig war, bedeutete er seinem Kompagnon, ihm mit einer Taschenlampe zu leuchten. Der Koch konnte sehen, wie der Mann zum Bienenstock ganz links ging und dessen Deckel abhob. Er hielt ihn kurz in das Licht der Taschenlampe, setzte ihn dann wieder auf die Kiste, ging zur nächsten Beute.

Kieffer sah zu, schoss einige Fotos. Ihm war, als beobachte er die Männer bei einer besonders absurden Variante des Hütchenspiels. Die Kugel war unter dem rechten

Deckel, aber es klebte nichts daran. Was würden die Kerle tun, wenn sie das erkannten?

Die Männer hoben den dritten Deckel an. Sie sahen das an der Unterseite klebende Kügelchen. Der mit der Taschenlampe leuchtete in die Beute hinein, während der mit der Imkerhaube den Kopf hineinsteckte und vermutlich nach dem Objekt Ausschau hielt, das sich vom Deckel gelöst hatte. Er begann, die Wabenrähmchen aus der Kiste zu ziehen. Ob er verwundert darüber war, dass sie keine Bienen enthielten? Da sein Gesicht von einem Schleier verborgen wurde, konnte der Koch es nicht erkennen.

Nachdem er den Bienenstock gründlich untersucht hatte, gab der Mann seinem Kompagnon ein Zeichen, woraufhin dieser etwas aus der mitgebrachten Tasche holte. Zunächst hielt Kieffer es für eine weitere Taschenlampe. Doch als der Mann mit dem Daumen über einen Schalter an der Seite des rechteckigen Geräts fuhr, flammte kein Licht auf.

Der Mann fuhr mit dem Apparat über die hölzernen Außenwände der Beute. Er schaute seinen Kollegen an, schüttelte den Kopf. Beide wirkten ein wenig ratlos.

Während Kieffer im Nieselregen im Gebüsch saß und die Männer beobachtete, betätigte er in unregelmäßigen Abständen den Auslöser der Kamera. Er hoffte inständig, dass man auf den Bildern etwas würde erkennen können. Vielleicht ließ sich mithilfe der Fotos herausfinden, wer die Typen waren. Dass es sich vermutlich um Asiaten handelte, ließ ihn an Valéries Pariser Start-up denken. Waren dies die Honigpanscher, die sie beobachtet hatte? Es war, das wurde ihm nun bewusst, außerordentlich dämlich gewesen, sie nicht mitzunehmen. Vielleicht hätte seine Freundin die Kerle identifizieren können.

Der Koch schaute hinüber zu dem Lexus mit den abgedunkelten Scheiben. Von seiner Position aus sah er lediglich die rechte Seite des Wagens. Er bewegte sich etwas weiter den Hang entlang, um das Nummernschild ausmachen zu können. Es handelte sich um ein französisches Kennzeichen. Erneut hob Kieffer die Kamera.

Etwas unter seinem linken Fuß gab nach. Kieffer geriet ins Straucheln, ruderte mit den Armen. Ein Zweig knackte, sein Arm schrappte an einem Baumstamm entlang. Der Koch landete auf einem Berg nasser Blätter. Auf dem Hosenboden rutschte er den Hang hinab. Kurz bevor er die Wiese erreichte, auf der man ihn sicher gesehen hätte, bekam er den Stamm einer jungen Birke zu fassen. Mit beiden Armen umschlang er sie.

Keuchend zog Kieffer sich an dem Baum hoch. So vorsichtig wie möglich stieg er den Hang wieder hinauf. Die Beutendiebe schienen ihn nicht bemerkt zu haben. Sie hatten ihre Inspektion inzwischen beendet, stiegen die Steintreppe hinab. Als sie unten ankamen, saß Kieffer bereits wieder in seinem Gebüsch.

Auf einmal rief eine Frauenstimme den Männern etwas zu. Was sie sagte, klang Chinesisch. Anscheinend saß die Frau im Fond der Limousine. Die Männer hoben die Köpfe, blickten in Kieffers Richtung. Einige Meter hinter ihm ragte der schroffe Fels auf. Falls er sich aus dem Staub machen wollte, kam entweder der Waldweg hinter dem Haus infrage. Oder er lief in die entgegengesetzte Richtung, die Straße hinab. Jenseits des Viadukts waren Wohnhäuser, er konnte irgendwo klingeln.

Während Kieffer über seine Optionen nachdachte, schwang die ihm abgewandte Fondtür des Lexus auf. Eine Frau stieg aus. Sie war Mitte vierzig, trug einen

Hosenanzug und besaß ebenfalls asiatische Gesichtszüge. Über das Fahrzeugdach hinweg schaute sie in seine Richtung. Der Koch befand sich tief im Gestrüpp, dennoch schien sie genau zu wissen, wo er war. Möglicherweise war ihm seine kleine Rutschpartie zum Verhängnis geworden.

Die Männer umrundeten den Lexus. Die Frau stand derweil hinter dem Wagen, schien ihm zuzuwinken. Ja, tatsächlich: Mit beiden Händen bedeutete sie ihm, näher zu kommen. Der Koch zog den Kameragurt über den Kopf, legte die Spiegelreflex vorsichtig auf dem Boden ab. Er kam aus der Deckung und begann, den Hang hinabzusteigen. Die beiden Männer hatten sich inzwischen am Fuß der Hangbegrenzung positioniert, machten allerdings keine Anstalten, ihn aufzuhalten. Kieffer ließ sich die Mauer hinab, ging auf den Wagen zu. Die Frau deutete auf den Fond, stieg wieder ein. Kieffer ging zu der anderen Fondtür.

Nebeneinander saßen sie auf der Rückbank des Lexus. Durch die Frontscheibe sah er, dass einer der beiden Männer nun an der Mauer des alten Hauses lehnte. Offenbar behielt er die Umgebung im Auge. Der zweite Mann war dabei, erneut hinauf zu den Bienenstöcken zu steigen.

Die Frau lächelte Kieffer erwartungsvoll an.

»Guten Abend, Madame«, sagte er auf Französisch. »Ich hatte jemand anderes erwartet.«

Die Frau legte den Kopf schief.

»Jemand anderes? Und darum liegen Sie hier auf der Lauer?«

Kieffer nickte.

»Um was genau zu tun?«

»Um herauszufinden, wer die ganzen Bienenstöcke verschwinden lässt.«

Die Frau lächelte.

»Darf ich fragen, wer Sie sind, Monsieur?«

»Mein Name ist Xavier Kieffer.«

Sie nickte, als sagte ihr das etwas.

»Ich bin Danny Foo. Sie können mich Danny nennen«, erwiderte sie und fügte hinzu: »Sie haben also bei Hendrickx angerufen?«

»Ja. Woher wissen Sie das?«

»Ich glaube, das hat den armen Kerl sehr beunruhigt. Aber Sie sind gar nicht von der Stadtverwaltung, sondern haben«, sie runzelte die Stirn, »ein Restaurant, ja?«

»Ich war ein Bekannter von Pol Schneider, falls Ihnen der Name etwas sagt.«

Die Frau antwortete darauf nicht. An ihrem Gesichtsausdruck meinte Kieffer allerdings erkennen zu können, dass sie wusste, wer Schneider war.

»Und Sie wollen wissen, warum die Bienenstöcke verschwinden?«

»Einige davon gehörten mir.«

»Ihnen?«

»Ich habe vor zwei Jahren welche gekauft. Genauer gesagt habe ich Schneider Geld gegeben, und er hat sich um den Rest gekümmert.«

»Hm. Ich verstehe. Dann sitzen wir ja quasi im selben Boot, Monsieur.«

»Ach ja?«

»Auch wir unterhielten mit Monsieur Schneider eine Geschäftsbeziehung.«

»Zu welchem Zweck?«

»Es war eine sehr diskrete Geschäftsbeziehung. Bitte

haben Sie Verständnis dafür, dass ich dazu nichts sagen möchte.«

»Das hat doch mit Hendrickx zu tun, oder? Mit seinen Killerbienen.«

Die Frau blinzelte. Kieffer war sich nicht sicher, ob sie wirklich überrascht war oder lediglich Zeit zu gewinnen versuchte. Ihr Lächeln wurde breiter.

»Killerbienen? Oh bitte. So etwas gibt es nicht.«

»Hendrickx forscht an Bienen, die resistent gegen Insektizide sind. Mit Genschere modifizierte Organismen.«

»Wenn Sie es sagen.«

»Er tut das im Auftrag von Xin Foods. Und Sie«, der Koch deutete auf die Frau, »arbeiten bestimmt auch für die.«

»Da irren Sie sich. Ich arbeite für ein Pariser Start-up, das …«

»… unter anderem auf das professionelle Panschen von Honig spezialisiert ist, ich weiß. Aber der Laden gehört doch über drei Ecken auch zu Xin Foods, oder?«

Die Frau seufzte.

»Ach, Monsieur Kieffer.«

»Was bezweckt Xin damit? Das mit dem Gepansche verstehe ich ja noch, Sie wollen mehr Honig verkaufen, als Sie haben. Aber sonst?«

»Haben Sie schon mal von Hanyuan gehört?«, sagte die Frau.

»Ist das ein Ort?«

»In meiner Heimat, ja. In der Volksrepublik.«

»Ehrlich gesagt Nein.«

»Eine Gegend im Südwesten, in der Provinz Sichuan. Dort gibt es keine Bienen mehr. Wissen Sie warum?«

»Umweltverschmutzung?«

»Nicht ganz. Während der Kulturrevolution ließ der

Vorsitzende Mao alle Spatzen töten, weil sie das Getreide fraßen. Das führte dann – logischerweise, könnte man sagen – zu einer Insektenplage, der man mit Pestiziden zu Leibe rückte. Dabei starben auch alle Bienen.«

»Das ist ja verrückt.«

Danny Foo zuckte mit den Achseln.

»Geschichte erscheint uns oft verrückt. Die Menschen damals haben nur getan, was sie für richtig hielten. Ihre Intention war rein, nur die Methode war falsch.«

Sie strich eine Haarsträhne zurück und fuhr fort.

»In Hanyuan gibt es große Obstplantagen, die Gegend ist für ihre Äpfel berühmt. Aber nun müssen alle Apfelbäume von Hand bestäubt werden.«

»Und weiter?«

»Meine Auftraggeber haben großes Interesse an Bienen, die resilient sind. Widerstandsfähig gegen Insektizide, Pestizide, Umweltgifte.«

»Und um die zu züchten, haben Sie Hendrickx engagiert.«

»Professor Hendrickx hat einige interessante Forschungen auf diesem Gebiet angestellt.«

»Aber?«

»Nichts aber. Seine Bienen waren vielversprechend.«

»Und Sie haben die in der freien Natur ausgesetzt?«

»Schneider hat in einige seiner Völker neue Königinnen eingesetzt. Er glaubte, es handle sich um herkömmliche Neuzüchtungen. In Wahrheit stammten sie von Hendrickx. Aber Ihre Sorge ist völlig unbegründet.«

»Unbegründet? Sie haben diese mörderischen Viecher auf die Menschheit losgelassen!«

»Wieso mörderisch? Kommen jetzt wieder Ihre Killerbienen?«

»Zweimal bin ich von diesen Viechern attackiert worden. Was immer Ihr Doktor Frankenstein da gezüchtet hat – es ist kolossal schiefgegangen. Und Schneider? Der war komplett zerstochen, als man ihn gefunden hat.«

»Ich weiß nicht, was Sie gestochen hat, Monsieur. Aber bestimmt keine von Hendrickx' Bienen.«

Kieffer schüttelte ärgerlich den Kopf.

»Ich denke, ich gehe jetzt besser.«

Der Koch wandte sich der Autotür zu, betätigte den Öffnungsmechanismus.

»Bleiben Sie sitzen«, sagte die Frau.

Als er sich umdrehte, blickte er in die Mündung einer Waffe. Es handelte sich um eine kleine Pistole, geradezu winzig im Vergleich mit jenen, die Polizisten oder Sicherheitsleute mit sich herumtrugen. Nichtsdestotrotz erschien ihm die Mündung verdammt groß.

»Tür schließen«, herrschte sie ihn an.

Kieffer gehorchte. Während sie ihn in Schach hielt, legte die Frau zwei Finger ihrer linken Hand ans Revers ihres Blazers, sprach einige Sätze auf Chinesisch. Nun erst fiel ihm auf, dass sie einen kleinen Knopf im Ohr trug – irgendeine Art von Funkgerät.

»Ich denke, Sie kommen erst einmal mit uns«, sagte sie zu Kieffer gewandt.

»Das ist Kidnapping.«

»Sehen Sie es als Gesprächsangebot. Ich muss die Interessen meiner Auftraggeber wahren. Dass diese Sache öffentlich wird, liefe dem zuwider. Sie scheinen mir zwar nicht die Art von Typ zu sein, dem es vornehmlich ums Geld geht. Aber wer weiß? Wir finden bestimmt eine Lösung.«

»Sie haben diese Genbienen in der freien Wildbahn ausgesetzt, ohne Genehmigung. Und jetzt wollen Sie das unter den Teppich kehren?«

»Gegenfrage: Haben Sie mit den Beuten da oben irgendetwas angestellt?«

»Hingestellt habe ich sie dort.«

Foo runzelte die Stirn, begann zu lächeln.

»Eine Art Köder?«

»Ja. Und Sie haben ihn geschluckt.«

»Dann war gar kein Sender in der Beute?«

»Ah, jetzt verstehe ich. Da ist ein Peilsender drin.«

»Nicht ganz. Aber eine gute Idee, dann wüssten wir stets, wo die Beuten mit den CRISPR-Bienen stehen. Die Wahrheit ist leider, dass wir es nicht wissen.«

»Warum nicht?«

»Schneider wusste nur das Notwendigste. Deshalb hat er einige der Beuten – unserer Beuten – zu anderen Standorten gebracht, ohne dass jemand davon wusste. Solange alles gut lief, war das nicht so schlimm. In den Bienenstöcken befanden sich Sensoren. Mit ihnen maß Hendrickx die Temperatur, die Bewegungen im Stock und andere Parameter. Wir wollten schließlich wissen, ob die modifizierten Bienen ein normales Verhalten an den Tag legen. Die Sensoren sind sehr klein und unter einer Wachsschicht verborgen.«

»Und der am Deckel?«

»Ein Sender mit SIM-Karte. Der musste nah an der Außenwand platziert sein und funkte Daten an Hendrickx. Als es zu den Problemen mit Schneider kam, mussten wir die Sender einsammeln, weil sich das Signal eventuell hätte zurückverfolgen lassen.«

»Und da fiel Ihnen auf, dass Sie nicht alle Standorte kannten?«

»Korrekt. Aber zum Glück haben wir jemand gefunden, der uns helfen konnte.«

»Wen?«

»Unwichtig.«

Kieffer sah, wie der Mann auf der Terrasse seinem Kompagnon ein Zeichen gab. Der löste sich von der Mauer und lief auf den Lexus zu. Der Regen hatte inzwischen zugenommen, dicke Tropfen prasselten auf das Dach des Wagens.

»Warum machen Sie diesen Mist nicht bei sich in China?«

»Aus Sicherheitsgründen.«

»Aber wieso ausgerechnet hier? Warum nicht in … in Afrika zum Beispiel?«

Die Frau musterte ihn tadelnd.

»Typisch europäisch! Bitte nicht bei uns, sollen sich die armen Afrikaner damit herumschlagen.«

»So meinte ich das nicht. Da fiele es wahrscheinlich weniger auf als in Europa.«

»Rahmenbedingungen. Wir müssen unsere Feldversuche dort durchführen, wo es industrielle Landwirtschaft gibt – Umweltgifte, Abgase und so weiter. Und dann war auch der Imker hier. So einer wie Schneider war nicht leicht zu finden.«

»Einer, der derart skrupellos war?«

»Sagen wir lieber: serviceorientiert.«

Kieffer fiel auf, dass die Frau nicht nur von Schneider, sondern mitunter auch von Hendrickx in der Vergangenheitsform sprach. Gerade wollte er sie danach fragen, als ein Lichtschein durch das Heckfenster drang. Ein Fahrzeug kam die Straße hoch. Allem Anschein nach handelte es sich um ein Motorrad. Es schien direkt auf den

Lexus zuzuhalten. Erst im letzten Moment vollführte es einen Schlenker, kam abrupt neben der Limousine zum Stehen. Durch das Seitenfenster sah Kieffer eine behelmte Gestalt mit heruntergeklapptem Visier, die in ihre Richtung schaute. Aufgrund der stark getönten Scheiben des Lexus sahen sie von dem Motorradfahrer vermutlich mehr als er von ihnen.

Der Chinese, der bereits auf dem Weg zum Wagen gewesen war, rief dem Biker etwas zu. Danny Foo beobachtete den Neuankömmling durch die Scheibe. Kieffer wurde schlagartig bewusst, dass ihre Pistole nicht mehr auf ihn zeigte. Sie hatte diese gesenkt, vermutlich, um sie verbergen zu können, falls sich die Fondtür öffnete.

Der Koch packte Foos Handgelenk, versuchte es der Frau auf den Rücken zu drehen. Zwar hatte er mit Gegenwehr gerechnet, war aber doch verblüfft, wie kräftig sie war. Während er ihre Rechte festhielt, begann sie, ihm mit der Linken Fausthiebe zu versetzen. Kieffer versuchte, seinen Gewichtsvorteil auszuspielen, presste sie gegen die Tür. Er hörte, wie ihre Waffe zu Boden fiel.

Auf einmal öffnete sich die Tür. Weder Kieffer noch seine Kontrahentin waren darauf vorbereitet, und so purzelten beide aus dem Auto, landeten auf dem Asphalt. Als Kieffer aufzustehen versuchte, versetzte Foo ihm einen Tritt vor die Brust. Alle Luft wich aus seinen Lungen.

»Unten bleiben«, zischte sie.

Benommen schaute Kieffer auf. Um ihn herum standen drei Personen – die Chinesin sowie einer ihrer Handlanger, außerdem der Motorradfahrer. Er hatte seinen Helm abgenommen und unter den Arm geklemmt. Es war Thierry Koening. Er schaute auf Kieffer herab und verzog die Mundwinkel.

»Danke, dass Sie so schnell kommen konnten«, sagte Foo. »Haben Sie sie dabei?«

»Ja. Aber was macht der hier? Was ist das für ein Scheiß? Damit will ich nichts zu tun haben.«

»Ein ungeplanter Zwischenfall. Aber kein Problem, bitte beruhigen Sie sich«, erwiderte die Chinesin. »Wir regeln das mit den Sendern, Sie bekommen Ihr Geld, und dann sind wir quitt.«

Kieffer sah, dass Foos zweiter Mann die Gartenterrasse wieder verlassen hatte und auf sie zukam. Die Rechte hielt er hinter dem Rücken verborgen. Er kam direkt auf Koening zu.

»Hinter dir!«, brüllte Kieffer.

Koening drehte den Kopf, sah den Mann. Der Asiate zog die Hand hinter seinem Rücken hervor. Sie umfasste einen metallenen Totschläger.

Während Koening herumwirbelte, um sich dem Angreifer zu stellen, zog der zweite Mann eine Pistole. Kieffer, der immer noch auf allen vieren war, versuchte aufzustehen. Als er sich vom Boden hochstemmte, traf ihn etwas Spitzes in die Magengrube – einer von Danny Foos Lackpumps. Ein weiterer Tritt erwischte ihn an der Schulter. Instinktiv krümmte er sich zusammen, verbarg den Kopf in den Armen.

Irgendwann registrierte er, dass die Schläge aufgehört hatten. Er wagte es, aufzuschauen. Der Chinese mit der Pistole lag vielleicht einen Meter entfernt auf dem Boden und rührte sich nicht. Eine hässliche Platzwunde verunzierte seine Stirn. Ein Stück weiter standen Koening und der Mann mit dem Totschläger einander gegenüber. Der Imker hielt die Kinnpartie seines Integralhelms umfasst und schwang diesen wie eine Keule. Sein Gegner besaß eigentlich die gefährlichere Waffe, dennoch schien Koening die Oberhand zu gewinnen. Mit einem wütenden Schrei schmetterte er dem anderen den Helm gegen die Schulter, woraufhin dem Chinesen der Totschläger entglitt.

Kieffer hielt Ausschau nach Foo. Er entdeckte sie auf der ihm abgewandten Seite des Autos. Was sie dort tat, konnte er nicht erkennen. Der Koch sah zu dem ohnmächtigen Mann hinüber. Auf dem nassen Asphalt, lediglich eine Armeslänge von ihm entfernt, lag dessen Pistole. Kieffer atmete tief durch, robbte ein Stück vor. Seine Brust schmerzte. Vermutlich hatten die Rippen etwas abbekommen. Mit zusammengebissenen Zähnen näherte er sich dem Ohnmächtigen, griff nach der Waffe.

Koening verpasste seinem Gegner erneut einen Schlag mit dem Motorradhelm. Der Mann ging zu Boden. Kieffers Rechte umschloss die Waffe. Er kam auf ein Knie hoch, verbarg die Hand mit der Pistole unter der Jacke.

Koening hatte von seinem Gegner abgelassen, lief zu seinem Motorrad und schaute hinüber zu Kieffer. Der Koch war inzwischen aufgestanden und konnte nun sehen, dass Danny Foo an der Beifahrertür stand und sich am Handschuhfach zu schaffen machte. Sie holte etwas daraus hervor.

»Jetzt komm schon«, rief eine Stimme. Sie gehörte Koening. Er hatte seinen Helm aufgesetzt und das Motorrad angelassen. Der Imker deutete auf den Sozius.

Aus dem Augenwinkel bemerkte Kieffer einen Lichtschein, der rasch näher kam. Etwas schoss die Rue des Trois-Glands hinauf. Vermutlich hatte Foo Verstärkung angefordert.

Kieffer stieg auf. Ihm blieb gerade genug Zeit, den Bügel

hinter dem Sitz zu greifen, bevor Koening Vollgas gab. Das Motorrad schoss an dem Haus vorbei, den Berg hinauf. Der Koch wandte sich um, sah einen Autoscheinwerfer. Zunächst glaubte er, es handle sich um die Neuankömmlinge. Dann sah er Foo hinter dem Steuer.

Das Motorrad vollführte ohne Vorwarnung einen Satz. Nur mit größter Mühe gelang es Kieffer, sich auf dem Sitz zu halten. Die Maschine schoss den kaum zwei Meter breiten Waldweg entlang. Er fragte sich, wo Koening hinwollte – vermutlich einfach fort. In Kürze würden sie das Ende des Pfads erreichen. Kieffer wusste genau, wo dieser hinführte, er war ihn schon oft gegangen. Ein Stück über ihnen, auf dem südwestlichen Ausläufer des Kirchberg-Plateaus, lag das alte Fort Thüngen, auch Dräi Eechelen genannt. Genauer gesagt handelte es sich um eine ganze Festungsanlage mit Wallschilden, Kurtinen, Gräben und Böschungen.

Theoretisch sollte es möglich sein, auf einem der Wege an der Festung vorbei und weiter den Berg hinaufzufahren, bis man zur Avenue Kennedy gelangte. Dies setzte allerdings voraus, dass Koening sich auskannte. Ansonsten gab es reichlich Gelegenheit, zuvor einen steilen Hang hinabzustürzen, in einem Befestigungsgraben zu landen oder gegen eine Mauer zu krachen.

Die Scheinwerfer des Lexus flammten auf, als Foo aufblendete. Kieffer sah sich erneut um. Der Wagen schien weiter entfernt als noch vor ein paar Sekunden. Vermutlich hatte Foo Schwierigkeiten, die zwei Tonnen schwere Nobelkarosse den Waldweg hochzubekommen.

Der Abstand vergrößerte sich noch mehr. Als Kieffer den Blick wieder nach vorne wandte, konnte er in einiger Entfernung Licht ausmachen. Er nahm an, dass es von den

Scheinwerfern stammte, die das Fort und das dahinterliegende Mudam bei Nacht anleuchteten. Ein Lächeln stahl sich auf sein Gesicht. Sie würden es schaffen.

Auf einmal hob das Hinterrad des Motorrads ab, der Antrieb gab ein jaulendes Geräusch von sich. Bevor er wusste, wie ihm geschah, war Kieffer in der Luft. Alles um ihn herum drehte sich. Der Aufprall, der folgte, war erstaunlich sanft. Er wurde durchgeschüttelt, aber feuchte Blätter und Moos schienen das Schlimmste verhindert zu haben. Koening war es nicht so gut ergangen. Er lag mitten auf dem Waldweg und hatte offenbar Schwierigkeiten beim Aufstehen.

Kieffer befand sich zwischen den Bäumen, oberhalb des Weges. Der Koch konnte den Lexus sehen, der auf das auf dem Boden liegende Motorrad zufuhr. Foo bremste ab, allerdings zu spät. Es gab ein hässliches Geräusch, als die Limousine über die Enduro-Maschine rollte und diese ein Stück mitschleifte. Dann kam der Lexus zum Stehen.

Kieffer sprang den kleinen Abhang hinunter. Koening stand inzwischen wieder, fasste sich an den Helm, taumelte. Der Koch lief auf ihn zu. Er hörte, wie sich eine Tür des Lexus ein Stück öffnete. Als Kieffer den Imker erreichte, packte er ihn an der Schulter, zog ihn mit sich. Ein Blick zurück zeigte ihm, dass Foo immer noch im Wagen saß, eingeklemmt zwischen einem halben Dutzend Airbags. Sie wirkte benommen.

Nach ein paar Metern schüttelte Koening Kieffers Arm ab.

»Ich komme klar«, sagte er.

»Sie haben mich da rausgeholt, jetzt bin ich dran«, erwiderte Kieffer und machte erneut Anstalten, Koenings Arm um seine Schulter zu legen. Der Imker humpelte stark. Sein linkes Bein schien bei dem Sturz etwas abbekommen zu haben.

»Ich weiß nicht, ob ich von dir gerettet werden will.«

»Die Auswahl«, keuchte Kieffer, während er Koenings Arm packte, »ist gerade nicht so groß. Also was jetzt?«

Koening antwortete nicht, ließ sich jedoch helfen. Gemeinsam liefen sie den dunklen Waldweg hinauf.

»Wieso?«, fragte Kieffer.

»Leicht verdientes Geld?«

»Für?«

»Die haben mich angerufen, nach Pols Tod. Gesagt, dass ich die Stöcke finden soll. Sender einsammeln, Beuten verbrennen. Das war gar nicht so schwer, die Leute mit Stöcken auf dem Dach haben ja beim Verband angerufen, also bei mir.«

»Die haben ihn umgebracht.«

»Davon weiß ich nichts.«

»Bullshit, Thierry.«

»Ein Tausender pro Beute, zwei pro Sender«, sagte Koening, »da fragt man nicht nach.«

»Und du hast behauptet, Schneider sei geldgierig.«

»War er auch. Und pleite. Aber nicht so pleite wie ich.«

Koening blieb auf einmal stehen, löste sich von Kieffer. Er schaute den Koch an. Es war so dunkel, dass Kieffer die Augen des Mannes kaum ausmachen konnte.

»Wir sind quitt?«, fragte Koening.

»Wir beide? Vermutlich.«

»Dann äddi.«

Koening wandte sich ab, begann weiterzuhumpeln. Gerade wollte der Koch ihm nachgehen, als es einen Knall gab, dann noch einen. Kieffer hörte, wie in einem Baum zu seiner Linken ein Projektil einschlug. Die Dunkelheit hatte

Koening inzwischen verschluckt, vielleicht war er ins Gebüsch gehechtet. Kieffer rannte weiter den Hang hinauf. Vor sich sah er die Mauern der Festungsanlage aufragen. Sie konnte kaum mehr als hundert Meter entfernt sein. Trotzdem fragte er sich, ob er je dort ankommen würde.

# 49

Es hatte zu regnen begonnen. Dennoch fuhr Lobato ziemlich schnell. Sie jagten durch schmale Gassen, schossen unter mittelalterlichen Torbögen hindurch. Für eine Weile wusste Valérie nicht, wo sie sich befanden. Dann erreichten sie das Clausener Zentrum, kurz darauf bogen sie in die schmale Rue des Trois-Glands ab. Inzwischen schüttete es wie aus Eimern, und Valérie fragte sich, ob Xavier nicht vielleicht schon das Weite gesucht hatte.

Erneut fuhren sie unter dem Viadukt hindurch. Vor ihnen tauchte das Grünewäldertor auf, in dessen Garten Kieffer seinen Honeypot aufgestellt hatte. Ihr Freund war nirgends zu sehen, sein Auto auch nicht. Vermutlich saß er bereits rauchend am Küchentisch.

Lobato bremste scharf. Sie stieg ab, versetzte Valérie dabei einen Stoß, sodass diese vom Sozius rutschte. Sie musste mit den Armen rudern, um nicht auf dem Hosenboden zu landen. Valérie schrie der Kommissarin eine unfreundliche Bemerkung zu, doch aufgrund des Helms kamen nur unverständliche Laute aus ihrem Mund.

Lobato rannte auf etwas zu. Nun erst sah Valérie, dass auf dem Asphalt ein Mann lag. Panik erfasste sie.

»Xavier!«

Noch während sie seinen Namen rief, wurde ihr klar, dass es sich nicht um ihren Freund handelte. Zwar konnte sie in der Dunkelheit nur die Silhouette ausmachen, doch der Mann war eindeutig zu schlank und zu muskulös. Lobato hielt ein Ohr vor das Gesicht des Fremden, griff nach seinem Handgelenk.

»Ist er tot?«

»Nein. Aber verletzt.«

Lobato zeigte auf eine hässliche Wunde an der Schläfe des Ohnmächtigen.

»Und wo ist Xavier?«, fragte Valérie.

»Ich dachte, Sie wüssten das.«

»Nur dass er hier ist. Er wollte die Beuten da hinten im Auge behalten.«

Valérie zeigte auf den Garten. Aufgrund des Regens und der Dunkelheit war kaum etwas zu sehen. Die Kommissarin holte eine Taschenlampe aus ihrer Jackentasche, leuchte in Richtung des Hangs.

»Ich wusste nicht, dass Schneider hier welche stehen hatte«, sagte sie.

»Hatte er auch nicht«, erwiderte Valérie.

Die Kommissarin blickte sie fragend an.

»Xavier hat sie aufgestellt.«

»Aber warum?«, fragte Lobato.

»Als Köder.«

»Als …? Oh Mann. Und wo ist Ihr Hobbyermittler jetzt? Hat er den Kerl so zugerichtet?«

»Kann ich mir kaum vorstellen.«

»Vielleicht fehlt Ihnen die Fantasie«, erwiderte Lobato. »Rufen Sie ihn noch mal an. Ich informiere derweil die Kollegen.«

Während Lobato Verstärkung und einen Krankenwagen orderte, versuchte Valérie zweimal, Xavier zu erreichen, vergeblich. Sie ging einige Schritte in Richtung der Böschung gegenüber dem Garten. Wollte man sich mit der Kamera auf die Lauer legen, war dies vermutlich der beste Ort dafür. Valérie schwang sich auf die kleine Mauer.

Auf einmal hörte sie einen Knall, dann noch einen. Waren das Schüsse? Sie wandte sich um, schaute, was Lobato tat. Die Kommissarin saß schon wieder auf ihrem Motorrad.

»Halt!«, schrie Valérie, »wo fahren Sie hin?«

»Sie bleiben hier«, rief ihr die Kommissarin zu. Dann zog sie den Gashebel zurück und jagte den Hang hinauf.

Einen Augenblick lang schaute Valérie der Kommissarin nach. Dann sprang sie von der Mauer, rannte hinter dem sich rasch entfernenden Rücklicht des Motorrads her. Als sie das Haus passierte, sah sie, dass dahinter ein kleiner Pfad von dem Waldweg abzweigte. Nach wenigen Metern endete die Kehre an der Rückseite des Hauses. Dort, zwischen einigen Büschen, stand Xaviers Auto.

Valérie lief geradeaus weiter, obwohl sie kaum die Hand vor Augen sah. Mehrfach stolperte sie oder trat in Pfützen. Nach einer Weile erblickte sie vor sich auf einmal die Rücklichter eines Autos. Es handelte sich um einen großen Lexus. Der Motor war aus, die Fahrertür stand offen. Vorsichtig näherte sie sich. Der Wagen schien verlassen zu sein. Unter den Vorderrädern ragte ein Motorradlenker hervor.

Eine böse Vorahnung beschlich sie. Valérie ging auf die Knie, um unter das Auto zu schauen. Zu ihrer Erleichterung lag dort keine schrecklich zugerichtete Joana Lobato, sondern lediglich eine stark mitgenommene Enduro-

Maschine – die Kommissarin fuhr jedoch eine Ducati. Sie stand auf, lief weiter. Da die Scheinwerfer des Autos aufgeblendet waren und den Weg hinaufleuchteten, hatte sie nun Licht, mehr sogar, als ihr lieb war. Falls dort oben jemand wartete, würde er sie hervorragend sehen können.

Als sie sich umblickte, sah sie auf dem Boden eine Pistole liegen. Sie hob die Waffe auf und steckte sie ein, bevor sie weiter den Hang hinauflief.

# 50

Kieffer näherte sich dem Parc des Trois Glands. Es schien ihm fast ein Wunder, dass er es bis hier oben geschafft hatte. Auf dem Weg hatte er weitere Schüsse vernommen, sich jedoch nicht umgedreht. Stattdessen war er so schnell gerannt, wie er konnte, darauf hoffend, dass die Dunkelheit und der inzwischen prasselnde Regen ihn vor seiner Verfolgerin verbergen würden.

Er erreichte das Ende des Waldpfads und bog auf einen breiteren, gepflasterten Rundweg ab, der am Mudam vorbei Richtung Festung führte. Nach vielleicht hundert Metern tauchte die Anlage auf. Sie bestand aus drei trutzig wirkenden Türmen, die im Dreieck angeordnet waren. Ihre konischen Dächer waren mit vergoldeten Spitzen verziert, in Form auf dem Kopf stehender Eicheln. Zwischen den Türmen verliefen hohe Mauern, ein tiefer Graben umschloss die Anlage.

Hinter dem Fort lag weiter oben am Hang das Museum, welches er vor nicht allzu langer Zeit mit Valérie besucht hatte. Weiter unten befand sich ein kleiner Park voller Festungsüberbleibsel. Man konnte von dort auf die Alzetteschlucht herabschauen.

Ganz in der Nähe lagen der Europäische Gerichtshof und andere Regierungsgebäude. Die ganze Gegend war mit Kameras gespickt und wurde rund um die Uhr von Sicherheitsdiensten bewacht. Schaffte er es bis dorthin, konnte er Hilfe rufen. Er blieb stehen, riskierte einen Blick zurück. Im Halbdunkel sah er eine Gestalt den Weg hinaufhumpeln. Es war Koening. Er bewegte sich wie in Zeitlupe, zumindest kam es Kieffer so vor. Ein weiterer Schuss ertönte. Der Koch ging hinter einem Mauerstück in Deckung, das den Festungsgraben umschloss. Nach einigen Sekunden riskierte er einen Blick über die Kante.

Foo stand vielleicht sechzig Meter von ihm entfernt, die Waffe auf den am Boden liegenden Koening gerichtet. Sie rief dem Imker etwas zu, das im Prasseln des Regens unterging. Dieser brüllte eine trotzige Entgegnung. Die Antwort schien Foo nicht zu gefallen. Ihr Körper spannte sich.

Kieffer vernahm das Aufheulen eines Motorrads. Eine Rennmaschine schoss an der Chinesin vorbei, verschwand wieder. Wo zum Teufel war die hergekommen?

Reifen quietschten, ein Motor jaulte auf.

»Die kommt zurück«, entfuhr es ihm.

Vermutlich wäre es das Beste gewesen, die Beine in die Hand zu nehmen. Stattdessen blieb er hinter der Mauer und schaute gebannt zu. Foo hatte inzwischen ihre Waffe hinter dem Rücken verborgen und sich neben Koening gekniet. Für einen Beobachter musste es so wirken, als kümmerte sie sich um ihn.

Das Motorrad tauchte wieder auf. Mit kaum mehr als zehn Stundenkilometern rollte es den Hang hinab. Als es nur noch wenige Meter von Foo entfernt war, kam sie in einer fließenden Bewegung hoch, legte an und schoss. Kieffer konnte sehen, wie der Fahrer oder die Fahrerin von der Maschine fiel. Nun fiel ihm auf, dass es sich um eine rote Ducati handelte – jenes Modell, das Lobato fuhr. Seiner Kehle entfuhr ein Schrei.

Foo drehte den Kopf in seine Richtung. Kieffer duckte sich. Er vernahm einen Schuss, Splitter von Mauerwerk platzten weg, kaum einen Meter von ihm entfernt. Der Koch rannte los. Der Fluchtweg, den er sich ausgesucht hatte, erschien ihm auf einmal nicht mehr so vorteilhaft. Er führte auf der südöstlichen Seite der Trois-Glands entlang, zwischen der Festungsmauer und einem steilen Abhang. Es ging dort hundertfünfzig Meter schnurgeradeaus. Die Chinesin würde ihn mühelos erwischen.

Deshalb rannte er stattdessen den Hang hinab, in Richtung des Parks. Er war voller Überreste einer den Dräi Eechelen vorgelagerten, kleineren Verteidigungsanlage namens Fort Obergrünewald. Wie die meisten Festungsbauten Luxemburgs war sie Ende des neunzehnten Jahrhunderts geschleift worden. Übrig geblieben waren halb zugewachsene Wehrgänge, Mauern und Tunnel.

Kieffer überquerte eine Wiese, hechtete das Glacis hinab. Unten angekommen, rannte er eine Mauer entlang. Er befand sich in einer Art Burggraben, der um ein Plateau herumführte, auf dem früher Artillerie gestanden hatte. Der Koch kam unter einem Torbogen durch, drückte sich in einen Erker. Er bemühte sich, seinen Atem unter Kontrolle zu bringen. Der Regen hatte etwas nachgelassen. In der Ferne hörte Kieffer ein Auto vorbeirasen. Jemand lief über Kies. Er schloss die Augen und versuchte festzustellen, aus welcher Richtung die Schritte kamen und ob sie sich näherten. Weil die Mauern und Tenaillen um ihn herum den Schall zurückwarfen, war es schwer zu sagen, wo der Ursprung des Geräuschs lag.

Nach einer Weile verklangen die Schritte. Kieffer setzte sich wieder in Bewegung. Er lief in Richtung der Alzeteschlucht, die den Park an seinem westlichen Ende begrenzte. Dort war Ende Gelände, zumindest sah es auf den ersten Blick so aus. Kieffer jedoch wusste, dass Stiegen ins Tal hinabführten. Mit etwas Glück würde seine Verfolgerin die Gänge und Gräben nach ihm absuchen. Bis sie damit fertig war, war er über alle Berge.

Hinter den Resten einer Mauer ging er in Deckung, schaute zurück. Vor ihm erhob sich das Fort Obergrünewald, dahinter die höher gelegenen Dräi Eechelen. Gerade wollte er weitergehen, als er auf dem Mauerkamm eine Bewegung wahrnahm. Dort stand jemand. Kieffer konnte lediglich die Umrisse der Gestalt erkennen, sie stand mit dem Rücken zu ihm. Die Person tat einen Schritt rückwärts. Kieffer zuckte zusammen. Sie war höchstens noch drei, vier Schritte von der Kante entfernt. Dahinter ging es etliche Meter in die Tiefe.

Es schien, als spräche die Person mit jemandem. Kurz flammte Licht auf. Für einen Augenblick tauchte Foos Gesicht aus der Dunkelheit auf. Kieffer sah, wie die Chinesin sich eine Zigarette ansteckte, dann wurde es wieder dunkel. Er spürte, wie sein Magen krampfte. Das Gesicht der anderen Person hatte er während des kurzen Aufflackerns nicht sehen können, aber der Lichtschein hatte dennoch ausgereicht, um ihm zu zeigen, wer da am Abgrund stand. Es war Valérie.

# 51

Valérie kniete neben Lobato und versuchte, der Kommissarin den Helm abzunehmen. Vorsichtig schob sie ihn nach oben, bis das Gesicht der Frau zum Vorschein kam. Die Kommissarin war benommen, schien aber bei Bewusstsein zu sein. »Können Sie mich hören?«, sagte Valérie.

»… vielleicht noch nicht zu spät«, murmelte Lobato.

»Zu spät wofür? Wer hat sie so zugerichtet? Ich rufe einen Krankenwagen, halten Sie durch.«

Lobato bewegte langsam den Kopf hin und her. Sollte das bedeuten, dass sie keinen Krankenwagen wollte? Die Kommissarin deutete auf ihre Jacke und murmelte: »Handy.«

Valérie öffnete vorsichtig einen Reißverschluss der Bikerjacke und begann, die Innentasche der Kommissarin zu durchsuchen. Dabei bemerkte sie, dass die Polizistin unter der Jacke ein Kleidungsstück trug, das sich sehr steif anfühlte. Eine kugelsichere Weste? Nach einer Weile fand sie das Telefon, holte es heraus.

»Und jetzt?«

»123456.«

Valérie gab die Ziffern ein, reichte Lobato das Handy.

Diese hatte sich inzwischen aufgesetzt, wischte mit schmerzverzerrtem Gesicht auf dem Handy herum.

»Gehen Sie zu dem anderen Biker.«

Lobato deutete in die Dunkelheit. Valérie kam hoch. Nachdem sie ein paar Schritte gemacht hatte, nahm sie die Umrisse eines Mannes wahr. Auch er trug Motorradjacke und Helm. Valérie holte ihr Handy hervor, aktivierte die Lampe. Nun sah sie die Einschusslöcher. Es waren mindestens zwei, beide in der Brust. Sie kniete sich nieder, schob das Visier hoch und blickte in die aufgerissenen Augen eines Mannes. Unwillkürlich wich sie zurück, verlor das Gleichgewicht, landete auf dem Hosenboden.

Der Regen lief über ihr Gesicht, ihre Jeans sogen sich mit Wasser voll. Nach einigen Sekunden stand sie wieder auf, schaute auf den toten Mann hinab. War dies der andere Imker? Mit ausgebreiteten Armen lag der Mann da, sein dunkler Umriss zeichnete sich trotz der Dunkelheit deutlich auf dem sandigen Boden ab.

Ohne den hellen Untergrund hätte sie die kleinen schwarzen Objekte möglicherweise übersehen. Sie mussten dem Biker aus der Tasche gefallen sein. Valérie richtete ihr Handy darauf. Insgesamt waren es drei Stück – alle rund, aus schwarzem Plastik, mit einem Durchmesser von vielleicht fünf Zentimetern. Sie hob eines davon auf. Knöpfe oder Mechanismen konnte sie nicht ausmachen. Aber auf der Rückseite befand sich eine kleine Klappe. Ein Batteriefach? Handelte es sich um eine Art Sender?

Valérie steckte alle drei ein, ging zurück zu Lobato. Die Kommissarin telefonierte.

»Warten Sie kurz«, sie wandte sich Valérie zu, »wer ist es?«

»Ich glaube, es ist Koening. Er ist tot.«

Die Kommissarin nickte grimmig.

»Du kannst den SAMU abbestellen. Aber die Frau und der Koch laufen hier noch irgendwo rum. Ihr müsst den ganzen Park absperren.«

»Sie haben Xavier gesehen?«, fragte Valérie. »Hier? Wo ist er?«

»Vorhin dahinten«, sie zeigte auf einen der Festungstürme, »aber er hat sich aus dem Staub gemacht, den Hang runter. Die Kollegen werden gleich da sein.«

Sie nahm das Telefongespräch wieder auf, aber Valérie unterbrach sie sofort.

»Er ist allein da draußen, mit dieser Irren?«

Lobato senkte erneut das Telefon.

»Ich weiß es nicht genau. Aber momentan können wir nichts tun«, sie zeigte auf ihr rechtes Bein, das, wie Valérie nun sah, seltsam verrenkt war. »Aber in wenigen Minuten trifft Verstärkung ein.«

Valérie wandte sich von Lobato ab, begann den Hang hinabzulaufen. Sie wusste in etwa, wie der Park beschaffen war. Vermutlich versteckte Xavier sich irgendwo da unten. Sie musste an die Stelle mit der Échauguette denken, die sie neulich besucht hatten. Wäre sie er, würde sie sich dort verkriechen.

»Gabin, bleiben Sie hier!«

Valérie ignorierte die Kommissarin, lief weiter. Sie schob die Hand in ihre Innentasche, tastete nach der Waffe darin. Es war dunkel, aber zumindest vor ihrem geistigen Auge sah sie den Weg recht genau vor sich. Zunächst ging es die grasüberwachsene Freitreppe hinunter, danach links an einer vorgelagerten Befestigung vorbei, die von oben betrachtet wie eine Pfeilspitze aussah. Dahinter kamen die Schlucht und die Échauguette.

In dem Wachhäuschen konnte man sich verstecken und durch dessen Schießscharte die Gegend beobachten, aber das war nicht der einzige Grund, warum sie ihren Freund dort vermutete. In der Nähe gab es, wie Xavier ihr erzählt hatte, einen kleinen, gewundenen Pfad, über den man nach Pfaffenthal gelangte.

Sie erreichte die Raveline, hielt sich links. Sie fragte sich, wie Koening und die Chinesin miteinander verbunden waren und was es wohl mit dem kleinen Sender auf sich hatte. Auf einmal fiel ihr auf, dass sie irgendwo falsch abgebogen war. Sie musste zu weit nach rechts geraten sein und befand sich nun oberhalb der hohen Mauer, die Fort Obergrünewald auf der Westseite begrenzte. Darunter lag eine weitere Wiese, dann kam der Hang. Von ihrer Position aus konnte sie die Häuser unten im Tal sehen und die Oberstadt auf der anderen Seite der Alzette. Höchstens einhundert Meter entfernt machte sie zudem jene Échauguette aus, zu der sie eigentlich wollte. Valérie seufzte. Sie würde ein Stück zurückgehen und den Hang an der Seite hinabsteigen müssen.

»Ganz langsam umdrehen«, sagte eine Frauenstimme. Valérie erschrak. Fast hätte sie eine schnelle Bewegung gemacht, vermochte sich jedoch im letzten Moment zu beherrschen. Vorsichtig drehte sie sich um.

Ihr gegenüber stand die Frau aus Merzig und Paris. Die Chinesin zog fragend eine Augenbraue hoch. Genau wie Valérie war sie klatschnass. Eine blutige Schramme verunzierte eine ihrer Wangen. In der Hand hielt die Frau eine kleine Pistole.

»Wer sind Sie?«

»Ich denke, dass wissen Sie.«

»Madame Foo. Ist das Ihr richtiger Name?«

»Natürlich nicht. Sie sind Valérie Gabin.«

»Wenn Sie meinen Namen kennen, war ich wohl zu unvorsichtig.«

»Sie sind auf ein paar Kameras zu sehen. Und dann sind Sie Hendrickx auf die Pelle gerückt, außerdem Garrard.«

»Was wollen Sie von mir?«

»Wissen, was Sie wissen.«

»Sie panschen Honig. Allpass-Sirup.«

Die Frau nickte.

»Sie arbeiten in Wahrheit für Xin Foods. Machen deren Drecksarbeit.«

Die Chinesin schaute entrüstet.

»Ganz im Gegenteil. Meine Arbeit ist geradezu philanthropischer Natur.«

»Ist Lebensmittelfälschen neuerdings ein Dienst an der Menschheit?«

»Die Menschen sind nun einmal sehr erpicht auf Honig. Ist letztlich zwar bloß Zucker, aber macht die Leute irgendwie glücklich. Sie glauben, er sei gesund – Blumen, Bienen, ein Wohlfühlprodukt. Ich helfe, dass sich mehr Menschen wohlfühlen.«

»Und den Bienen«, Valéries Stimme troff vor Sarkasmus, »helfen Sie auch.«

»Was ist daran schlecht?«

»Schlecht ist vor allem, dass Sie das nicht im Labor tun. Sondern mitten in Europa. Schneider wusste davon, nicht wahr?«

»Schneider brauchte Geld und war deshalb sehr flexibel. Hat uns sowohl mit dem Honig geholfen als auch mit den … Feldversuchen. Aber dann fing er an, Fragen zu stellen, weil ihm ein paar Völker eingegangen sind.«

»Sie haben ihn ermordet.«

»Meine Auftraggeber sind sehr spendabel. Ich hätte Schneider ein Angebot machen können, aber …«

»Aber?«

»Nachdem er einige Völker verloren hatte, war Schneider bei Koening. Das war der Moment, wo die Sache schiefging. Bei Schneiders Völkern kamen immer wieder Königinnen abhanden.«

»Das waren Hendrickx' CRISPR-Königinnen, richtig?«

Foo nickte, ließ ihre Linke in der Jackentasche verschwinden. Eine Schachtel Marlboro kam zum Vorschein.

»Was genau ist schiefgegangen?«

»Die eingesetzten Königinnen waren bereits besamt worden, im Labor. Über ihre Larven sollten sie die Gene – die Pestizidresilienz – an das Volk weitergeben. Im Labor hat das funktioniert, in der freien Wildbahn aber nicht so gut. Die Arbeiterinnen scheinen die Neue zunächst zu akzeptieren. Es wird Nachkommenschaft produziert. Aber dann machen sie kurzen Prozess mit ihrer …«

»… Frankenstein-Königin?«

»Oh, bitte. Hendrickx vermutete Schwankungen des Pheromonspiegels, verursacht durch einen epigenetischen Effekt, der mit Umwelteinflüssen zusammenhängt und deshalb im Labor nicht auftritt. Oder anders gesagt: Er wusste es auch nicht.

Auf jeden Fall hat Schneider eine getötete Königin gefunden und Koening gezeigt. Er hat ihm wohl gesagt, mit dieser neuen Kreuzung stimme was nicht. Koening verstand deutlich mehr von Imkerei als Schneider und hat bemerkt, dass die Königin anders aussah als Vertreterinnen jener Rassen, die man in dieser Gegend normalerweise findet. Seine Vermutung war, Schneider habe die Königinnen online bestellt und sich Schädlinge eingefangen.«

»Aber ich dachte, Schneider war Ihr Mann. War er in die Sache mit den Genbienen denn nicht eingeweiht?«

Foo lächelte. »Sie wissen, was plausible deniability ist, oder?«

»Sachen so drehen, dass man sie später abstreiten kann.«

»Ganz recht. Jeder wusste nur, was er wissen musste. Hendrickx wusste, dass er für einen italienischen Konzern resistente Bienen designen sollte. Schneider wusste, dass ein französisches Start-up gerne einige Beuten mit Sensoren bestücken wollte, zu Forschungszwecken. Die Königinnen bekommen unsere Imker immer mit der Post, von einer anderen Briefkastenfirma natürlich. Schneider setzte sie nur in die präparierten Bienenstöcke. Niemand hätte das rekonstruieren können.«

»Sagten Sie gerade ›unsere Imker‹?«

Foo lächelte.

»Es ist spät, und der Tag war nervenaufreibend. Ganz recht, die Imker, Plural. Auch einigen Bienenzüchtern in anderen Ländern haben wir diese CRISPR-Bienen geschickt. Meist versuchen wir es bei Imkern, die schon seit Längerem Allpass-Sirup von uns beziehen. Ein Lackmus-Test quasi.«

»Um zu sehen, wer moralisch völlig verrottet ist? Scheint zu funktionieren. Aber in Kalifornien haben Sie Leute beauftragt, die CRISPR-Königinnen in Völker einer ahnungslosen und unbescholtenen Imkerin einzupflanzen.«

»Woher zum Teufel wissen Sie das denn?«

»Ich komme rum. Über Kalifornien bin ich überhaupt erst auf Sie gestoßen. Wieso dieser Aufwand?«

»Nicht alle sind so dämlich wie Schneider. Meine US-

Kollegen gehen deshalb anders vor. Die haben Leute beauftragt, Beuten zu entwenden, neue Königinnen einzusetzen und die präparierten Beuten wieder zurückzubringen.«

Valérie musste an Deborah Wittmer denken.

»Und alles umsonst, oder?«

»Hm? Nein, Rückschläge sind zu erwarten. Das Wichtigste ist, dass wir die Daten haben.«

»Welche Daten?«

»In den Beuten mit den CRISPR-Bienen befanden sich Sensoren. Die erlauben es, nachzuvollziehen, was die Tiere im Stock tun. Bienenvölker sind extrem komplex. Wir müssen herausfinden, was Völker instabil und feindselig gegenüber der Königin werden lässt. Aber keine Sorge, wir kommen schon drauf.«

»Und für diesen Schwachsinn müssen Menschen sterben?«

»Schwachsinn? Wissen Sie, wie viel der Markt für Bestäubung von Blüten wert ist, Valérie?«

»Milliarden, vermute ich.«

Foo zog mit den Zähnen eine Zigarette aus der Schachtel, kramte ein Feuerzeug hervor. Währenddessen ließ sie Valérie nicht eine Sekunde aus den Augen.

»Geschätzte 557 Milliarden Dollar. Ohne Bienen keine Äpfel, Chilis, Avocados, nicht mal Kümmel. Mein Auftraggeber will einen größeren Teil der Wertschöpfung. Vorbild ist die Saatgutindustrie.«

»Verstehe ich nicht.«

»Man verkauft den Bauern GMO-Getreide. Das ist resistent gegen Schädlinge, aber auch gegen Pflanzenschutzmittel. Natürlich nur gegen die des gleichen Herstellers. Sie müssen also die gesamte Palette kaufen, Getreide und Pestizid.«

»Und das soll auch bei Honig funktionieren? Das ist doch absurd.«

Foo entzündete ihre Zigarette. Kurz leuchtete ihr Gesicht in der Dunkelheit auf.

»Warum denn? Stellen Sie sich das vor: Eine Biene, die resistent gegen Herbizide ist, mit denen eine bestimmte Obstsorte behandelt wird. Und die auch nur die Blüten dieser Obstsorte anfliegt. Ein geschlossener Kreislauf.«

»Babylonische Gefangenschaft.«

»Wenn Sie meinen. Aber nun haben wir genug geplaudert. Ich muss jetzt los.«

»Sie kommen hier nicht mehr weg. Die Polizei ist auf dem Weg.«

»Ich schlage mich schon durch.«

Foo deute mit der Waffe in Richtung des Abgrunds.

»Auf geht's.«

»Nein, niemals.«

»Wenn Sie springen, haben Sie eine kleine Chance. Wenn ich schieße, keine.«

Valérie stand höchsten noch zwei Meter von der Mauerkante entfernt. In der Dunkelheit konnte sie nicht einmal den Boden ausmachen. Von ihrem letzten Besuch im Parc des Trois Glands wusste sie jedoch, dass es mindestens sieben Meter abwärts ging, eher mehr. Der Boden war steinhart. Einen derartigen Sturz konnte man überleben. Aber so wie sie Foo einschätzte, würde diese im Zweifelsfall sichergehen, dass dies nicht der Fall war.

Valérie tat einen kleinen Schritt zurück, machte jedoch keine Anstalten, zu springen. Foo zog an ihrer Marlboro, zuckte mit den Achseln.

»Wie Sie möchten.«

Die Chinesin legte an. Valérie fühlte, wie ihre Knie nachgaben. Sie stand vornübergebeugt, zitternd, die Augen geschlossen, die Unterarme gegen die Schläfen gedrückt.

Es gab keinen Knall, eher ein Ploppgeräusch. Valérie spürte, wie sie fiel. Erstaunlicherweise tat es überhaupt nicht weh. Spätestens, wenn du unten aufschlägst, wird es wehtun, dachte sie.

Als Valérie die Augen öffnete, musste sie feststellen, dass sie nicht abgestürzt war, sondern auf der Mauerkrone im Gras lag. Sie suchte nach Foo. Die Frau war nirgends zu sehen, aber Valérie hörte Geräusche aus der Dunkelheit links von ihr. Es klang, als rängen zwei Menschen miteinander.

Sie griff nach der Pistole in ihrer Tasche. Valérie stand auf, lief die Tenaille entlang, auf die Geräusche zu.

# 52

In der Mitte der Mauer befand sich ein Durchgang, der unter der Tenaille hindurch ins eigentliche Fort führte. Am Eingang dieses Tunnels gab es Treppen, die auf die Mauerkrone führten. Kieffer hastete hinauf, zwei Stufen auf einmal nehmend. Als er oben angekommen war, lugte er über die Brüstung. Valérie und die Chinesin standen einander gegenüber, zehn Meter von ihm entfernt. Er sah, wie die Asiatin mit den Achseln zuckte.

»Wie Sie möchten«, sagte sie und hob den Arm mit der Pistole.

Kieffer rannte los. Als er noch drei, vier Meter von Foo entfernt war, sah sie ihn. Sie riss die Waffe herum und drückte ab, doch der schlecht gezielte Schuss ging fehl. Dann war Kieffer bei ihr. Während des Gerangels am Fuße des Kirchbergs vorhin hatte der Koch am eigenen Leib erfahren, dass die hagere Frau keineswegs schwach war, im Gegenteil. Vermutlich machte sie Kampfsport. Doch Karate hin, Kung-Fu her, nun trafen Kieffers beschleunigte hundert auf Foos stationäre fünfzig Kilo – er walzte sie schlichtweg nieder.

Die Chinesin ging zu Boden. Kieffer bekam den Arm mit

der Pistole zu fassen. Er schlug ihr Handgelenk gegen den felsigen Untergrund, bis sie die Waffe fallen ließ. Dann traf ihn eine Handkante am Hals. Kurz wurde ihm schwummrig, vermutlich hatte sie auf die Schlagader gezielt. Zwar fing er sich fast augenblicklich wieder, aber die paar Sekundenbruchteile hatten ihr gereicht, sich seinem Griff zu entwinden. Foo rollte sich zur Seite. Kieffer hechtete auf allen vieren hinterher, tastete nach der Pistole.

Foo kroch von ihm weg, bis die Mauerkante ihrer Flucht ein Ende setzte. Langsam kam sie hoch. Kieffer stand ebenfalls auf, zeigte Foo die Waffe, senkte sie wieder.

»Und jetzt warten wir auf die Polizei«, sagte er.

Foo nickte matt. Kieffer sah sich nach Valérie um, konnte sie aber nirgends entdecken. Anscheinend waren Foo und er während ihres kleinen Ringkampfes ein Stück die Tenaille entlanggerollt.

Kieffer vernahm ein metallisches Klacken. Er fuhr herum. Foo stand vor ihm und hielt nun ebenfalls wieder eine Pistole in der Hand.

»Sie haben zwei?«, fragte er ungläubig.

»An solchen Tagen? Immer.«

»Dann haben wir jetzt wohl ein Patt.«

Foo lächelte eisig.

»Nein.«

Kieffer wollte etwas erwidern, doch er wusste, dass sie recht hatte. Die Chinesin würde schießen. Er hingegen war sich nicht sicher, ob er das konnte. Seine Hand zitterte, seine Beine ebenfalls.

Einen Augenblick standen sie da, Pistolen im Anschlag, Blicke aufeinander geheftet. Irgendwo in der Ferne meinte Kieffer einen Hubschrauber zu hören. Die Kavallerie war unterwegs.

Foo hörte es ebenfalls. Sie drückte ab. Kieffer spürte einen brennenden Schmerz im Arm. Sie schien seinen Linken erwischt zu haben, nicht den, der die Waffe hielt. Theoretisch hätte der Koch zurückschießen können, doch er war zu feige, zu langsam, zu geschockt, vielleicht alles gleichzeitig. Es spielte keine Rolle. Das alles spielte jetzt keine Rolle mehr. Er ging in die Knie. In der Dunkelheit sah er nicht allzu viel, außer Foos triumphierendem Gesicht.

Ein Lichtblitz zerriss die Nacht. Und dann stand sie auf einmal da, wenige Meter von ihm entfernt. Valéries Augen waren weit aufgerissen, ihre Zähne gebleckt. Sie schoss, erst einmal, dann noch einmal. Foo wurde zurückgeschleudert. Schon war sie jenseits der Mauerkante.

Kieffer spürte, wie er vornüber kippte. Das Letzte, was er hörte, war Valéries lauter Schrei.

# 53

Von der gegenüberliegenden Straßenseite aus beobachtete Kieffer den Außenbereich der Brasserie. Ein Kellner kam geeilt, zwei Teller in der Rechten. Er ging auf einen kleinen Tisch zu, an dem Valérie saß. Der Garçon stellte das Essen ab, seine Freundin lächelte dem Mann zu, eine Spur zu herzlich, wie der Koch fand. Sobald der Kellner entschwunden war, nahm Valérie die Speisen in Augenschein. Obwohl er eigentlich zu weit weg war, um Details zu erkennen, wusste Kieffer, dass es sich um Tournedos Rossini und Os à moelle handelte.

Er wandte seinen Blick ab, schaute sich um. Es war ein herrlicher Frühlingstag, und die Tische der Brasserie nahe der Place Vendôme waren gut besetzt. Ihm wurde bewusst, dass er Hunger hatte. Ob Valérie ihm etwas übrig ließ? Vermutlich.

Bisher hatte sie das Essen nicht angerührt. Stattdessen schrieb sie Anmerkungen in ein Notizbuch und hantierte mit ihrem Handy herum. Gerade hatte Valérie nach der Gabel gegriffen, wollte eines der Gerichte probieren, als ihr ein Mann etwas zurief. Sie ließ die Gabel sinken.

Kieffer hatte nicht mitbekommen, was der Regisseur

gerufen hatte. Vielleicht gefiel ihm das Licht nicht, oder die Position der Foie gras auf dem Steak oder Valéries Gesichtsausdruck. Inzwischen hatten sie ihr die Teller mindestens fünfmal serviert, vielleicht auch öfter.

Was er sich allerdings fragte: War es jedes Mal dasselbe Tournedo Rossini, das der Kellner zu ihrem Tisch trug? Vielleicht sollte er nachfragen. Bevor sie das ganze Zeug wegschmissen, opferte Kieffer sich gerne.

Valérie erhob sich. Der Regisseur hatte anscheinend eine Pause angeordnet. Kieffer wollte gerade zu ihr hinübergehen, als sein Telefon klingelte. Es war Lobato.

»Moien.«

»Moien, Haer Kieffer. Störe ich?«

Einen Augenblick war der Koch verblüfft. Das hatte sie ihn noch nie gefragt.

»Nein, nein, überhaupt nicht. Wie geht es Ihrem Bein, wenn ich fragen darf?«

»Besser.«

»Aber noch kein Motorradfahren?«

»Leider nein«, erwiderte Lobato.

»Was kann ich für Sie tun?«

»Ich wollte Sie darüber informieren, dass sie aufgewacht ist.«

Dem Koch war augenblicklich klar, dass es um Danny Foo ging. Wie er inzwischen wusste, hatte Valérie insgesamt vier Schüsse auf die Chinesin abgegeben. Einer davon hatte sie getroffen und ihr Schlüsselbein zertrümmert. Bei dem Sturz von der hohen Mauer hatte sich Foo allerdings einen Schädelbruch zugezogen sowie allerlei weitere Blessuren. Seit Wochen lag sie im Koma. Die Ärzte waren nicht einmal sicher gewesen, dass sie wieder aufwachen würde.

»Das heißt, sie kommt durch?«

»Sieht so aus. Vernehmungsfähig ist sie noch nicht, aber ich dachte, Sie würden das wissen wollen.«

»Ja. Danke, dass Sie mich angerufen haben.«

»Und übrigens, Sie hatten recht.«

»Ich?«

»Ja, Sie. Ausnahmsweise«, sagte Lobato.

»Womit denn, Kommissärin?«

»Die toten Briefkästen.«

»Ach ja?«, sagte er. Kieffer gab sich große Mühe, nicht triumphierend zu klingen. Lobatos Theorie, Schneider habe mithilfe seiner Beuten Drogengeschäfte abgewickelt, war ihm von Anfang an hanebüchen erschienen.

»Ja. Es hat etwas gedauert, aber wir haben inzwischen auch einige von Wangs Komplizen – das ist ihr richtiger Name. Nicht zuletzt dank Ihrer Fotos, übrigens.

Mithilfe von Handydaten konnten wir nachvollziehen, dass einer der Männer das Geld dort deponiert hat, und die Beuten vermutlich auch.«

»Aber warum?«

»Ein Ablenkungsmanöver, vermutlich. Um das Verschwinden dieser ganzen Bienenstöcke plausibler wirken zu lassen.«

Auf der anderen Straßenseite hatten alle wieder ihre Positionen eingenommen. Der Kellner eilte erneut zum Tisch von La Gabin, die zum wiederholten Male die dargebotenen Speisen inspizierte. Kieffer lauerte geradezu darauf, dass der Regisseur eingriff, doch diesmal schien alles glatt zu laufen. Valérie führte einen Bissen zum Mund, kaute kritisch, machte sich eine Notiz. So weit waren sie bislang noch nie gekommen.

»… wollen Sie die Details wissen?«

»Entschuldigung? Was haben Sie gesagt, Kommissärin?«

Lobato lachte leise. Er hatte sie noch nie lachen gehört. Kieffer war völlig konsterniert.

»Madame Lobato?«

»Sie beschweren sich doch immer, dass ich nie aus dem Nähkästchen plaudere, oder etwa nicht? Und jetzt will ich Ihnen mal was erzählen, und Sie hören überhaupt nicht zu.«

»Doch, doch, bitte. Ich bin ganz Ohr.«

Während er Lobato zuhörte, schlenderte er die Straße auf und ab.

»Vielen Dank, Kommissärin. Ja, ich richte es ihr aus. Und viel Erfolg bei der Vernehmung von Madame Wang.«

Er legte auf, ging zurück. Als er die Brasserie erreichte, stand Valérie rauchend am Trottoir, schaute zu ihm herüber. Kieffer winkte ihr, wechselte die Straßenseite.

»Ihr seid durch?«

Sie nickte.

»Und, wie war's?«

»Etwas mühsam. Und das war nur der erste Spot.«

»Film, halt. Aufwendig.«

»Hm. War das Lobato?«

»Ja. Es gibt Neuigkeiten. Foo ist aufgewacht.«

Er konnte förmlich sehen, wie ihr ein Stein vom Herzen fiel. Dass sie auf die Chinesin geschossen hatte, war zweifelsohne Notwehr gewesen. Aber wer hatte schon gerne ein Menschenleben auf dem Gewissen?

»Das sind gute Nachrichten. Und jetzt?«

»Irgendwann werden die Flics sie in die Mangel nehmen. Sie heißt in Wirklichkeit Wang und kommt aus Hongkong. Xin Foods bestreitet, dass sie für die Firma arbeitet.«

»War klar.«

Kieffer beäugte den Tisch, auf dem noch immer die Tournedos standen. Er fischte sich eine Pommes frites vom Teller.

»Lass das doch, Xavier.«

»Wieso denn? Ist doch schade drum.«

Kieffer führte die Pommes zum Mund, biss ab. Sie war eiskalt.

»Bäh.«

»Na ja, was glaubst du, wie oft der Kellnerdarsteller mir den serviert hat.«

Kieffer nickte, legte die Fritte zurück auf den Teller.

»Ich habe noch was rausgefunden.«

»Und zwar?«

»Es gibt keine Killerbienen. Zumindest nicht in Luxemburg.«

»Und daran gab es Zweifel?«

»Ich bin zweimal zerstochen worden«, sagte er.

»Ach so, diese Geschichte.«

»Lobato hat mit erzählt, wie genau Pol Schneider zu Tode gekommen ist. Remy hat doch keinen Quatsch erzählt.«

»Remy Schuessler? Ich komme nicht ganz mit.«

»Remy hat behauptet, Schneider sei völlig zerstochen gewesen. Als ob die Bienen ihn attackiert hätten und er vom Dach gefallen wäre.«

Sie zog eine Augenbraue hoch.

»Die Killerbienen?«

Kieffer machte eine abwehrende Handbewegung.

»Es stimmt aber. Pol war zerstochen.«

»Und warum?«

»Isoamyl-Acetat.«

»Süßer, du weißt doch, dass meine Chemiekenntnisse bescheiden sind.«

»Das Zeug ist die Hauptkomponente in dem Alarmpheromon, das bei Bienen ausgeschüttet wird, wenn Feinde den Stock angreifen. Steht bei Wikipedia.«

»So, so. Und das hat man Schneider irgendwie verabreicht?«

»Genau. Lobato geht davon aus, dass man ihn zunächst betäubt hat, vermutlich eine Injektion eines schwer nachweisbaren Barbiturats. Dann haben sie ihn mit Isoamyl-Acetat eingesprüht und vor seine Beuten gelegt. Die Bienen sind durchgedreht, Winterruhe hin, Winterruhe her. Und als er völlig zerstochen war, haben Foos Leute ihn vom Dach geschmissen.«

»Ich verstehe. Aber dich hat keiner mit was eingesprüht, oder?«

»Na ja, wie man's nimmt.«

Sie schaute ihn verständnislos an.

»Ich habe es auch nicht gleich geschnallt. Beide Male, bevor mich die Bienen angegriffen haben, habe ich was gegessen. Nicht irgendwas, etwas mit Bananen – einmal Bananenkuchen, einmal frische Früchte.«

»Und in Bananen ist das Zeug drin?«

»Sogar ziemlich viel davon. Darum würde ein Imker auch nie Bananen essen, bevor er zu seinen Bienen geht.«

»Also doch ein Anfängerfehler.«

»Ja, Val. Und keine Killerbienen weit und breit. Pekka wird sehr enttäuscht sein.«

Sie schwiegen einen Moment. Um sie herum hatte die Filmcrew begonnen, zusammenzupacken.

»Wann wird der Zweite gedreht?«

»Nächste Woche.«

»Auch hier?«, fragte er.

»Nein, in Berlin. Und dann noch einer in New York. Cesar hat die Idee, danach weitere drei in Asien zu machen.«

»Und was sagt die Hauptdarstellerin dazu?«

»Sie weiß noch nicht. Na ja, vielleicht macht sie's.«

»Und was«, er legte den Arm um sie, »macht die Hauptdarstellerin den Rest des Abends?«

»Ganz allein Netflix gucken, wenn du mich weiterhin so nennst.«

»Okay, okay. Vielleicht gehen wir essen?«

»Wonach ist dir denn?«

»Ich bin für alles offen. Solange es keine gebackene Banane mit Honig ist.«

»Dann bleiben wir doch am besten gleich hier. Jetzt sind die Tournedos so oft an mir vorbeigelaufen, jetzt will ich sie auch essen.«

Arm in Arm gingen sie zu einem freien Tisch.

# Glossar: Küchenlatein

| | |
|---|---|
| Biwwelamoud: | lux. für Boeuf à la mode: Sauerbraten |
| Bouneschlupp: | Bohneneintopf |
| Coq au Riesling: | Huhn in sahniger Rieslingsoße |
| Ënnenzopp: | Zwiebelsuppe |
| Gefëllte Streisel: | Streuselkuchen mit Cremefüllung |
| Gehäck: | Eintopf mit Innereien, ähnelt der Metzelsuppe |
| Judd mat Gaardebounen: | Gepökelter Schweinenacken mit Saubohnen. Nationalgericht Luxemburgs. |
| Kallefsragout mat Dréischelen: | Kalbsragout mit Pilzen |
| Kanéngche mit Moschterzooss: | Schmortopf mit Kaninchen in Senfsoße |
| Kuddelfleck: | Kuttelsuppe |
| Lënsebulli: | Linseneintopf |
| Mummentaart: | gedeckter Apfelkuchen |

| | |
|---|---|
| Os à moelle: | aufgesägter, überbackener Markknochen |
| Potage Celestine Vert: | Spinatsuppe mit Pfannkuchenstückchen |
| Quetscheflued: | Zwetschgenkuchen |
| Rëndsrouladen: | Rindsrouladen, meist mit hart gekochtem Ei gefüllt |
| Tierteg: | Festessen aus Kartoffeln, Sauerkraut und Speck |
| Tournedos Rossini: | Filetsteak mit gebratener Gänseleber und Madeirasauce |

Wenn künstliche Intelligenz die Probleme der Welt lösen kann – sind wir dazu bereit, die Kontrolle abzugeben?

Ungeheuer spannend: Bestsellerautor Tom Hillenbrand entwirft in seinem Thriller ein spektakuläres Bild unserer Gesellschaft am Ende des 21. Jahrhunderts.

Investigativjournalist Calvary Doyle wird auf offener Straße niedergeschossen. Zuvor hat der Reporter zum Thema Künstliche Intelligenz recherchiert. Die auf KI-Gefahrenabwehr spezialisierte UNO-Agentin Fran Bittner beginnt zu ermitteln und steht schnell vor einer brisanten Frage: Haben sich einige Künstliche Intelligenzen bereits selbstständig gemacht?